KB043047

사랑하고
있어

사랑, 하고 있어

1판 1쇄 찍음 2014년 12월 8일
2판 5쇄 펴냄 2018년 1월 9일

지은이 | 이노(INO)
펴낸이 | 고운숙
펴낸곳 | 봄 미디어

기획·편집 | 김민지, 김자우, 홍주희, 김현주

출판등록 | 2014년 08월 25일 (제387-2014-000040호)
주소 | 경기도 부천시 원미구 길주로64, 1303(굿모닝 오피스텔)
영업부 | 070-5015-0818 편집부 | 070-5015-0817 팩스 | 032-712-2815
E-mail | bommedia@naver.com
소식창 | http://blog.naver.com/bommedia

값 10,000원

ISBN 979-11-86093-68-9 03810

사랑하고 있어

이노 장편 소설

contents

프롤로그

에일린(Aileen).

에일린은 슈즈 제작 회사로, 젊은 층의 여성들을 타깃으로 하여 창립 3년 만에 엄청난 주가를 올리고 있는 여성화 전문 브랜드였다.

에일린의 대표는 처음 회사를 설립할 때부터 공장에서 찍어 내듯 똑같은 양산형 슈즈가 아닌, 독창적인 디자인의 제품으로 한정된 수량만을 판매해 희소가치를 높였다.

그리고 고급 브랜드라는 이미지까지도 함께 갖춰 점차 그 사업 영역을 넓혀 가고 있었다.

그것이 30대의 젊은 대표가 3년 만에 이뤄 낸 쾌거라는 사실까지 더해져, 더더욱 이슈가 되기도 했다.

그 이슈의 중심에 선 에일린의 대표 이원우라는 남자는 정말 여러모로 유명했다. 외부에서도, 에일린 사내에서도.

"우리 대표님이 동명제화 회장님 손주인 건 알고 있지?"

한가로운 점심시간. 사내 식당에 모인 디자인부 사람들의 입에 오르내리는 화젯거리는 오늘도 역시나 에일린 대표, 이원우에 관한 것이었다.

"대표님이 원래 동명제화에서 근무했었는데 딱 3년만 일하고 나가겠다고 했대. 근데 회사 나가면서 회장님한테 자기 몫의 유산 미리 주는 셈치고 사업 투자를 해 달라고 했다는 거야. 그 점잖으신 회장님이, 이놈이 할아버지 죽지도 않았는데 유산 얘기한다면서 손에 골프채 들었다는 소리도 있었고. 아무튼, 끝끝내 투자 받아서 에일린 차리더니 여기까지 끌어올렸다는 거 아니야."

"투자 받아 나오면서 디자인 1팀, 2팀 팀장님 두 분까지 데리고 나온 거라면서요. 동명제화에서 받는 대우도 장난 아니었을 텐데 어떻게 두 분이나 데리고 나오셨을까요?"

"약점 잡아 협박했다는 소리도 있더라. 두 분 모두 대표님 죽마고우라며."

"마케팅부 최 팀장님도 원래 동명제화 소속이었잖아요."

"아, 그래. 최 팀장님도 포함. 근데 그 협박이라는 게 말이야, 디자인 2팀 서남규 팀장님……."

비밀스러운 이야기를 하듯이 주현정 대리가 몸을 숙이고 목소리를 낮췄다.

들리지 않을 정도는 아니었지만 맞은편에 앉아 식사 중인

은서에게는 그 목소리가 점차 아득히 멀어져 갔다.

깨작깨작 젓가락으로 밥알 세듯 식사를 하고 있는 은서는 마치 모래를 씹는 것마냥 굳어진 얼굴을 풀지 못했다.

"아무튼, 여러모로 괴짜이긴 한데."

한참 이야기를 하던 주현정 대리가 말을 멈추고 턱을 괸 채로 골똘히 생각에 잠겼다. 모두의 시선이 현정에게로 몰렸다.

은서는 이제 밥을 먹을 생각조차 없는 건지, 젓가락을 든 손의 움직임을 멈춘 상태로 현정의 입술만 불안한 시선으로 응시하고 있었다.

바람 잘 날 없는 에일린이었지만 이원우에 대한 가십은 최근 몇 달간 잠잠하던 참이었다. 그런데 오늘, 디자인부에서 다시 자신들의 대표에 대한 이야기를 시작하게 된 계기는 따로 있었다.

이른 아침부터 지금까지 이원우에 대한 얘기만 하게 된 원인.

"대체 어떤 간 큰 여자가 우리 대표님을 먹고 튀었을까."

누가 그 대표이사를 먹고 튀었는가였다.

은서는 떨떠름한 얼굴로 고개를 숙였다.

에일린 대표 이원우라는 남자는 무엇보다 디자이너의 능력을 중시하는 사람이었다. 인재를 중요시했고 그에 대한 투자도 아끼지 않았다.

에일린이 3년 만에 튼튼하게 자리를 잡고 어떤 곳보다 큰 성장을 보이며 업계에서 유명세를 떨치게 된 것도, 바로 거기서 나온 결과였다.

능력 있는 디자이너를 찾기 위해 에일린에서는 매년 대규모의 공모전도 열었다. 올해 열린 공모전에서는 총 네 명이 당선되어 에일린에 입사했다.

신입 사원들은 총 세 개의 팀으로 이루어져 있는 디자인부에 각각 나뉘어 배정되었고, 은서는 그중 1팀에 속하게 되었다.

첫 출근을 한 날로부터 보름이 지나고 나서야 디자인부 신입 사원 환영회를 하게 되었는데, 가장 많은 인원이 배정된 디자인부 전체 회식이다 보니 그 규모도 꽤 컸다.

다른 부서에서도 몇 명이 얼굴을 비치고 갔지만 인원이 하도 많다 보니 누가 왔다 갔는지도 모를 정도였다.

회식이 있던 날은 금요일이었다. 다음 날이 휴일이다 보니 직원들은 마음 놓고 술을 마셨다.

그렇게 술자리가 무르익을 무렵, 회식 자리에 대표인 이원우가 참석했다. 일 때문에 해외에 한 달 정도 나가 있던 참이었는데 귀국하고 곧장 환영회에 참석한 것 같았다.

신입 사원들은 그날 대표 이원우의 얼굴을 처음 보았다. 술에 취한 여사원 중에는 우리 대표님 정말 잘생기지 않았느냐며 얼굴까지 붉히는 직원도 몇 명 있었다. 그도 그럴 것이, 이원우의 외모는 정말 근사한 편에 속했다.

이원우가 디자인 부서를 무척이나 아낀다는 이야기는 은서 역시 입사하고 귀에 못이 박히도록 들었다. 귀국하자마자 쉬지도 못하고 신입 사원 환영회에 인사를 하러 온 걸 보니, 부풀려진 헛소문은 아닌 모양이라 생각했다.

하지만 정작 이원우가 신입 사원들과 인사를 나눌 수 있는 시간은 없었다. 죽마고우라던 디자인부 팀장들이 단결해서 너 잘 걸렸다는 얼굴을 하고는 이원우를 붙들어 자신들의 곁에 앉혔다.

그 뒤는 신입 사원 환영회가 아닌, 마치 대표님 술 먹이기 자리가 마련된 것 같았다. 게임을 하면 꼭 이원우가 걸렸고, 직원들은 대동단결하여 술을 따라 주었다.

거기다 게임이 끝나고 나서도, 그는 디자이너들이 인사를 건네며 한 잔씩 따라 주는 술을 모두 마셔야 했다.

결국 가장 많은 술을 마신 것은 이원우였고, 가장 거나하게 취한 것도 그 남자였다.

자정을 넘기고 나서야 하나둘씩 자리를 뜨기 시작하면서 회식은 그대로 마무리가 되었다. 문제는 그 이후였다. 휴일을 푹 쉬고 아침에 출근한 직원들 사이에서 이상한 소문이 퍼졌다.

"눈뜨니까 호텔이었대. 술을 얼마나 마셨는지 필름은 끊겼고."

"……."

"누구랑 화끈한 밤을 보낸 건 분명한데 문제는 상대방이 감쪽같이 사라졌다, 이거지."

이원우가 눈을 뜬 곳이 호텔이었고, 누군가 이원우를 먹고 튀었다는 소문이 사내에 돌았다. 죽마고우라는 디자인 1팀 윤

정환 팀장의 입에서 나온 말이 점점 부풀려지더니 사원들의 입을 통해 거기까지 미친 것이다.

"근데 그 여자, 구두 한 짝 흘리고 갔다더라. 파란색 하이힐."

"그게 뭐예요. 신데렐라도 아니고."

은서의 입가에 파르르, 경련이 일어났다.

'그거 내가 제일 아끼는 구두인데.'

은서는 오늘 신고 온 하얀 펌프스를 내려다봤다.

정신없이 도망치느라 자각을 못 했는데, 호텔에 놓인 실내용 슬리퍼를 신고 나왔다는 것을 택시에 올라탄 후에야 깨달았다. 아끼는 파란 하이힐은 한 짝만 손에 쥐고 있었다.

'아니, 근데. 이런 경우 보통 반대로 말하지 않나?'

상황을 다시 떠올린 은서는 어째서 이원우가 피해자인 것처럼 이야기가 흘러가고 있는 건지 이해가 되지 않아 아랫입술을 꾹 깨물었다.

"근데 우리 회사 사람 확실하대요?"

"필름 끊겨서 다른 건 다 기억 안 나고 사원증에 새겨진 로고 하나만 기억이 났대. 확실하게 에일린 로고였다네."

"회사 사람이 확실한 거면, 그날 디자인 부서 전체 회식이었으니까 아무래도 디자이너 쪽이 가능성 크지 않아요?"

"그렇겠지. 그날 파란색 하이힐 신고 온 사람이 있었나?"

"디자인 부서에 여자가 몇 명인데 그걸 일일이 기억하겠어요."

그게 제일 중요한 증거 같은데— 짧게 중얼거린 현정이 아쉽다는 얼굴을 했다.

"아, 그러고 보니 은서 씨는 그날 먼저 나갔지?"

"네?"

갑자기 자신에게로 질문이 날아들자 은서는 화들짝 놀랐고, 대화를 나누던 팀원들의 시선이 일제히 그녀에게로 몰렸다.

"깜짝이야. 뭘 그렇게 놀라?"

"아니요. 잠깐 딴생각 좀 하느라고요. 전 다른 분들보다 먼저 나와서 택시 타고 집에 곧바로 돌아갔어요."

고개를 끄덕인 현정이 은서의 옆에 앉은 연주에게 무언가를 말하려다 말고 다시 그녀를 물끄러미 응시했다. 현정은 곧 은서의 옷차림을 보고는 의아하다는 얼굴을 했다.

"근데 은서 씨, 안 더워? 한여름에 웬 긴 블라우스를 입었어?"

"그게…… 감기 기운이 좀 있어서요."

"그래? 약은 먹었어? 여름 감기가 더 무서워. 조심해야지. 신입이라 아직 살살 하는 것뿐이지, 우리 회사 주는 만큼 굴린다? 체력 관리도 잘해야 돼."

"네."

은서가 어색하게 웃으며 고개를 끄덕였다. 이내 현정의 시선이 자신에게서 멀어지자 짧게 안도의 한숨을 내쉬었다.

"연주 씨는? 회식 끝나고 잘 들어갔지?"

"전 기억은 없는데, 눈뜨니까 집이더라고요."

"하하, 그래도 용케 잘 찾아갔네. 다들 정신없어서 챙겨 주지도 못했는데."

평범한 대화를 나누려나 했더니 그 뒤로도 이원우에 대한 이야기가 10분 정도 이어졌다. 더는 듣고 있을 수 없어, 은서는 먼저 올라가 보겠다며 반도 비우지 못한 식판을 들고 자리에서 일어섰다.

은서는 입사한 지 아직 한 달도 되지 않았다. 에일린에서의 위치로 따지자면 가장 아래에 위치한 햇병아리 신입 사원이었다. 그리고 상대는 가장 높은 곳에 있는 대표이사 이원우였다.

"아, 진짜 궁금하다. 그 여자 누굴까?"

식판을 정리하고 있는데 뒤에서 현정의 목소리가 다시 들려와 등을 쿡쿡 쑤시는 것만 같았다. 은서는 울고 싶은 얼굴로 애써 웃었다.

그 여자…….

"여기 있어요."

chapter 1
파란 구두를 손에 쥔 남자

점심식사를 마치고 남는 시간을 이용해 잠시 회사를 나선
은서는 도로 건너편에 위치해 있는 커피숍으로 향했다.

피치 못할 사정이 있다 해도 오늘은 정말 옷 선택을 잘못한
것 같았다. 사무실에는 에어컨이 있어 그나마 다행이었지만,
더운 날씨에 긴 블라우스를 입은 채 밖으로 나온 그녀의 얼굴
에는 한껏 짜증이 묻어나 있었다.

햇볕은 뜨겁고 공기는 숨이 턱턱 막힐 만큼 후덥지근했다.
조금이라도 열기를 식혀 보려고 블라우스 자락을 팔락거리며
카페 안으로 들어선 은서는 곧 어렵지 않게 창가 쪽 자리에
앉은 보라를 발견할 수 있었다.

"한보라."

휴대전화로 메시지를 보내고 있던 보라는 힐끗 시선을 들

었다가 메시지를 마저 보내고 휴대전화를 손에서 내려놓았다.

커피를 한 모금 마시고 나서야 맞은편에 앉은 은서의 모습을 제대로 마주한 보라가 보는 사람마저 덥게 느껴지는 그녀의 옷차림을 보고는 미간을 좁혔다.

"뭐야, 너. 안 더워?"

"더워."

딱 잘라 답한 은서는 때마침 옆을 지나가던 직원에게 아이스 아메리카노 한 잔을 주문했다. 커피가 나오는 짧은 시간도 버티지 못하겠는지 보라의 손에 들린 컵을 빼앗아 얼음을 아그작, 소리 내며 씹어 먹었다.

"혼자 한 계절 앞서 가나? 덥다는 애가 옷이 그게 뭐야?"

"나라고 이러고 싶어 이러겠어? 얼마나 물고 빨았는지 피부가 전염병 환자 같단 말이야."

"왜?"

"왜는. 얘기했잖아."

은서가 남들에게 털어놓지 못하는 고민을 털어놓을 수 있는 사람은 가장 친한 친구인 보라밖에 없었다.

신입 사원 환영회가 있던 날 그녀에게 떨어진 폭탄에 대해 몇 시간이나 전화기를 붙들고 이야기했지만, 보라는 까맣게 잊고 있던 모양이었다.

눈동자를 굴리며 홀로 생각에 잠긴 보라가 조금 더 시간이 지나고 나서야 은서의 말을 이해하고는 웃음을 터뜨렸다.

"아~ 에일린 사장?"

"목소리 낮춰. 회사 근처인데 누가 들으면 어떻게 해."

은서의 말이 끝나기가 무섭게 보라가 그녀의 팔을 잡아당겼다. 어찌할 새도 없었다. 순식간에 팔목 부분의 단추를 풀고 블라우스 소매를 걷어 올리자, 처음보다 조금 흐릿해지긴 했지만 여전히 울긋불긋한 팔목이 드러났다.

"와, 이 정도면 짐승이네."

휘파람까지 불며 감탄하듯 내뱉은 말에 은서는 질렸다는 얼굴을 했다. 손목뿐만이 아니라 거의 온몸이 그랬다.

주문한 커피를 들고 가까이 다가서는 직원의 모습을 발견한 은서는 다급하게 블라우스 소매를 내려 다시 팔목을 가렸다.

"아이스 아메리카노 나왔습니다. 맛있게 드세요."

보라의 커피를 다시 제자리에 가져다 놓은 은서는 자신이 주문한 커피를 순식간에 절반 가까이 마셔 버렸다. 차가운 것이 들어가니 정신없던 머릿속이 그나마 좀 나아지는 것 같았다.

긴 한숨을 토해 내고 턱을 괸 채로 잠시 생각에 잠긴 그녀는 악몽 같은 그날의 일을 다시 떠올렸다.

머리가 깨질 것 같은 두통과 함께 그녀가 눈을 뜬 곳은 호텔이었다. 그것을 깨닫기까지는 그다지 오랜 시간이 걸리지 않았다.

그나마 이원우는 그녀가 도망친 뒤에 일어났으니 홀로 커다란 침대에서 눈을 뜨고 호텔 천장을 마주했겠지만, 은서가 눈을 뜨고 처음 마주한 것은 남자의 벗은 몸이었고, 그다음은 남자의 잘생긴 얼굴이었다.

설마 모르는 남자와 원나잇을 한 건가 싶어 미쳤다고 자책하려는 순간, 더 큰 폭탄이 떨어졌다. 실오라기 하나 걸치지 않은 채 옆에 누워 있는 남자는 은서가 모르는 남자가 아니었다.

그녀가 다니는 회사, 에일린의 대표 이원우였다.

'차라리 모르는 남자가 낫지.'

기억은 그것이 전부였다. 도망치듯 호텔을 빠져나와 집에 도착한 은서는 온종일 이원우와의 일을 떠올리려 애썼다. 하지만 누군가가 지우개로 깨끗하게 지워 놓은 듯, 사라진 그날 밤의 일은 하나도 떠오르지 않았다. 지금까지도 말이다.

은서는 묵직한 한숨을 내쉬었다.

"대체 술을 얼마나 마셨기에 필름이 끊겨?"

"몰라, 나도."

"그럼 그 남자랑은 어떻게 됐어?"

"뭐가?"

"회사에서 봤을 거 아니야."

"못 봤어."

"못 봤어?"

"응. 근데 회사에 소문이 났어."

"소문? 무슨 소문?"

"……어떤 간 큰 여자가 사장을 덮치고 튀었다고. 그것도 에일린 직원이."

"뭐?"

"디자인부 팀장님 중 두 분이 대표님이랑 죽마고우래. 거기서부터 말이 나온 모양인데, 정말 순식간에 퍼졌어. 그것도 눈덩이처럼 불어나서."

"그럼 사내에 너랑 대표랑 잤다고 소문이 쫙 났단 말이야?"

"나인 건 몰라. 그쪽도 필름이 끊긴 모양이야. 사원증을 본 모양인데, 거기 그려진 회사 로고만 기억한다더라."

얘기하다 보니 자꾸만 갈증이 일었다. 남은 커피를 마저 마시고는 심각한 얼굴로 앉아 있는 은서를 보며 보라는 쯧, 하고 짧게 혀를 찼다.

"잘생겼다며. 거기다 돈도 많고. 그냥 책임지라 그래."

"책임은 무슨, 자르지나 않으면 다행이지. 나도 이제 내년이면 서른인데, 한 회사에 자리 잡고 정착하고 싶다고. 에일린이 딱인데."

"설마. 아무리 봐도 쌍방과실인데 자르기야 하겠어? 그리고 에일린 대표, 디자이너 엄청 아낀다며."

"아무리 아껴도 예외라는 상황이 존재할 거 아니야. 거기다 상사랑 스캔들이라니, 정말 진절머리 나. 난 그냥 조용히 이 일 덮고 싶어. 너 알잖아. 난 더는 연애도, 결혼도 생각 없어."

은서의 말에 보라가 잠시 멈칫하며 안쓰러운 기색을 보였지만, 가뜩이나 예상치 못한 폭탄으로 머리 아파하는 친구를 붙들고 무거운 주제로 길게 대화를 끌고 싶지는 않았다.

결국 머릿속에 떠오른 수많은 말을 뒤로하고 보라는 웃으며 은서의 말을 가볍게 맞받아쳤다.

"그렇게 말하는 사람들이 꼭 뒤통수치고 먼저 가더라. 뭐, 네가 그 남자한테 책임 전가할 생각 없다면 없던 일로 해. 너도 기억 안 나고, 그 남자도 기억 못 하고. 뭐가 문제야? 기억도 못 하는데 너만 입 뻥긋 안 하면 그걸 누가 알겠어?"

"……그렇겠지?"

"그래."

휴대전화로 시간을 확인한 보라가 남은 커피를 한입에 마셔 버리고는 쇼핑백 하나를 은서에게 내밀었다.

"자, 부탁한 책."

조금 전까지 우울해하던 은서의 얼굴에 언제 그랬냐는 듯이 한껏 미소가 그려졌다.

"고마워, 보라야."

"나중에 밥 사라. 에일린 월급 세다며. 첫 월급 타면 쏴."

"그래, 시간 비워 둬. 맛있는 거 사 줄 테니까."

"이제 그만 일어나자. 나 지금 복귀 안 하면 진짜 늦겠다."

구하기 힘든 책도 구해 준 터라 커피 값은 은서가 계산하려 했지만, 앞서 카운터로 걸어간 보라가 먼저 계산을 끝내 버렸다.

"내가 낸다니까."

"됐어. 월급 타면 밥이나 사."

저렇게 말하고 정작 자리를 만들어 함께 식사를 하면 보라는 늘 그랬듯이 먼저 계산을 하려고 할 것이 분명했다.

월급을 타면 밥 말고 다른 선물이라도 해 줘야겠다고 생각하며, 은서는 회사를 나설 때보다 가벼워진 걸음을 옮겨 다시 에일린으로 향했다.

그다지 먼 거리가 아님에도 횡단보도 하나를 건너는 동안 은서의 이마에는 땀이 송골송골 맺혔다. 건물 로비에 들어서고 나서야 조금 숨통이 트이긴 했지만, 지금 있는 곳이 회사만 아니라면 당장이라도 긴 블라우스를 벗어 던지고 싶었다.

"이거 며칠이나 가려나."

엘리베이터를 기다리는 동안 은서는 소매를 슬쩍 걷어 올려 봤다. 처음보다 흐릿해지긴 했지만 여전히 흔적이 남아 있는 울긋불긋한 피부가 눈에 들어왔다. 이렇게까지 물고 빨고 했는데 기억이 하나도 안 난다는 것도 참으로 경악할 만한 일이었다.

"굶주린 짐승도 아니고, 남의 피부를 대체 왜 이렇게 씹어 놓은 거야."

"차은서 씨, 어디 다녀와요?"

갑작스레 말을 걸어오는 목소리에 은서는 화들짝 놀라며 걷어 올렸던 소매를 빠르게 다시 내렸다. 고개를 든 그녀의 얼굴이 순간적으로 하얗게 질렸다.

이원우에 관한 사내 소문의 근원지, 이원우의 죽마고우, 디자인 1팀 팀장 윤정환이 지척에 서 있었다.

잠시 말을 잇지 못하던 은서는 정환이 자신의 옆에서 완전히 걸음을 멈추고 나서야 꾸벅 인사를 건네고는 언제 놀랐냐는 듯이 태연한 얼굴로 마주했다.

　"친구가 와서 잠깐 뭐 좀 받으러 나갔다 왔어요."

　"그래요?"

　사내에 이원우에 관한 소문이 돌게 된 근원이긴 했지만, 은서는 팀장 윤정환이 팀의 책임자로서 마음에 들었다.

　처음에는 여성화 전문 회사에, 그것도 디자인 파트 팀장이 남자라는 것이 놀라웠지만, 보름 넘게 본 결과 그는 팀의 책임자로서 손색이 없었다.

　가벼운 성격인 것 같으면서도 일에 있어서는 무척이나 꼼꼼했다. 동명제화에서 이름 날리는 디자이너였다고 들었는데, 실력뿐만 아니라 평판까지도 좋았다.

　거기다 직속 상사가 아닌 이상, 부하 직원에게 말을 놓지 않는 사람들이 에일린 내에는 꽤 많았는데 정환도 그에 속했다.

　존중 차원이라면서 자기 팀뿐만 아니라 다른 팀원들에게까지도 늘 세심하고 배려 있게 행동했다. 그 배려라는 것이 가끔 부하 직원에게만 국한되어 있는 것 같았지만 말이다.

　"은서 씨, 사무실 올라갈 거 아니에요?"

　"네? 맞아요."

　"근데 이걸 안 누르면 어떻게 해요."

　정환의 손이 엘리베이터 버튼을 꾹 눌렀다.

어쩐지, 아무리 기다려도 안 내려온다 했더니. 은서는 자신이 버튼조차 누르지 않고 딴생각을 하고 있었던 것을 그제야 깨달았고 조금 난감해하는 웃음을 지었다.

4층에서 멈춰 있던 엘리베이터가 천천히 1층으로 내려왔다. 그러나 지하에서 누군가 엘리베이터를 누른 건지, 1층을 지나친 엘리베이터는 주차장이 있는 지하를 향해 그대로 내려가 버렸다.

"팀장님은 어디 다녀오시는 길이세요?"

"쇼 디렉터랑 미팅. 의상 디자이너 한소희 씨랑 협업해서 진행하는 패션쇼를 하나 구상 중이거든요."

한 손에 들린 디자인 오퍼 서류를 흔들어 보인 정환이 지하 2층에 멈춰 선 붉은 숫자를 올려다봤다.

"회사 일은 괜찮아요?"

"네, 괜찮습니다."

"대표님이 이번 신입 사원들한테 거는 기대가 커요. 특히 차은서 씨한테."

"네?"

"아, 부담 주려는 건 아니고."

덧붙이는 목소리가 상냥했다. 다시 시선을 맞춘 정환이 그녀에게 뭔가를 더 말하려는 듯했지만, 때마침 도착한 엘리베이터 문이 열리며 두 사람의 대화는 거기서 끝이 났다.

엘리베이터 안에 누군가 있는 건지 정환이 먼저 꾸벅 고개를 숙이는 모습을 보고 은서 역시 덩달아 인사를 건넸다. 그리고 고개를 들어 뒤늦게 상대방의 얼굴을 확인한 은서는 그 자리에 굳어 버리고 말았다.

오늘만큼은 절대로 보고 싶지 않은 남자가 눈앞의 좁은 공간 안에 떡하니 자리를 잡고 있었다.

"대표님, 어디 다녀오시는 길이⋯⋯."

자연스럽게 말을 건네려던 정환이 미간을 좁히곤 시선을 조금 더 아래로 내렸다. 약속이라도 한 것마냥 은서의 시선 역시 한곳으로 향했다.

엘리베이터 안에는 에일린의 대표 이원우가 있었다. 문제는 이원우의 손에, 그의 검지에, 구두가 들려 있다는 점이었다. 은서가 잃어버린 파란 하이힐이었다.

"대표님, 그거 너무 눈에 띕니다."

보다 못한 정환이 한 소리 하자 원우는 정말 아무렇지도 않게 받아 쳤다.

"눈에 띄라고 들고 있는 겁니다."

"⋯⋯."

"안 탑니까?"

정환이 먼저 걸음을 옮겨 엘리베이터에 올라탔고 은서도 어쩔 수 없이 그 뒤를 따랐다. 왠지 모르게 등골이 서늘하고 뒤통수가 따가웠다.

두어 걸음 정도 뒤에 서 있는 이원우에게 온 신경이 집중되어, 은서는 숨조차도 제대로 쉴 수 없을 것 같았다. 긴장으로 몸이 뻣뻣하게 굳어졌다.

'대체 저걸 왜 들고 온 거야?'

은서는 힐끗, 곁눈질로 뒤를 돌아봤다. 무서울 정도로 어울리는 깔끔한 정장 차림을 하고 한 손에 들고 있는 게 여자의 파란 하이힐이라니. 눈에 띄어도 너무 띄었다. 소문으로 들은 것보다 더 괴짜일지도 모른다는 생각이 들었다.

"4층에서 내리세요?"

사장실은 5층에 있었다. 정환이 이미 눌러져 있는 4층 버튼을 보고는 의아한 듯 물었다.

"디자인 부서에 볼일이 있어서요."

"다 좋은데요. 설마 그거, 계속 손에 들고 계실 겁니까?"

"네."

"내려서도요?"

"그럴 생각인데요, 윤 팀장."

"그럼 좀 떨어져서 걸으시죠. 제게는 사회적 지위와 체면이라는 게 있어서요."

정색하며 건넨 윤정환의 말에 이원우는 픽, 바람 빠진 웃음소리를 냈다. 곁눈질로 본 거라 정확히 보지는 못했지만 스치듯 본 표정은 마치 윤정환이 가소롭다는 얼굴이었다.

4층에 도착한 엘리베이터의 문이 열리자 이원우는 윤정환의 말을 한 귀로 듣고 한 귀로 흘린 건지 그와 나란히 걸었다. 여전히 한 손에는 파란 하이힐을 든 채로 말이다.

'뭘 저렇게 자랑하듯 들고 다니는 거야.'

은서는 서너 걸음 뒤에서 걸으며 소리 없는 울음을 삼켰다.

이원우가 걸음을 옮길 때마다 손에 들린 파란 하이힐이 눈에
아른거렸다.

　복도를 지나가던 직원들은 원우와 정환을 보고 고개 숙여
인사를 하면서도 파란 하이힐에서 시선을 떼어 내지 못했다.
역시 저건, 눈에 띄어도 너무 띄었다.

　"저거 그건가 봐. 소문의 그 파란 하이힐."

　수군거리는 목소리가 은서의 귀에 닿았다. 울고 싶은데 울
수가 없으니 입가에는 절로 쓴웃음이 그려졌다.

　주변 사람들이 뭐라 떠들든 신경 쓰지 않는 두 남자는 목소
리를 낮춰 가며 서로의 대화에 집중하고 있었다. 문제는 목소
리를 낮춰 떠들어도 두 사람이 나누는 대화의 내용이 은서의
귀에 들린다는 점이었다.

　"그 구두 진짜 눈에 띈다니까. 너 사내에 소문 퍼진 거 모
르냐?"

　"그 소문이 네 입에서 나온 건 알고 있지."

　"난 딱 한마디 했을 뿐이야. 너에 대한 가십이 워낙에 풍성
했으니까 이번에도 급속도로 살까지 불려 가며 퍼진 거지. 근
데 너, 디자인부에는 무슨 일이야?"

　"얼굴 보면 기억날까 해서."

　"뭐가? 설마 그 구두 주인?"

　"아무래도 에일린 소속 디자이너 같아."

　"지금 업무 시간이거든요, 이원우 대표님."

　"알아."

"알아? 안다면서 업무 시간에 너랑 동침한 여자를 찾겠다고? 디자이너들 한 명, 한 명 세워 두고 눈빛 교환이라도 할래?"

"대표가 디자이너들 격려차 인사하러 가는 것도 못 해?"

"그러니까 네가 지금 우리 디자이너들 격려차 인사하러 가는 길이라고? 그 파란 하이힐을 들고?"

"이거 설마 네 거야? 왜 이리 예민하게 굴어?"

두 남자의 걸음이 동시에 멈췄다. 눈앞에 내밀어진 파란 하이힐을 바라보던 윤정환이 결국 말을 말자며 이원우의 손을 밀어냈다.

"얼굴 본다고 끊긴 필름이 다시 붙을지는 모르겠지만, 대표님 마음대로 하십시오."

"안 그래도 그럴 생각이야. 아, 그리고 말이야. 공모전 대상 수상한 신입 사원이 너희 팀이라고 했지?"

정환이 뒤를 돌아봤다. 앞으로 나가지도 못하고 제자리에서 주춤거리며 상황을 지켜보고 있던 은서가, 갑작스레 자신에게로 튄 불똥에 커다란 눈동자를 좌우로 굴렸다. 왜 여기서 자신의 이야기가 나온단 말인가.

"대표님이 말씀하시는 게 대상 수상자 차은서 씨라면 바로 뒤에 서 있는데요."

마음의 준비도 하기 전에 이원우의 시선이 자연스럽게 그녀에게로 향했다. 파란 구두는 여전히 손에 들려 있었다. 은서는 구두를 쥔 그의 손을 한 번 바라보고는 최대한 어색하지 않게 웃으며 고개를 숙였다.

"디자인 1팀 신입 사원, 차은서입니다."

엘리베이터 안에서도 이미 한 차례 얼굴을 봤지만 알아보지 못했다. 필름이 끊겼다고 했으니 못 알아볼 것이 분명한데도 어쩐지 잔뜩 긴장이 되어 은서는 뻣뻣하게 몸을 굳혔다.

"대표 이원우입니다. 환영회에 신입 사원들 얼굴 보러 간 건데, 누구누구 때문에 정작 신입 사원들하고는 인사도 못 했네요. 공모전 수상한 작품 잘 봤어요."

상냥하게 웃는 얼굴로 건넨 인사에 은서는 그제야 안도했다.

'역시 기억 못 하는구나.'

그가 다시 두어 걸음 되돌아 그녀에게로 다가왔지만 은서는 조금 전처럼 당황해하거나 불안해하지 않았다. 되레 한결 나아진 기분으로 태연함을 유지하며 원우를 마주했다.

"감사합니다."

"윤 팀장 소속이죠? 1팀?"

"네."

"윤 팀장이 거는 기대가 크던데."

은서가 대답 없이 힐끗 정환을 바라봤다. 쟤는 네가 거는 기대가 크다고 했는데요.

"신입 사원 배정할 때 1팀 윤정환 팀장이 제일 먼저 은서 씨 데려갔거든요."

"전 아직 부족한 점이 많습니다. 배워야 할 것도 많고요."

"겸손할 줄도 알고, 누구랑은 많이 다르네요. 근무하다가 어려운 점이나 힘든 점 있으면 주저 말고 윤 팀장한테 얘기해요. 책임자는 팀원들 잘 이끌고 돌보라고 그 자리에 앉혀 둔 거니까. 그러라고 월급 주는 거고."

뒤에서 잠자코 상황을 지켜보던 윤정환이 어처구니없다는 얼굴을 했다.

"그거, 저 들으라고 하시는 소리입니까?"

"글쎄요."

그러는 와중에도 이원우가 손을 움직일 때마다 시야에서 움직이는 파란 구두 때문에 은서는 눈동자를 이리저리 굴리느라 바빴다. 뺏고 싶은 충동까지 들어 하마터면 저도 모르게 손을 뻗을 뻔했다.

이원우는 주변 시선을 정말 신경 쓰지 않는 건지, 수군거리는 목소리가 점점 더 커져 가고 있음에도 구두를 내려놓을 생각이 전혀 없어 보였다.

"차은서 씨."

"네."

"혹시 이 구두 주인 몰라요?"

이 남자가 대체 왜 이래? 이원우는 이제 아예 눈앞에 대놓고 구두를 흔들어 댔다. 은서는 멘탈이 붕괴될 지경이었다.

"······네?"

"신입 사원 환영 회식 있던 날, 이런 구두 신은 사람 혹시 못 봤어요? 뭐, 비슷한 거라도."

뭘 알고 묻는 건가? 잠시 의심스런 눈길을 보냈지만, 아무리 봐도 정말 순수하게 궁금해서 묻는 얼굴이었다.

은서는 당연히 모른다고 대답할 생각이었다. 정환이 두 사람 사이를 비집고 들어서듯, 디자인 오퍼 서류를 중앙에서 흔들어 대는 바람에 타이밍을 놓쳐 버렸지만 말이다.

"대표님, 그날 회식 참석한 인원이 몇인데 차은서 씨가 그런 것까지 기억합니까. 거기다 여긴 시선 닿는 곳에 있는 사람이 대부분 디자이너입니다. 무슨 패션쇼 하듯 매일 다른 구두 신고 오는 사람들인데 언제, 누가, 어떤 구두를 신었는지 일일이 어떻게 기억을 해요. 그 구두는 색만 좀 튈 뿐이지, 특이한 디자인도 아니고요."

"그런가."

이원우는 아쉽다는 기색을 드러낸 후 은서의 사원증으로 시선을 옮겼다. 그의 기억 속에 유일하게 남아 있다던 에일린의 로고가 그려진 사원증이었다.

"다 똑같이 생겨서 알아먹을 수가 있어야지. 팀별로 로고 색을 다르게 만들 걸 그랬나. 그럼 범위가 확 좁아졌을 텐데."

"그래도 그 와중에 에일린 로고는 어떻게 기억하셨네요."

"누가 디자인한 건데 그걸 잊습니까."

대답은 정환을 향해 하면서도 그의 시선은 은서의 사원증에서 떨어질 줄을 몰랐다. 집요한 시선은 한참 뒤에야 떨어졌다. 그와 동시에 눈앞에서 흔들어 대던 파란 구두도 멀어져 갔다.

아끼던 구두라 은서의 얼굴에 안타까운 기색이 드러났지만 그렇다고 해서 원우의 손에 들린 구두를 빼앗을 수도 없는 일이었다.

"아직 점심시간 끝난 것도 아닌데, 내가 너무 눈치 없이 오래 붙잡고 있었네요. 그럼 수고해요, 차은서 씨."

구두를 쥔 손을 아래로 내린 이원우는 미련 없이 자리에서 돌아섰다. 발걸음 소리가 멀어져 갈수록 수군거리는 주변의 목소리는 커져 갔다. 아마 퇴근할 때쯤에는 잔뜩 부풀려진 소문이 사내에 돌고 있을 것이다.

"아무튼 뭐 하나 파고들면 집착을 넘어선다니까."

"저도 대표님에 관한 소문 듣긴 했는데, 이렇게까지 찾을 일이에요? 상대방도 그냥 도망갔다던데 안 찾으면 그만인 거 아니에요?"

"보통은 그렇죠. 근데 내가 개인적으로 이원우 대표님을 아주 잘 아는데, 아마 끝까지 찾을 거예요."

"네?"

"얼굴 잘생겼고, 돈도 많고. 대표님이 사실, 엄청 놀게 생겼죠?"

은서는 대답하지 않았다. 얼굴로만 본다면 여자가 줄줄이 따를 것 같지만, 상사 앞에서 그걸 솔직하게 말할 정도로 순진하지는 않았다.

"근데 아니거든요. 그런 부분에선 의외로 바르게 커서요."

어느새 디자인 1팀 입구에 다가선 이원우의 뒷모습이 보였다. 관찰하듯 입구에 기대어 서서 사무실을 훑는 눈이 제법 매섭다.

이제는 멀어진 거리지만, 그 순간에도 이원우의 손에 들려 있는 파란 구두만큼은 은서의 눈에 선명하게 박히듯 들어왔다.

"아무튼 누군지 몰라도 그냥 자수해서 광명 찾는 게 나을 텐데. 뭐, 봉 잡은 건지 지뢰를 밟은 건지는 모르겠지……만."

"……."

"저 자식, 저거 진짜 들고 들어갈 모양이네."

말을 하던 정환이 인상을 확 구기며 이원우를 뒤쫓았다. 때마침 2팀 사무실에서 나오던 팀장 남규도 그 모습을 보고 미간을 좁히며 작게 중얼거렸다.

"이원우 저 새끼, 또 왜 저래."

은서는 그 자리에서 굳어져 아예 움직이지도 못했다. 설마 저걸 들고 정말 사무실 안으로 들어갈까 싶었지만 이원우는 그런 짓을 할 수 있는 인간이었다.

탐색하듯 사무실 안을 훑던 이원우는 결국 손에 구두를 쥔 채 디자인 1팀으로 들어갔다. 그건 누가 봐도 의도적인 행동이었다. 마치 이 구두에 집중 좀 해 달라는 의도.

은서는 손을 들어 마른 얼굴을 쓸어내렸다. 손안이 땀으로 축축했다. 그걸 확인하자 저도 모르게 헛웃음이 터져 나왔다.

'절대 안 돼.'

사내에서의 스캔들은 사절이었다. 상사와의 스캔들은 더더욱. 은서는 일부러 보란 듯이 구두를 손에 쥔 채 디자인 부서로 들어가던 이원우의 모습을 다시 떠올렸다.

'괴짜.'

그는 소문으로 들었던 것보다 더 괴짜였고, 그녀는 그제야 자신이 밟은 것이 지뢰일지도 모른다는 생각을 했다. 그것도 엄청난 대형 지뢰. 은서는 마음을 단단히 먹고는 사무실 안으로 걸음을 옮겼다.

그날 디자인 부서에 나타난 이원우는 1팀부터 3팀까지 정찰을 하듯 디자이너 한 명, 한 명과 인사를 나눴다.

격려의 말을 전하는 동안 원우의 손에 들린 파란 하이힐은 사원들의 시선을 고스란히 받아 내야 했다. 덕분에 잦아들었던 소문에는 다시 무섭게 불이 붙었다.

이원우는 구두 주인이 에일린의 디자이너일 것이라 짐작했고 한 사람씩 얼굴을 보다 보면 혹여 기억이 날까 했지만 성과는 없었다.

그는 잠시 미간을 좁힌 채 홀로 심각하게 무언가를 고민하다, 결국 체념한 건지 디자인 부서를 벗어났다.

그 뒤로 사장실 책상 위에 놓인 파란 구두를 봤다는 사람들의 말도 들려왔지만, 은서는 더는 그 소문에 대해 신경 쓰지 않기로 했다. 이런 건 시간이 약이었다.

그 후로 며칠간 은서가 이원우를 사내에서 마주하게 되는 일은 없었고, 불이 붙었던 소문도 예상대로 시간의 흐름에 따

33

라 점차 잠잠해져 갔다.

외부 행사 참여와 백화점에 입점해 있는 매장 몇 곳을 방문하고 오후 늦게 회사로 돌아온 이원우는 쉬지도 않고 곧장 윤정환 팀장이 올린 기획서를 확인했다.

유명 의상 디자이너인 한소희와 에일린이 협업해서 진행하는 패션쇼의 기획이었다. 기획서의 마지막 장까지 확인을 마친 그는 시간을 보고는 인터폰의 버튼을 눌렀다.

"김 비서."

─네, 대표님.

"혹시 윤정환 팀장 아직 퇴근 안 했으면 내 방으로 올라오라고 하세요. 김 비서는 그만 퇴근하고요."

─네, 알겠습니다.

결재 사인을 마치고 나서야 다 식은 커피 한 모금을 마셨다. 몰려드는 피로로 인해 두 눈이 뻑뻑했다.

마른 손으로 얼굴을 쓸어내린 뒤 짧게 한숨을 내쉰 원우의 시선이 이내 한곳에 머물렀다.

턱을 괸 채로 골똘히 생각에 잠겨 있는 그의 시선 끝에는 파란 구두가 놓여 있었다.

원우는 곧 자리에서 일어나 사무실 중앙에 있는 소파에 앉았다. 은서는 몰랐겠지만 그는 그날 디자인 부서는 물론, 다른 부서까지 저 구두를 들고 정찰하듯 돌았다.

물론 소득은 없었다. 그로부터 일주일이 넘는 시간이 지났지만 주인 잃은 파란 구두는 여전히 그 자리를 지키고 있었다.

처음에는 그저 찾고 싶었다. 하룻밤이라고 해도 그날 일에 대한 책임 의식이 있었고, 혹시라도 얼굴조차 기억나지 않는 상대방이 에일린의 디자이너여서 자신 때문에 회사를 관두게 되는 일만큼은 만들고 싶지 않았다.

이원우는 디자이너를 아꼈다. 그 부분에선 투자를 아끼지 않았다. 에일린이 급속도로 성장을 보인 것은 모두 그 때문이었다. 그래서 찾으면 진심으로 사과를 할 생각이었다.

한데, 처음 생각과 달리 시간이 지날수록 이 상황이 괘씸했다. 필름이 끊기긴 했지만, 자신의 평소 성격상 싫다는 사람을 강제로 덮치지는 않았을 것이다. 어쩌면 자신이 피해자일 수도 있는 것 아닌가.

'강제로 덮쳤다면 도망치는 게 아니라 당연히 고소를 했겠지. 그럼 합의하에 서로 좋아서 잤다는 건데.'

사내에 소문이 쫙 퍼진 데다 그 소문의 구두를 들고 동네 산책하듯 회사를 돌았으니 상대방은 자신을 찾고 있다는 사실을 알고 있을 것이다. 그런데 이 정도로 꼭꼭 숨어서 나오지 않으니 되레 오기가 생겼다.

"해 보자 이거지."

이원우는 자신이 하고자 하는 일에는 엄청난 집요함과 인내력을 보였다. 남들이 하지 말라는 일이라 해도 자신이 옳다 생각하면 신경 쓰지 않고 밀어붙였고, 그게 아무리 어려운 일이라도 해내고야 말았다.

마치 눈에 새기듯 파란 구두를 내려다보고 있던 그가 상념

35

에서 깨어난 것은 노크 소리가 들려온 뒤였다.

"들어와요."

문이 열리며 정환이 안으로 들어섰다. 여름이라 해가 길어진 탓에 아직 창밖이 어둡지는 않았지만 이미 퇴근 시간은 넘긴 상태였다.

정시에 맞춰 칼퇴근을 하는 직원이 많지는 않다고 해도, 퇴근 시간 이후에 상사가 호출하는 것을 반길 직원은 없었다.

정환의 얼굴에도 살짝 불만이 묻어나 있었다. 원우는 모르는 척 소리 없이 웃었지만 말이다.

"퇴근 아직 안 했네요."

"하려는 참에 연락 받고 올라왔습니다."

"오래 붙잡고 있을 거 아니니까 그렇게 싫은 티 팍팍 내지 말아요. 내일 오전에 자리 비울 거라 할 수 없이 지금 부른 거니까. 기획서 결재해 놨으니 가져가서 그대로 진행해요."

원우는 눈짓으로 책상 위를 가리켰다.

"그게 끝입니까?"

"끝입니다."

나가라는 손짓이 답으로 돌아왔다. 서류철을 챙겨 들고 돌아서려던 정환은 다시금 상념에 빠진 원우의 모습을 힐끗 응시하고는 그의 시선을 따라 움직였다.

'뭘 저리 집중해서 보고 있나 했더니.'

일주일 넘게 테이블 위에 놓여 있는 구두를 발견한 그는 질렸다는 얼굴을 했다.

그냥 조용히 나가는 것이 답일 것 같아 문 앞까지 걸음을 옮겼지만, 정환은 문고리를 잡으려던 손을 다시 내려놓았다.

뭔가를 가늠하듯 눈동자를 한 번 굴리곤 손목에 찬 시계를 확인했다. 퇴근 시간은 이미 한참이나 지나 있었다.

"더 지시하실 일은 없으시죠?"

"네, 나가 보세요."

시선조차 주지 않고 대답하는 이원우의 얼굴은 심각해 보였다. 나가 보란 말까지 들었지만 정환은 되레 돌아서서 원우의 곁으로 다가섰고 소파에 앉았다.

눈으로만 새기듯 보고 있던 구두를 정환이 손에 들자 원우의 눈썹이 슬쩍 위로 치켜 올라갔다.

"지시할 일 없고, 퇴근 시간도 지났으니 윤 팀장이 아닌 친구 윤정환으로서 말하는 건데 말이야. 내가 해결 방법 알려 주면 너 나한테 뭐 해 줄래?"

"뭐?"

"의외로 가까운 곳에 방법이 있는데, 마음이 급하면 그게 잘 안 보이거든. 네가 지금 상황 판단을 제대로 못 하고 있는 것 같아서 내가 힌트를 좀 주려고 하는데."

"어떻게?"

"뭐 해 줄 거냐니까."

"너 지금 내가 이것 때문에 얼마나 스트레스 받고 있는지 알면서 이 문제로 나랑 딜 하자는 거야?"

"싫음 말고."

아쉬울 것 없다는 얼굴로 구두를 내려놓고 일어서려는 정환을 원우가 빠르게 붙잡았다. 그는 아득, 이를 갈았다. 물론 웃는 얼굴로 말이다.

"……뭘 원하는데?"

"별거 아냐."

"그러니까 뭐?"

"그게…… 에이, 아니야. 그냥 없던 일로 하자."

"얘기하라고! 들어줄 테니까!"

그제야 원하는 답을 얻어 낸 정환은 기다렸다는 듯 원우에게 조건을 내걸었다.

"이번에 협업해서 진행하는 패션쇼에 우리 팀 디자인 좀 추가하게 해 줘."

"구두랑 의상 다 맞춰서 기획까지 끝내 놓고 이제 와서 추가를 하자고? 우리 쪽이야 그렇다 치고, 한소희 디자이너 쪽은 추가 의상이 있는지도 모르잖아."

"많이도 안 바랄게. 딱 한 개만. 한소희 씨는 내가 설득하고."

"갑자기 왜?"

"꼭 넣고 싶은 디자인이 있어서."

"그런 게 있으면 진작 같이 진행했어야지."

"이제 봤으니까."

"뭐?"

"신입 사원 거라서. 내가 그 사원한테는 디자인 스케치를

38

오늘 처음 정식으로 받아 봤거든."

원우는 기억을 더듬었다. 1팀 신입 사원이라면 윤정환이 자기 팀으로 데려가려고 갖은 애를 썼던 사원이었다.

"너희 팀 신입 사원이면…… 공모전 대상자 아니야? 이름이 뭐더라."

"차은서 씨."

"그래, 차은서. 근데 아무리 마음에 들어도 너무 이른 거 아니야? 입사한 지 이제 고작 한 달 되어 가는 신입 사원 디자인을 에일린 이름 걸고 올리겠다고?"

"재능 있는 사람이 우선 아니었어? 그렇게 경영할 거라고 네가 말했잖아."

"아무리 재능이 있어도 경험이 있는 것과 없는 건 달라. 디자이너가 종이 위에 디자인만 그린다고 끝나는 일이 아니잖아."

"그건 걱정할 거 없어. 왜 나온 건지는 모르겠지만, 차은서 씨 에일린 들어오기 전에 다른 회사에 있었어. 경력 충분해. 지금 당장 일 하나 맡겨 놔도 훌륭하게 해낼 수 있을 거야. 패턴 제작도 직접 할 수 있을 정도의 인재니까. 그런 디자이너가 제 발로 찾아온 건 고마워해야 해."

공모전 심사에는 원우도 참여를 했었다. 대상을 받은 은서의 디자인에 가장 높은 점수를 준 사람은 바로 지금 대화를 나누고 있는 정환과, 원우 본인이었다.

원우는 복도에서 마주쳤던 은서의 모습을 떠올렸다. 신입 사원이라지만 사회생활을 막 시작했다고 보기에는 나이가 좀 있어 보였다.

"다른 회사라면 어……."

"아~ 자꾸 대화가 길어지네. 아깐 다 들어준다며?"

"야, 그래도……."

"결론만 말해. 된다는 거야, 안 된다는 거야? 나 그냥 일어 난다?"

정환이 자리에서 일어서려는 시늉을 하자 원우가 다시금 다급하게 그를 붙들었다.

"급하긴."

더는 길게 고민하지 않았다.

"좋아. 대신 한소희 디자이너 설득할 수 있는 경우에 한해 서야."

"그건 내가 알아서 한다니까."

"해결 방법은?"

원하는 바를 얻어 낸 정환이 씨익 웃었다. 별거 아닌 방법 이지만 꼬리조차 잡지 못한 이원우에게는 큰 도움이 될 것이 분명했다.

"네가 호텔 CCTV는 못 본다고 해도, 에일린 사내 CCTV는 볼 수 있지."

"그게 뭐?"

"회식 있던 날, 출근하는 직원들 모습이 찍힌 1층 로비랑 주차장 CCTV를 보면, 디자인까지는 자세히 알 수 없어도 파란 구두를 신고 출근한 직원이 누구인지는 알 수 있으니까 범위가 확 좁혀지잖아."

심드렁한 표정으로 정환의 이야기를 듣고 있던 원우는 그제야 한 대 얻어맞은 얼굴을 했다. 왜 그걸 생각 못 했을까.

"너 그거 처음부터 알았으면서 나한테 얘기 안 했지?"

"그럴 리가. 나도 어제 막 생각났어. 아무튼 약속대로 우리 쪽 디자인 하나 더 올린다. 수고."

어깨를 으쓱이고 자리에서 일어난 정환은 그대로 사장실을 빠져나갔다.

원우는 더 기다릴 것도 없이 책상 앞에 앉아 사내 CCTV 영상을 볼 수 있는 주소로 접속을 했다.

아이디와 패스워드를 누르자 분할된 화면이 모니터 가득 들어찼고, 원우는 회식이 있던 날의 출근 시간대 영상을 검색했다.

많은 화면들 중에 1층 로비와 지하 주차장 엘리베이터의 영상을 크게 확대했다. 그 뒤로는 말없이 모니터를 뚫어져라 응시했다.

파란 구두를 신은 것 같으면 일시 정지 버튼을 누르고 화면에 보이는 사람이 어느 팀의 누구인지 한참을 떠올렸다. 하지만 직원이 워낙 많다 보니 일일이 기억을 하기가 힘들었다.

결국 원우는 필요한 영상을 부분적으로 따로 저장을 해 뒀고 그것을 김 비서에게 보냈다. 김 비서에게서 다시 답이 오기까지는 그다지 오랜 시간이 걸리지 않았다.

창밖에 완전하게 어둠이 내려앉고 나서야 원우는 모니터의
전원을 끄고 고개를 뒤로 젖혔다. 가뜩이나 피로감으로 인해
건조해진 두 눈이 이제는 비명을 지를 지경이었다.

그래도 기분은 나쁘지 않았다. 복잡하던 머릿속이 어느 정
도 정리가 된 느낌이었다.

다시 눈을 뜬 원우는 책상 위의 메모지를 손에 들었다. 종
이 위에는 김 비서가 알려 준 네 명의 이름이 쓰여 있었다. 사
내 CCTV를 확인해 본 결과, 그날 파란 구두를 신은 여자는 총
네 명이었다.

"마케팅부 송현아 사원, 회계팀 유인성 주임, 디자인 2팀
강진주 대리, 그리고……."

마지막에 적힌 이름을 보고 원우는 고개를 기울였다. 이름
을 보자마자 복도에서 마주쳤던 얼굴이 바로 떠올랐다. 여러
모로 자꾸만 입에 올리게 되는 이름이었다.

"디자인 1팀 신입 사원, 차은서."

그중 회식에 참석했던 디자이너는 두 명이었다.

물론 필름이 끊긴 상태라서 자신과 하룻밤을 보낸 여자가
디자이너라고 확신할 수는 없었다. 얼굴을 비치고 간 다른 팀
직원들도 있었고 회식에 참석하지 않은 에일린 직원을 길에
서 만났을 수도 있는 일이다.

하지만 역시, 가능성이 적었다. 이원우가 회식 장소에 도착
했을 때 다른 팀의 직원들은 이미 자리를 뜨고 난 후였다.

남아 있는 사람은 모두 디자인부에 속해 있는 직원들이라

고 했다. 그나마 가장 멀쩡했던 정환에게 직접 들은 말이었으니 확실할 것이다.

종이를 반으로 접어 왼쪽 셔츠 주머니에 꽂아 넣은 원우는 불을 끄고 유유히 사무실을 나섰다. 평소보다 훨씬 늦은 퇴근에 피로가 쌓였지만, 그의 기분은 좋아 보였다.

"꼬리를 잡았으니 이제 누구 꼬리인지 당겨 보기만 하면 된다, 이거지."

범위가 좁혀졌으니 확인만 하면 될 일이다. 처음 상황에 비한다면야 이원우에게 이건 그다지 어려운 문제도 아니었다.

* * *

기업은 자선 사업 단체가 아니다. 당연한 소리겠지만, 월급 주는 만큼 실적으로 거둬들이는 곳이고 가끔은 그보다 더하게 등골을 빼먹는 곳이기도 했다.

에일린의 디자이너는 팀장에게 한 달에 최소 서너 개의 디자인을 내야 했다. 그것도 제대로 된 것으로 말이다.

그렇다고 해서 통과된 디자인이 모두 상품화가 되는 것도 아니었다. 대부분이 디자이너 개개인의 발전을 위한 연습용에 불과했고 그중 단 몇 개의 디자인만이 상품화가 되었다.

입사 후 은서는 어제 처음으로 팀장에게 총 세 점의 디자인을 제출했다. 다행스럽게도 단번에 통과가 되어 마음을 놓고 있었는데, 출근하고 얼마 지나지 않아 팀장인 정환이 호출을 하더니 뜬금없는 작업 지시를 내렸다.

"패턴 제작이요?"

"네. 어제 제출했던 디자인 중에 스틸레토힐 있었죠?"

"네."

"그걸로."

디자이너들은 디자인을 도식화해 하청을 주는 공장이나 제작하는 개발팀 쪽에 넘기는 것이 보통이지만, 에일린 디자인부에는 패턴 작업을 직접 하는 인원이 몇 명 있었다. 은서도 그중의 한 명이었다.

'갑자기 패턴 제작이라니.'

은서는 영문을 모르겠다는 얼굴을 했다.

패턴 제작은 보통 상품화 제작이 확정된 디자인에 한해 작업을 했다. 은서가 속해 있는 팀의 디자인 제출 기한은 말일까지였다. 아직 디자인을 제출하지 않은 팀원들도 있을 것이기에 상품화되는 디자인을 선택하기에는 이른 시점이었다.

"설마 제 디자인이 상품화되는 건가요?"

"그건 아직 아닌데, 뭐라고 해야 하나. 아무튼 보여 줄 샘플이 필요해서 그래요."

"샘플이요?"

"자세한 건 나중에 말해 줄게요. 개발팀에 모두 맡기면 좋겠지만 은서 씨가 같이 진행하는 게 나을 것 같아서 그래요. 스틸레토힐이긴 하지만 기성과는 조금 다른 조형미의 굽이던데. 거기다 굽에 특이한 장식도 있었고요. 그렇죠?"

"······네."

은서는 조금 놀란 얼굴로 대답을 하곤 눈동자를 굴렸다. 디자인을 제출했을 때 휙휙 넘기듯이 빠르게 검토하기에 대충 보는 건 아닌가 하고 생각했었다. 하지만 윤정환은 굽에 있던 장식까지 정확하게 기억하고 있었다.

"개발팀에 유성재 주임이라고 있어요. 유 주임한테 말해 놨으니까 은서 씨가 패턴 제작해 주고 그 뒤는 중간중간 확인해 주면 될 겁니다. 유 주임이 뭔가 물어보면 그에 대해 대답해 주고 은서 씨가 생각한 디자인대로 제작이 되는지 봐 주고요."

"네."

"좀 급한데, 서둘러서 작업할 수 있겠어요? 빠르면 빠를수록 좋아요."

"하지만 갑자기 말씀하셔도 마스터 라스트* 가······."

"그건 내가 디자인에 맞춰서 제작 부탁해 놨어요. 급하다고 했으니 아마 오후쯤에는 가져다줄 거예요. 그걸로 작업해요."

"······네, 알겠습니다."

"아, 그리고 차은서 씨. 이거."

정환이 서랍에서 봉투 하나를 꺼내 건네었다. 은서는 이게 뭔가 싶어 반듯하게 접힌 하얀 봉투를 말없이 내려다봤다.

"은서 씨 거 아니에요?"

---

*마스터 라스트:신발 디자인과 구성 패턴 제도를 위해 적합한 신발 형태와 굽 높이가 설정된 신발 틀.

"네?"

"회식 날 흘린 모양이에요. 내가 주웠는데 전해 준다는 걸 깜빡하고 계속 가지고 있었네요. 주인을 찾아줘야 할 텐데 봉투에 이름이 쓰여 있는 게 아니라서 어쩔 수 없이 열어 봤어요. 은서 씨 이름 써진 서류라서 챙겨 오긴 했는데, 함부로 열어 본 건 미안해요."

"아닙니다."

은서는 그제야 봉투에 무엇이 담겨 있는지 기억해 냈다. 봉투는 흘린 게 아니라 버린 거였다. 그런데 그게 하필이면 정환의 손에 들어갔을 줄이야.

난감해하는 은서와 달리 정환은 건네준 봉투에 대해 별다르게 신경 쓰는 것 같지 않았다. 안에 들어 있는 내용물을 봤으니 무언가 하나쯤은 물어볼 법한데도, 정환은 돌려주는 것만이 목적이었던 듯 그 이상 어떤 것도 묻지 않았다.

"그럼 가서 일 봐요."

"네, 감사합니다."

자리로 돌아온 은서는 잠가 둔 서랍의 문을 열어 봉투를 넣어 두고 제출했던 디자인을 찾았다. 디자인을 물끄러미 내려다보다 힐끗 시선을 들자 누군가와 통화를 하며 자리에서 일어서는 정환의 모습이 보였다.

짧게 한숨을 내쉰 은서는 작업을 하기 위해 필요한 도구를 메모지에 적어 2층 자재실로 내려갔다.

그리고 그날 오후, 정환의 말대로 제작된 마스터 라스트가 은서에게 배달되었다. 문제는 시간이었다. 마스터 라스트는 퇴근을 30분 남겨둔 시간에 도착했다.

'주는 만큼 굴린다더니.'

퇴근 시간이 코앞이었지만 팀의 책임자가 급하다고 한 작업 지시이니 안 하고 갈 수 없는 노릇이었다. 거기다 은서는 해야 할 일을 미루는 성격이 아니었다.

"야근해야겠다."

체념은 빨랐다. 어차피 할 일도 없고 집에 가 봐야 러프 스케치로 디자인만 그려 댈 것이 분명해, 챙겨 온 도구와 재료들을 늘어놓고 작업을 시작했다.

은서는 몇 시간이나 자리를 지키고 앉아 작업에 몰두했다. 같이 남아 있던 팀원들마저 모두 퇴근을 했고 사무실 안에 있는 사람이라고는 은서 하나뿐이었다.

일에 몰두하게 되면 주변을 잘 인식하지 못하는 탓에, 은서는 조금 전부터 파티션에 기댄 누군가가 자신을 내려다보고 있는 것조차 알지 못했다.

고개를 숙인 채 작업을 하다 문득 시간이 너무 지났다는 것을 깨닫고는 화면보호로 넘어간 모니터를 바라봤다. 마우스를 두어 번 움직이자 환한 빛과 함께 화면이 눈앞에 나타났다.

"벌써 시간이 이렇게 됐네."

모니터 화면에 나타난 시간을 확인한 은서는 잠시 고민하다 주변을 정리했다. 나머지 작업은 내일 출근해서 해야 할 것 같았다.

한참이나 분주하게 책상 위를 정리하던 은서는 마지막으로 디자인을 넣어 둔 서랍 문을 잠그고 나서야 누군가의 시선을 느끼고는 고개를 들었다.

"으악!"

뒤로 넘어가려는 의자를 재빨리 잡아 준 원우가 한 뼘 정도의 거리에서 은서의 얼굴을 마주했다. 은서는 너무 놀라 숨을 쉬는 것까지 멈춘 상태였다.

넘어지지 않도록 의자를 잡아 준 원우가 다시 허리를 곧게 펴고는 태연하게 웃었다.

"미안해요, 놀랐어요?"

사람이 곁에 서 있었다는 사실에 놀라고, 그 사람이 이원우라는 사실에 또 한 번 놀랐다. 은서는 가슴을 쓸어내렸다.

"대, 대표님이 여기 웬일이세요?"

"뭐 가지러 올 게 좀 있어서 들렀다가 디자인부에 불이 켜져 있어서 와 봤어요. 나 여기서 5분 넘게 서 있었던 것 같은데, 진짜 둔하네요."

"……그러셨어요? 제가 뭐 하나에 몰두하면 주변에는 신경을 못 쓰는 타입이에요."

대답을 하면서도 은서는 이해할 수 없는 원우의 답을 속으로 곱씹었다. 대표실은 5층이고 디자인부는 4층인데 불이 켜져 있어서 왔다니.

엘리베이터를 타고 4층에서 내려 복도까지 걸어 나오지 않
는 이상 불이 켜져 있는지, 꺼져 있는지는 보이지 않을 것이
분명했다.

"그런데 윤 팀장이 이 시간까지 일을 시켜요? 신입 사원인
데 너무 혹사시키는 거 아니에요?"

"그런 건 아니고요. 조금 급하다고 지시하신 일이 있는데
할 수 있으면 오늘 다 하고 가려고 했거든요."

"그럼 더 할 거예요? 작업 다 못 한 것 같던데."

"아니요. 아무래도 오늘 안에는 무리인 것 같아서 이제 그
만 퇴근하려고요."

이원우와는 잠깐이라도 함께 있고 싶지 않았다. 소문은 잦
아들었고 이원우도 더는 파란 구두 주인을 찾는 것 같지 않았
지만, 조심해서 나쁠 건 없으니 피할 수 있으면 피하는 게 상
책이었다.

은서는 서둘러 컴퓨터의 전원을 끄고 자리에서 일어섰다.

"대표님은 퇴근 안 하세요?"

"가야죠. 은서 씨는 집이 어디예요?"

"……집이요?"

"네, 집이요."

사실대로 말하면 안 될 것 같았지만 딱히 떠오르는 곳이 없
었다. 정확한 주소를 물어본 것은 아니니 근처에 알 만한 곳
을 말하면 되겠지 싶어 그녀는 집과 가까운 곳에 위치한 초등
학교의 이름을 떠올렸다.

"용현초등학교…… 근처요."

"방향 같네. 데려다 줄게요."

"네?"

"데려다 준다고요."

"아니요, 그러실 필요 없으세요. 버스 타면 금방이에요."

손까지 내저으며 질색을 하는 은서의 태도에 이원우는 가볍게 웃었다.

"어차피 나도 집에 가는 길인데 뭘 사양하고 그래요? 시간 늦어서 위험하잖아요."

지금 나한테 너만큼 위험한 건 없어요.

은서는 머릿속에 맴도는 말을 차마 입 밖으로 내지 못했다.

꺼림칙했지만 거절의 말을 찾지 못한 은서는 결국 원우의 차를 얻어 타야만 했다.

짧은 거리이니 그나마 다행이라 생각하며 그녀는 최대한 이원우의 시선을 피해 창밖을 바라보고 있었다. 원우는 그런 은서를 틈이 나는 대로 유심히 관찰하고 있었지만 말이다.

'차은서라…….'

CCTV에 찍힌 파란 구두를 신은 사람은 총 네 명이었고, 그중 디자이너는 두 명이었다.

원우는 오늘 눈을 뜨자마자 가장 먼저 디자인 2팀 팀장에게 전화를 걸어 강진주 대리가 회식에 참여했었냐고 물었다. 그렇게 대화가 오가던 도중 뜻밖의 힌트를 얻었다.

"설마 대표님에 관한 그 핫한 소문 때문이라면, 우리 팀 강 대리는 아닙니다."

"왜?"

"회식 한참 전에 사원증 분실해서 재발급 신청해 놨다고 들었어요. 회식하고도 이틀 뒤에 나온 것 같던데, 사원증에 새겨진 에일린 로고는 기억난다고 하셨잖아요."

끊겨 버린 필름 속에서 선명하게 기억에 남는 것이 있다면 단 하나, 사원증에 새겨진 에일린 로고였다. 강진주 대리가 제외된다면 남은 디자이너는 하나였다.

'만약에 차은서도 아니라면 디자이너는 아니란 소리인데.'

적색의 신호에 차가 멈춰 섰다. 원우가 골똘히 생각에 잠겨 있는 사이, 내려야 할 타이밍을 찾던 은서는 길게 이어진 침묵을 깨고 정면에 보이는 편의점을 손으로 가리켰다.

"대표님, 저기서 세워 주시면 돼요."

"다 왔는데, 집 앞까지 데려다 줄게요."

"괜찮습니다. 저기서 세워 주세요."

원우는 은서가 가리킨 방향으로 시선을 돌렸다가 다시 그녀의 얼굴을 마주했다. 어딘가 어색한 행동에, 감이 좋은 이원우는 은서가 자신을 무척이나 경계하고 있다는 것을 깨달았다.

"데려다 준다니까요. 고집부리지 말고 길 설명해 줘요."

고집은 누가 부리고 있는 건지. 은서는 이상하리만큼 친절을 베푸는 이원우의 행동을 의심하면서도 할 수 없이 집의 위치를 설명했다.

"……저기 편의점 있는 곳에서 우회전해서 골목으로 들어가시면 돼요."

골목으로 들어선 차는 점차 속도를 늦추며 서행했다. 기어코 집 앞까지 그녀를 데려다 준 원우는 불이 꺼져 있는 은서의 집을 물끄러미 바라보다 의아한 듯 물었다.

"혼자 살아요?"

"네. 그런데 그걸 어떻게……."

"집에 불이 다 꺼져 있어서 혹시나 하고 물어봤어요."

차를 세워 둔 채로 원우는 잠시 고민했다.

강진주 대리가 제외된 이상, 그날 자신과 하룻밤을 보낸 사람으로 가장 가능성이 있는 사람은 지금 옆에 앉아 있는 차은서였다.

은서의 집을 바라보던 원우가 이제는 보조석에 앉은 그녀를 물끄러미 바라봤다. 심증은 있지만 확실한 물증이 없어 망설이고 있는데, 고맙게도 차은서가 스스로 미끼를 던져 줬다.

"여기까지 오셨는데 차라도 한 잔……."

"그럴까요?"

"……네?"

부담스러울 정도로 집요하게 쳐다보는 시선에 예의상 말한 것이었다. 은서는 당연히 원우가 거절하리라 생각했다. 혼자 산다고 얘기했고, 시간도 늦었으니까. 하지만 이원우는 은서

52

의 말이 끝나기도 전에 기다렸다는 듯 그걸 덥석 물었다.

"농담이에요. 시간이 너무 늦었죠?"

"아, 하하."

"차까지 마시기에는 시간이 좀 그렇고, 목이 너무 말라서 그런데 물 한 잔만 줘요. 그것만 마시고 바로 갈게요."

"아니, 저기 그게……."

차에서 내린 원우는 은서가 어찌할 새도 없이 보조석의 문을 열어 주었다. 쓸데없이 매너가 좋았다.

떨떠름한 표정을 감추지 못한 채 차에서 내린 은서는 빠르게 기억을 더듬었다.

이원우를 집 안으로 들이면 문제가 될 것이 있었나?

짝 잃은 구두는 붙박이장으로 설치된 신발장 안에 놓여 있었다. 열어 보지 않는 이상 시야에 보이지 않았다.

남의 집을 함부로 뒤질 만큼 상식이 없는 사람 같지는 않으니, 크게 문제될 것은 없다고 그녀는 생각했다.

"안으로 들어가는 건 좀 그러니까 그냥 여기 현관에 있을게요. 아까 말한 대로 물 한 잔만 줘요."

은서의 시선이 흘끗 붙박이장으로 향했다. 현관에 서 있는 것이 더 불안했다. 현관에서 볼 거라고는 벽면에 설치된 거울 하나와 신발장뿐이었으니까 말이다.

"그래도 여기까지 오셨는데, 잠깐 소파에 앉아 계세요. 차 드릴게요."

"괜찮겠어요?"

"……제 마음이 불편해서 그래요."

원우는 짧게 웃고는 그럼 실례하겠다며 집 안으로 들어섰다. 은서는 부엌으로 가 전기포트의 전원을 켠 뒤 곧장 서랍을 뒤졌다. 내어줄 차는 인스턴트커피와 녹차뿐이었다.

'커피가 낫겠지.'

차라리 빨리 차를 내어주고 보내는 것이 좋을 것 같아 은서는 바쁘게 움직였다. 물이 끓기 시작하자 커피를 담아 둔 컵에 물을 붓고 티스푼으로 대충 휘휘 저었다.

그렇게 서둘러 부엌을 나섰지만, 은서는 원우에게 내어줘야 할 커피를 테이블 위에 내려놓는 일조차 하지 못했다. 소파에 앉아 있어야 할 이원우의 모습이 보이지 않았다.

멍하니 서 있던 그녀는 어디선가 둔탁한 소리가 들려온 뒤에야 소리가 난 방향으로 고개를 돌렸다. 눈앞에 펼쳐진 기함할 풍경에 그 자리에 돌이 된 듯 굳어졌다. 눈가에 파르르 경련이 일어났다.

남의 집에 갔을 때 주인 허락 없이 아무 곳이나 함부로 뒤지면 안 된다는 교육은 어린 시절에 받는 거 아닌가?

닫혀 있어야 할 붙박이장의 문이 열려 있었다. 물론 이원우가 은서의 집을 뒤진 것은 아니었다. 그저 닫혀 있는 신발장 문만 열어 본 것뿐이지. 그는 친절했던 가면 하나를 벗어 버린 것처럼 웃음기가 싹 가신 얼굴로 서 있었다.

붙박이장 안에는 은서가 아끼는 구두들이 놓여 있었다. 단연 눈에 띄는 것은 짝을 잃은 채 홀로 놓여 있는 파란 구두일 것이다.

은서가 서 있는 방향에서는 열린 붙박이장의 문만 보일 뿐 안이 보이지 않았지만, 지금 이원우가 서 있는 방향에서 들여다보이는 내부의 모습이 선명하게 눈앞에 그려져 저도 모르게 주춤 한 걸음 물러섰다.

슬리퍼 끌리는 소리가 유난히도 크게 귓가에 전해졌다. 이원우에게도 들렸을 것이 분명했다.

"차는 됐고."

시선조차 주지 않은 채 그가 중얼거렸다. 뒤이어 손에 구두 하나가 딸려 나왔다. 다시 시선을 마주한 그는, 언제 그랬냐는 듯이 친절하고 상냥하게 웃고 있었다.

"그보다 우린 대화를 좀 해야 할 것 같은데."

파란 구두가 이원우의 손에 들려 있었다. 그건 빼도 박도 못할 명백한 증거물이었다.

chapter 2
무심코 밟은 지뢰가 터지다

피로가 극에 달했다. 이원우와의 일로 인해 밤새 한숨도 못 잔 은서는 퀭한 얼굴로 출근을 했고, 아침부터 화장실 한 번 가지 않은 채 책상에 앉아 패턴 작업에만 몰두했다.

일이라도 하면 나아질까 싶어 작업에 매달렸더니만 오래 걸릴 줄 알았던 패턴 작업은 생각보다 빠르게 진행되어 오전에 모두 끝나 버렸다.

점심을 먹고 사무실에 복귀하자마자 은서에게 작업물을 받아 본 정환은 조금 놀란 기색이었다.

"급하다고는 했지만 이렇게까지 빨리 작업할 줄은 몰랐는데. 점심은 먹고 일한 거예요? 너무 무리한 거 같은데."

"아까 대리님이랑 같이 내려가서 먹고 왔어요. 제 디자인으로 처음 작업하는 거라 의욕이 앞섰나 봐요."

"의욕만 앞선 건 아닌 것 같은데요. 꼼꼼하게 잘했어요. 개발팀 유 주임한테 작업물 전달하고 은서 씨는 직원 휴게실 가서 커피라도 한잔하고 와요. 피곤해 보이네."

"네. 그럼 다녀오겠습니다."

은서는 개발팀으로 가서 유성재 주임에게 디자인과 패턴 작업물을 건넸다. 그 뒤 곧장 사무실로 돌아가기보다는 성재와 함께 구두에 대한 이야기를 좀 더 나누었다.

다른 팀이라 해도 상사라 이것저것 지시하며 알려 주기가 조금 어려웠는데, 성재는 일에 대한 이야기 외에도 중간중간 농담을 건네며 은서가 좀 더 편하게 대화를 할 수 있는 분위기를 만들었다.

서글서글한 인상도 그렇고 말을 너무 잘해서 영업부에 있어야 할 것만 같은 남자였다.

"윤 팀장님이 급한 작업이라고 별도로 부탁까지 하신 거라 저도 최대한 서두르긴 할 건데, 은서 씨가 잘 봐 줘야 할 거예요. 처음 손발 맞추는 거니까 잘해 봐요."

"네. 그럼 잘 부탁드릴게요."

메신저와 내선번호까지 적혀 있는 명함을 한 장 건네주고 개발팀을 나섰다.

커피 한 잔을 뽑아 잠시 직원 휴게실에 들른 은서는 그제야 지친 몸을 조금이나마 쉬게 해 줄 수 있었다. 여유가 생기자 머릿속은 되레 복잡한 생각들로 가득 들어찼지만 말이다.

"책임지라고요."

은서는 생생하게 떠오른 이원우의 음성에 몸서리를 쳤다.

마치 지금 이 순간, 이원우가 옆에 서서 말한 건가 하는 착
각이 들 정도라 자신 외에 아무도 없는 휴게실을 이리저리 둘
러보기까지 했다. 당연하게도 휴게실에 다른 인기척은 느껴
지지 않았다.

짙은 한숨 끝에 머리를 헝클어트린 은서가 테이블 위에 이
마를 두어 번 박았다. 세게 박은 것은 아니지만 휴게실 안이
워낙 조용했던 탓에 둔탁한 소리가 꽤 크게 울려 퍼졌다.

"아, 이 또라이를 어쩌면 좋아."

이원우의 반응은 상상 이상이었다. 은서는 설마 이원우가
여자인 자신에게 책임을 물을 줄은 꿈에도 생각 못 했었다.

그녀는 어젯밤 일어난 악몽 같은 일을 다시 한 번 떠올렸
다. 무심코 밟은 지뢰가 터진 순간이었다.

✳   ✳   ✳

이원우의 손에 들린 파란 구두를 보고 당황한 은서는 하마
터면 손에 들고 있는 쟁반을 놓쳐 버릴 뻔했다. 뜨거운 커피
가 담긴 잔이 위태롭게 흔들리긴 했지만 다행스럽게도 그것
을 바닥에 쏟는 사고는 일어나지 않았다.

"조심."

귀에 박히듯 이원우의 음성이 들려왔다. 놀란 자신과 달리, 너무나 평온한 음성에 그녀는 반사적으로 고개를 들었다.

기다렸다는 듯이 손에 쥔 파란 구두를 허공에 던졌다가 다시 손에 쥐는 행동을 반복하는 이원우 때문에 입안이 바짝 말랐다. 아니라고 잡아떼기에는 명백한 증거가 그의 손에 들려 있었고, 빠져나갈 구멍 따위는 보이지 않았다.

은서는 놀란 감정을 추스르고 빠르게 상황을 정리하려 애썼다. 먼저 시선을 돌려 주변을 살폈다.

그녀가 자리를 비운 것은 2분도 채 되지 않는 시간이었다. 뭘 하기에는 무척이나 짧은 시간이었고 거실 어디에도 뒤진 흔적 따위는 없었다.

'설마 나라는 걸 알고 온 거야?'

다른 곳에는 신경 쓰지 않고 정확하게 신발장만 열어 봤다는 것은 이원우의 목적이 처음부터 저 파란 구두에 있었다는 것을 뜻했다. 자신과 동침한 사람이 은서라는 것을 확신하지 않았다고 해도, 최소 짐작은 하고 온 것이 분명했다.

그리고 지금 이 순간, 저 남자는 확신했을 거다. 자신이 찾던 사람이 눈앞에 있는 차은서라는 것을.

신발장 문을 닫는 소리가 들려왔다. 원우가 망설임 없이 그녀를 향해 걸어왔다. 은서가 다시 한 번 주춤 뒤로 물러섰지만 피할 새도 없이 두 사람의 거리는 좁혀져 있었다.

성큼, 큰 보폭으로 다가선 그는 긴장으로 굳어진 은서를 내려다봤다. 차마 이원우의 얼굴을 마주할 수 없어 질끈 눈을

감았던 은서는 시간이 지나도 아무 일이 일어나지 않자 그제
야 슬쩍 눈을 떠 보았다.

'차라리 계속 눈 감고 있을걸.'

이원우가 지척에 서 있었다.

"뭘 그렇게 겁을 먹어요? 내가 잡아먹는 것도 아니고. 커피
는 마시라고 타 온 거니까 일단 마실게요."

이원우는 쟁반 위에 놓여 있는 커피 잔을 들고 소파에 앉았
다. 마치 제 집처럼 자연스러운 행동이었다.

"계속 그렇게 서 있을 거예요? 앉아요. 대화하자니까요."

주춤거리던 은서는 결국 도망갈 곳도, 피할 곳도 없다는 것
을 인정하고는 원우의 맞은편 자리에 앉았다.

어느새 테이블 위에 내려놓은 파란 구두가 유난히도 두 눈
에 박히듯 들어와 은서는 애써 시선을 다른 곳으로 돌렸다.

쟁반을 옆에 내려놓는 그 짧은 순간에도 그녀는 많은 것들
을 떠올려야 했다.

구두를 손에 쥔 채 회사를 들쑤시듯 돌아다니던 이원우의
모습이 가장 먼저 떠올랐다. 그는 은서에게 직접 이 구두를
본 적이 없냐고 묻기까지 했었다.

이럴 줄 알았으면 차라리 처음부터 인정할 것을 그랬다며
은서는 뒤늦은 후회를 했다. 눈앞의 남자가 저 구두를 들고
회사를 들쑤시고 다니는 걸 보고도 못 본 척한 것이 가장 마
음에 걸렸다.

'그래도 사실 그날 일은 나 혼자 잘못한 것도 아닌데, 설마

그것 좀 모른 척했다고 자르기야 하겠어?'

상황이 이렇게 됐으니 어차피 잡아뗄 수는 없었다. 그럼 더는 문제가 생기지 않도록 매듭이라도 지어야 했다.

아무래도 정면 돌파밖에 방법이 없다고 생각한 은서는 마음을 다잡고 원우를 마주했지만 또 한 번 꺼림칙한 느낌을 받아야 했다.

'왜 저래?'

한눈에도 이원우의 기분이 무척이나 좋아 보여 은서는 떨떠름한 얼굴을 했다. 대체 뭐 때문에 저 남자의 기분이 저렇게 좋아진 걸까.

"……대표님?"

"앓던 이가 다 빠진 것 같네."

혼잣말에 가까웠지만 은서의 귀에는 그 말이 정확하게 들려왔다. 이원우가 한마디 할 때마다 은서는 누군가가 자신의 위를 쿡쿡 찌르는 것만 같았다.

"사실대로 말씀드리지 못해서 죄송합니다. 저도 너무 당황해서요. 이렇게까지 찾으실 줄은 몰랐어요."

원우는 잠시의 팀을 두고 충분히 이해한다는 듯이 고개를 끄덕였지만 은서는 알 수 있었다. 이원우는 이해하지 못했다. 사실대로 말하면 되는 거지, 왜 숨어서 날 고생시켰냐 하는 얼굴이었다.

"뭐, 상관없어요. 어쨌든 찾았으니까."

커피를 한 모금 마신 그는 찻잔을 내려놓으며 다리를 꼬고 앉았다. 소파에 기댄 채 다리를 꼬고 앉은 이원우의 모습은, 조금은 오만해 보일지도 모르지만 그마저도 어울린다는 생각이 들었다.

껍데기는 정말 멀쩡하다 못해 수준 이상이었다. 성격이 배반한 거다. 저 껍데기를.

"하이힐 꽤 높던데 설마 한 짝만 신고 갔을 리는 없고, 뭐 신고 갔어요?"

"……호텔 실내화요."

"버스 타고 다니는 걸 보면 차도 없는 것 같은데. 호텔 실내화를 신고 집에 갔어요?"

"택시 탔어요."

"그럼 이건?"

눈짓으로 테이블 위의 구두를 가리켰다. 은서는 머뭇거리다 울고 싶은 얼굴로 답했다.

"……손에 들고 왔어요."

구두 한 짝을 손에 든 채 호텔 실내화를 신고 집에 갔을 은서의 모습을 생각하니 웃음이 터져 나왔다. 떠올려 보니 꽤 귀엽기까지 해서 원우는 은서의 모습을 다시 한 번 유심히 살폈다.

"디자이너 중에 하나일 확률이 높다 생각했지만, 차은서 씨일 거라고는 생각도 못 했어요."

"……."

"신입 사원이라니, 정말 생각도 못 했지."

거짓말이다. 은서는 확신했다. 안 그러면 어떻게 정확하게 신발장만 열어 봤겠는가. 테이블 위에 놓인 파란 구두에 두 사람의 시선이 동시에 닿았다.

은서는 혹여 이 일 때문에 이원우가 자신을 내쫓으면 어쩌나 걱정을 했고, 원우는 이제 이 일로 인해 차은서가 혹여 퇴사를 마음먹으면 어쩌나 하는 쓸데없는 걱정을 하고 있었다.

다시 이어진 침묵 속에 원우는 상황을 가늠했다.

디자이너를 자신의 재산으로 여기는 그는 능력 있는 디자이너를 잃고 싶지 않았다. 상대방이 꼭꼭 숨어 버리자 왠지 자신을 놀리는 것만 같아 구두를 손에 쥔 채 찾아다니며 오기를 부렸지만, 분명 처음에 구두의 주인을 찾으려 한 것은 책임 의식 때문이었다.

'피임은 한 것 같은데.'

은서는 몰랐겠지만 뒤늦게 잠에서 깨어난 원우는 상황 파악을 하느라 한참을 호텔에 머물렀다.

그러다 발견한 것이 파란 구두 한 짝과 사용한 흔적이 있는 콘돔이었다. 필름이 끊길 정도로 마신 와중에도 피임은 한 것이다.

혹여 은서가 임신을 했다면 모를까, 서로 술에 취해 일어난 하룻밤의 일로 연애나 결혼은 할 수 없었다. 그러니 그는 자신이 할 수 있는 선에서 은서가 원하는 것을 최대한 들어주려 마음먹었다.

'일단 그날 일에 대해 먼저 사과를 해야겠지.'

눈앞의 차은서는 이원우의 죽마고우이자 디자인 1팀의 팀장 윤정환이 큰 기대를 걸고 있는 신입 사원이었다.

한소희 디자이너와의 협업 패션쇼에 차은서의 디자인을 추천한 것만 봐도 크게 키우려는 생각 같았는데, 괜스레 이 일로 퇴사라도 한다면 그 불똥은 원우에게 튈 것이 분명했다.

원우만큼이나 인재에 목을 매는 게 바로 윤정환이었다. 역시 원만히 해결하는 쪽이 좋았다.

"차은서 씨."

사형 선고라도 들은 것처럼 은서의 얼굴이 사색이 되었다. 원우가 뭐라 말할 새도 없이 그녀의 외침이 거실 가득 들어찼다.

"괜찮습니다!"

은서의 큰 외침에 놀란 원우가 움찔했다. 커피를 한 모금 마시려던 참이었지만 잔을 들고 있는 원우의 손은 허공에 멈춰 있었다.

"갑자기 뭐가 괜찮아요?"

"저요. 전 정말 괜찮습니다."

달그락, 잔을 내려놓는 소리가 들려왔다. 원우는 진지한 얼굴로 그녀에게 되물었다.

"……괜찮다고요?"

"네. 어디 가서 소문 같은 것 안 낼게요. 저는 정말 그날 일 하나도 기억 안 나요. 그냥 아침에 눈뜨니까 대표님이 옆에 누워 있었어요. 그거 외엔 정말 아무것도 기억 안 납니다."

그건 원우도 마찬가지였다. 그러니 찾는 데 이리 애를 먹은 것이 아닌가.

"책임 전가 안 할게요. 그냥 없던 일로 하셔도 저는 정말 괜찮습니다. 어쩔 수 없는 사고였잖아요. 벌써 다 잊었습니다. 정말 까맣게 잊었어요."

비 맞은 강아지마냥 떠는 은서의 두 눈엔 불안감이 가득이었다. 계속해서 괜찮다, 책임지지 않아도 좋다, 사고였다 말하며 마치 이원우가 책임지면 어쩌나 싶은 얼굴로 엮이기 싫어하는 은서를 보니 원우는 되레 기가 막혔다.

지금 이원우의 눈에는, 기분이 나빠질 정도로 그녀가 자신을 거부하고 있는 것이 보였다. 마치 '난 네가 정말 싫어.' 라고 말하고 있는 것만 같았다.

구두 주인을 찾아 상승세를 그렸던 이원우의 기분은 다시금 빠르게 하향 곡선을 그리며 바닥으로 추락했다.

"내가 무슨 벌레입니까?"

"네?"

"너무 대놓고 질색을 하는 거 같은데."

"아니요. 그게 아니라……."

"내가 어디가 모자라서?"

이원우는 아주 중대한 문제에 직면한 얼굴이었다. 짐짓 심각하게 물어오는 질문에 은서는 이원우의 심기가 상했다는 것을 알 수 있었다. 에일린에 오래 근무하고 싶었던 그녀는 변명하듯 빠르게 말을 이었다.

"대표님이 모자라다니요. 오히려 과분하죠. 돈 많으시고, 사장이시고, 얼굴도 잘생기셨죠. 매너까지 좋으시고요."

"근데?"

"네?"

"과분하다면서 왜 그렇게 질색을 해요?"

"그게…… 다 좋지만…… 정말 과분할 정도로 좋으신 분이지만……."

"……."

"……제 취향은 아닙니다."

'어쭈, 이것 봐라.'

원우의 입술 끝이 씰룩였다.

'그러니까 내가 네 취향이 아니라서 숨었다? 그런 이유로 날 뺑뺑이 돌렸다 이거지?'

디자인 부서부터 시작해서 마케팅 부서까지, 파란 구두를 들고 안 돌아다닌 곳이 없을 정도로 이원우는 회사를 들쑤시고 다녔다.

그뿐인가. 거절을 당하긴 했지만 호텔로 찾아가 CCTV 자료를 볼 수 없겠냐고 부탁을 했었고, 약점이라도 잡힌 것마냥 이 문제의 힌트를 얻기 위해 정환이 요구하는 조건까지 들어줘야 했다.

거기다 정환의 요구는 구두 주인인 차은서에게 득이 되는 일이었다. 생각하다 보니 뒷골이 다 당겼다.

"이럴 경우, 보통 책임지라고 하지 않습니까?"

"……다른 사람은 어떨지 모르겠지만 전 연애도, 결혼도 생각이 없습니다. 그러니까 정말 괜찮습니다."

"……."

"정말, 정말, 정말로 괜찮습니다. 전 정말 괜찮아요, 대표님. 그러니까 그냥 없던 일로 해 주세요. 저 에일린 오래 다니고 싶습니다. 이런 문제로 회사 관두고 싶지 않아요."

원우는 손을 들어 뒷목을 두어 번 주무르다 헛웃음을 터뜨렸다.

'그러니까 넌 이 문제로 회사 관둘 생각은 없다, 이거지.'

간절한 은서의 시선에 원우는 발톱을 감추고 상냥하게 웃었다. 그의 속을 모르는 은서는 원우가 자신의 입장을 이해해 주는 건가 싶어 마음을 놓았다. 하룻밤의 일로 이원우의 발목을 붙들 생각은 전혀 없었다.

그녀는 티 나지 않게 원우의 상태를 다시 살폈다. 간혹 반말을 툭 섞어 하긴 했지만 그건 모두 혼잣말에 가까웠고, 대화를 나누는 원우의 말투는 상냥한 편에 속했다. 웃고 있는 얼굴에도 악의적인 감정은 드러나지 않았다.

"없던 일로 해 주세요, 대표님."

은서는 여자였고, 이원우는 남자였다. 그날 밤의 일에 대해 피해 보상을 요구하고 책임 전가에 대해 따진다면 그건 당연히 은서 쪽이었다. 그래서 은서는 이원우에게 그럴 생각이 없다는 것을 보여 주려 했다.

이렇게까지 말했으니 그녀는 원우가 흔쾌히 그러라고 할

줄 알았다. 걱정과는 달리 크게 화를 내지 않았으니 분명 잘 풀릴 것이라 생각했다.

"그건 안 되겠는데."

스치듯 아주 잠시 표정을 굳혔던 그가 다시 웃기 전까지는 말이다.

"……네?"

이전과 다르게 뭔가 묘하게 불편한 그 웃음에 은서는 일이 잘못되어 가고 있다는 것을 깨달았다. 그리고 그걸 증명하듯, 못 들은 척했던 원우의 대답이 이번에는 좀 더 확고한 음성으로 귓가에 전해졌다.

"안 되겠다고."

조금 전까지만 해도 원우는 은서에게 적절한 보상을 해 주려 했다. 사과를 하고, 원하는 게 있다면 그게 무엇이든 자신이 수용할 수 있는 범위 내에서는 들어주려고까지 했었다.

하지만 싫은 티 팍팍 내며 자신을 무슨 짐짝 취급하는 여자를 보니 배알이 뒤틀렸다. 그간 구두 주인을 찾느라 고생한 기억들까지 빠르게 머릿속을 스쳐 지나갔다.

"난 처음이라."

두 눈을 빠르게 깜빡인 은서가 눈동자를 한 번 굴리고는 손을 내저었다. 그녀는 원우의 말을 이해하지 못하고 엉뚱한 답을 내놓았다.

"대표님, 저 처음 아니에요. 그거 신경 쓰시는 거라면……."

"아니, 차은서 씨 말고."

"네?"

"나."

너무 당황한 은서는 이제 이원우가 대놓고 반말을 하고 있다는 사실조차 깨닫지 못했다. 그녀는 저도 모르게 자리에서 벌떡 일어섰다. '거짓말!'이라고 외치려는 찰나였다.

"책임져요."

그날 일에 대한 책임을 이원우가 물었다. 은서는 자신이 잘못 들은 거라 생각했다.

"지금…… 뭐라고 하셨어요?"

"책임지라고요."

"……누구를요?"

"누구긴 누구야."

그가 자리에서 일어섰다. 이원우는 손가락마저 성격을 배반한 모양이었다. 길고 가느다란, 여자인 은서보다 더 예쁜 이원우의 손가락이 정확하게 그녀를 가리켰다.

"차은서가."

손가락의 움직임을 따라 은서 역시 시선을 옮겼다. 그 시선의 끝에는…….

"나를."

청천벽력 같은 소리를 내뱉은 이원우가 있었다.

이원우는 굳어진 은서를 보며 승리자의 미소를 지었다. 은서의 눈에는 그것이 확실하게 보였다.

느긋한 행동으로 손목에 찬 시계를 힐끗 내려다본 이원우는 시간이 늦었으니 오늘은 그만 돌아가 보겠다며 은서를 두고 현관으로 걸음을 옮겼다. 집을 나서기 전에 잘 자라는 말 같지도 않은 소리까지 건네고 그는 모습을 감췄다.

어제 일에 대한 은서의 기억도 거기서 끝이 났다.

"너 같으면 그 소릴 듣고 잠이 오겠냐."

어느새 두 눈을 감은 채 눈 위를 손으로 꾹꾹 누르던 은서는 의자에 기댄 채 고개를 뒤로 젖혔다.

자신이 뭔가 잘못 건드린 것이 분명한데, 어젯밤의 일을 다시 한 번 천천히 떠올려 봐도 어느 부분이 문제였는지 정확하게 알 수 없었다.

기억에도 없는 하룻밤 일로 정말 결혼을 할 생각은 아닐 것이다. 이원우의 진짜 의중을 알 수 없어 속이 더 타들어 갔다.

사내에 돌았던 소문은 잠잠해진 상태였지만 언제 다시 불씨가 살아날지 몰랐다. 은서는 그 소문의 당사자가 자신인 것이 밝혀지지 않았으면 했다.

정정당당하게 제 실력을 인정받아 에일린에 입사했지만, 그런 가십에 휩싸이게 되면 앞으로 하는 일은 모두 이원우라는 꼬리표가 붙을 것이 분명했다.

대표의 연인이라니. 뭘 해도 이원우가 도움을 준 것처럼 보일 것이고, 뭘 해도 낙하산으로 보일 것이다.

"책임지라는 건 열 받아서 그냥 해 본 소리 같기도 하고."

눈을 뜬 은서는 턱을 괸 채로 골똘히 생각에 잠겨 있다가 시간이 꽤 흘렀다는 것을 깨달았다. 잠시 쉰다는 것이 게으름을 피운 꼴이 되었다. 남은 커피를 모두 마셔 버린 뒤 서둘러 직원 휴게실을 빠져나왔다.

어찌 됐든 이건 은서의 개인적인 문제였고 업무에 지장을 줄 수는 없었기에 애써 이원우에 대한 생각들을 밀어내며 걸음을 옮겼다.

개발팀과 직원 휴게실은 3층에 위치해 있었다. 엘리베이터를 타려던 은서는 한 층 정도는 계단으로 올라가자 싶어 비상구로 발걸음을 돌렸다. 복도 끝에 위치한 마케팅 부서의 코너를 돌면 바로 비상계단이 있었다.

시간을 다시 한 번 확인하며 서둘러 걸음을 옮기던 은서가 무슨 이유에서인지 점차 속도를 늦추기 시작하더니 휙, 방향을 바꿔 빠르게 걷기 시작했다. 어찌나 빨리 걷는지 또각또각 구두 소리가 심상치 않게 복도에 울려 퍼졌다.

'입사하고 보름 동안은 얼굴 한 번 못 봤는데 요새는 왜 이렇게 자주 보게 되는 거야.'

복도 끝에 거의 다다랐을 무렵, 마케팅 부서에서 최현우 팀장과 대화를 나누며 사무실을 나오는 이원우의 모습을 보게 되었다.

투명한 유리 자동문이 열리며 그의 얼굴이 보인 순간, 은서는 비상계단이 아닌 엘리베이터를 타는 쪽으로 마음을 돌렸다.

2층에서 엘리베이터가 올라오고 있는 걸 확인한 은서는 타이밍 좋게 몸을 실었다. 올라타자마자 4층 버튼을 누른 뒤 연달아 닫힘 버튼까지 눌렀다. 무척이나 빠른 행동이었다.

하지만 어서 문이 닫혔으면 하는 바람과는 달리 누군가의 손이 불쑥 튀어나왔다. 닫히려는 엘리베이터의 문이 덜컹, 소리를 내고는 다시 열렸다. 은서는 발밑이 무너진다는 느낌이 어떤 것인지 알 것 같았다.

"안녕하세요, 대표님."

"우리 차은서 씨는 안녕 못 한 얼굴인데?"

오늘 이원우는 회색 정장을 입고 있었다. 주머니에 한 손을 꽂고 서 있을 뿐인데도 그림이 되는 것 같았다. 은서는 다시 한 번 저 남자의 껍데기가 무척이나 아까워 서글퍼질 지경이었다.

원우의 등장에 등골이 다 서늘해졌지만 은서는 티를 내지 않으며 최대한 어색하지 않게 웃었다. 그는 먹이를 눈앞에 둔 포식자처럼, 느릿한 걸음으로 엘리베이터에 올라탔다.

"피해 봐야 에일린 내에서는 내 손바닥 안인데, 도망치면 대체 어디로 가려고요?"

"도망이라니요, 대표님. 전 그저 사무실로 복귀하던 길입니다."

"조금 전에 복도에서 나 보고 도망쳤잖아."

분명 눈도 안 마주쳤었는데 그걸 또 언제 본 건지. 은서가 입을 꾹 다물었다.

"찍은 건데 부정도 안 하네."

웃음기 섞인 이원우의 목소리가 귓가에 전해졌지만 은서는 대꾸하지 않았다. 어차피 한 층만 올라가면 헤어질 상황이라, 생각을 좀 더 정리한 뒤 다시 대화를 나누자고 생각했다.

하지만 뒤이은 원우의 행동에 그녀는 경악을 금치 못하는 얼굴로 그를 올려다봐야 했다.

은서가 누른 4층 버튼의 불을 꺼 버린 이원우가 연이어 5층 버튼을 눌렀다. 덕분에 엘리베이터는 4층을 지나 대표실이 있는 5층으로 유유히 올라가고 있었다.

5층에 도착한 엘리베이터의 문이 열렸다. 그곳은 신입 사원인 은서가 절대로 들어설 일 없는, 대표실이 위치한 층이었다.

시선을 정면으로 돌리자 벽면에 입체적으로 새겨진 커다란 에일린 로고와 통로에 놓인 파키라 화분 두 개가 가장 먼저 눈에 들어왔다. 디자인팀에도 똑같은 화분이 있어 쉽게 알아볼 수 있었다.

이어지는 침묵은 은서를 짓눌렀다. 잠자코 이원우가 내리길 기다렸지만, 시간이 지나도 닫혀야 할 문은 닫히지 않았고 걸음을 옮기는 기척 역시 느껴지지 않았다.

슬쩍 눈동자를 굴려 염탐하듯 이원우를 바라보니, 엘리베이터의 열림 버튼을 꾹 누르고 있는 그의 모습이 눈에 들어왔다. 그건 은서에게 무언의 압박과도 같았다.

"……안 내리세요?"

은서가 모르는 척 묻자, 원우는 그녀를 향해 눈짓으로 내리라는 표시를 했다.

"대표님, 여긴 5층이고 제가 일하는 사무실은 4층에 있습니다."

"그건 아는데."

그가 버튼에서 손을 떼어 냈다. 드디어 내리려는 건가 싶어 안도하려는 찰나, 팔이 당겨졌다. 얼떨결에 원우와 함께 내린 은서는 누가 보기 전에 엘리베이터를 다시 타려 했다.

"내가 디자인 부서가 있는 4층으로 내려가서 차은서 씨랑 대화를 나누는 것보다, 차은서 씨가 대표실로 올라와서 대화하는 게 낫지 않겠어요? 여긴 보고 듣고 할 사람이 입 무거운 김 비서 하나뿐인데."

뒷목을 서늘하게 만드는 이원우의 말을 듣기 전까지는 말이다.

은서의 걸음이 우뚝 멈췄다. 넘어서는 안 될 경계선을 마주한 것처럼, 그녀는 엘리베이터의 문이 닫히는 걸 보면서도 다시 그 안에 타지는 못했다.

"따라와요. 할 얘기 있으니까."

발걸음 소리가 점차 멀어져 갔다. 엘리베이터는 어느새 1층을 지나 지하로 내려가고 있었다.

은서는 그의 말을 못 들은 척 그냥 사무실로 돌아가고 싶었지만, 그랬다간 분명 후회할 일이 생길 것 같았다. 어디로 튈지 모르는 이원우가 어떻게 나올지 짐작조차 되지 않았으니까.

심호흡하듯 긴 한숨을 토해 낸 은서는 마음을 굳게 먹고 이원우의 뒤를 따라갔다.

"긴장할 거 없어요. 내가 디자이너들 아끼는 거야 차은서 씨도 소문 들어서 알 거고. 가끔 이렇게 불러서 일 얘기하는 경우 종종 있으니까."

저 자식은 뒤에도 눈이 달렸나. 은서는 이원우의 말에 조금 전보다 긴장을 풀면서도 탐탁지 않은 시선으로 그의 뒤통수를 바라봤다.

'그래, 난 지금 일 때문에 온 거야. 대표님이 일 때문에 호출을 해서 온 거라고.'

자기 암시를 걸며 이원우를 따라간 은서는 사무실에서 일을 하고 있던 김 비서에게 꾸벅 고개를 숙여 인사를 건넨 뒤 대표실로 들어섰다.

위치로 따지자면 가장 말단인 신입 사원 차은서가 대표실에 사장과 함께 올라왔음에도 그녀의 얼굴에서 호기심이나 의아함 따위는 찾아볼 수 없었다.

이원우의 말대로 정말 디자이너들이 종종 대표실에 올라와 대화를 나눈 적이 있던 건지 딱히 궁금해하지도 않는 눈치여서 은서는 한결 마음을 놓을 수 있었다.

"차 마셔요."

은서에게 권하면서도 정작 원우는 차에 입도 대지 않은 채 그녀를 물끄러미 바라봤다.

은서는 차를 마시면서 빠르게 눈동자를 굴려 대표실 이곳저곳을 눈으로 훑고 있었다. 원우는 그녀가 지금 뭘 찾고 있는지 금세 눈치챘다.

구두를 찾는 거다. 하지만 그 구두는 이미 눈에 보이지 않

75

는 곳에 치워 둔 후였다.

사실 복도에서 마주치기 전까지 원우는 은서에 대해 잠시 잊고 있었다. 다시 그 일이 떠오른 것은 바빴던 일들을 처리하고 조금 여유가 생긴 뒤였다.

마케팅 부서를 나서 대표실로 향하려는데 높은 구두를 신었음에도 위태로울 정도로 빠르게 걷고 있는 여자가 눈앞에 있었다.

저러다 넘어지면 어쩌나, 조금 걱정스런 시선으로 바라보고 있는데 어쩐지 그 모습이 낯이 익다는 생각이 들었다. 원우는 곧 그 여자가 차은서임을 알아챘다.

'또 날 보고 도망쳤다 이거지.'

은서는 알지 못했다. 자신이 이원우를 피하고 도망치는 일이 그를 더 자극하는 것임을.

이원우는 집요했고 다른 사람들과는 조금 다른 사고방식을 가지고 있었다. 시야에 든 차은서가 도망치면 원우는 끝까지 잡으러 갈 것이 분명했다.

느긋하게 차를 마시며 원우는 자신이 차은서를 찾는 데 소비한 시간을 다시 한 번 떠올렸다.

어제 차은서의 집에서 짝 잃은 파란 구두를 발견하기 전까지만 해도, 원우는 설마 상대방이 다른 이유도 아닌 자신이 싫어 숨어 버린 거라고는 생각지 못했다.

"제 취향은 아닙니다."

취향이 아니라서 숨었다? 자존심에 상처를 남긴 어제의 대화까지 떠올리자 원우는 웃으면서도 아득, 이를 갈았다.

"내가 일주일간 자리를 비웁니다. 그전에 확실히 해 둬야 할 게 있어서요."

"확실히 해 둬야 할 거요?"

"어제 이 얘기를 안 했더라고요. 설마 해서 말하는 건데, 회사 관둘 생각은 하지 마요."

"네?"

"난 이 문제로 차은서 씨 해고할 생각이 없으니 차은서 씨도 퇴사 생각하지 말라는 겁니다. 나와의 문제는 별개로, 차은서 씨는 본인 실력으로 회사 들어온 거고 그 재능도 높이 사고 있어요. 거기다 차은서 씨 믿고 밀어 주려는 사람 뒤통수치는 짓도 하지 않는 게 좋을 거예요. 그렇게 되면 에일린 그만둬도 아무 데도 못 갈 겁니다."

어떨 때는 윤정환이 나보다 더 집요하단 말이지. 혼잣말처럼 작게 덧붙인 목소리가 은서의 귓가에 닿을 듯 말 듯 들려왔다. 그녀는 원우의 말을 두고 저울질을 했다.

'뭐야. 그러니까 이원우는 나를 자를 생각이 전혀 없다는 건가?'

은서의 얼굴에 한 줄기 희망이 스쳤다.

"대표님."

"말해요."

"여기…… 방음 잘 되나요?"

제대로 된 대화를 시작하기 전에, 은서가 걱정스러운 얼굴로 묻고는 닫힌 문을 힐끗 응시했다. 아무래도 문 하나를 사이에 두고 있는 김 비서를 걱정하는 모양이었다.

그 작은 목소리마저 밖에 들릴까 염려한 건지 조심스럽게 눈치를 보며 눈동자를 굴리는 모습이 꽤 귀여웠다.

"그런 편이에요. 그리고 김 비서는 듣는다고 해도 한 귀로 듣고 한 귀로 흘릴 겁니다. 누구랑 달리 내 사생활 떠벌리고 다닐 사람 아니에요."

그제야 조금 안심한 듯 문에 닿았던 은서의 시선이 떨어졌다.

원우는 이제 차은서가 어떻게 나올지 궁금했다. 다시 자세를 바르게 하고 차를 한 모금 마시는 행동까지 눈에 새기듯 바라보고 있었다.

"대표님께서는 회사 그만두지 말라고 하셨지만, 소문이 날 게 분명한데 앞으로 어떻게 다니나요? 대표님 말씀대로 저 공모전 통해 제 실력 당당히 인정받고 들어온 건데, 낙하산이라는 오해 받기 싫습니다."

"낙하산? 누가 그런 오해를 합니까?"

"일반적으로 가십에 휩싸이면 당사자가 아닌 이상 다른 사람들은 그런 오해 합니다. 이런 일은 보통 여자 입장이 더 불리하고, 더더군다나 신입 사원인 제게는 엄청나게 불리해요."

"소문은 났지만 그 구두 주인이 차은서 씨인 건 아무도 모릅니다. 앞으로도 모를 테고요."

"그래도……."

"모를 겁니다. 난 구두 주인이 누구인지 찾고 싶었던 거지, 누구라고 소문내고 싶었던 건 아니니까."

이원우가 정말 구두 주인이 누구인지 떠벌릴 생각이 없던 거라면, 그가 구두를 들고 사내를 돌아다니기 전에 자수를 했어야 했다. 아니, 그날 호텔에서 눈을 떴을 때 먼저 도망치지 말았어야 했다. 은서는 다시금 후회를 했다.

"대표님, 그럼 어제 책임지라고 말씀하신 건……."

"아, 그건 별개지. 책임은 져야죠. 난 그냥 구두 주인이 차은서 씨라는 것만 비밀로 하겠다고 한 건데. 설마 동네방네 소문내고 나랑 연애하고 싶었어요?"

"누, 누가요!"

"그럼 됐네."

되긴 뭐가 돼! 은서는 치솟아 오르는 화를 억누르려 주먹을 꽉 쥐었다가 부들부들 떨리는 손으로 다시금 찻잔을 들었다. 차를 한 모금 마시며 안정을 찾으려 노력했다.

'진정하자, 차은서. 이원우는 나를 해고할 생각은 정말 없어 보이니까 여기서부터 잘 얘기해야 해.'

은서는 다시 그를 마주했다. 어느새 가면 하나를 뒤집어쓴 것처럼 그녀는 차분하게 미소 띤 얼굴을 하고 있었다.

"대표님, 일단 제가 그날 일에 대해 모른 척해서 대표님이 저 찾느라 고생하신 거 압니다. 그 점에 대해서는 다시 한 번 사과드려요."

"알아요? 얼마나?"

"그야, 구두 들고 디자인 부서 왔다 가신 것도 알고."

"디자인 부서뿐만이 아니라, 마케팅 부서부터 시작해 회계 팀까지 내가 안 쑤시고 다닌 곳이 없는데. 거기다……."

정환에게 협박 아닌 협박을 받았다는 말을 하려다 말고 원우가 입을 다물었다.

한소희 디자이너 설득에 관해서는 자신 있어 보였으니 차은서의 디자인은 패션쇼에 오르게 될 확률이 높았다.

굳이 자라날 에일린의 새싹 디자이너에게, 이런 거래가 오고 갔고 넌 팀장 덕을 봤다는 생각을 가지게 하고 싶지는 않았다.

"아무튼, 차은서 씨가 날 **뺑뺑**이 돌린 건 맞죠."

"네, 정말 죄송하게 생각합니다. 하지만 아무리 생각해 봐도 이 일로 차후에 피해를 보게 된다면 그건 대표님이 아닌 저일 것 같은데, 왜 제가 책임을 져야 한다는 건지 모르겠습니다."

복도에서는 긴장해서 말도 못 하더니. 어느새 평정을 되찾은 은서를 원우는 흥미롭다는 얼굴로 마주했다.

그녀는 조금 전의 긴장감은 온데간데없이 올곧은 시선으로 원우를 보며 그날 일에 대해 조목조목 따지고 있었다.

원우는 고개를 끄덕이며 이해하는 척했지만, 은서의 침착함과 태연함을 단번에 무너뜨릴 생각이었다. 남과 다른 결론에 도달하는 것으로.

"하지만 둘 다 기억이 없는데 차은서 씨가 날 덮쳤을지 어떻게 압니까."

은서는 잠시 말문이 막혔다. 어떻게 하면 그런 결론을 낼 수 있는 건지 이원우의 뇌 구조가 참으로 궁금하기까지 했다.

다리를 꼬고 할 말 있으면 더 해 보라는 표정으로 자신을 마주하는 남자의 얼굴이 참으로 얄밉게 보였다.

'이 자식, 설마 지금 날 가지고 노는 건가?'

화를 꾹 눌러 참은 은서는 다시금 애써 미소를 지었고, 그가 알아들을 수 있도록 차근차근 설득하듯 말을 했다. 분노로 인해 목소리는 떨리고 있었지만 말이다.

"그게 말이 된다고 생각하세요? 제가 덮치다니. 제가 넘어트린다고 대표님이 넘어가겠어요?"

"그야 둘 다 기억을 못 하니 알 수가 있나. 그리고 아침에 나보다 먼저 눈떴으면 차은서 씨는 다 봤을 거 아닙니까."

"보다니, 뭘요?"

"눈떴을 때 나 다 벗고 있던데. 차은서 씨가 눈떴을 때는 내가 옷 입고 있었어요?"

물론 실오라기 하나 걸치지 않은 상태였다. 떠올리고 싶지 않았지만 그때의 기억이 떠올라 은서의 얼굴이 하얗게 질려 갔다.

"그건……."

"봤어요?"

"그게……."

"봤죠?"

"……."

"봤네."

홀로 결론에 도달한 이원우가 '그래, 본 게 확실하네.' 하고 한 번 더 강조하듯 중얼거리며 찻잔을 들었다.

이원우의 말대로 실오라기 하나 걸치지 않은 그의 몸을 본 게 사실이어서 그녀는 그 부분에 대해서 변명하지 못했다. 하지만 억울한 건 어쩔 수 없었다.

정말 보려고 본 게 아니라 아침에 눈떠 보니 옆에 남자가 누워 있고, 그 남자가 다른 누구도 아닌 에일린 대표 이원우라는 사실에 너무 놀라 이불을 손에 쥔 채 침대 아래로 떨어지다시피 넘어졌다.

이원우가 깰까 봐 악 소리도 못 내고 침대를 짚은 채 간신히 상반신을 일으켜 세웠는데, 조금 전까지만 해도 이원우가 절반 정도 잘 덮고 있던 이불이 시야에서 사라져 있었다. 뒤늦게 눈을 질끈 감아 봐도 이미 다 봐 버린 뒤였다.

'정말 내가 보고 싶어 본 것도 아니고.'

필름이 끊길 정도로 술을 진탕 마신 것도, 호텔에서 함께 동침을 한 것도 두 사람이 한 일인데 왜 자신만 이리 죄인처럼 굴어야 하는 걸까.

억울한 감정이 점점 눈덩이처럼 불어났고 이제는 슬슬 열이 받기 시작했다.

은서가 애써 웃는 얼굴로 이를 악물었다. 오늘의 대화로 그녀는 이원우가 자신을 해고할 생각이 전혀 없다는 것을 알게되었다. 그건 무엇보다 큰 해답이었다.

더는 설득해 봐야 씨도 안 먹힐 것 같으니 은서는 이제 이원우 스스로 지쳐 나가떨어질 때까지 기다리기로 마음먹었다. 하지만 이대로 당하기만 하는 것은 역시 억울했다.

'그럼 나도 이원우처럼 예의 바른 척 미친 짓을 하면 된다는 건가?

생각 같아서는 발로 한 대 뻥 차 주고 대표실을 나서고 싶었다. 하지만 이원우는 회사에서 최고 높은 갑 중의 갑이었고 은서는 지금 을의 입장이었다. 대놓고 이원우를 깔 수는 없다.

은서는 시간을 확인했다. 슬슬 대화를 마무리하고 사무실로 복귀해야 할 것 같아 미지근하게 식어 버린 차를 단숨에 마셔 버렸다. 녹차 특유의 텁텁함이 입안에 가득했다.

은서는 잠시 심호흡을 했다. 대화는 이원우에게 한 방 먹여 주는 걸로 끝낼 생각이었다.

"사과드리겠습니다."

"사과?"

"제가 보지 말아야 할 것을 봤습니다. 죄송합니다. 하지만……."

말끝을 흐리며 은서가 시선을 슬쩍 아래로 내렸다. 원우 역시 그녀의 시선을 따라 눈동자를 움직였다. 은서의 시선은 남자의 아주 중요한 부분에 닿아 있었다.

"별로 기억에 남는 모습은 아니어서 다 잊었습니다. 신경 쓰지 마세요."

은서의 사과에 원우는 하마터면 마시려던 차를 쏟을 뻔했다. 그걸 봤으면서도 은서는 아랑곳하지 않고 계속해서 말을 이었다.

"뭐 대표님은 돈 많으시고, 사장이시고, 얼굴도 잘생기시고, 매너까지 좋으시잖아요."

은서는 어제 했던 것과 똑같은 칭찬을 이원우의 앞에서 줄줄이 늘어놓았다.

"그러니까 하나쯤은 부족한 부분도 있어야죠. 사람인데."

마지막 말을 할 때에 다시 한 번 시선을 아래로 내려 주는 것도 잊지 않았다.

사실 기억 속 이원우의 몸은 굉장히 좋은 편이었다. 적당하게 근육이 붙은 몸에 은서가 조금 전 내려다본 그곳도 절대 작지 않았다. 눈앞의 남자는 껍데기를 배반한 성격 빼고 신이 모든 걸 다 준 모양이었다.

이원우도 자기 스스로 그걸 아는 건지 처음에만 당황했을 뿐 이제는 더 해 보라는 듯 태연하게 웃고 있었다.

"끝났어요? 더 해도 되는데."

한 방 먹이려고 건넨 말인데 되레 즐거워하는 이원우의 반응에 어쩐지 은서의 기분은 더 나빠졌다.

"이제 내려가 봐요. 아, 이거 하나 가지고 가요."

이원우가 명함을 하나 꺼내었다.

"이게 뭐예요?"

"내 명함입니다."

"이걸 왜……."

"연락처 모르잖아요. 일주일이나 자리 비울 건데. 앞으로 연락할 일이 많아질지도 모르고."

"……."

"뭐, 보고 싶으면 전화해도 괜찮아요."

절대 그럴 일 없다. 은서는 일단 건네준 명함을 손에 쥐면서도 자신이 먼저 이원우에게 연락할 일은 절대 없을 거라 생각했다.

망설이지 않고 자리에서 일어나 꾸벅 고개를 숙이고는 대표실을 빠져나오는데 이원우가 뒤따라오는 기척이 느껴졌다.

이 남자가 또 왜 이래? 일단 모르는 척 김 비서에게도 인사를 건네고 복도로 들어서고 나서야 뒤를 돌아봤다. 역시 그 자리에는 이원우가 있었다.

"왜 나오세요?"

"배웅."

쓸데없다. 정말 쓸데없는 매너라고 생각하며 은서는 얼마 남지 않은 엘리베이터를 향해 빠르게 걸음을 옮겼다.

지하에 있는 엘리베이터가 올라오는 동안 곁에 선 원우의 모습을 힐끗 응시하던 은서는 잃어버린 자신의 구두를 떠올렸다. 기왕 이렇게 된 거 구두는 돌려받고 싶었다.

"대표님, 구두 주세요."

"무슨 구두?"

"제 구두요."

"이제 대놓고 자기 거라고 인정하는 거예요?"

"다 드러난 마당에 어떻게 더 오리발을 내밀어요? 주세요. 그거 제가 아끼는 구두예요."

"나중에 줄게요."

"나중에 언제요?"

"일주일 뒤에."

때마침 엘리베이터가 도착했고, 원우는 눈짓으로 어서 타라는 신호를 보냈다. 일단 엘리베이터에 올라탄 은서는 4층 버튼을 누르고는 불안한 시선으로 그를 바라봤다.

"설마 지난번처럼 손에 구두 들고 사무실로 찾아오실 건 아니죠?"

"안 그럽니다. 구두 주인 차은서 씨인 거 모르게 한다니까요."

안심시키듯 그리 말한 이원우는 더 큰 폭탄을 은서에게 던졌다.

"집으로 갖다 줄게요."

"오지 마요!"

문이 닫히는 순간 이원우는 웃었다.

"차은서 씨, 일주일 뒤에 봅시다."

농담이 아니다. 은서는 확신할 수 있었다. 이원우가 일주일 뒤에 파란 구두를 들고 자신의 집을 찾아오리라는 것을. 문이 완전하게 닫히고 이원우의 모습이 시야에서 사라졌다.

사무실로 복귀한 은서는 원우가 건넨 명함을 책상 위에 올려놓고 한참을 노려보았다.

오늘 대화에서 득이 된 것이 있다면 이원우가 자신을 해고할 생각이 전혀 없다는 걸 알게 되었다는 것이고, 손해 본 것이 있다면 이원우가 생각한 것보다 더 상식을 벗어날 수 있는 사람이라는 것이었다.

어찌 행동할 건지 예상이라도 할 수 있다면 그에 대한 대비책을 마련해 놓을 텐데. 은서는 자꾸만 책임지라며 수상한 애정을 강요하는 이원우의 진짜 의중조차 파악할 수 없었다.

'아, 구두 괜히 돌려 달라 그랬나. 그냥 하나 살걸.'

파란 구두를 손에 쥐고 이원우가 집으로 찾아올 거다. 은서는 벌써부터 일주일 후가 두려웠다.

얼굴을 쓸어내리고 힘없이 고개를 든 그녀는 정면에 위치한 파티션에 붙여 놓은 노란 포스트잇을 물끄러미 바라봤다. 동글동글 귀여운 필체로 무언가 쓰여 있는 포스트잇은 은서가 직접 붙여 놓은 것이었다.

여자에게 맞는 구두만 주면 그녀는 세상을 정복할 수 있다.

마릴린 먼로가 한 말이었는데, 일을 할 때 자극을 주기도 했고 좋아하는 문장이기도 해서 직접 써서 붙여 놓은 것이었다.

포스트잇을 떼어 내 손에 쥔 그녀는 그것을 내려다보며 짧게 한숨을 내쉬었다.

아무래도 파란 구두는 자신에게 맞는 구두가 아닌 모양이었다. 그 구두로 인해 가시밭길에 발을 들인 것 같은 기분이었다.

＊　　　＊　　　＊

티라미스 한 조각을 어느새 다 먹어치운 은서는 두 조각째 케이크를 접시에 꺼내 놓았다. 한 손에 휴대전화를 든 채 보라와 통화를 하면서도 그녀는 틈틈이 케이크를 입에 가져다 댔다.

스트레스를 받으면 단 음식을 찾고는 했는데, 이원우가 돌아오는 날이 가까워질수록 은서가 먹는 단 음식의 양도 많아져 가고 있었다.

"커피 타러 간 사이에 신발장을 그냥 열어 봤다니까? 그것도 엄청 활짝? 한 손에 구두 들고 다가오는데……. 아, 진짜. 꿈에 나올까 두렵다."

—그래도 구두는 돌려준다고 했다며.

"그게 문제야, 그게. 차라리 안 받는다고 할걸."

—왜?

"구두 들고 우리 집에 온다잖아. 난 우리 대표님이 파란 구두 들고 있는 모습이 제일 무서워."

보라의 웃음소리가 유난히도 크게 귓가에 전해졌다. 은서는 웃지 말라고 중얼거리며 시무룩해진 얼굴로 아일랜드 식탁 귀퉁이에 놓여 있는 탁상용 달력을 바라봤다.

일주일이란 시간은 눈 깜짝할 사이에 지나갔다. 내일은 이원우가 돌아오는 날이었다.

"울고 싶다. 시간은 또 왜 이렇게 빨리 지나가는 거야."

—내일 온다고 했나?

"응."

—너희 대표가 사내에서 괴짜라고 불린다니까 진짜 책임지라고 한 걸 수도 있겠지만, 아무래도 내가 보기엔 네 반응이 재밌어서 그런 것 같거든? 그리고 그 남자 서른셋이라며. 동정이 말이 돼?

"그치? 네가 생각하기에도 말이 안 되는 것 같지?"

—일단 너무 격하게 반응하지 말고 그냥 덤덤하게 대해봐.

"그게 안 돼. 안 그런 척, 예의 바른 척, 매너 있는 척하면서 슬슬 사람 약 올리더라니까?"

—위로해 주고 싶은데 이번 경우에는 갑을 관계가 너무 확실해서 뭐라 해 줄 말이 없다. 하필 상대가 대표일 게 뭐야.

"내 말이 그 말이야."

—일단 참아. 그러다 말겠지. 그리고 그 회사에서 나쁜 일만 있는 것도 아니잖아. 네가 한 디자인, 에일린 이름 달고 쇼에 올라간다며.

"응. 팀장님이 추천해 주신 모양이야."

바닥을 쳤던 기분이 다시금 상승 곡선을 그렸다. 한소희 디자이너와의 협업 패션쇼에 은서가 디자인한 구두까지 올라가는 것이 최종적으로 결정되었고, 정환은 은서에게 어제 그 사실을 전했다.

제품으로 출시되는 것이 아니라도 유명 디자이너의 쇼에 자신의 구두가 함께 올라간다는 것은 은서에게 굉장히 의미 있는 일이었다.

"내일 한소희 디자이너랑 쇼 디렉터 분들이랑 최종 미팅하는데 우리 팀 팀장님이랑 마케팅 부서 팀장님이 참석하거든. 다른 디자이너들은 이전 미팅 때 이미 다들 인사도 하고 그랬는데 나는 거의 막바지 단계에 보너스로 끼게 된 거나 마찬가지잖아. 인사도 못 했으니까 내일 같이 가는 게 좋겠다고 하셔서 따라가 보려고."

—잘됐네. 의상 쪽이랑 협업해서 하는 쇼는 처음이지? 나인에서는 단독으로만 했었잖아.

"응."

—여러모로 좋은 기회네. 얘기 들어 보니까 팀장도 실력 인정해 주고, 팀원들도 다 좋다며. 거기다 에일린은 디자이너한테 투자 팍팍 해 주는 회사고.

"그렇지."

—그럼 열심히 다녀야지, 뭐. 정말 못 견디겠다 싶으면 사표 던져. 디자이너 자리는 안 되겠지만, 언니가 다른 취직자

리는 알아봐 주마.

"안 돼. 나 이제 디자인만 하고 살기로 했어."

—그럼 그냥 네가 참아. 아, 카페에 다시 사람 몰리네.

케이크를 먹기 좋게 잘라 내어 입에 가져다 대려던 은서가 깜짝 놀라 벽시계를 올려다봤다.

보라의 어머니는 카페를 운영하고 있었고 보라가 가끔 주말에 나가 카페 일을 돕는 걸 알고 있었다. 하지만 오늘은 평일이고 시간은 벌써 아홉 시를 넘기고 있었다.

"너 지금 카페야? 오늘 회사 쉬었어?"

—쉬기는. 알바 한 명이 급한 일 생겼다고 빠졌어. 엄마가 일 좀 도와달라고 해서 퇴근 후에 잠깐 온 거야.

"바쁘면 말하지. 내가 너무 오래 붙잡고 있었나 보다."

—아니야. 너 전화 왔을 때는 마침 또 한가했어. 아무튼 내일 출근 잘하고, 그 대표가 구두 돌려주면 소금이라도 한 번 뿌리고 신어.

"그래야겠다. 집에 굵은 소금이 있는지 모르겠네."

농담으로 건넨 말에 은서는 무척이나 진지하게 대답을 했다. 정말 소금을 찾는 건지 주변을 둘러보기까지 했다.

—아무튼, 너무 스트레스 받지 말고. 푹 쉬어. 끊을게.

"응, 너도 고생하고."

통화를 마친 은서는 남은 케이크를 먹어 치운 뒤 부엌을 정리하고 방으로 돌아갔다.

심플하게 꾸며 놓은 방에는 책상 하나와 침대, 옷장, 그리고 화장대가 놓여 있었다. 작은 가구들로 채워진 방 안에서 가장 눈에 들어오는 것은, 책상 앞에 붙은 무수히 많은 구두 디자인 스케치였다.

디자이너 일을 쉬었던 3년의 공백에도 은서는 구두를 구상하고 그리는 것을 쉬지 않고 반복했다.

오늘도 습관처럼 책상 앞에 앉아 러프 스케치 몇 개를 그리고 나서야 샤워를 하고 잘 준비를 했다.

젖은 머리카락을 말리고 시계를 확인해 보니 시간은 어느 덧 자정을 넘기고 있었다.

"으, 피곤해."

기지개를 켜며 늘어지게 하품을 한 은서가 침대로 향하려다 걸음을 우뚝 멈췄다. 다시 책상 앞으로 걸음을 옮긴 그녀는 탁상용 달력을 손에 들고 오늘 날짜에 붉은색 펜으로 엑스 표시를 남겨 두었다.

이원우가 출장을 간 날부터 오늘까지, 탁상용 달력에는 빨간색 엑스 표시가 눈에 띄게 그려져 있었다.

그리고 이원우가 돌아오는 내일 날짜에는 커다란 폭탄 그림이 그려져 있었다. 쓸데없이 퀄리티 있게 그려 놔서 마치 금방이라도 터질 것 같다는 착각이 들었다.

은서는 그림을 보면서 눈살을 찌푸렸다가 이 집에서 이원우를 마주했던 상황을 떠올리고는 끝내 픽, 웃고 말았다.

"하긴. 이원우가 신발장에서 내 구두 꺼냈을 때보다 더 무서운 상황이 있겠어? 그런 일도 당했는데 뭐가 걱정이야."

터져 봐야 그날보다 무서운 상황은 벌어지지 않을 것이다. 캘린더를 손에서 내려놓은 은서는 불을 끄고 침대에 누웠다.

그리고 그날, 은서는 꿈을 꾸었다.

꿈속에서 이원우가 자신의 집으로 찾아왔다. 화사하게 웃는 얼굴로, 파란 구두를…… 신고.

'아, 꿈을 꿔도 그런 개꿈을.'

은서는 다시 생각해 봐도 어처구니가 없어 홀로 헛웃음을 터뜨렸다.

얼마나 스트레스를 받았으면 그런 꿈까지 꿨을까. 꿈속에서조차 이건 꿈이야, 현실일 리 없어, 하고 생각했지만 깨어 보니 식은땀까지 흘리고 있었다.

여름인데도 불구하고 서늘한 느낌에 은서는 이불을 똘똘 말고 다시 잠을 청해야 했다. 그러나 쉽게 잠들지 못하고 뒤척이다 알람 소리에 몸을 일으켜야 했다.

잠을 설치는 바람에 평소보다 피곤한 몸을 이끌고 출근을 한 은서는, 오전 팀 회의를 마치고 곧장 정환을 따라 한소희 디자이너가 운영하는 '렌느' 건물로 향했다. 협업 패션쇼 미팅을 하기 위해서였다.

원래대로라면 마케팅 부서 팀장인 현우도 함께 왔어야 했지만 아이가 갑자기 고열이 나는 바람에 결근을 하게 되었고, 은서와 정환 두 사람만이 미팅에 참여를 하게 되었다.

차 안에서도 말이 없다 싶더니 렌느 건물에 들어선 후에도 뒤를 따르는 은서가 유독 조용하자 정환이 힐끗 그녀를 돌아보고는 천천히 걸음을 늦췄다.

"은서 씨, 몸 안 좋은 거 아니에요? 안색이 안 좋은데요."

은서의 걸음이 우뚝 멈췄다. 앞서 걷던 정환 역시 어느새 걸음을 멈추고 그녀를 돌아보고 있었다. 정말 어디 아픈 거예요, 하고 걱정하듯 덧붙이는 말에 은서는 아니라며 고개를 가로저었다.

이원우가 파란 구두를 직접 신고 집으로 찾아오는 악몽을 꿨다고는 대답할 수 없어 그녀는 적당한 핑계를 댔다.

"좀 긴장해서 그런가 봐요."

"긴장할 게 뭐 있어요. 그냥 인사하고, 미팅하는 거 보고 듣는 건데. 어차피 오늘 은서 씨는 인사시키려고 데리고 온 거고, 나머지는 내가 알아서 할 테니까 긴장 풀어요."

"네, 팀장님."

"그럼 가죠. 늦겠어요."

3층에 위치한 회의실로 향하는 동안, 정환은 은서의 긴장을 풀어 주기 위함인지 평소보다 많은 말을 건네었다.

한소희 디자이너가 차가워 보이는 인상에 비해 굉장히 차분하고 온화한 성격이고, 은서의 디자인을 굉장히 마음에 들어 했으며, 꼭 한번 보고 싶다는 이야기도 했다고 전했다.

그렇게 대화를 나누다 보니 두 사람은 어느새 미팅을 하게 될 회의실 앞에 도착해 있었다.

"안녕하세요."

정환이 문을 열고 들어서며 인사를 건네자 회의실 안에 있던 사람들의 시선이 일제히 입구 쪽으로 몰렸다. 가까운 위치에 서 있던 여자 두 명이 가장 먼저 다가오며 반갑게 인사를 건네었다.

"어머, 윤 팀장님. 일찍 오셨네요."

"차 막힐까 봐 조금 서둘렀는데 생각보다 일찍 도착했네요."

"최 팀장님은 안 오셨어요?"

"일이 좀 생겨서 부득이하게 오늘은 참석 못 하게 됐습니다. 죄송해요."

"죄송하긴요. 오늘 미팅이야 최종 확인만 하는 건데. 한데, 함께 오신 분은……."

"아, 이쪽은 저희 신입 디자이너 차은서 씨입니다. 인사해요, 은서 씨. 이쪽은 한소희 디자이너 선생님이고, 이쪽은 렌느 주은정 기획실장님."

"안녕하세요, 차은서입니다."

"아, 이분이 은서 씨구나. 반가워요."

은서는 정환의 소개로 쇼 디렉터와 한소희 디자이너를 비롯해 미팅에 참여한 사람들과 차례로 인사를 나눴다.

그의 말대로 한소희 디자이너는 조금 차가운 이미지를 가지고 있었지만 말이나 행동에서 무척 상대방을 배려하는 사람이라는 것을 알 수 있었다.

그녀는 마지막으로 넣게 된 은서의 구두 디자인에 대해 칭찬을 아끼지 않으며 나중에 이런 기회가 또 있다면 다시 일해 보고 싶다고까지 말했다.

"일에 관해서는 빈말 안 하시는 분이에요. 은서 씨 디자인, 정말 마음에 들어 했어요."

정환이 한껏 목소리를 낮춰 은서에게 속삭이듯 말했다. 은서는 쑥스러운지 작게 웃고는 감사하다고 인사를 건네었다.

인사를 마친 두 사람은 렌느 직원의 안내를 받아 자리에 앉았다. 긴 회의 테이블은 아직까지 빈자리가 대부분이었다.

은서와 정환이 약속했던 시간보다 조금 일찍 도착하기도 했고, 렌느의 직원들은 앉아 있기보다는 대부분 분주하게 움직이고 있는 편이었다.

"팀장님, 안녕하세요."

회의실 안에 들어선 렌느의 직원 한 명이 정환을 보고는 친근하게 말을 걸었다. 그녀는 품 안에 팸플릿으로 보이는 책자 여러 권을 안고 있었다.

"네, 안녕하세요."

"최 팀장님은 못 오셨다면서요?"

"갑자기 일이 생겨서요."

"아쉽네요. 두 분은 세트로 다니셔야 저희 눈이 즐거운데. 팸플릿 샘플 나왔는데, 먼저 보실래요?"

"네, 주세요."

"일단 이건 샘플로 제작한 거고 최종안은 이번 주 내로 확정 지을 생각이에요. 에일린 쪽은 최현우 팀장님이 요청한 사진이랑 원하시는 정보를 팸플릿에 넣었는데, 오늘 최종적으로 확인 받을까 했더니 안 되겠네요."

"확인해서 내일까지 연락드리라고 전달해 놓겠습니다."

"네, 그럼 감사하고요. 보시고 변경 요청하실 부분 있으시면 연락 주세요."

대화를 하면서도 정환은 이미 팸플릿을 꼼꼼하게 확인하고 있었다. 렌느의 직원이 멀어져 가고 은서는 팸플릿을 한 손에 든 채 주변을 둘러봤다. 한쪽에서는 쇼 디렉터가 조명팀 담당자와 무언가를 이야기하고 있었다.

정환이 팸플릿을 확인하는 동안 은서는 앞에 놓인 생수병을 절반가량 비워 냈다. 시간은 흘러 어느새 약속했던 미팅 시간이 되어 있었다.

"팀장님."

"네."

"다 도착한 거 같은데, 왜 시작 안 해요?"

은서의 말에 고개를 든 정환은 주위를 쭉 한 번 둘러보고는 고개를 끄덕였다.

"아직 도착 안 한 회사가 있어서…… 아."

그가 말끝을 흐리고는 은서를 마주했다. 조금 곤란한 기색이 얼굴에 드러났다.

"왜 그러세요?"

"……내가 이걸 말 안 했네요."

"네?"

"은서 씨, 나인 근무했죠?"

갑작스런 질문에 은서는 답을 하지 못하고 굳어진 얼굴로 정환을 바라봤다.

'내가 나인에서 근무한 경력이 있다는 걸 말했었나?'

의아한 기색을 담은 그녀의 시선에 정환은 은서의 머릿속을 들여다보기라도 한 것처럼 묻지도 않은 말에 답을 해 주었다.

"공모전 입상자라 형식적으로 낸 포트폴리오와 이력서라고 해도, 내 팀원인데 그 정도는 제대로 확인합니다."

"아."

은서는 그제야 이력서에 써 낸 나인에서의 근무 경력을 떠올렸다. 공모전 입상자로 들어온 거라 면접이나 서류 절차가 따로 있지 않았다.

다만 포트폴리오와 이력서를 제출하라고 했는데, 사내에서 보관할 형식적인 서류라고 했기에 제대로 보지 않았을 것이라 생각했다.

입사하고 시간이 꽤 흘렀지만 정환이 나인에서의 근무 경력에 대해 한 번도 묻지 않았기에 더더욱 그리 생각했었다.

"네, 나인에서 근무했었습니다."

숨길 생각은 없었다. 그래서 이력서에도 쓴 것이라 은서는 사실대로 답했다.

"이걸 미리 말해야 했던 거 같은데."

"뭔데 그러세요? 말씀하세요."

"이번 패션쇼 협업은 에일린과 렌느에서만 하는 게 아니에요. 에일린은 여성화를 전문으로 하는 회사다 보니 이번에 맡은 건 쉬즈 쪽입니다. 패션쇼는 남성복도 진행이 되는데 옴므 쪽은 다른 회사에서 맡게 됐어요."

"아, 그럼 그 회사 담당 분들이 아직 도착 안 하신 건가 봐요?"

"네."

정환이 팸플릿을 덮었다. 은서는 그제야 뭔가 나쁜 예감이 들어 미간을 좁혔다.

나인 이야기를 하다가 패션쇼 협업을 하게 되는 다른 회사 이야기로 넘어갔다. 그녀의 머릿속에 떠오른 답이 입 밖으로 나오기 전에 정환이 먼저 답을 내려 주었다.

"그 회사가 나인이에요."

"……네?"

"나인이요. 은서 씨가 근무했던."

그 답에 은서는 하마터면 손에 들고 있던 팸플릿을 놓칠 뻔했다.

딱딱하게 굳어진 얼굴이 이 상황에 대한 당황스러움을 고
스란히 드러내고 있었다.

에일린이 빠른 성장세를 보이며 확고하게 자리를 잡아 가
고 있는 중이라면, 나인은 이미 업계에서 다섯 손가락 안에
들어간다고 볼 수 있는 기업이었다.

은서가 나인에서 근무한 경력이 있다는 것도, 그곳을 나와
판매원 일을 3년이나 했다는 것도 정환은 알고 있었다. 디자
이너가 그 좋은 회사를 마다하고 판매원 일을 했다면 퇴사에
그만큼 좋지 않은 이유가 있을 것이라 생각했다.

'생각보다 더 안 좋은 일로 나온 건가.'

은서의 디자인을 올리고 싶다는 생각만 했지, 정작 나인과
의 관계를 생각지 못했던 정환은, 굳어진 은서의 얼굴에 역시

좋지 않은 이유로 퇴사를 했다는 것을 짐작했다.

"은서 씨, 혹시 불편해요? 미팅은 나 혼자 참석해도 되니까 불편하면 지금이라도……."

"죄송합니다. 저희가 제일 늦은 모양이네요."

은서가 꼭 참여하지 않아도 되는 자리였기에 서둘러 그녀를 돌려보내려던 정환이 아차 하는 얼굴로 회의실 입구 쪽을 바라봤다. 나인 쪽 사람이 때마침 도착한 후였다.

"늦기는요, 딱 맞춰서 도착하셨는데요. 어머, 서 본부장님도 같이 오셨네요."

은서의 시선 역시 회의실 입구 쪽으로 향했다. 젠장, 짧게 중얼거린 말이 귓가에 닿았다. 그 말이 정환의 입에서 나온 건지, 자신의 입에서 나온 건지 은서는 알 수 없었다.

나인 쪽에서는 두 명의 남자가 미팅에 참석했다. 디자인팀 과장인 박현성과 나인의 본부장인 서재하였다. 은서는 이미 안면이 있는 두 사람의 얼굴을 물끄러미 바라보다 고개를 숙였다.

그녀는 오늘 새 구두를 신었다. 새로 산 구두는 하필 파란색이었다.

혹여 출장에서 돌아온 이원우를 사내에서 만나게 된다면, 디자인은 다르지만 파란 구두 하나를 새로 샀으니 집까지 애써 구두를 가져다주실 필요 없다고 말하기 위해 일부러 신고 온 것이었다.

'재수가 없어도 이렇게 없을 수 있을까.'

이원우가 저주라도 내린 모양이라고 생각하며 은서는 픽 웃고 말았다.

"에일린 쪽에서도 벌써 와 계세요. 이쪽에 앉으세요."

은서와 정환이 앉아 있는 맞은편 자리에, 나인 쪽에서 온 과장과 본부장이 자리를 잡고 앉았다. 은서는 길게 한숨을 뱉어 내고는 고개를 들어 두 사람의 얼굴을 마주했다.

자리에 서류 가방을 내려놓은 현성이 에일린의 팀장인 정환에게 먼저 인사를 건네려다 옆에 앉은 은서를 발견하고는 표정을 굳혔다.

"……차 대리?"

자신을 부르는 말이라는 걸 알면서도 은서는 현성의 말에 답하지 않았다. 찬물이라도 끼얹은 것처럼 분위기가 냉랭해졌다.

상황을 가늠하던 정환이 결국 먼저 자리에서 일어섰고 은서 역시 뒤늦게 그를 따라 일어섰다.

"반갑습니다. 지난번 미팅 때 한 번 뵀죠. 에일린 디자인 부서의 윤정환 팀장입니다."

"아, 안녕하세요. 나인의 박현성 과장입니다. 이쪽은 서재하 본부장님이고요."

"안녕하세요."

"네, 반갑습니다. 서재하 본부장입니다."

"나인에서 이번 쇼에 거는 기대가 큰 모양입니다. 본부장님께서 직접 미팅에 참여를 다 하시고요."

정환이 현성과 대화를 나누며 힐끗 서재하 본부장을 바라봤다. 인사를 마치자마자 재하의 시선은 은서에게 머물러 있었다. 그 역시 조금 놀란 얼굴이었다.

'뭔가 있긴 있네.'

정환은 은서의 기색을 살폈다. 그녀는 조금 전 당황했던 기색은 온데간데없이, 담담하게 두 사람을 마주하고 있었다. 되레 당황한 쪽은 나인에서 온 두 남자인 것 같았다.

"이쪽은 저희 신입 사원 차은서 씨입니다."

"······네? 신입 사원이요?"

"네. 입사한 지 얼마 안 되긴 했지만 공모전을 통해 들어온 재능 있는 친구라 저희 쪽에서 기대가 큰 사원입니다. 이번 쇼에 올리는 디자인 중 하나가 은서 씨 디자인이기도 하고요."

"아······ 그렇군요."

정환은 평소라면 하지 않았을 설명까지 덧붙였다. 현성은 놀란 눈치였지만 상황 파악이 빨랐고 더는 은서에게 아는 척을 하지 않았다.

거기다 때마침 한소희 디자이너가 미팅을 시작하자며 자리에 앉는 바람에 인사를 끝으로 서로 간에 불필요한 대화는 오고 가지 않았다.

프로젝터 때문에 주변은 어두웠다. 몇 차례나 화면이 바뀌는 동안 은서는 단 한 번도 정면에서 시선을 떼어 내지 않았다. 누군가의 시선을 느끼면서도 완전하게 무시를 했다.

기대했던 미팅이었지만 기분이 최악이라 그런지 내용은 도무지 눈에 들어오지 않았고 시간이 어떻게 흘러가는지도 알 수 없었다.

"자, 그럼 준비 잘해서 이번 협업 패션쇼를 성공리에 마칠 수 있도록 도와주셨으면 합니다. 이상. 오늘 수고들 하셨습니다."

렌느 기획실장의 마지막 말을 끝으로 길었던 미팅이 끝났다. 모두 돌아가려 정리하는 분위기라 은서도 짐을 챙겨 자리에서 일어섰다.

조금 멀찍이 떨어진 곳에 서 있는 현성은 한소희 디자이너와 무언가 이야기를 나누고 있었고, 은서를 주시하고 있던 재하는 그녀가 일어서는 것을 보고 나서야 기다렸다는 듯 자리에서 일어섰다.

말을 걸 타이밍을 찾고 있는 것 같았지만 계속해서 그녀의 곁을 지키고 있는 정환 때문에 쉽지 않은 듯했다.

그러다 재하와 은서의 시선이 마주쳤다. 재하가 눈짓으로 밖을 가리키는 걸 봤지만 은서는 싸늘한 얼굴을 한 채 그를 무시해 버렸다.

"은서 씨."

"네, 팀장님."

"나는 남아 상의할 일이 있어서 은서 씨 혼자 돌아가야 할 것 같은데."

"아, 그럼 저 먼저 회사로 복귀하겠습니다."

"은서 씨 차 없잖아요. 여기에서 회사까지 거리가 꽤 있어서 버스 타고 가기도 뭐할 텐데."

괜찮다고 말하려는 참이었다.

"제 차 타고 가시죠."

두 사람의 대화에 끼어든 다른 이의 음성에, 은서와 정환의 시선이 한곳으로 향했다. 어느새 은서 곁으로 다가선 웃는 얼굴의 재하가 기다렸다는 듯 친절을 베풀며 기회를 잡았다.

"에일린이라면 나인 방향과 같지 않습니까. 가는 길에 제가 데려다 드리죠."

정환이 소리 없이 눈동자를 굴렸다. 은서는 기가 막힌다는 얼굴을 하고 있었다.

인사를 나눌 때의 분위기만 봐도 은서와 나인 쪽이 좋지 않은 관계라는 것을, 눈치 빠른 정환이 모를 리가 없었다. 아무래도 은서가 불편해할 것 같았지만 그의 입장에서는 거절의 말을 할 수 없었다.

함께 일을 하게 된 협력 업체였다. 그 회사의 본부장이나 되는 남자가 방향이 같다며 친절하게 데려다 준다는데 거절하기에는 모양새가 너무 이상했다.

"그럴래요, 은서 씨?"

결국 판단은 은서에게 맡겼다. 절로 이가 악물렸지만 여기서 사고를 칠 수는 없었다. 은서는 숄더백을 고쳐 메며 억지웃음을 지었다.

"뭐, 데려다 주신다는데 저야 감사하죠. 그럼 저 먼저 돌아가 볼게요, 팀장님."

"……그래요, 그럼. 조심해서 가요."

"네, 수고하세요."

은서가 먼저 사무실을 나서고 재하가 그 뒤를 따랐다. 나인에서 함께 온 현성은 정환과 마찬가지로 회의실에 남아야 하는 모양인지 그대로 자리를 지키고 있었다.

복도를 지나 엘리베이터에 올라타고 지하 주차장으로 향할 때까지 두 사람은 서로에게 한마디도 건네지 않았고, 기나긴 침묵만이 흘렀다. 주차장에 발을 들인 은서는 주변에 아무도 없다는 것을 확인하고는 재하를 향해 몸을 돌렸다.

"서재하 본부장님, 호의는 감사하지만 저는 그냥 버스 타고 가겠습니다."

"내 차 타."

"혼자 타세요."

"할 말 있으니까 타라고."

"본부장 자리까지 힘들게 올라갔는데, 그 자리 내놓고 싶으세요? 누가 보면 어쩌려고 이래요? 아, 여긴 나인이 아니니까 괜찮은가?"

"차은서, 너 정말……."

"어? 박현성 과장님 오시는데요?"

은서의 말에 재하가 다급하게 뒤를 돌아봤다. 물론 거짓말이었고 현성은 그 자리에 없었다. 재하가 은서를 노려보자 그녀는 웃으며 가볍게 어깨를 으쓱였다.

"그렇게 겁 많으신 분이 어쩌자고 이러세요? 서로 조심 좀 하죠. 보는 눈이 어디에 있을지 누가 알아요?"

"……."

"알아들으신 것 같으니 그럼 전 이만 가 보겠습니다. 안녕히 가세요. 웬만하면 우리 다신 보지 말죠."

재하의 차를 탈 생각은 조금도 없었다. 꾸벅 인사를 건네고 돌아서려 하자 재하가 팔을 붙들었다. 은서가 싸늘하게 굳은 얼굴로 그를 노려봤다.

"이거 놓으시죠."

"잔말 말고 타. 가면서 얘기해."

"놓으라고 말씀드렸습니다."

"타라니까."

"놓으세요."

"못 놔."

"놓으랬다."

"차은서."

"놓으라고 했지, 이 개자식아!"

그가 그녀의 이름을 크게 부른 순간, 은서도 더는 참지 않았다. 숄더백으로 가차 없이 재하의 머리를 후려쳤다. 짧은 비명과 함께 엄청난 소리가 나며 재하의 고개가 왼편으로 돌아갔다.

은서는 한 대로 끝내지 않고 다시 한 번 숄더백을 휘둘렀다. 이번에는 반대 방향으로 재하의 고개가 돌아갔다. 중심을 잃고 비틀거리는 재하의 팔을 붙잡은 은서는 구두를 신은 발로 그의 정강이를 걷어찼다.

"아악!"

비명에 가까운 신음 소리를 내며 바닥에 주저앉은 재하는 은서에게 맞은 옆얼굴과 구두로 걷어차인 정강이를 매만지느라 정신이 없어 보였다. 은서는 그러고도 분이 풀리지 않는지 어깨까지 들썩이며 씩씩거렸다.

"내가 내 눈에 띄지 말라고 했지? 혹여 길에서 우연히 만나도 모른 척하라고 했어, 안 했어?"

은서는 화를 참지 못하고 백으로 다시 한 번 재하의 머리를 내려쳤다.

"차은서! 너 그만두지 못해?"

"못 그만둔다, 왜! 그러게 그냥 가려는 사람을 왜 건드려! 모르는 척하고 그냥 가 버리지, 뭐? 나인이랑 방향이 같아서 데려다 준다고? 나인 가는 방향이 어느새 황천길로 바뀌었나 보지? 너 오늘 정말 저승길 밟고 싶어?"

"아악!"

"아파? 이게 아파? 난 너 때문에 그 오물을 다 뒤집어쓰고도 3년을 버텼는데, 고작 이게 아파서 네가 지금 소리를 질러? 안 그래도 너 내가 벼르고 있었는데 오늘 잘 걸렸어. 보라네 어머니 카페에 맡기고 간 거 뭐야?"

"그건 널 위해서……."

"뭐? 날 위해서? 날 위해서 그따위 걸 주고 갔다고?"

"은서야."

"너 진짜 오늘 죽어 볼래!"

조용했던 주차장에는 한동안 재하의 비명 소리만이 울려 퍼졌다.

숄더백으로 연신 재하의 머리를 내려치던 은서는 더는 때리지도 못하겠는지 거친 숨을 내뱉으며 두어 걸음 뒤로 물러섰다. 그녀의 어깨가 크게 들썩였다.

흐트러진 머리를 매만지고 옷매무시를 가다듬은 은서가 숄더백을 고쳐 메고는 주변을 둘러봤다. 다행이도 주차장에는 여전히 사람이 없었다.

그녀는 짧게 심호흡을 하고는 후 하고 이마를 향해 바람을 불었다. 이마를 가렸던 앞머리가 살짝 흩날렸다가 다시 제자리를 찾아 내려앉았다.

그사이 흥분을 많이 가라앉힌 상태였다. 그녀는 다시 차분해진 모습으로 재하를 내려다봤다.

"서재하 본부장님, 앞으로는 혹여 이런 식으로 다시 얼굴 마주하게 된다고 해도, 절대 아는 척하지 마시길 바랍니다. 다음에도 한 번 더 이런 식으로 내 몸에 손대면……."

은서가 바닥에 주저앉아 있는 재하의 다리 사이에 구두를 툭 가져다 댔다.

"그땐 여기."

남자의 중요한 부분에 은서의 구두가 닿자 재하가 흠칫하며 빠르게 다리를 오므렸다.

"여기 밟아 줄 줄 알아."

재하는 자리에서 일어서지도 못했다. 또각또각 구두 소리를 내며 멀어져 가는 은서의 뒷모습을 바라보다 낮게 욕을 뱉어 냈을 뿐이었다.

렌느를 벗어난 은서는 서둘러 회사로 복귀를 했다. 같은 업계에서 일을 하게 되면 나인 쪽 사람과 한 번쯤은 마주치게 될 것이라 생각은 했었다. 이렇게 빠를 줄 몰랐을 뿐이지.

크게 신경 쓸 일이 아니라고 생각하며 은서는 스스로를 다독였다.

"몇 대 더 차 주고 왔어야 하는 건데. 분이 안 풀리네."

사무실에 들어서자마자 은서는 자신의 책상 서랍 문부터 열었다. 버리려 했지만 정환으로 인해 다시금 돌아오게 된 하얀 봉투가 그녀의 손에 들려 있었다.

은서는 망설이지 않고 그것을 찢어 휴지통에 버렸다. 속이 다 시원했다.

두 손을 탁탁 털어 낸 뒤 아직 비워져 있는 팀장 정환의 자리를 힐끗 바라봤다.

나인에서의 근무 경력을 알고 있는 데다 처음 인사를 나눌 때 분위기가 이상하다는 걸 분명 눈치챘을 텐데. 은서는 아무것도 묻지 않아 준 정환에게 참으로 고마웠다.

"기대에 부응하기 위해 열심히 일이나 하자, 차은서."

서재하에 대한 생각은 딱 거기까지였다. 티끌만 한 미련조차 남지 않은 사람에게 조금의 시간도 쏟아붓고 싶지 않았다.

회사에서 남은 업무를 마무리하고 폭풍 같았던 하루를 마친 은서는 집으로 가는 길에 맥주 두 캔과 안주로 먹을 라면 하나를 샀다.

가끔 술이 고프면 맥주에 생라면을 먹고는 했다. 그 모습을 볼 때마다 가장 친한 친구인 보라는 생라면이 뭐냐고, 지지리 궁상이라며 타박했지만 말이다.

"하하."

집으로 돌아온 은서는 샤워를 한 뒤 개그 프로그램을 보며 마음 편히 맥주를 마시고 있었다. 한참 집중하며 보고 있는데 휴대전화가 울렸다.

음량을 줄이고 휴대전화를 손에 든 은서의 얼굴에 의아한 기색이 스쳤다. 액정에 뜬 번호는 모르는 번호였다.

"여보세요."

—…….

"여보세요?"

—…….

뭐야. 은서는 미간을 좁히며 전화가 끊어졌는지 확인했다. 통화 시간이 흐르고 있는 걸 보니 전화는 끊어지지 않은 상태였다.

"말씀 안 하시면 끊습니다."

—차은서.

전화를 끊으려는 순간, 상대방의 목소리가 들려왔다. 은서는 휴대전화를 다시 귀에서 떼어 내 액정을 확인했다. 액정에 뜬 번호는 여전히 모르는 번호였다.

"누구시죠?"

—나야, 재하.

"누구?"

—할 말 있어서 전화했어. 너 아무리 화가 났다고 해도 그렇지, 사람을 그런 식으로 대하는 게 어디 있어?

은서의 얼굴에서 웃음기가 싹 가셨다. 조용히 맥주 캔을 내려놓은 그녀는 손을 들어 얼굴을 쓸어내렸다. 짜증스런 감정이 얼굴에 잔뜩 드러나 있었다.

"내 번호 어떻게 알았어?"

—에일린에 아는 사람 있어서 알아봤어.

"와, 그랬어? 칭찬이라도 해 줄까? 정보력 죽여주네, 서재하. 너 스토커야?"

—그렇게 말하지 말고.

"아까 내가 그렇게 얘길 했는데도 못 알아들었어? 내 말 한 귀로 듣고 한 귀로 흘리니? 대체 또 왜 전화했는데?"

—네가 왜 에일린에 있어? 내가 소개해 준 회사는 어쩌고. 내가 그 자리 마련하느라 돈을 얼마나 들였는데.

"그거야 내가 알 바 아니고. 내가 내 직장 결정하는 문제까지 일일이 너한테 보고해야 해?"

—나, 3년 만에 한국 들어오자마자 너부터 찾았어. 해외 나가 있는 동안 네가 전화번호 바꾸고 이사까지 해서 연락할 수 있는 방법도 없었잖아. 내가 얼마나 속이 탔는지 알아?

"뭐? 네가 속이 타? 네가 나 때문에 속 탈 일이 뭐가 있어?"

―은서야, 나 이제 완전히 자리 잡았어. 3년간 와이프 비위 맞추고, 중국 지사 관리하고 고생하면서 이제 나인 본부장으로 자리 잡았다고. 알잖아, 나 너랑 헤어지고 싶어서 헤어진 거 아니야. 3년 전 일 때문에 내가 얼마나 미안해하면서 네 걱정을 했는데.

TV의 전원을 아예 꺼 버린 은서는 자리에서 일어섰다. 듣고 싶지 않은 서재하의 목소리 때문에 갑자기 확 열이 올랐다. 거실 창문을 반쯤 열어 두고는 신경질적으로 머리카락을 거칠게 쓸어 넘겼다.

―얼굴 보고 얘기하자. 집 앞으로 갈 테니까.

"오긴 어딜 와? 내가 누구 때문에 이사를 했는데?"

―지금 가는 중이야.

"하, 뭐라고? 지금 온다고? 네가 여길 어떻게 알고? 에일린에 아는 사람이 누구야? 대체 누구기에 사원 주소까지 까발려?"

―거의 도착했어.

"좋은 꼴 못 볼 테니 오지 마. 경고했어."

―잠깐 좀 나와. 얼굴 보고 얘기하자.

"서재하!"

띠링, 짧은 알림 음에 통화가 끊어진 것을 확인한 은서는 헛웃음을 터뜨렸다. 휴대전화를 던지듯 소파에 내려놓은 그녀는 아랫입술을 꾹 깨물었다. 화가 머리끝까지 치밀어 올랐다.

"와, 이게 안 본 사이 얼굴에 철판을 깔았나."

화를 억누르지 못한 얼굴로 거실을 서성이던 은서가 무언가 떠오른 듯 걸음을 멈추고 욕실 문을 바라봤다. 그리고 망설임 없이 양동이 하나에 물을 가득 담아 현관 앞까지 옮겨 놓았다.

열어 놓은 창을 통해 때마침 차 한 대가 집 앞에 서는 소리가 들렸다.

'네가 내 말을 무시했다 이거지.'

은서는 초인종이 울리자마자 문을 열어 양동이에 한가득 담겨 있는 물을 확 쏟아부었다.

"이 개자식이 여기가 어디라고 와! 내가 말……."

물을 쏟아부은 것도 모자라 빈 양동이를 휘두르려던 은서가 말끝을 흐리고는 그 자리에 돌이 되어 굳었다.

뒤이어 또 다른 차 한 대가 골목에 들어서는 소리가 들렸지만 은서는 차마 고개를 돌려 그것을 확인할 용기가 없었다.

휘두르려던 양동이는 허공에서 움직임을 멈췄고, 반쯤 입을 벌린 채로 굳어진 은서는 눈앞에 서 있는 남자를 머리부터 발끝까지 쭉 훑어 내렸다.

어느새 조용한 침묵이 내려앉은 공간에는 은서의 눈동자 굴리는 소리밖에 들리지 않는 듯했다.

"아, 아……."

은서는 차마 뭐라 말을 하지 못하고 한참 만에야 신음과도 같은 소리를 간신히 내뱉었다.

오늘 하루가 너무 거지 같은 일들의 연속이라 그녀는 서재하를 만난 뒤, 가장 큰 폭탄을 잊고 있었다. 정말 까맣게 잊고 있었다.

내가 어떻게 너를 잊을 수 있었을까.

"……대, 대표님."

그래, 대형 지뢰. 네가 남아 있었는데.

이원우는 손을 들어 물에 흠뻑 젖은 얼굴을 쓸어내렸다. 젖은 머리카락에서는 물방울이 툭툭 떨어져 내렸다. 그 모든 것이 은서의 눈에는 슬로우 모션처럼 보였다.

기가 막혀 웃음조차 나오지 않을 상황일 텐데 이원우는 보란 듯이 물기를 털어 내며 웃었다.

"설마 그 개자식이 나를 말하는 거라면, 난 분명히 오늘 온다고 얘기했던 것 같은데요. 차은서 씨."

이원우의 한 손에는 정체 모를 종이 가방 하나와 파란 구두가 쥐어져 있었다. 그걸 보고 나서야 집 나갔던 정신이 돌아온 것 같았다.

이원우가 돌아오는 날을 달력에 표시까지 해 가며 주시하고 있었건만, 대체 나는 무슨 짓을 한 건가.

양동이를 손에서 내려놓은 은서는 어쩔 줄을 몰라 하며 이원우를 향해 변명을 했다.

"죄, 죄송해요. 대표님. 이 물은 그러니까…… 절대 대표님한테 뿌리려던 건 아니고요. 제가 실수로 다른 사람과 대표님을 착각해서…….”

“나 말고도 올 손님이 있었어요?”

“그게, 딱히 손님은 아니고…….”

은서가 말끝을 흐리며 이원우의 어깨 너머를 힐끗 바라봤다. 원우는 직감적으로 뒤에 누군가가 서 있다는 것을 눈치챘고, 곧 어렵지 않게 가로등 아래 서 있는 남자를 발견했다.

짧게 시선을 준 것뿐이지만 원우는 분명하게 알 수 있었다. 은서를 찾아온 손님이 바로 저 남자라는 것을.

조금 전 골목으로 들어온 차량에서 내린 서재하는 은서와 원우가 서 있는 쪽을 바라보고 있었다. 간발의 차였다.

물을 뿌린 것도 뿌린 것이지만 만일 이원우보다 서재하가 먼저 도착했어도 우스운 상황이 벌어질 뻔했다. 이래도 폭탄, 저래도 폭탄이었을 상황이었던 것이다.

“대표님, 일단 안으로 들어오세요. 수건으로라도 닦아야 할 거 같아요.”

머리카락은 물론, 입고 있는 옷에서도 물이 뚝뚝 떨어져 내렸다. 원우는 엉망이 된 자신의 몰골을 한 번 내려다보고는 조용히 열린 문으로 발걸음을 옮겼다.

그사이, 문을 닫는 척하며 슬쩍 이원우의 뒤에 선 은서는 도끼눈을 하고 서재하를 노려봤다.

너 이쪽으로 오면 정말 오늘 죽을 줄 알아.

차마 말로는 소리치지 못하고 노려보는 시선에 그 의미를 담았다.

서재하는 누구보다 남의 눈을 중시하는 남자였다. 이원우를 봤으니 섣불리 행동하지 못할 거라 생각하며 문을 닫았다. 그리고 이제 그녀의 앞에는 지금 이 순간 해결해야 할 가장 큰 문제가 남아 있었다.

"누가 보면 나 혼자 물놀이하고 온 줄 알겠어요. 그것도 정장 쫙 빼입고."

이원우의 말에 모골이 송연해졌다. 얼어붙은 은서를 마주한 채로 거실 중앙에 선 그는 젖은 머리카락을 손으로 대충 털어 냈다.

물에 젖어 착 달라붙은 와이셔츠가 이원우의 몸을 고스란히 드러내고 있었다. 은서는 황급히 시선을 돌리며 욕실 안으로 들어가 마른 수건 하나를 꺼내 건네었다.

"뭘 내외하고 그래요? 다 봤다면서."

일부러 시선을 맞추려는 듯 고개를 숙이는 그의 행동에 은서는 얼른 젖은 몸이나 닦으라며 가슴팍을 팍 쳐 냈다. 얼마나 세게 쳤는지 원우가 잠시 인상을 찌푸리며 맞은 곳을 매만지다 헛웃음을 터뜨렸다.

"물 뿌릴 때부터 알아봤지만 차은서 씨 힘세네."

"그러게 왜 장난을 치세요?"

"내가 언제 장난을 쳤어요? 대화할 때는 사람 얼굴을 보고 얘기하는 게 당연한 거지."

수건을 받아 들면서 원우가 주변을 둘러봤다.

"갈아입을 옷은 없을 거 같고, 욕실 잠깐 써도 괜찮아요? 옷이 너무 젖어서 닦는 것보다는 일단 한 번 물기를 짜내는 게 나을 거 같은데."

"그냥 집으로 돌아가시는 게······."

"아, 이 꼴을 만들어 놓고 그 정도도 안 된다?"

"욕실은 저쪽입니다, 대표님."

"차은서 씨도 많이 놀란 것 같은데 마음 좀 가라앉히고 있어요. 우리 얘기는 그 뒤에 하죠. 물론, 조금 전 일도 덧붙여서."

마른 수건을 한 손에 들고 이원우가 욕실로 향했다. 문이 닫히는 소리에 은서는 그제야 긴 한숨을 토해 냈다.

물을 흠뻑 뒤집어쓴 이원우를 마주했을 때는 정말 아찔할 정도의 공포감이 밀려들었다.

이원우가 처음 이 집에 온 날, 신발장에서 찾아낸 파란 구두를 들고 자신을 바라볼 때보다 더 무서운 상황은 없을 거라 생각했는데, 그건 착각이었다. 몇 분 전 은서는 그보다 더한 공포와 두려움을 마주해야 했으니까 말이다.

"아, 진짜 미치겠네. 왜 이렇게 일이 꼬이는 거야."

은서는 머리카락을 헝클어트리고는 아랫입술을 꾹 깨물었다. 이래서는 이원우에게 꼬투리 잡힐 짓만 하게 된 것이 아닌가.

거실 테이블 위에는 이원우가 가져온 종이 가방 하나와 은서의 파란 구두가 놓여 있었다.

"씨이, 내 구두."

이산가족 상봉이라도 한 기분이었다. 대체 얼마 만에 다시 구두를 찾게 된 건지.

은서는 테이블 위의 구두를 집어 들려 했다. 하지만 구두가 손에 닿기 전에 소파에 놓아 둔 자신의 휴대전화가 울리고 있다는 사실을 깨달았다. 서재하에게 전화가 오고 있었다.

다시금 분노와 원망이 머리를 뜨겁게 만들었다. 금방이라도 폭발할 것 같았지만 은서는 지금 이 집에 이원우가 있다는 사실을 잊지 않았다.

그녀는 닫혀 있는 욕실 문을 한 번 힐끗 바라보고는 문을 열고 밖으로 나섰다. 골목을 보니 이미 서재하의 차는 보이지 않았다. 아마도 돌아가며 전화를 건 모양이었다.

은서는 다시금 뒤를 확인하고는 전화를 받았다. 이 일의 원흉이나 마찬가지인 서재하에게 욕이라도 한 번 해 줘야 속이 시원해질 것 같아서였다.

"서재하, 너 내가 오지 말라고 했지? 내가 지금 너 때문에 무슨 꼴을 당하게 생겼는지 알기나 해?"

—너야말로 대체 뭐야? 아까 그 남자, 에일린 대표 아니야?

화를 내려던 은서는 잠시 말문이 막혔다. 이원우가 유명하긴 유명한 모양이었다. 아무리 동종 업계에 종사하고 있는 사람이라지만, 단번에 알아보다니.

'하필이면 서재하가 알아볼 게 뭐야.'

119

은서는 아랫입술을 짓이기듯 깨물었다.

—에일린 대표 맞지?

"맞든 아니든, 그게 너랑 무슨 상관이야?"

—대체 무슨 사이기에 집으로 불러? 사귀는 거야? 내가 준 자리 걷어찬 게 믿을 구석이 있어서 그런 거였어?

"뭐?"

—설마 너, 그 남자 줄 잡고 에일린 들어간 거야?

간신히 붙잡고 있던 이성의 끈이 끊어졌다. 은서는 서재하의 어처구니없는 말에 기가 막혀 헛웃음을 터뜨렸다.

"뭐? 줄을 잡고 들어가? 내가?"

생각할수록 화가 나는 말이었다. 그녀는 어느새 웃음기 싹 가신 얼굴로 이마에는 자그마한 핏대 하나를 세운 채 점차 언성을 높여 갔다.

"서재하, 네가 뭔가 단단히 착각하고 있는 모양인데. 난 나인 입사했을 때도 내 실력으로 들어갔어. 승진한 것도 내 능력이었고! 너처럼 결혼 하나로 신분 상승한 줄 알아?"

—뭐? 신분 상승?

"왜? 내가 틀린 말 했어? 그럼 말해 봐. 나인 본부장 자리, 네 실력으로 꿰찬 거야?"

—차은서!

"그리고 네가 그런 말 할 자격이나 돼? 똥 묻은 개가 겨 묻은 개 나무란다더니. 설령 이원우가 내 애인이면 뭐?"

—……진짜 너랑 에일린 대표랑 그런 사이야?

"그래, 사귄다! 왜! 에일린 대표 이원우가 내 애인이야! 너처럼 나도……!"

휴대전화에 대고 소리치던 은서가 갑작스레 말을 멈췄다. 전화를 들고 있던 왼손이 가벼워졌다.

"여보세요."

뒤에서 들려온 음성에 은서는 하마터면 중심을 잃고 뒤로 넘어질 뻔했다.

뒤에 서 있는 원우가 몸을 잡아 줬고, 그의 가슴팍에 기대게 된 은서는 거의 경악 수준의 얼굴로 그를 올려다봐야 했다. 손에 들려 있어야 할 휴대전화가 지금 이원우의 손에 쥐어져 있었다.

물기를 짜냈지만 여전히 젖어 있는 그의 와이셔츠는 축축했다.

서재하 들으라는 듯 휴대전화를 떼어 내지도 않은 채 젖어, 하고 작게 속삭이듯 말한 원우가 자신에게 기댄 은서의 몸을 살짝 일으켜 세워 줬다. 그러면서도 서재하와의 통화를 계속했다.

─……누구십니까?

"차은서 애인 이원웁니다."

이원우는 그리 대답하며 은서와 시선을 맞췄다. 분명 예쁘게 웃었는데, 은서는 그 순간 몸에 소름이 돋았다.

"그쪽 소개는 안 합니까?"

─차은서 바꿔요.

"싫은데."

—뭐?

"나인 본부장은 전화 예절을 밥 말아 먹었나. 그쪽 소개는 안 하냐고 내가 먼저 묻지 않았습니까."

대체 어디부터 듣고 있었던 걸까. 통화를 하고 있는 상대방이 나인의 본부장이라는 걸 이원우가 알고 있다는 사실에 은서의 입이 다시금 절로 벌어졌다.

"뭐, 소개 안 해도 상황 보니 대충 좋지 않은 사이라는 건 충분히 알 만한데."

이원우가 은서를 힐끗 내려다봤다.

"내가 좀 전에 그쪽 대신 물벼락을 맞아서 지금 기분이 아주 안 좋거든요. 싫다는 사람 붙들고 이런 전화 하는 거, 그만두는 게 좋을 겁니다. 애꿎은 남의 애인 이마에 핏대 세우게 하지 말고."

—…….

"끊습니다."

그는 통화 종료 버튼을 누른 뒤 그녀에게 휴대전화를 내밀었다. 은서는 벌어진 입을 다물지 못하고 이원우가 내민 휴대전화를 내려다봤다.

조금 전 통화에서 확실하게 짚어 주고 싶은 게 있었다. 싫다는 사람 붙들고 있는 건 너도 마찬가지라고.

"무슨 사이예요? 이 남자랑."

"……아무 사이도 아니에요."

"아무 사이도 아니긴. 통화 내용 엄청 살벌하던데. 나인 본 부장이랑 무슨 원수졌어요?"

"그게 대표님이랑 무슨 상관이 있어요?"

"무슨 상관이 있냐니, 애인이라면서요."

"……네?"

"또 뭘 모르겠다는 순진무구한 얼굴로 쳐다봐요? 지금 차은서 씨 입으로 그랬잖아요. 내가 차은서 애인이라고."

"그건 좀 급해서."

"아~ 그러니까 나는 급할 때만 이용한다?"

그렇게 안 봤는데 차은서 씨 못됐네, 하고 덧붙이며 그는 또 한 번 웃었다.

그 와중에 뭔가 둔탁한 소리가 들려와 은서는 고개를 숙여 소리의 방향을 찾았다. 벽에 기대어 선 이원우가 빈 양동이를 발로 툭툭 건드리고 있었다.

은서는 그제야 지금 이원우가 웃고 있는 것이 전혀 진심이 아니라는 것을 알아챘다.

"……조금 전의 일은, 정말 죄송합니다."

"뭐, 일부러 그런 건 아니잖아요. 아, 물론 오늘 처음 입은 정장이 물에 쫄딱 젖어서 조금 속상하긴 하지만."

은서가 입을 꾹 다물었다. 입이 열 개라도 할 말이 없었다.

그녀는 휴대전화를 건네어 받으며 조용하게 내려앉은 침묵 속에서 이원우의 모습을 확인했다.

아무래도 물기를 한 번 짜낸 셔츠를 다시 입다 보니 늘 깔

끔했던 모습과 달리 셔츠가 조금 구겨져 있었다. 넥타이를 풀어낸 상태였고 단추도 두어 개 풀어져 있었다.

아직까지 물에 젖어 있는 머리카락까지 확인하고 나니 절로 고개가 숙여졌다. 좀 얄밉긴 하지만, 이원우는 자신에게 물벼락을 맞을 만큼 잘못한 일이 없었다.

"옷도 젖었고, 그만 돌아가시는 게 좋지 않겠어요? 젖은 옷 계속 입고 있다가 감기 걸리시겠어요."

"미안해 죽겠다는 얼굴이네요?"

"네?"

슬쩍 시선만 들어 그를 바라본 순간 눈이 마주쳤고, 이원우는 기다렸다는 듯이 기회를 놓치지 않았다.

"그럼 나, 부탁 하나만 해도 됩니까?"

미안한 건 사실이었지만, 선뜻 답하기가 망설여졌다. 이원우가 무슨 부탁을 할지 감이 잡히질 않았다.

"어려운 부탁 안 해요."

"들어 보고 결정할게요. 꼭 들어준다는 약속은 못 합니다."

원우가 부탁에 대해 말하기 전에 은서가 먼저 선수 치듯 대답을 건네었다.

경계하긴. 짧게 중얼거린 이원우가 벽에 기대고 있던 몸을 일으켜 세웠다. 그와 동시에 은서의 신경을 미묘하게 긁어내리던 양동이 두드리는 소리도 사라졌다.

"방 좀 봐도 돼요?"

"네?"

"은서 씨 방이요."

예상치 못한 부탁에 은서는 영문을 모르겠다는 얼굴을 했다. 갑자기 왜 방을 보려 한단 말인가.

"아, 다른 뜻은 없어요. 일부러 보려고 한 건 아니고, 욕실에서 나오는데 방문이 열려 있더라고요. 벽에 붙어 있는 스케치 좀 자세히 보고 싶은데, 허락 없이 들어갈 수는 없어서요."

스케치라니. 은서는 매일 보는 자신의 방을 떠올렸다.

문이 열려 있었다면 당연하게도 가장 먼저 보인 것이 벽을 잔뜩 채워 놓은 구두 디자인 스케치일 것이다.

대답을 기다리는 이원우의 표정이 어쩐지 조금 초조해 보였다. 그가 몰래 들어가서 봤다 해도 은서는 밖에 있느라 전혀 그 사실을 몰랐을 것이다.

닫혀 있는 신발장은 허락 없이 열어 봐도 되고, 열려 있는 방에는 들어가면 안 되는 거구나. 대체 기준이 뭘까.

"잠깐이면 돼요. 허튼짓 안 합니다."

은서는 잠시 고민하다 고개를 끄덕였다. 오늘은 이원우에게 잘못한 일도 있었고 잠깐 보고 나오겠다는데 굳이 거절할 이유도 없었다.

결국 이원우는 은서의 방 안에 발을 들였다. 벽면에 붙어 있는 스케치를 바라보는 이원우의 표정이 무척이나 진지해졌다. 은서는 방해라도 될까 싶어 말조차 걸지 못했다.

"혹시 다른 건 더 없어요?"

"네?"

"포트폴리오 제작해 놓은 거라든가."

"아, 있긴 한데요."

말끝을 흐린 은서가 잠시 고민했다. 한참 디자인 스케치만 물끄러미 바라보던 이원우가 이어지는 침묵에 의아함을 느끼고는 그제야 뒤에 서 있는 은서를 향해 시선을 돌렸다.

은서는 곤란하다는 듯이 미간을 좁혔다가 대답을 기다리는 이원우를 마주하고는 고개를 가로저었다.

눈앞의 남자는 다른 누구도 아닌 에일린의 대표였다. 직원의 디자인을 빼돌릴 일도, 그걸로 누명을 씌울 일도 없는, 가장 높은 곳에 자리한 사람.

그럼에도 선뜻 그러라는 대답을 건네지 못했다. 별거 아니라고 생각했는데 트라우마가 된 모양이었다.

"그건 여기서 보여 드리기가 좀 그래요."

"그냥 보여 주는 것도 안 됩니까."

"죄송합니다."

"그래도 나 명색이 차은서 씨 다니는 회사 대표인데. 너무 비싸게 구네."

"그런 거 아니에요. 정식으로 회사에 제출하라고 하시면 하겠습니다."

뭔가를 가늠하듯 은서를 마주한 원우가 더는 고집을 부리지 않고 고개를 끄덕였다.

"뭐, 곤란한 거면 됐어요. 차은서 씨 말대로 보고 싶으면 회사에 정식으로 제출하라고 하면 그만이고, 앞으로 볼 기회도 많을 거 같으니까. 그나저나 나인 본부장이 뭘 좀 모르네요."

"네?"

"이 실력 가지고 왜 줄을 잡아요. 골라서 갈 수준인데. 아, 이왕 얘기 나온 김에 내가 동아줄 내려 주면 잡을래요?"

절대 정상적인 길로 가는 동아줄이 아닐 거라 은서는 확신했다. 그게 뭔 줄 알고 잡는단 말인가.

"싫습니다."

단칼의 거절에 이원우는 즐겁다는 듯이 웃었다.

"왜 싫어요?"

"끊어질 것 같습니다."

책상에 반쯤 걸터앉아 몸을 기댄 이원우가 팔짱을 끼고 미간을 살짝 좁혔다.

"끊어져요?"

"대표님이 잡으라고 해 놓고 마음에 안 들면 중간에 그냥 뚝, 끊으실 거 같아요."

그는 소리 없이 웃었다. 물을 뒤집어썼을 때만 해도 잔뜩 겁을 집어먹었던 은서가 지금은 자신을 똑바로 마주 보며 하고 싶은 말을 모두 하고 있는 것이 신기했다.

몸을 일으켜 세운 원우는 그녀의 책상 위에 놓여 있는 디자인 스케치 중 하나를 집어 들었다.

"난 한 번 마음에 든 건 잘 안 놓습니다. 내 것에 대한 집착

이 강해서 어릴 때는 물건마다 이름을 다 써 놓을 정도였거든
요. 그게 뭐가 됐든, 내 거라면 전부."

"그렇게까지 안 하셔도 대표님 걸 훔쳐 가는 간 큰 놈은 없
을 것 같은데요."

등 뒤에서 들려온 대답에 그는 그런가, 하고 짧게 혼잣말을
중얼거리고는 입가에 미소를 그려 냈다.

그가 책상 위의 캘린더를 발견한 것도 그때였다. 오늘 날짜
에 폭탄 표시가 되어 있었다. 그 밑에 조그맣게 이원우 오는
날, 이라고 표시된 것도 그는 놓치지 않고 확인했다.

'뭘 저리 열심히 그렸어?'

그림도 그림이지만 동글동글한 은서의 필체가 귀여웠다.

달력을 물끄러미 내려다보며 원우는 잠시 이 상황을 두고
저울질을 했다.

몇 주간 마음고생도 했겠다, 그는 오늘 차은서의 구두를 돌
려주고 모든 걸 제자리로 돌려놓으려 했다.

하지만 생각이 바뀌었다. 몇 가지 걸리는 점도 있었고, 생
각했던 것보다 눈앞의 여자가 점점 더 마음에 들기 시작했다.

'그러니까 이건 다 네가 자초한 거야. 난 끝내려고 했어.'

다시 그녀를 마주하는 그의 얼굴은 무척이나 호의적이었
다.

은서는 진정 가시밭길에 발을 들여놓는 것도 모르고, 물벼
락을 맞았던 이원우가 기분이 다시 좋아졌구나 싶어 같이 따
라 웃었다.

"그만 돌아갈게요. 좋은 거 보여 줬으니, 물벼락도 없던 일로 하죠. 뭐, 시간도 늦었고 오늘은 정말 구두 돌려주러 온 거니까."

원우가 방을 나서자 은서도 그를 배웅하기 위해 따라 나섰다. 드디어 가는구나. 어깨춤이라도 추고 싶은 걸 꾹 참으며 그녀는 어서 빨리 이원우가 집을 나서기를 간절히 바랐다.

현관에서 구두를 신는 원우의 모습을 조용히 바라보던 은서는 거실 테이블 위에 놓여 있는 종이 가방이 뒤늦게 생각나 재빠르게 그걸 들고 원우에게로 다가섰다. 이걸 두고 갔다며 이원우가 또 찾아올 것 같았기 때문이었다.

"대표님, 이거 두고 가셨어요."

"아, 그거. 차은서 씨 겁니다."

"네?"

"선물이에요."

"저 대표님께 선물 받을 이유 없습니다."

"왜 없어요? 아끼는 구두를 내가 몇 주나 가지고 있었는데. 그리고 앞으로 그 파란 구두, 회사에서 못 신을 거 아닙니까. 그거 대신이라고 생각해요."

"……."

"내일 회사에서 보죠."

다시 거절할 새도 없이 이원우는 문을 닫고 은서의 집을 나섰다. 얼마 지나지 않아 열린 창을 통해 차가 골목을 빠져나가는 소리가 들려왔다.

은서는 멍하니 현관에 서 있다가 한참 뒤에야 종이 가방을 열어 보았다. 상자 안에는 곱게 포장된 구두가 있었다. 당장 상자를 덮어 버리고 싶었는데 은서의 손은 어느새 구두를 매만지고 있었다.

"뭐야. 또 어울리지 않게 센스는 왜 이렇게 좋은 거야."

원우가 선물한 구두는 굽 높이가 높게 나온 베이지색의 프렌치힐이었다. 이원우가 준 선물이라 다시 상자에 넣어 돌려주고 싶었지만 그러기에는 너무 마음에 들었다.

거기다 이원우의 말대로 그녀가 아끼는 파란 구두는 이제 회사에서 다시는 신지 못할 것이 분명했다. 소문의 주인공이 자신이라고 광고할 생각이 없는 이상 말이다.

은서는 결국 원우에게 선물 받은 구두와 짝을 찾은 파란 구두까지 조심스레 신발장 안에 넣어 두었다.

"뭐, 파란 구두 대신이라고 했으니까."

이원우에게 구두를 돌려받으면 꼭 굵은 소금을 뿌리겠다는 생각은 은서의 머릿속에서 벌써 잊힌 지 오래였다.

✱　　　❊　　　✱

원우는 피식피식 새어 나오는 웃음을 참지 못했다. 물벼락을 맞아 온몸이 젖었음에도 불구하고 그의 기분은 조금도 나쁘지 않았다. 뭘 해도 예상 밖의 결과를 보여 주는 은서 때문에 되레 즐겁기까지 했다.

집으로 돌아가는 내내 원우는 차은서에 대해 떠올렸다. 집으로 가는 마지막 신호를 기다리며 생각에 잠긴 원우가 핸들 위를 툭툭 검지로 두드렸다.

벽에 빼곡히 붙어 있는 스케치와 책상 위에 놓여 있는 디자인들, 몇 번이나 읽은 흔적이 남아 있는 구두 관련 서적들까지. 방 안에는 차은서가 노력하고 있다는 사실이 여기저기 고스란히 드러나 있었다.

그렇게 노력할 줄 알고, 재능까지 있는 여자가 이제야 공모전을 통해 빛을 봤다니. 원우는 고개를 느릿하게 기울이며 기억을 더듬었다.

"아, 다른 곳에서 일했었다고 했지."

원우는 곧 어렵지 않게 은서가 다른 회사에서 일한 경력이 있다고 했던 정환의 말을 떠올렸다. 때마침 신호가 바뀌었고 그는 차를 출발시켰다.

하지만 생각은 꼬리에 꼬리를 물고 이어졌다. 그러다 문득 화를 참지 못하고 휴대전화를 손에 든 채 언성을 높이던 은서의 모습이 떠올랐다.

"그럼 말해 봐. 나인 본부장 자리, 네 실력으로 꿰찬 거야?"

분명 나인 본부장이라고 했다. 그리고 전화를 빼앗아 물었을 때, 상대는 아무 말도 하지 못했다.

집에 도착한 원우는 주차를 하고 집 안으로 들어서면서 정

환에게 전화를 걸었다. 몇 번의 신호음이 가고, 정환은 누군
가와 함께 있는 건지 한껏 목소리를 낮춰 전화를 받았다.

—넌 집에 안 오고 대체 어딜 간 거야?

"너 어딘데?"

—어디긴, 너희 집이다. 너야말로 어디야?

"나도 없는데, 거기서 뭐해?"

—너 만나러 왔다가 없어서 회장님이랑 바둑 두고 있어.

"집 앞이야. 기다려."

전화를 끊고 집 안으로 들어선 원우는 일하는 아주머니에
게 짧게 인사를 하고는 정환이 있을 할아버지 방으로 직행했
다. 두어 번 노크를 하고 들어서자 바둑을 두고 있는 할아버
지와 정환의 모습이 눈에 들어왔다.

"원우 이제 들어오냐."

"네, 다녀왔습니다."

예의 바르게 인사를 하는 성큼성큼 걸어 온 이원우가 바
둑판을 내려다봤다. 딱 보니 정환이 이길 상황이었다.

그걸 확인한 원우는 망설임 없이 바둑알을 고의적으로 흐
트러트렸다. 물론 표면적으로는 균형을 잃고 실수로 쓰러지
는 척 바둑판 위를 손으로 짚은 것이지만 말이다.

바둑알을 놓으려던 정환의 표정이 팍 구겨졌다.

"아, 이걸 어쩌나. 다 흐트러졌네."

"야, 이원우."

"할아버지, 기왕 이렇게 된 거 바둑은 주말에 정환이 불러

서 다시 두시죠. 제가 정환이랑 급히 상의할 일이 있는데."

"오냐. 어서 올라가려무……."

흐트러진 바둑알을 얼른 정리하려던 할아버지가 원우의 모습을 올려다보고는 놀란 얼굴을 했다.

"원우 너 이 녀석, 꼴이 그게 뭐야?"

원우는 그제야 자신의 모습을 내려다봤다. 물이 뚝뚝 흐르는 꼴은 면했지만 그래도 머리부터 발끝까지 젖어 있는 상태였다.

"아, 사정이 좀 있어서요. 별일은 아니고 그냥 물에 좀 젖은 것뿐이에요."

"옷이라도 갈아입지. 그 꼴로 밖을 나다녔단 말이야?"

"나다닌 건 아니고요. 집에 오는 길에 그런 거라……. 아무튼 별일 아니니까 신경 쓰지 마세요. 쉬세요, 할아버지. 저희는 올라가 보겠습니다."

할아버지의 잔소리가 이어지기 전에 정환에게 얼른 따라나오라는 눈짓을 하고는 원우가 도망치듯 먼저 방을 나섰다.

2층에 있는 자신의 방으로 향한 그는 대충 샤워부터 하고 옷을 갈아입었다. 욕실을 나서니 어느새 방 안에 들어온 정환이 책장 앞을 서성이고 있었다.

책 하나를 꺼내 침대에 걸터앉으며 정환은 불평 섞인 목소리를 냈다.

"야! 넌 그걸 엎냐. 내가 다 이긴 거였는데."

"넌 우리 할아버지 꼭 이겨 먹어야겠냐?"

"너 저 바둑 한 판에 뭐가 걸려 있었는지 알기나 해?"

"몰라. 알고 싶지도 않고."

수건을 세탁 바구니에 던져 넣은 원우가 책상 앞에 앉아 컴퓨터의 전원을 켰다.

"넌 집에 와서도 일이냐?"

"그래. 대표가 이렇게 솔선수범 열심히 하고 있으니까 너도 본받아서 열심히 해라."

정환이 우습지도 않다는 얼굴로 픽 웃고는 주변을 둘러봤다. 그의 눈이 가늘어졌다.

어느 순간부터 대표실에서 파란 구두를 볼 수 없었는데, 원우의 집 안에서도 구두의 흔적은 찾을 수 없었다.

"너 근데 구두 주인은 찾았어? 어째 조용하다?"

"못 찾았어."

"왜?"

"그날 파란 구두 신은 사람이 한둘이 아니더라고. 그래서 포기."

"네가 웬일이냐. 지옥 끝까지라도 따라가서 찾을 기세더니."

구두를 들고 회사를 들쑤시고 다녔던 이원우의 모습을 떠올린 정환이 질렸다는 얼굴로 고개를 가로저었다. 그러다 뭔가를 깨닫고는 곧 안타깝다는 기색을 보였다.

"아, 그럼 내기는 최 팀장이 이겼네."

"니들 나 두고 내기했냐?"

"나랑 남규는 찾는다에 걸고, 현우는 못 찾는다에 걸었어. 남규 자식, 이겨서 와이프 선물 사 줄 거라 하더니 물 건너갔네."

정환을 비롯해 디자인 2팀 팀장인 남규와 마케팅부 팀장인 현우는 모두 원우의 죽마고우였다. 원우는 세 사람이 자신을 두고 내기를 했다는 말에 어처구니없다는 반응을 보였다.

"팀장이라는 것들이 할 일 더럽게 없나 보다?"

"할 일이 더럽게 없다니. 난 에일린 와서 등골까지 빼 먹히는 기분인데. 너 양심이 있냐?"

"그렇게 할 일이 많다면서 왜 매번 여기 와 있어? 남규랑 현우는 회사에서 보는 걸로도 충분히 지겹다는데."

"현우랑 남규는 둘 다 유부남이지만, 너랑 나는 총각이잖아."

"그럼 빨리 장가나 가든가."

"안 그래도 우리 어머니 닦달하시는데, 너까지 그러지 마라."

원우는 정환과 대화를 하면서도 모니터 화면에 시선을 집중한 채로 일을 계속했다. 그러다 자신이 먼저 정환을 찾았던 이유를 뒤늦게 떠올렸다.

"윤정환."

"왜?"

"너, 나인 본부장에 대해 뭐 좀 아는 거 있어?"

"나인 본부장? 그 사람은 갑자기 왜?"

"아는 거 있어, 없어?"

정환이 읽던 책을 덮고는 의아하다는 얼굴을 했다.

"어느 범위까지 말하는 건데? 오늘도 보긴 봤는데."

135

"어디서?"

"어디긴 어디야, 렌느에서 봤지. 협업 패션쇼 옴므 쪽은 나인에서 하잖아. 나인은 본부장이 직접 왔더라. 아무래도 우리 견제하는 거 아니겠냐."

"어떤 사람이야?"

"누구? 나인 본부장?"

"어."

"뭐, 별거 없어. 그냥 결혼 하나로 로또 맞은 케이스지."

"결혼? 유부남이야?"

그제야 모니터에 닿아 있던 원우의 시선이 정환에게로 향했다. 정환은 가볍게 고개를 끄덕였다.

"나인 대표 딸이랑 결혼해서 완전 고속으로 승진했거든. 3년 정도 해외로 돌리긴 했는데 곧바로 본부장 자리 앉히기 눈치 보여서 그런 것 같아. 서른한 살에 나인 본부장이라니. 완전 출세했지. 하긴, 내 주위엔 서른세 살 대표님도 계시는데 서른한 살 본부장이 대수냐."

"너 지금 비꼬는 거야? 너한테 월급 주는 사장 앞에서?"

"그럴 리가. 난 사업 능력 면에서는 너한테 아무 불만 없어. 근데 나인 본부장은 너랑 좀 달라. 아무리 손자라 해도 회장님이 가능성 없는 일에 투자하실 분이냐? 할아버지 투자 받긴 했지만 여기까지 에일린 끌어올린 건 사실 네 능력이잖아. 근데 나인 본부장은 그만한 능력이 없거든. 높은 자리에서 누굴 이끌고 갈 만한 재목은 절대 아니야. 그냥 부인 덕 본 거지."

원우가 생각에 잠긴 듯 책상 위를 검지로 느릿하게 두드렸다. 처리하고 자야 할 일이 있는데, 그보다는 차은서의 일이 더 신경 쓰였다.

　미간을 좁힌 채 상념에 빠져 있던 그는 몰려드는 피로감에 잠시 두 눈을 감고 눈 위를 꾹꾹 눌렀다. 그러다 아무래도 안 되겠는지 커피라도 한 잔 마실 생각에 자리에서 일어나 한쪽에 놓여 있는 커피메이커의 전원을 켰다.

　"나도 한 잔 주라."

　"너 전에 차은서 씨가 다른 회사에서 근무했었다고 했지?"

　"어."

　"그게 어디야?"

　"나인."

　"나인이라고?"

　"그래, 나인이야. 2년 정도 근무한 것 같던데."

　내리는 커피의 양이 늘어날수록 방 안에 풍기는 커피 향도 조금씩 진해져 갔다. 커피가 다 내려졌지만 원우는 한참을 그 자리에 서 있었다.

　"커피 다 내려진 거 아니야? 너 왜 그렇게 넋을 놓고 서 있어?"

　정환의 말에 그제야 커피메이커를 내려다본 원우가 두 개의 잔을 꺼내 커피를 따랐고, 그중 하나를 정환에게 건네었다.

　"퇴사한 지는 얼마나 됐어?"

　"3년? 그 정도 됐을 거야."

다시 자리로 돌아가 커피를 한 모금 마시려던 원우가 멈칫하며 잔을 내려놓았다. 꼬박꼬박 돌아오는 답에 궁금한 게 점차 해결되어 가고 있음에도 뭔가 석연찮은 얼굴로 정환을 바라봤다.

"넌 차은서에 대해 뭘 그렇게 잘 알아?"

"내 팀이니까 잘 알지. 은서 씨가 나인 근무 경력, 이력서에 다 썼는데 뭘."

"퇴사한 지 3년이면, 그사이에는?"

"구두 판매원."

"뭐?"

"구두 판매원 일 했다고."

원우는 자신이 잘못 들은 건가 싶었지만 정환에게서는 똑같은 대답이 돌아왔다.

"나인이면 대우도 좋았을 텐데, 거길 나와서 구두 판매원 일을 했다고?"

"그야 뭔가 사정이 있겠지. 개인 프라이버시니까 거기까진 나도 알아보지 않았고. 아, 근데 뭔가 이상한 점이 한둘이 아니긴 해."

"뭐가?"

"아까 렌느에서 미팅할 때, 은서 씨도 데리고 갔거든. 근데 분위기 엄청 이상했어. 그리고 말이야……."

뭔가를 말하려던 정환이 말끝을 흐리고는 고개를 가로저었다.

"아니다."

"뭔데?"

"아니라니까."

"뭔데 말하다 말아?"

"이건 개인 프라이버시라 말 못 하겠다."

"말해."

"이원우, 너 이상하다? 갑자기 왜 이래? 왜 내가 아끼는 신입 사원한테 지나친 관심을 가져?"

"네가 아끼는 그 신입 사원, 나인에서 채갈까 봐 그런다."

"뭐? 그럴 리가 없는데."

"그럴 리가 없기는. 네가 어떻게 확신해?"

"데려갈 거면 다른 회사로 들어가라고 추천서를 써 줄 리가 없잖아."

"추천서?"

"……아, 말 안 하려고 했는데."

작게 중얼거린 정환이 실수했다는 얼굴로 원우를 마주했다.

"빨리 말해. 내가 직접 알아봐?"

"야, 됐다. 괜히 은서 씨 괴롭히지 마라."

이미 얘기가 나왔으니 이원우가 어떻게든 알아낼 것은 자명한 일이었다. 결국 정환은 울며 겨자 먹기로 실토를 했다.

"말해 주긴 하는데, 너 이거 아는 척하지 마라?"

"알았으니까 얼른 말해."

"차은서 씨가 추천서를 가지고 있더라고. 보여 주려고 한 건 아니고 회식 때 실수로 흘린 걸 내가 주웠어. 지금 다시 생각해 보면 흘린 게 아니라 버린 거 같기도 하고."

"근데?"

"생각해 봐. 디자인 능력 출중하고, 나인에서의 근무 경력도 있고, 추천서까지 가지고 있었으면 웬만한 곳은 들어갈 수 있었을 텐데, 굳이 공모전에 지원한 게 이상하잖아."

"추천서 가지고 있는 게 뭐가 이상해? 그거 가지고 있다고 해서 어디든 들어갈 수 있는 건 아니지. 그게 무슨 만능열쇠야?"

"그게 말이야⋯⋯. 음, 내가 정말 보려고 한 건 아닌데 누가 흘린 건가 해서 열어 봤거든."

"그냥 보고 싶어 봤겠지."

"아니라니까."

"결론만 말해. 그래서 그 추천서가 뭐 어떻다고?"

정환이 잠시 입을 다물었다. 원우는 조금도 기다리지 못하고 답을 재촉했다.

"대체 뭔데 이리 뜸을 들여?"

참을성 없는 원우의 재촉에 그는 짧게 한숨을 내쉬었다. 그리고 이어진 답에 원우의 표정이 확 구겨졌다.

"추천서 써 준 사람이, 나인 본부장이야."

chapter 4
한 걸음, 더 가까이

에일린 매장이 입점되어 있는 백화점에서 가을 상품으로 '머스트 해브(Must have) 아이템'을 기획하고 있었다.

입점되어 있는 매장 중 총 여섯 개의 브랜드가 참여하는 기획에, 에일린은 전년도 베스트셀링 상품의 단독 할인과 금년 신규 상품 라인을 별도로 선보이기로 했다.

원우는 그와 관련된 기획서를 검토하고 가을 신규 상품 라인의 카탈로그까지 모두 확인했다. 가을 신규 상품 라인은 봄부터 기획을 했던 거라 이번 신입 사원들의 디자인은 하나도 포함되지 않았다.

카탈로그의 마지막 장을 넘긴 원우가 의자에 깊게 몸을 기대었다.

카탈로그 뒷면에 그려진 에일린 로고를 손끝으로 느릿하게 쓸어 낸 그는 어제 본 은서의 디자인 스케치를 떠올렸다. 자신의 안목에서 볼 때 몇 개는 당장 상품으로 내놓아도 손색없을 디자인이었다.

"추천서 써 준 사람이, 나인 본부장이야."

다시 떠오른 정환과의 대화에 원우는 미간을 살짝 찌푸렸다. 그는 오늘 출근을 하자마자 차은서가 입사 때 제출한 이력서와 포트폴리오를 확인했다.

차은서가 나인을 나와 3년간 판매원 일을 한 것도, 굳이 공모전을 통해 에일린에 들어온 것도 모두 의문이었다.

거기다 안 들었다면 모를까, 원우는 은서와 나인의 본부장이 통화하는 것까지 들은 상태였다. 좋게 포장하려 해도 차은서와 나인 본부장은 전혀 좋은 사이 같아 보이지 않았다. 그런데 추천서를 써 줬다니.

"무슨 비밀이 이렇게 많아."

카탈로그와 기획서를 한쪽에 밀어 둔 원우는 마우스를 움직였다. 화면보호기로 넘어갔던 모니터에 밝은 빛이 들어오자 컴퓨터 자판을 두드려 어딘가의 주소로 접속을 했다.

에일린 사내 CCTV로 연결되는 주소였다. 회사 창립 후 여태껏 전혀 볼 일이 없던 CCTV였지만 최근에만 벌써 두 번째 접속이었다. 그게 모두 차은서 때문이라고 생각을 하니 작게 실소가 터져 나왔다.

원우는 디자인 1팀의 영상을 크게 확대했다. 하지만 차은서
는 자리에 없었다.

다시금 전체 화면으로 돌려 영상을 차례로 쭉 훑어 내리자
엘리베이터 앞에 서 있는 은서의 모습이 보였다. 엘리베이터
에 올라탄 그녀는 2층의 자재실로 향하고 있었다.

원우는 화면을 응시한 채로 키폰의 버튼을 눌렀다.

—네, 대표님.

"김 비서, 이후에 나 스케줄 잡힌 거 있어요?"

—에스엔지 대표님과 저녁 약속 있습니다.

"몇 시죠?"

—여섯 시입니다.

"그럼 그때까지는 별다른 스케줄 없는 거죠?"

—네.

원우는 힐끗 시선을 돌려 모니터 화면에 나타나 있는 시간
을 확인했다. 아직 세 시도 안 된 시각이었다.

"알겠어요."

자리에서 일어선 그는 벌컥 문을 열고 대표실을 나섰다.

깜짝 놀라 자리에서 일어선 김 비서에게 잠시 외출하고 오
겠다는 말만 남기고, 빠르게 복도를 걸어 엘리베이터에 올라
탔다.

2층에서 내린 원우는 은서가 있는 자재실 안으로 들어섰
다. 에일린의 자재실은 2층 전부를 터서 만들었다고 해도 될
정도로 넓었다.

'분명 여기로 들어갔는데.'

은서가 들어서는 것을 확인했지만, 자재실은 사람이 없는 것처럼 무척이나 조용했다.

'그사이에 벌써 돌아간 건가?'

뒤를 돌아보니 조금 전 들어왔던 문은 어느새 닫혀 있었다. 그는 고민할 것도 없이 휴대전화를 꺼내었다. 아침에 이력서를 확인했을 때 그녀의 번호를 저장해 둔 상태였다. 그는 번호를 찾아 통화 버튼을 눌렀다.

문을 열고 나서려는데 어디선가 벨소리가 들려왔다. 차은서가 아직 자재실을 벗어나지 않았다는 사실을 알아챈 그는 다시 걸음을 돌렸고, 휴대전화를 한 손에 든 채 소리의 방향을 찾았다.

"아, 왜 갑자기 전화를 거는 거야."

끈질기게 울리는 벨소리에 이어 작게 투덜거리는 목소리가 멀지 않은 곳에서 들려왔다. 원우는 곧 어렵지 않게 은서를 찾을 수 있었다.

은서는 자재 중 가죽을 모아 놓은 D—1 라인 진열장 아래 쭈그려 앉아 있었다. 램스킨과 스웨이드를 롤째로 꺼내 놓고 상당히 심각해진 얼굴로 휴대전화를 내려다보고 있었다.

차은서를 찾았으니 이제 그만 전화를 끊고 말을 걸까 했지만, 장난기가 발동해 기척을 죽이고 가까이 다가섰다. 그 순간, 은서가 휴대전화 옆의 은색 버튼을 눌렀다.

끈질기게 울리던 벨소리가 사라지고 액정에는 이제 번호와 저장해 둔 이름만 떠 있었다. 그리고 원우는 똑똑히 보았다.

〈건드리면 물어요〉

원우의 입술 끝이 살짝 씰룩였다.

건네어 준 명함을 보고 번호를 저장해 놓은 것까지는 좋은데, 저장해 놓은 이름이 문제였다. 건드리면 문다니.

거기다 조금 전 옆의 버튼을 눌러 음소거를 시킨 것은 아무리 봐도 전화를 받지 않기 위함이 아닌가.

조용히 은서의 곁에 앉은 원우는 통화 종료 버튼을 누른 뒤 지척에서 속삭이듯 그녀에게 말했다.

"내가 명함 준 건 번호 보고 골라서 내 전화 피하라는 게 아니라, 자주 전화하라는 의미였는데요. 차은서 씨."

"꺄아!"

짧은 비명과 함께 뒤로 자빠지려는 은서를 원우가 붙잡아 주었다. 한 팔로 허리를 잡아 받치고 한 손은 어깨를 잡았다. 거리도 확 가까워진 데다 묘하게 이상한 자세가 되었지만 은서는 그걸 의식할 여유조차 없었다.

"조심."

"대, 대표님?"

놀란 감정을 추스르고 몸의 중심을 제대로 잡은 은서는 곧장 휴대전화부터 등 뒤로 감췄다. 하지만 이원우의 웃는 얼굴을 마주한 그녀는 곧 절망적인 표정을 짓고 말았다.

아무래도 이원우가 액정에 뜬 이름을 봤을 거라는 확신이
들었다.

"……보셨어요?"

"뭘요?"

"못 보셨어요?"

"그러니까 뭘를?"

"아무것도 아니에요, 하하하."

"그러고 보니 좀 전에 스치듯이 뭔가 하나 보긴 봤는데."

애써 지은 미소는 자연스레 입가에서 사라졌다. 은서는 조
금 더 공손해진 자세로 원우를 마주했다.

"뭘 보셨……."

"뭐, 별건 아니고. 건드리면 물어요?"

은서가 입을 꾹 다물었다. 분주하게 몸을 움직여 꺼내 놓은
자재를 챙겨 일어서려는데 원우가 손목을 잡아당겼다. 어찌
할 새도 없이 다시 바닥에 주저앉은 은서는 지척에 앉아 있는
이원우를 마주해야 했다.

"나 차은서 씨한테 물어보고 싶은 게 있는데."

"……물어보고 싶은 거요?"

손목은 여전히 잡힌 채였다. 은서는 그것이 신경 쓰여, 되
묻는 와중에도 손목만 내려다보고 있었다.

"내가 돌려 말하는 걸 못 해서, 그냥 말할게요."

"돌려 말해 주세요."

"못 한다니까."

네 입에서 무슨 말이 나올지 내가 짐작조차 안 가서 그런다! 은서가 불안한 얼굴로 고개를 번쩍 들자 원우가 기다렸다는 듯 입을 열었다.

"이력서 보니 나인에서 근무했던데. 왜 그만뒀어요?"

이거 봐, 이거.

생각지도 못한 질문이 날아들었다. 꼭 대답을 해야 하나 싶어 은서는 떨떠름한 얼굴로 원우를 마주했다.

"아, 사적인 질문이니까 대답하기 싫으면 안 해도 괜찮아요. 근데 내가 너무 궁금해서."

그는 마치 '대답해 주면 좋겠지만 네가 대답 안 해 줘도 난 알아볼 거야.' 하는 얼굴을 하고 있었다.

은서는 잠시 고민하다 짧게 한숨을 내쉬었다. 차라리 이 자리에서 대답을 하는 게 낫다. 이원우가 알아보면 2m 정도의 구덩이를 파내듯, 나인에서 근무한 기간 동안 일어난 일들을 모두 파헤칠 것 같았다.

"……잘렸습니다."

"잘려?"

"네. 해고라고 하죠."

"사유는요?"

은서는 기억을 더듬었다. 해고 통지는 팀의 책임자가 아닌 서재하의 부인이 했다. 그것도 직접 불러내서.

나인에서 해고 사유로 말한 것들은 인정할 수 없는 것들뿐이었다. 딱 하나, 그 여자 말이 맞을지도 모르겠다고 생각한 게 있었는데. 그 여자가 마지막에 뭐라고 했더라?

"아아."

은서는 그때 일이 생각나 픽 웃고 말았다.

"제가 운이 없었대요."

그게 전부였다. 당시에는 억울하고 분한 마음이 들었지만 지금 다시 떠올려 보니 정말 그런 것 같다는 생각이 들었다. 운이 없었다. 정말 더럽게 운이 없었던 것이다.

"운이 없어서라……."

그런 이유로 해고를 할 수는 없다. 아마 다른 이유가 있었을 것이다. 그리고 그 다른 이유가 적용된 것이, 운이 없었던 것뿐이겠지.

원우는 이어진 침묵 속에 은서의 얼굴을 물끄러미 바라봤다. 차은서가 본부장이 써 준 추천서를 가지고 있다는 사실도 놀라웠지만, 원우는 그녀가 나인을 그만두고 3년간 판매원 일을 한 것이 더 마음에 걸렸다.

곰곰이 생각해 보니 차은서는 3년의 기간 동안 디자인 일을 안 한 게 아니라 못 한 것 같다는 결론에 도달했다. 방 안에 있던 그 많은 디자인 스케치만 봐도 그랬다. 그렇게 좋아하는 일을 하지 못한 것이다.

나인의 근로 계약 사항이 정확히 어떻게 되는지는 모르겠지만, 불명예 퇴사를 하게 될 시에 동종 업계로의 이직 금지 조항을 적용시킨 것이 아닌가 싶었다. 그 기간이 아마 3년이었을 것이다.

"저도 물어보고 싶은 게 하나 있는데요."

이어진 침묵을 깬 것은 은서였다. 홀로 생각에 잠겨 있던 원우가 그녀와 눈을 맞추고는 고개를 끄덕였다.

"말해요."

"직원 신상 조서를 에일린에서는 모든 직원이 다 열람해 볼 수 있나요?"

"그럴 리가. 어느 정도 직책이 있는 관리자가 아니면 어렵죠. 근데 그건 갑자기 왜요?"

"······그냥 궁금해서요."

별다른 이유가 없다 답하면서도 은서는 불쾌한 내색을 감추지 못했다.

'서재하가 아는 에일린 직원이 관리자 중에 한 사람이라는 건가?'

범위가 너무 넓어 짐작조차 가지 않았다. 은서가 나인에 근무하던 시절에는 서재하의 인맥이 그렇게까지 넓지 않았었다.

하지만 서재하의 위치가 변한 만큼 3년의 시간 동안 많은 것들이 변했을 테니 그럴 수도 있겠다 싶었다.

은서는 더는 신경 쓰지 않기로 했다. 어차피 다신 안 볼 사람이라 생각했고 신경 써 봐야 자신만 스트레스를 받을 뿐이었다.

"그보다 차은서 씨."

"네."

"한소희 디자이너와의 협업 패션쇼, 모레인 거 알고 있어요?"

"네. 당연히 알고 있습니다."

"나도 참석하지만, 윤 팀장이 디자인 올린 디자이너들까지 모두 참석하라고 한 걸로 알고 있는데. 괜찮겠어요? 나인 관계자도 많이 올 텐데."

은서는 영문을 모르겠다는 얼굴을 했다. 자신은 잘못한 것이 없었다. 그러니 괜찮지 않은 일 또한 없었다. 아무것도 모르는 이원우가 뭘 걱정하고 있는지 몰라 되레 그를 향해 물었다.

"왜 안 괜찮다고 생각하세요?"

자신을 빤히 바라보는 은서의 두 눈에는 불안감이나 흔들림 따위의 감정들이 보이지 않았다. 올곧은 시선이었다. 원우는 한 팔로 턱을 괴고는 그 시선을 마주했다.

원우가 보기에 차은서는 자기 자신에 대한 프라이드가 강한 사람이었다. 추천서를 가지고 있으면서도 그걸 사용하지 않고 공모전을 통해 당당히 자기 실력으로 에일린에 들어왔다.

구두 사건만 해도 그랬다. 그 일을 빌미로 대표인 원우에게 무언가를 요구할 수도 있었을 텐데 은서는 없던 일로 하자고 말했다. 누구의 도움도 없이 자기 힘만으로 노력해서 결과를 얻으려는 사람이었다.

만일 그의 예상대로 3년간 이직 금지 조항 때문에 판매원 일을 한 거라면, 차은서는 억울한 일을 당했을 것이 분명했다.

'그러니까 운이 없었다고 말하는 거고.'

거기까지 생각이 미친 원우는 붙잡고 있던 은서의 손목을 놓아주었다.

"아닙니다. 괜한 기우였네요."

원우가 먼저 몸을 일으켜 세웠다. 은서 역시 그제야 꺼내어 놓은 자재를 챙겼다.

자재실에서 너무 오래 시간을 보낸 것 같아 서둘러 램스킨과 내피로 쓰일 스웨이드를 롤째로 품에 안아 들려는데 이원우가 다시금 은서를 붙들었다.

"대표님, 저 팀장님 심부름 내려온 거라 빨리 사무실로 복귀해야 하는데요."

"이걸 롤째로 들고 갈 거예요? 혼자?"

"들고 갈 수 있습니다."

고개까지 끄덕이는 은서를 보고 원우가 헛웃음을 터뜨렸다. 결국 그는 은서가 들고 있는 자재 중 스웨이드를 들어 주었다.

"제가 들어도 괜찮습니다."

"됐어요. 가는 길이니까 들어 줄게요."

"대표님."

은서가 원우의 앞을 막아섰다.

"제가 들겠습니다."

"이 무거운 걸 여자 혼자 들고 가게 하고 난 빈손으로 올라가란 소리예요? 누가 보면 욕합니다. 그리고 나 디자이너한테 친절한 거 에일린 직원치고 모르는 사람 없어요. 이런 거 들어 준다고 해서 이상하게 볼 사람 아무도 없으니까 신경 쓰지 말고 그거나 잘 들고 따라와요."

결국 원우가 먼저 자재실을 벗어났고 은서는 조용히 그의 뒤를 따랐다.

엘리베이터에 함께 올라 4층에서 내렸는데 때마침 복도에 나와 있는 정환의 모습이 눈이 들어왔다. 상당히 피곤한 얼굴로 자판기 앞에 서 있는 정환을 발견한 원우는 성큼성큼 그에게로 걸어갔다.

이원우가 자판기를 발로 쾅, 하고 소리 나게 건드렸다. 건드렸다기보다는 발로 찼다는 표현이 더 어울릴 정도의 강도였다. 캔 음료를 집으려 허리를 숙인 정환이 화들짝 놀라며 옆을 바라봤다.

"대표님?"

"여사원한테 이 무거운 자재를 롤째로 들고 올라오라고 해서 난 우리 윤 팀장이 너무 바빠 잠깐 정신이 안드로메다로 나갔나 보다 했는데……. 그다지 바빠 보이지도 않네요?"

원우의 말에 정환이 몸을 곧게 펴고는 그의 어깨 너머를 힐끗 응시했다. 눈이 마주치자 은서는 곤란한 미소를 지어 보였다.

정환은 은서의 품에 롤째로 안겨 있는 램스킨과 원우의 손에 들려 있는 스웨이드를 각각 확인하고는 의아하다는 얼굴을 했다.

"은서 씨, 다른 직원이랑 함께 내려가라고 했는데 그걸 왜 혼자 들고 와요?"

"자리 비우신 분들이 너무 많더라고요. 오늘 다들 바쁘신 것 같고 혼자 들 수 있을 것 같아서 그랬어요. 근데 대표님이 보시고는……."

말끝을 흐리며 은서가 이원우의 등을 바라봤다. 괜찮다는데도 들어 준다고 고집을 부리더니 왜 애꿎은 정환에게 심술이란 말인가.

정환이 뒤늦게 자판기에서 캔 음료를 꺼내 들고는 긴 한숨을 내쉬었다.

"은서 씨 혼자 간 줄 알았으면 이거 다 들고 오라고 안 했을 겁니다. 그리고 대표님, 저 5분 전까지만 해도 정말 바빴습니다. 협업 패션쇼가 모레로 다가온 데다 가을 신규 상품으로 열리는 기획전도 준비해야 하고요. 기획서 올렸는데 못 보셨어요?"

"봤습니다."

"그럼 아실 텐데요. 저 지금 정말 잠깐 틈나서 음료수 하나 뽑아 먹으러 나온 겁니다."

원우는 자신이 들고 있던 스웨이드는 물론, 은서의 품에 들린 램스킨까지 모두 정환에게 넘겨주었다. 당황한 은서가 다시금 하나를 들려 하자 정환이 손을 내저었다.

"괜찮아요. 난 대표님이랑 할 얘기가 있으니까 은서 씨 먼저 들어가서 일 봐요. 무거운데 들고 오느라 수고했어요."

주춤거리며 자리를 뜨지 못하던 은서는 어서 들어가 봐요, 하고 덧붙이는 정환의 말에 결국 꾸벅 인사를 하고 사무실로 돌아왔다.

'괜히 팀장님한테 심술이야.'

자리에 앉은 은서가 입을 삐죽이며 불만스러운 얼굴을 했다.

이원우와 할 이야기가 있다던 정환은 시간이 지나도 자리로 돌아오지 않았고 은서는 곧 두 사람에 대해 잊고 일을 시작했다.

그렇게 한참 업무를 보고 있는데 문자 알림 소리가 들려왔다. 수신함을 확인하니 이원우에게 문자가 와 있었다.

〈이름 바꿔요.〉

5초간 멍하니 액정을 내려다보던 은서는 그것이 무엇을 뜻하는 건지 뒤늦게 알아챘다. 휴대전화에 저장해 둔 이름을 말하는 것이었다. 은서는 원우의 문자를 무시했다.

'바꿨는지 안 바꿨는지 어떻게 알 거야?'

그리 생각하며 휴대전화를 내려놓으려는 순간, 두 번째 문자가 왔다.

〈나중에 확인할 겁니다.〉

은서는 곧장 전화부 목록을 뒤져 저장된 이름을 바꿨다.

설마 진짜로 확인하겠나 싶었지만 조금 더 깊게 생각해 보
니 이원우는 충분히 그럴 수 있는 사람이라는 결론에 도달했
다.

휴대전화를 마음대로 꺼내 볼 순 없겠지만 그래도 만일의
상황을 대비해 은서는 훨씬 순화한 이름으로 저장을 했다.
'건드리면 물어요'에서 '에일린 꼭대기'로.

✻   ❅   ✻

이틀 뒤, 에일린에서 몇 개월간 공을 들여 준비한 패션쇼가
열리는 날이 밝았다. 패션 업계에서 유명한 한소희 디자이너
와의 협업 패션쇼는 굉장히 큰 규모였다.

함께 쇼에 오르게 되는 구두를 쉬즈 쪽은 에일린이, 옴므
쪽은 나인이 맡아 해당 업계에 관련된 사람들은 물론, 유명
연예인들도 눈에 띄었다.

쇼가 시작되기 전에 여유 있게 도착한 은서는 에일린의 다
른 디자이너들과 한쪽에 자리를 잡고 앉았다.

미팅 때 이미 한 차례 받아 봤던 팸플릿을 넘겨 보며 쇼가
시작되길 기다리고 있는데, 옆에 앉은 현정이 팔을 쿡쿡 찔렀
다.

"은서 씨."

"네."

"저기 유화영 씨 봤어? 나 실물 처음 보는데 엄청 예쁘다."

현정이 가리키는 방향으로 고개를 돌린 은서는 최근 엄청난 주가를 올리고 있는 배우 유화영을 잠시 바라보다 고개를 끄덕였다.

"그러게요. 얼굴도 무진장 작네요."

"그치? 역시 배우는 배우야. 타고나야 되나 봐."

"왜요? 주 대리님도 한 미모 하시는데."

"에이~ 은서 씨, 오늘 아부가 좀 심하네?"

"아부 아닌데요."

기분이 한껏 좋아진 현정이 쑥스러운지 괜스레 은서의 등을 찰싹 손으로 내려쳤다. 그러다 갑작스레 놀란 얼굴로 은서의 구두를 빤히 내려다봤다.

"어? 은서 씨 구두, 이거 레이첼 신상이지? 나 눈여겨봤던 건데."

"네? 아, 네."

"나도 사려다 못 구한 건데. 어떻게 산 거야?"

"산 건 아니고…… 선물 받았어요."

"정말? 완전 좋겠다. 근데 이 비싼 구두를 누가 선물해 줬어?"

"그냥……."

"……."

"아는 사람이요."

"아는 사람?"

"어? 쇼 시작되려나 봐요, 대리님."

다행스럽게도 쇼가 시작되는 타이밍이었다. 은서는 어색하지 않게 말을 돌리고는 오늘 신은 구두를 조심스레 내려다봤다.

쇼에 참석하기 위해 외출 준비를 모두 마치고 마지막으로 옷에 어울리는 구두를 찾으려 신발장을 열어 본 그녀는, 눈으로 구두를 쭉 훑어 내렸다.

가장 윗줄을 확인했다가 다시 아랫줄을 확인하는 그녀의 시선이 자꾸만 베이지색 프렌치힐에 머물렀다. 옷에 딱 어울리는 구두였지만 패션쇼에는 이원우가 올 것이 분명했기에 그가 선물한 구두를 신고 가자니 마음에 걸렸다.

'에이, 바빠서 신경이나 쓰겠어?'

오늘은 대표인 이원우가 신경 쓸 일이 한두 가지가 아닐 것이다. 한참을 고민하다 결국 베이지색 프렌치힐을 꺼내 들었다.

은서는 구두를 내려다보던 시선을 돌려 주변을 확인했다. 이원우는 런웨이 무대를 중심으로 맞은편 라인 앞쪽 자리에 앉아 있었다. 임원진들이 앉아 있는 자리였다.

다행히 자신의 구두가 보일 만한 위치는 아니라 은서는 마음 편히 쇼에 집중했다. 어차피 쇼가 끝나는 대로 바로 돌아갈 생각이었다.

패션쇼의 총괄을 맡은 쇼 디렉터가 이 분야에서 굉장히 실력 있는 사람이라고 들었는데, 생각했던 것보다도 패션쇼는 성황리에 멋지게 치러졌다.

은서는 특히나 자신이 디자인한 구두를 신은 모델이 런웨이를 밟을 때, 말로 할 수 없는 감동과 짜릿함을 느꼈다.

쇼의 피날레까지 마무리되고 마지막으로 렌느의 대표인 한소희 디자이너와 에일린의 대표 이원우, 그리고 나인 측의 대표를 대신해 나온 서재하 본부장이 모두 무대에 올라와 차례로 인사를 했다.

쇼가 끝나고도 은서는 한동안 넋을 놓은 얼굴을 했다. 3년 만이었다. 자신이 디자인한 구두가 이렇게 세상에 내보여진 것은.

'아, 어떡해. 진정이 안 돼.'

주위 사람들이 하나둘씩 자리를 정리하고 홀을 나선 뒤에야 은서도 짐을 챙겨 들고 밖으로 나와 보라에게 전화를 걸었다. 패션쇼에 대해 이야기하며 연신 들뜬 감정을 감추지 못하는 은서의 얼굴이 조금 홍조를 띠고 있었다.

—차은서, 너 진짜 기분 좋은가 보다. 목소리가 완전 들떴네.

"나 지금 너무 벅찬 거 같아."

—너 디자이너로 복귀하고 처음 정식으로 디자인한 구두라 나도 꼭 보고 싶었는데. 아쉽다.

"이번엔 초대 못 했지만, 나중에 에일린에서 단독으로 하면 내가 꼭 티켓 보내 줄게."

—알았어. 집에 가기 전에 시간 있으면 잠깐 카페 들러서 얼굴이나 보고 가든가. 나 오늘 쉬어서 카페 나와 있으니까.

"응, 알았어. 이따 가게 되면 미리 전화할게."

통화를 마친 은서는 열이 오른 볼을 매만지다 화장실로 향했다. 하지만 화장실 앞에 길게 서 있는 줄을 확인하고는 다시 걸음을 돌렸다.

"차라리 한 층 아래로 내려가야겠다."

계단을 이용해 한 층 아래에 있는 화장실로 향한 은서는 위층보다는 무척이나 한산한 화장실을 보고 속으로 쾌재를 불렀다.

화장을 고친 뒤 화장실을 벗어나 복도를 가로질러 걷던 그녀는, 무슨 이유에서인지 갑작스레 걸음을 늦추기 시작하더니 얼굴에서 웃음기를 싹 거둬 냈다.

정면에서 걸어오는 누군가를 빤히 바라보다 결국 걸음을 멈췄고, 상대방도 은서를 알아본 건지 잠시 걸음을 멈췄다가 이내 망설이지 않고 다가섰다.

아는 사람을 만날 것이라고는 충분히 예상했다. 쇼가 진행되는 동안 이미 나인에서 봤던 익숙한 얼굴들을 스치듯 몇 명본 것도 사실이었다. 굳이 아는 척을 하지 않았고, 상대방 쪽에서도 은서에게 아는 척을 하지 않았다.

하지만 이 여자를 만날 거라고는 꿈에도 생각지 못했다. 패션쇼가 진행되는 동안에도 은서는 눈앞의 여자를 보지 못했었다.

쇼트커트의 짧은 머리는 여전했다. 더블 벨트로 잘록한 허리를 강조하고, 높은 킬힐에 독특한 클러치백으로 포인트를 준 의상은 안 그래도 오만해 보이는 여자의 이미지를 한껏 더 부각시키는 것 같았다.

은서의 눈앞에 있는 여자는 나인 대표의 딸이자 지금은 전무이사 자리에 올라 있는 서재하의 부인, 진서현이었다.

"오랜만이네요, 차은서 씨."

은서는 인사도 하지 않았고, 아는 척도 하지 않았다. 하지만 상대방은 태연하게 인사를 건네었다. 은서는 저도 모르게 설핏 인상을 구기고 말았다.

"여긴 어쩐 일이에요?"

"한소희 선생님 패션쇼 보고 가는 길입니다."

"그래요? 의외네요. 이번 패션쇼는 초청된 사람이 아니면 아무나 입장할 수 없었을 텐데."

원래 사람을 자기 아래 둔 것처럼 얕보는 여자였다. 은서는 크게 신경 쓰지 않으며 답했다.

"오늘 협업에 참여한 에일린에 입사했습니다. 제 디자인이 한소희 선생님 협업 패션쇼에 올라가게 되어서 그 자격으로 참석할 수 있었고요."

"에일린에 입사를 했어요?"

"네."

"이렇게 빨리 복귀할 줄은 몰랐는데. 한데, 에일린은 인성도 안 보고 직원을 뽑는 모양입니다."

은서의 표정이 딱딱하게 굳어졌다. 서현은 자신이 지금 내뱉은 말에 대해 조금도 미안해하지 않는 얼굴이었다. 백을 쥐고 있는 은서의 손에 잔뜩 힘이 들어갔다.

"무슨 말씀이신지 모르겠습니다."

"차은서 씨가 나인에서 어떤 사유로 퇴사했는지 에일린에서도 알아요? 결혼한 유부남을 꼬여 낸 걸로도 모자라 디자인까지 유출해 회사에 막대한 손해를 끼쳤다는 거요."

좋았던 은서의 기분은 지금 이 순간 바닥까지 추락했다. 오물 가득한 구덩이에 다시 발을 들이민 기분이었다. 백을 쥔 손이 부들부들 떨렸다.

"퇴사 시에도 말씀드렸지만, 전 부끄러운 짓 한 적 없습니다."

"내가 얘기했던 것 같은데요? 그럴 의도가 아니었어도 결과적으로 눈에 보이는 모든 정황들이, 차은서 씨가 그런 짓을 한 거라 말해 주고 있다고요."

"몇 번이나 말씀드렸던 것 같은데 이해를 못 하시니 다시 말씀드리겠습니다. 서재하 본부장님과 만난 건 사실이지만, 그건 본부장님이 결혼하시기 전의 일이었습니다. 아니, 나인 입사하기도 전이었습니다. 대학 시절부터 만난 걸 제가 어떻게 없던 일로 하겠습니까. 결국 버림받은 것도 저고, 배신당한 것도 저인데 왜 제가 질책을 당해야 하는 건지 모르겠습니다. 전 두 분이 결혼하신 뒤로는 서재하 본부장님과 깨끗하게 관계 정리했습니다."

"그 뒤에도 몇 차례 만났잖아요?"

"전 확실하게 거절했습니다. 결혼까지 했으면서 그걸 정리하지 못하고 구질구질하게 매달린 건 서재하 본부장님이시고요."

"구질구질하게? 이봐요, 차은서 씨."

"디자인 유출 건 역시 전 떳떳합니다. 떳떳하지 못한 건 서재하 본부장님이시겠죠."

"모든 증거가 차은서 씨를 가리키고 있었는데, 무슨 헛소리를 하는 거예요?"

"지금 하시는 말씀대로라면 제가 팀원들 등쳐 먹고 디자인 팔아 넘겼다는 건데, 어째서 조금 전 제 얼굴을 본 나인 직원들이 단 한 명도 대놓고 욕조차 못 하는지 모르겠네요. 눈 가리고 아웅이죠. 다들 아는 사실을, 혼자만 모르시나 봅니다."

진서현이 입을 꾹 다물었다. 어디 더 해 보라는 듯 여전히 오만한 얼굴이었지만, 한마디도 지지 않으려는 은서의 행동에 화가 난 듯 백을 쥔 손끝은 떨리고 있었다.

"입 다물고 있으려고 했지만 기왕 이렇게 얘기 나온 김에 한 가지 더 말씀드리겠습니다. 회사도 그만두고, 이사도 하고, 전화번호도 바꿨는데 어떻게 아셨는지 서재하 본부장님께서 집으로 찾아오신 적이 있습니다. 제가 여기서 뭘, 더, 어떻게 노력해야 하는 건지 모르겠습니다."

"······."

"그래서 한 번 더 찾아오면 경찰에 신고하려고요. 그러니 그전에 먼저 주의 좀 주셨으면 좋겠습니다. 제 말은 통 듣지를 않네요. 지금은 전무이사 자리에 오르셨다고 들었습니다. 이사님이 본부장님보다 다섯 살 연상이시니 올해 서른여섯 되셨겠네요. 본부장님보다 나이도 한참 많으신 연장자이시고, 상사인 데다, 자기 부인이 하는 말인데, 이사님 말씀은 그나마 좀 듣지 않겠습니까?"

"뭐?"

고고하던 여자의 얼굴이 일그러졌다. 기분은 통쾌해졌지만 말을 할수록 은서의 눈시울은 시큰해졌다. 사람이 어느 정도까지 추락할 수 있는 건지 제 눈으로 확인하고 실감했던 그날의 기억이 떠오른 탓이다.

울컥 치밀어 오르는 화를 참지 못하고 진서현이 손을 들어 올렸다. 은서는 그녀의 행동을 막지 않았다.

누가 봐도 상관없었다. 추한 건 자신이 아니라 눈앞의 여자였다. 하고 싶은 말도 다 했으니 한 대 정도는 맞아 줘도 괜찮을 것 같았다.

하지만 그 어떤 충격도 은서에게 가해지지 않았다. 당황한 진서현의 목소리만이 들려올 뿐이었다.

"……뭐예요, 그쪽은."

고인 눈물 때문에 흐려진 시야에 진회색 체크 정장을 입은 남자의 뒷모습이 들어왔다.

은서의 뺨을 때리려던 진서현은 눈앞에 나타난 남자가 누

163

구인지 뒤늦게 알아본 건지, 놀란 얼굴을 한 채 한 걸음 뒤로 물러섰다.

"괜찮다면서요."

주머니에 한 손을 꽂은 채 진서현의 팔을 붙잡은 원우가 고개를 돌려 대답 없는 은서를 내려다봤다.

"근데 왜 울어."

"……."

"들어 보니 억울한 건 차은서 넌데."

고여 있던 눈물이 순식간에 툭 떨어져 내렸다.

✳   ❋   ✳

협업을 진행한 대표들과 마지막으로 함께 무대 인사까지 마친 원우는 홀을 빠져나와 통로 쪽에 있는 의자에 잠시 자리를 잡고 앉았다.

손목에 찬 시계를 내려다보는 그의 얼굴에 살짝 피로감이 묻어났다. 늦은 밤까지 할아버지에게 붙들려 바둑을 둔 탓이었다.

일부러 져 드리면 귀신같이 알아채시고는 화를 내셔서, 할아버지가 한 판을 이기실 때까지 내리 바둑을 둬야 했다.

마른 손을 들어 얼굴을 쓸어내린 원우는 잠시 주변을 살폈다. 꽤 많은 인원이 건물을 빠져나간 뒤라 처음보다는 무척이나 한산한 모습이었다. 그는 다시 시간을 확인했고 자리에서 일어나 긴 복도를 걸었다.

한소희 디자이너와 식사 약속이 잡혀 있었다. 총괄을 맡아 일을 진행했던 정환이 참석해도 되는 자리였지만, 나인 측에서는 서재하 본부장이 참석한다는 말에 원우가 가겠다고 답을 했다.

'뭐 물어보고 싶은 것도 좀 있고.'

원우는 차키를 허공에 던졌다 다시 손에 쥐는 행동을 반복하며 여유롭게 걸음을 옮겼다.

무대 인사를 할 때 서재하와 마주치긴 했지만. 그는 보는 눈을 의식한 건지 쇼가 끝나자마자 원우를 피해 도망치듯 홀을 빠져나갔다.

그 모습에 원우가 쯧, 하고 혀를 찼다. 정환의 말대로 서재하는 높은 자리에 앉아 누군가를 이끌 만한 재목은 아니었다.

인사를 마치고 서재하가 사라진 방향을 물끄러미 응시하던 원우는 패션쇼에 차은서도 참석했다는 사실을 뒤늦게 떠올렸다. 에일린 직원들이 앉아 있던 자리를 확인했지만 은서는 이미 홀을 빠져나간 듯 보이지 않았다.

개자식이라고 욕하며 물을 한 양동이 뿌릴 만큼 질색을 했는데 둘이 또 마주치는 건 아닌가 싶어 전화를 해 봤지만, 은서는 이미 누군가와 통화 중이었다.

별일 없겠지 싶어 결국 원우는 통화하는 걸 포기하고 한소희 디자이너와 조금 더 대화를 나누다 홀을 빠져나왔다.

"왜 이리 안 올라와."

엘리베이터를 타려 했지만 지하 2층으로 표시된 빨간 숫자가 한참이나 변하지 않자 원우는 비상구 쪽으로 걸음을 옮겼다.

빠르게 계단을 내려서며 다시 한 번 차은서에게 전화를 할까 휴대전화를 꺼내 든 순간이었다. 열려 있는 비상구의 문을 통해 들려온 목소리가 발목을 잡았다.

"오랜만이네요, 차은서 씨."

우뚝 멈춰 선 발이 다시 두어 걸음 뒤로 움직였다. 열린 문을 통해 차은서의 모습이 보였다.

휴대전화를 다시 정장 안쪽 주머니에 넣은 원우는 벽에 기대어 선 채로 차은서와 마주하고 있는 여자의 얼굴을 확인했다.

어디선가 본 듯 낯이 익었다. 조금 더 기억을 더듬고 나서야 나인 대표의 외동딸이자 최근 전무이사 자리에 오른 여자라는 사실을 기억해 냈다. 밖으로 나가 말을 걸까 하다가 원우는 잠시 상황을 지켜보기로 했다.

"이렇게 빨리 복귀할 줄은 몰랐는데. 한데, 에일린은 인성도 안 보고 직원을 뽑는 모양입니다."

잠자코 두 사람이 나누는 대화의 내용을 듣고 있던 원우가 절로 인상을 구겼다. 저 여자가 뭐라는 건가 싶어 속으로 헛웃음을 삼켜 냈다.

이어진 이야기는 더 기가 막혔다. 차은서가 유부남을 꼬여낸 걸로도 모자라 디자인까지 유출해 회사에 막대한 손해를 끼쳤다는 내용이었다.

'꼬여 내다니. 서재하를 질색하며 밀어내는 쪽은 분명 차은 서였는데.'

디자인 유출에 불륜. 나인 측의 주장대로라면 차은서가 지은 죄는 가벼운 것이 아니었다.

출셋길을 준다는데도 곧장 거절하던 저 곧은 여자가 그런 짓을 하고도 당당할 수 있을 리가 없었다. 더군다나 차은서가 반박하면 반박할수록 얼굴이 붉어지는 쪽은 나인의 전무이사 였다.

이야기를 들을수록 원우의 얼굴은 차갑게 굳어졌다. 그는 곧 차은서의 입장 쪽에 무게를 실었다.

대학 시절부터 사귀었던 애인한테 배신당한 걸로도 모자라 디자인 유출 누명까지 쓰고 차은서가 잘린 거다. 그 배신한 서재하라는 놈은 아직까지도 차은서한테 미련이 남은 건지 찾아오는 거고. 그제야 차은서가 추천서를 쓰지 않은 이유까지 납득이 됐다.

백을 쥔 작은 손이 눈에 들어왔다. 어찌나 힘을 주고 있는지 뼈마디가 다 도드라져 보였다. 더 들어 볼 필요도 없는 대화였다. 기대고 있던 몸을 일으켜 세운 원우는 복도로 나섰다.

때마침 화를 참지 못한 서현이 손을 들어 올리는 행동에 걸음이 빨라졌다. 은서는 때릴 테면 때려 보라는 듯 손 하나 까딱하지 않았다.

167

'저 바보가.'

은서의 뺨을 내려치려던 진서현의 손을 원우가 잡았다. 조금만 늦었으면 차은서는 그대로 뺨을 맞았을 것이다. 그걸 생각하니 또 한 번 인상이 구겨졌다.

'아까까지는 또박또박 말만 잘하더니 뻔히 맞을 걸 알면서 왜 가만히 서 있는 거야.'

원우 본인이 당한 일이 아닌데도 대화를 듣고 있는 것만으로 속이 탔다. 우는 얼굴을 지척에서 마주하고 있으려니 더욱 그랬다. 똑똑한 척은 다 하더니 이것 말고도 당했을 일은 대체 얼마인가 싶어 속에서 열불이 났다.

억울한 건 넌데 왜 네가 우냐는 말이 꾹 눌러 참았던 뭔가를 건드린 건지, 은서의 눈에서 쉴 새 없이 눈물이 흘러내렸다. 원우는 서현의 손을 놓고 완전하게 돌아서 은서를 마주했다.

입술을 꾹 깨물고 소리도 내지 못한 채 우는 모습에 품 안을 뒤적여 손수건을 꺼내려던 때였다.

"좀 비켜 주시겠어요?"

등 뒤에서 들려온 음성에 손이 멈칫했다. 서현을 돌아본 원우는 왜 아직도 거기 있냐는 얼굴을 하고 있었다.

원우가 누구인지 알아본 진서현은 처음엔 적잖게 당황한 눈치였지만 곧 평소의 오만한 얼굴로 그를 마주했다. 갑작스럽게 끼어든 것이 불만인 건지 상당히 불쾌하다는 기색까지 내보였다.

원우는 손수건을 은서에게 건네어 주고는 다시금 서현을 마주했다.

"인사가 늦었네요. 에일린 대표 이원웁니다."

평소라면 악수를 청하며 인사를 건네었겠지만 원우는 그렇게 하지 않았다. 겉으로는 친절한 척 웃고 있어도 여전히 속은 부글부글 끓어올랐다.

"나인 측에서는 대표로 본부장이 무대에 올라왔기에 전무이사님께서도 참석하신 줄은 몰랐네요."

"저도 만나 뵙게 되어 반갑긴 한데, 인사는 나중에 공식적인 자리에서 다시 하죠. 전 지금 차은서 씨랑 대화 중이었습니다."

"대화를 손찌검으로 하시나 봅니다, 나인에서는."

웃는 얼굴로 말하니 서현은 영 분위기 파악을 못 하는 눈치였다. 원우는 표정 하나 바뀌지 않고 냉랭한 기운이 묻어나는 음성으로 말했다.

"제가 디자이너 아낀다는 소문은 이 바닥에 벌써 파다하게 퍼졌을 텐데요. 어디서 이런 복덩이가 제 발로 걸어 들어왔나, 보면 볼수록 신기해 죽겠는데. 제가 보는 앞에서 그 디자이너 뺨을 내려쳐서야 되겠습니까."

"디자이너도 디자이너 나름이죠. 이 대표님은 사업을 하려면 사람 보는 안목부터 키우셔야겠네요."

사람 보는 안목으로 에일린을 이 자리까지 끌어올린 것이 바로 이원우였다. 원우는 기가 차다는 얼굴로 웃으며 서현과의 거리를 한 걸음 좁혔다.

"누가 누굴 걱정하는 건지. 에일린보다 나인 앞날이나 걱정하는 게 더 좋을 텐데요."

"뭐라고요?"

"결혼까지 했다는 유부남이 싫다는 사람 붙들고 스토커마냥 굴기에 누군가 했더니, 나인 본부장이더군요. 그런 남자가 본부장이면 나인 기울어지는 건 시간문제겠습니다. 나인 대표님이 어떻게 일군 회사인데, 딸이 결혼 한번 잘못해서 그 탄탄한 회사를 말아먹어서야 쓰겠습니까."

언성을 높이지는 않았지만 은서는 원우가 지금 화를 내고 있다는 것을 알 수 있었다. 이건 원우가 아닌 은서 자신이 해결해야 할 일이었다.

아무래도 안 되겠다 싶어 그녀가 앞으로 나서려 했다. 하지만 원우는 그런 은서의 손을 잡아당겨 다시금 자신의 뒤에 세웠다.

그녀를 붙잡은 원우의 손에 힘이 들어갔다. 서재하도 그렇고 진서현도 그렇고, 차은서에게 아무런 보호막이 없다는 생각에 더욱 깔보고 무시하는 것 같아 마음이 좋지 않았다.

"그냥 있어요."

그녀를 감싸는 원우의 모습에 서현은 코웃음을 쳤다.

"일개 디자이너 일에 너무 나선다 했더니, 보통 사이가 아닌 모양이네요. 차은서 씨는 그런 쪽으로는 정말 능력이 출중한 모양입니다."

은서의 표정이 삽시간에 굳어졌다. 서현은 마치 은서의 약점이라도 잡은 얼굴이었다.

"고고한 척은 다 하더니, 말하는 건 아주 폭행 수준이네."

이어진 원우의 말에 서현은 입을 다물지 못한 채 경악 어린 얼굴을 했다. 원우는 언제 그랬냐는 듯이 다시 친절하게 웃었다.

"일단 병원 가서 치료라도 받아 보시는 게 좋겠습니다. 그 정도 망상은 지금이라도 치료가 가능할 거 같은데. 의부증? 망상 장애? 뭐, 그런 거 같네요. 다섯 살이나 어린 남편 데리고 살려면 이것저것 신경 쓸 일이 많아 힘든 건 알겠는데, 그래도 부부 문제는 부부가 해결해야죠. 애꿎은 차은서 괴롭힐 생각 말고. 뭐, 남편 바람기 잠재울 부적이라도 하나 써 보든가."

"너 감히, 내가 누군지 알고……."

"너?"

원우는 살짝 고개를 숙여 서현의 눈을 똑바로 마주했다. 한껏 낮춘 목소리는 이 상황에 대해 조금도 동요하지 않은 것처럼 침착하고 고요한 편에 속했지만 여전히 냉랭하기 그지없었다.

"누군지는 잘 알죠. 근데 태어날 때부터 입에 금 수저 물고 태어난 건 피차 마찬가지라, 가진 걸로 위세 떠는 건 나도 해 볼 만한데. 어디 한번 해 볼까요? 그쪽 부친이 대단해 봐야 제 조부만큼 대단하지는 않다는 거 알고 있을 텐데요."

"……."

"알았으면 다음부터는 날 때부터 손에 쥐고 태어난 걸로 노력하는 사람 앞에서 위세 떨지 말아요. 그거, 보기 흉합니다."

서현의 손이 분노로 인해 부들부들 떨렸다. 그것을 내려다보며 원우는 느긋하게 몸을 펴고는 사람 좋은 얼굴로 웃었다.

"오늘 만나서 반가웠습니다. 다음에 기회 되면 식사라도 한번 같이하죠."

마음에도 없는 소릴 잘도 내뱉고 그는 뒤를 돌아봤다. 아까부터 은서가 뒤에서 그의 옷깃을 쭉쭉 잡아당기고 있었다. 그만하라는 눈치였지만 원우는 모르는 척, 하고 싶은 말을 다 전한 뒤에야 은서에게로 몸을 돌렸다.

눈물은 멈췄지만 눈가가 붉어져 있었다. 은서는 원우가 건넨 손수건을 한 손에 꼭 쥔 채로 주변을 살피고 있었다.

사람이 많은 건 아니었지만 아예 없는 것도 아니다 보니 어느새 하나둘씩 시선이 집중된 모양이었다. 그래 봐야 몇 명뿐이고 아는 얼굴은 없어 크게 소문이 퍼질 정도는 아니었다.

"가죠."

덥석 손목을 잡고 걷자 은서는 자꾸만 꼼지락거리며 손을 빼내려 했다. 원우는 더욱 세게 은서의 손을 잡았다.

엘리베이터에 타자니 보는 눈이 더 많아질 것 같고 차은서가 가십에 유난히도 예민했던 것이 생각나 자연스레 비상구 쪽으로 걸음을 옮겼다.

계단을 내려서기 시작하고 나서야 손을 빼내려던 움직임이 멈췄다. 원우는 아무런 말도 하지 않고 조용히 은서를 데리고 계단을 내려섰다.

훌쩍이며 이끄는 대로 걸음을 옮기던 은서는 앞서 걷는 원우의 너른 등을 바라봤다.

나인을 퇴사하던 당시에도 은서의 억울한 입장을 알아주는 사람은 분명 있었다. 하지만 그 누구도 나서서 말을 해 주지는 않았다.

그 때문일까. 억울한 건 넌데 왜 네가 우냐는 이원우의 말에 참았던 눈물이 터져 나왔다. 한바탕 쏟아 내고 나니 창피하기도 하고, 속이 후련하기도 했다.

은서는 이원우가 준 손수건으로 눈가에 남은 눈물을 닦아 내다 다시 그의 등을 바라봤다.

'근데 어떻게 알고 왔지?'

마음이 안정되자 생각은 곧 다른 곳에 닿았다. 은서는 조금 의심스러운 눈길로 이원우를 쳐다봤다.

"대표님."

지하 2층에 있는 주차장 문 앞에 선 순간이었다. 문고리를 잡으려던 원우가 걸음을 멈추고 뒤를 돌아봤다. 은서는 훌쩍 코끝을 찡그리고는 자신의 옷을 한 번, 그리고 좀 더 의심스런 눈길로 구두를 내려다봤다.

"설마 그럴 리 없겠지만, 제가 정말 혹시나 해서 묻는 건데⋯⋯."

은서가 말끝을 흐리자 원우는 계속하라는 듯 고개를 왼쪽으로 까딱였다.

"저한테 지피에스라도 달아 놓으셨어요?"

"······지피에스?"

"그게······ 지난번에 자재실에도 있는 거 알고 오신 것처럼 왔었잖아요. 오늘도 그렇고요."

자재실에서 만났을 때는 일부러 차은서를 찾아간 게 맞았지만, 오늘 일은 정말 우연이었다.

엘리베이터가 지하 2층에 멈춰 있지만 않았어도, 또 비상구 문이 열려 있지만 않았어도 원우는 차은서가 거기 있다는 사실조차 모른 채 지나쳤을 것이 분명했다.

그대로 지나쳤다면 차은서는 뺨을 맞았을 거고, 안하무인으로 대화가 통하지 않던 그 여자는 자신이 이긴 것 같은 착각 속에 승리했다는 만족감까지 얻었을지 모른다.

그렇게 생각하자 원우는 그 우연이라는 게 어쩐지 조금 유쾌해졌다. 다른 누구도 아닌 자신이 차은서를 도왔다는 사실까지 더해져서 말이다.

"구두 한 짝 가지고도 내가 차은서 씨 찾아낸 거 벌써 잊었어요? 그 일 때문인지 내가 누구 찾는 데 도가 터서요."

원우는 가볍게 어깨를 으쓱이고는 다시금 은서의 손을 잡아당기며 주차장으로 통하는 문을 열려 했다. 은서가 다리에 힘을 주고 버티는 바람에 밖으로 나서지 못하고 다시 멈춰 서서 그녀를 돌아봐야 했지만 말이다.

은서가 고개를 가로저었다. 가기 싫다는 표현에 원우는 물끄러미 내려다보다 그녀가 기함할 말을 아무렇지도 않게 내뱉었다.

"업어 줘요?"

"미쳤어요?"

은서가 저도 모르게 소리쳤다가 입을 꾹 다물고는 눈동자를 굴렸다.

"그게 아니라…… 제 발로 갈 수 있어요."

"그럼 가요."

"아니, 저는 버스 타고 갈게요."

"내 차 타고 가요."

"누가 보면 어떻게 해요. 대표님 바쁘실 텐데, 그냥 혼자 돌아가겠습니다."

"차은서 씨, 진짜 남들 시선 되게 신경 쓰네요."

"……아까 다 들었잖아요. 어떻게 신경을 안 써요?"

아직 물기를 머금고 있는 두 눈이 짧게 원망을 내보이는 것을 보고는 원우가 한숨을 내쉬었다. 주변을 확인하고 잠시 갈등하는 것 같았던 그는 정장 겉옷을 벗더니 은서의 머리 위에 장옷처럼 씌워 주었다.

"자, 이러면 됐죠?"

하나도 안 됐어! 은서가 소리치기도 전에 원우가 손을 이끌었다. 방심하고 있던 참이라 다리에 힘을 줄 새도 없었다.

어느새 주차장으로 들어서게 된 은서는 정장을 뒤집어쓴 것이 더 눈에 띄는 모습 같아 최대한 고개를 숙이고 걸음을 옮겼다.

그가 차 문을 열어 줬고 어느덧 은서는 차에 올라타 있었
다. 시동을 걸고, 에어컨을 틀어 준 뒤 그는 다시 차에서 내려
휴대전화를 꺼내 들었다.

최근 통화 목록에서 정환의 번호를 찾은 원우는 통화 버튼
을 누르고는 보조석에 앉아 있는 은서에게 시선을 돌렸다.

은서는 원우가 장옷처럼 머리 위에 씌워 준 정장을 고대로
덮은 채 커다란 눈동자를 이리저리 굴리기 바빴다. 이미 차에
타고 있으면서도 여기서 내려야 할지 말아야 할지를 고민하
는 얼굴이었다.

은서가 마음을 먹은 듯 문을 열려고 하자, 원우가 자연스럽
게 보조석 쪽으로 걸음을 옮겨 문 앞에 기대어 섰다. 살짝 열
렸던 문이 둔탁한 소리를 내며 다시 닫혔다.

원우가 문 앞에 기대어 선 덕분에 은서는 문을 열 수도, 차
에서 내릴 수도 없는 상황이 되었다. 뒤에서 은서가 어떤 표
정을 하고 있을지 훤히 그려지는 것 같아 원우의 입가에 걸린
웃음이 짙어졌다.

─여보세요.

"윤정환, 너 지금 어디야?"

─나 이제 가려고 정리 중인데. 왜?

"미안한데, 식사 자리 네가 좀 가야겠다."

─네가 간다더니 갑자기 왜?

"일이 좀 생겨서."

―그거야 어렵지 않은데…… 뭐, 알았어. 내가 갈게.

정환과의 통화를 마친 원우는 곧장 운전석에 올라탔다.

"벨트 매요."

"저, 대표님. 아무래도 저는 버스 타고 가는 게……."

타이밍 좋게 때마침 철컥, 하고 문이 잠기는 소리가 들렸다. 완고한 거절의 소리 같아 은서는 입을 다물었고, 그는 핸들에 기댄 채로 턱을 괴고 잠시 그녀를 바라봤다.

'누구는 저녁 약속까지 취소했는데.'

어떻게 할까 싶어 잠시 고민하던 원우는 무심코 시선을 아래로 내렸다가 은서가 신은 구두를 발견했다. 자신이 선물한 베이지색 프렌치힐을 신고 있었다.

'예쁘게 신으라고 줬더니 울기나 하고.'

그리 생각하면서도 원우는 기분이 좋아진 듯 입가에 미소를 그려 냈다.

"집으로 갈 거죠? 배고플 것 같은데, 식사하고 들어갈래요?"

구두를 내려다보던 원우가 다시금 그녀와 시선을 맞췄다.

복도에서의 대화를 통해 은서가 나인을 나오게 된 사연에 대해서 대충은 알게 됐지만, 여전히 자세하게는 알지 못했다. 원우는 그것이 알고 싶었다. 차은서와 조금 더 함께 있을 구실을 만들어서라도.

하지만 그런 원우의 바람을 아는지 모르는지 은서는 곧장 고개를 가로저었다.

"그래요, 그럼."

"……."

"차은서 씨 집 가서 먹죠. 나도 사 먹는 밥 별로 안 좋아해요."

뻔뻔하리만큼 당당한 이원우의 대답에 은서는 잠시 표정을 굳혔다가 결국 짧게 웃고 말았다. 이 남자는 그 어떤 말도 자기 해석하기 나름이구나.

전혀 웃을 기분이 아니라고 생각했는데도 웃음이 났다. 원래 자기 좋을 대로 하는 남자라는 걸 알아서인지 은서도 더는 대꾸하지 않았다.

아무래도 말로는 이원우를 이길 수가 없었고, 싫다고 해 봐야 별별 이유를 다 대며 결국은 이겨 먹을 것이 분명했다.

차가 패션쇼를 진행했던 건물을 빠져나오자마자 은서는 긴장이 탁 풀리며 몸에 힘이 빠지는 것을 느꼈다.

'뭐, 오늘은 정말 고맙기도 하고.'

은서는 운전을 하는 원우의 옆얼굴을 힐끗 응시했다. 처음부터 정확하게 상황을 모르는 이원우의 입장에서는 복도에서 나눈 대화만으로 나인 측의 말을 믿을 수도 있었다.

하지만 원우는 은서의 말을 믿어 주었다. 거기다 노력하고 있다는 점을 알아주었고 재능도 높이 사 주고 있었다. 그게 무척이나 고마웠다.

은서는 그에게 닿아 있던 시선을 조용히 거두었다. 좀 더 편한 자세로 의자에 몸을 기대려다 그의 옷을 아직까지 가지고 있다는 사실을 깨달았다.

돌려줄까 했지만 운전 중이었기에 그대로 원우의 옷을 덮고는 그 위에 얼굴을 묻었다.

옷에서는 은서가 좋아하는 코튼 향이 났다. 익숙한 향에 마음이 놓인 건지 조금씩 졸음이 쏟아졌다.

어느덧 창가에 머리를 기댄 채 잠든 은서의 모습을 확인한 원우는 속도를 좀 더 늦추고 조심스럽게 운전을 했다.

신호에 걸려 차가 멈춰 설 때마다 틈틈이 은서의 모습을 살폈다. 색색, 고른 숨소리가 간질이듯 귓가에 전해졌다.

옷을 덮은 채로 잠든 모습에 에어컨을 너무 세게 틀었나 싶어 온도를 높이려던 그는 생각을 바꿔 그대로 손을 거둬 냈다. 어쩐지 조금 더 그대로 두고 싶은 마음이 들어서였다.

늘 자신을 피하기만 하려던 은서였다.

그런 은서가 자신의 옷을 덮고, 자신이 선물한 구두를 신고, 자신의 곁에 잠들어 있었다. 그 모습을 눈앞에서 보고 있자니 기분이 묘했다.

'아, 이러다 진짜 큰일 나겠는데.'

원우의 입가에 그려진 미소가 짙어졌다. 기억나지 않는 그날 밤의 일이 정말로 궁금해졌다.

처음에는 그저 상대방이 누군지 찾을 생각뿐이었지만, 지금은 그날의 일을 기억 못 하는 것이 굉장히 손해 같고, 아깝게 느껴졌다.

　뽀드득, 소리가 나게 컵을 닦아 한쪽에 정리한 은서는 고무
장갑을 낀 채로 힐끗 뒤를 돌아봤다.

　다리를 꼬고 식탁 앞에 앉아 우아하게 커피를 마시고 있는
이원우는 아까부터 뒤통수가 뚫릴 정도로 은서를 쳐다보고
있었다.

　견디다 못한 은서는 결국 설거지를 끝내지도 못한 상태에
서 고무장갑을 벗고 원우의 앞에 섰다.

　"대표님, 대체 왜 안 가세요? 밥도 주고, 과일도 주고, 차도
주고, 달라는 대로 다 줬는데."

　원우는 결국 은서의 집에 와서 그녀가 차린 밥을 얻어먹었
다. 혼자 산 기간이 길다 보니 웬만한 요리는 곧잘 하는 편이
었다.

　은서의 말대로 생각보다 맛있는 저녁도 얻어먹고, 과일도
먹고, 지금은 차도 마시고 있는 중이었다.

　"밥도 먹고, 과일도 먹고, 차도 지금 마시고 있는데, 제일
중요한 대화를 못 했잖아요."

　"아까 집에 들어오기 전에는 밥만 먹고 간다고 했잖아요."

　"내가요?"

　"그랬어요. 분명 그랬다고요."

　"잠결에 잘못 들은 모양이네요."

　은서의 입이 반쯤 벌어졌다. 믿을 걸 믿어야지. 찻잔을 내

려놓으며 짧게 웃음을 터뜨리는 이원우의 얼굴이 그리 말하고 있었다. 뒤에 이어지는 말들은 은서를 더 경악하게 만들었다.

"만약 그랬다고 해도 예기치 못하게 일정이 변경될 수도 있는 거죠. 예를 들자면, 난 신입 사원 환영 회식 날도 인사하고 술만 좀 마시다가 가려고 했어요. 근데 못 그랬잖아요. 그건 차은서 씨도 마찬가지고."

"……."

"누가 짐작이나 했겠어요. 우리가 그렇게 뜨거운 밤을 보내게 될지. 더군다나 난 처음인……."

은서가 다급하게 원우의 입을 틀어막았다. 손바닥에 닿은 입술이 슬쩍 움직임을 보였다. 손으로 가려져 있음에도 원우가 지금 얄밉게 웃고 있을 거라는 걸 알 수 있었다.

"저, 대표님 말 안 믿어요."

은서의 손목을 잡아 아래로 내린 그는 억울하다는 표정으로 미간을 살짝 찌푸렸다. 은서는 속으로 되뇌었다.

안 속아, 절대 안 속아.

"왜 안 믿어요?"

"대표님은 절대 처음일 리 없어요. 지금 와서 하는 얘기지만, 아니, 대체 뭘 그렇게 물고 빨았어요? 아침에 일어나니까 온몸이 무슨 전염병 환자처럼 울긋불긋했다고요. 저 긴 블라우스 입고 출근해야 했어요. 그것도 한여름에."

원우는 은서의 말을 부정하지 못했다. 잠자리 취향 중 하나를 꼽으라면, 원우는 누군가에게 자신의 흔적을 남기는 것을 좋아했다. 그것도 조금 집요하게.

그는 시야에 드러난 은서의 팔목을 바라봤다. 차은서는 피부가 흰 편이었다. 흔적을 남기면 아마 눈에 엄청나게 띌 것 같았다.

"누굴 잡아먹을 것도 아니고, 뭘 그렇게 씹어 놨는지."

작게 중얼거리는 목소리가 귓가에 닿았다. 억울하다는 듯이 말하는 은서의 얼굴색이 조금 붉었다.

원우는 그런 은서의 모습에서 시선을 떼어 내지 못한 채로 유쾌한 웃음을 터뜨렸다.

"말했잖아요. 난 내 것에 대한 집착이 강해서 물건에 이름 쓰는 거 좋아한다고. 사람 몸에는 이름을 못 쓰니까 그랬나 보죠."

"왜 제가 대표님 거예요?"

"그날 침대 위에 나랑 차은서 씨 말고 다른 사람 있었어요?"

"……."

"없었잖아요. 그럼 그 시간만큼은 내 거지."

은서의 얼굴이 확 붉어졌다.

"대표님은 부끄러운 것도 몰라요?"

"그게 뭔데요?"

되돌아온 질문에 은서가 입을 꾹 다물었다.

'그래, 넌 모를 것 같았어. 부끄러움의 부 자도 모를 것 같

182

있다고.'

차마 밖으로 내뱉지 못하는 말을 속으로 삼켜 내며 그녀는 조금이라도 열을 식히기 위해 손으로 부채질을 했다.

"다 했으면 잠깐 앉아요. 이제 진짜 하려던 얘기 좀 하게."

은서가 시선을 슬쩍 피하며 원우의 맞은편 자리에 앉았다.

이원우의 입에서 어떤 말이 나올지 충분히 짐작이 됐기에 할 수만 있다면 이 자리를 피하고 싶었다. 하지만 피할 곳도, 숨을 곳도 없었다.

그녀는 결국 자포자기의 심정으로 이어질 원우의 말을 기다렸다.

"그냥 터놓고 얘기할게요. 어차피 다 들었는데 돌려 말하는 것도 우스우니까. 나인 본부장이랑 오래 사귀었어요?"

역시. 예상을 한 치도 벗어나지 않는 질문에 그녀가 긴 한숨을 토해 냈다.

"터놓고 얘기할 것도 없이 아까 다 들었잖아요."

"나랑 이 얘기 하기 불편해요?"

"대표님이랑 대화할 만한 화제는 아닌 것 같아요."

"왜 아니에요? 나한테 제대로 해명 안 하면 오해할 수 있는 부분이잖아요. 내가 만약 복도에서 나눈 그 대화 내용을 듣지 못하고, 차은서 씨가 나인에서 불명예 퇴사를 했고 유부남까지 꾀어냈다는 말을 먼저 들었다면 오해할 수도 있다고 생각 안 해요?"

"그야……."

"나인 본부장은 계속해서 차은서 씨 찾아오는 것 같은데. 누명 씌워서 내쫓은 거면 다시 그런 짓 안 한다는 보장이 어디 있어요? 아까 그 여자 성격 봐서는 더한 짓도 할 것 같던데. 그런 일까지 당했으면 사람이 좀 더 영악해져야지. 나 하나 정도는 미리 차은서 씨 편 만드는 게 좋지 않아요?"

"……오해하실 거예요?"

"뭐 들었어요? 편 만들라니까."

은서가 아랫입술을 꾹 깨물었다. 그녀는 디자인 일을 계속하고 싶었다.

나인 퇴사 후, 3년의 시간이 지나고 디자이너 일을 다시 시작하려 했지만 이력서를 넣는 곳마다 줄줄이 떨어졌다.

아홉 번이나 떨어지고 나서야 깨달았다. 아마 진서현의 압력이 있었을 거라고.

자존심이 바닥까지 내려앉은 기분이었다. 그런 은서가 마지막으로 선택한 것이 디자인 공모전이었다.

에일린에서 나가면 정말 갈 곳이 없었다. 은서의 표정이 조금 우울해졌다.

"대표님, 저 디자이너 일 계속하고 싶어요. 3년이나 못 했는데."

"누가 못 하게 해요? 누누이 말했지만, 난 차은서 씨 자를 생각 없어요. 내가 지금 제일 궁금한 건, 왜 똑똑한 차은서 씨가 그 오물을 다 뒤집어쓰고도 가만있었냐는 거예요. 뭐, 그 남자한테 지켜야 할 의리 같은 거라도 있었어요?"

"그런 거 없어요!"

"그럼 그 증거라는 게 뭐예요? 확실한 게 있었으니까 누명 씌워서 내쫓았을 거 아니에요."

은서는 잠시 대답을 망설였다. 원우는 재촉하지 않고 은서가 먼저 입을 열 때까지 기다렸다.

식탁 아래에 놓인 손만 꼼지락거리던 은서가 마음을 굳힌 듯 한참 만에야 입을 열었다.

이원우의 말대로 진서현이 똑같은 짓을 두 번 하지 못하리라는 보장도 없었고, 최소한 한 사람이라도 제 편이 되어 주길 바라는 마음도 있었다. 3년 전 나인을 나설 때는 그 누구도 자신의 편이 되어 주지 않았으니까 말이다.

"디자인이 제 메일 계정으로 모두 유출이 되었어요. 아이피 주소도 제 집에서 발송된 걸로 나왔고요. 통장으로는 돈도 입금이 됐어요."

"어떻게요? 메일이야 해킹이라도 할 수 있다 치지만 아이피는요?"

"제 메일 계정으로 유출이 된 것도 맞고, 제가 살던 집의 아이피 주소와 동일한 것도 맞아요. 문제는 메일이 발송됐던 그날, 그 시간에 서재하가 집에 찾아왔었어요. 쫓아내려고 했는데 회사 일 때문에 온 거라고 하고, 팀의 직속 상사 한 분도 함께 오셨었어요. 여름 시즌 맞춰서 기획하고 있는 일이 있었는데 과장님이 저한테 기회 주신다고, 제대로 준비해서 잘해 보라고 하셔서 제가 기획 총괄하고 대표로 담당해서 진행하고 있었거든요. 무슨 문제가 생겼다고 급하게 찾아오셨는데, 정말 큰 문제라고 얘기하니까 너무 정신이 없었어요. 아마 생산 들어간 구두의 가죽이 모두 불량이었다고 했을 거예요. 납품 업체가 중간에 장난쳐서 바꿔치기하고 돈 뒤로 빼돌린 거라고 했어요."

"그래서 집에 들였어요?"

"네. 한참 이것저것 얘기하다가 생산하는 공장에 급하게 관련 서류 보내라고 하셔서 메일에 접속했었어요. 그런데 제가 잠깐 자리를 비웠었거든요. 아마 로그아웃을 안 했었나 봐요. 정확히는 기억이 안 나는데, 아마 그랬던 거 같아요. 그때 디자인을 모두 발송한 것 같아요. 유출된 디자인 중에는 제 것 포함해서 팀원들이 낸 비공개 디자인도 몇 개 있었는데 그건 저만 가지고 있던 거였고요."

"……."

"감사 받는데 증거가 다 저를 향하고 있더라고요. 그쪽에서 내민 증거에 나온 날짜와 시간을 확인하고 기억 더듬어 보니까 그때였고요. 근데 함께 왔던 과장님은 그런 일 없다면서 모른 척하고, 서재하는 눈이 마주쳤는데 싹 피하더라고요. 그래서 그냥 알았어요. 나 하나 죽이려고 회사 손실까지 감수하면서 일 벌인 거구나."

담담한 얼굴로 이야기를 듣고 있었지만 원우는 식탁 아래에서 보이지 않게 주먹을 꽉 쥐었다. 은서는 그날 일을 떠올리며 복도에서처럼 울지는 않았지만, 표정 없는 얼굴은 조금

희게 질려 있었다.

"그래서 그걸 다 뒤집어쓰고 그냥 나왔어요?"

"퇴사하는 날, 서재하 찾아갔어요. 그때 살던 집 앞 골목에 CCTV가 있었거든요. 그래서 그날 서재하랑 과장님 사진 출력해서 회사 사람들 다 보는 데서 뿌렸어요. 뺨도 한 대 때렸고요. 그래서 알 만한 사람들은 다 알아요. 제가 누명 썼다는 거."

"그걸 거기서 뿌릴 게 아니라 감사 받을 때 증거로 내밀어서 차은서 씨가 한 게 아니라고 얘길 했어야죠."

"그 생각도 했었는데요. 서재하 찾아가기 전에 진서현 씨 찾아갔었거든요. 근데 그게 그 여자가 시킨 일이더라고요."

"……둘이 과거에 연인 사이였다는 거 알고 시킨 일이에요?"

"네."

원우의 미간이 확 좁혀졌다. 이거야 원. 재능 있는 디자이너 하나 밀어내려고 모두 한통속이 되어 궁지로 몰았다는 게 아닌가.

"그래서 증거로 제출 안 했어요. 나인 대표님 딸이 꾸민 짓인데, 제가 어떻게 이겨요? 어차피 쫓겨날 건 똑같으니까 한 방 먹여 주기라도 하자 싶어서 일부러 직원들 있는 데서 사진 뿌렸어요. 그거 말고는 할 수 있는 게 없더라고요."

"퇴사할 때 동종 업계 이직 금지 조항 있었어요?"

"회사에서 입은 손실이 컸어요. 통장에 입금됐던 그 알 수 없는 돈으로 전부 배상을 하고도 모자라더라고요. 그래서 퇴사할 때 각서 하나 쓰고 나왔어요. 3년간 동종 업계에서 일하지 않겠다는 거요. 뭐, 불명예 퇴사하면 동종 업계로 이직 금지인 건 원래 있었던 조항인데, 그쪽에서는 더 확실히 하고 싶었나 봐요."

"그래서 3년간 디자이너 일도 못 하고 판매원 일을 했다?"

"네."

뭐 이런 개 같은 경우가 다 있어.

원우가 저도 모르게 자리에서 벌떡 일어나자, 담담히 이야기를 하던 은서는 흠칫 놀랐다.

성큼성큼 걸어가 냉수를 들이켠 그는, 화를 억누르느라 홀로 부엌을 서성이며 걸었다. 차은서가 당한 일인데 어쩐지 자신이 더 열 받았다.

'차은서가 무슨 힘이 있다고 그렇게까지 몰아세운 거야, 대체.'

디자인을 보여 달라고 했을 때 정식으로 회사에 제출하는 건 괜찮지만 집에서는 보여 주지 못하겠다던 차은서의 모습이 떠올랐다.

상사와의 스캔들에 치를 떨던 것도, 소문에 유난히 민감한 것도, 모두 그 때문이었던 거다.

거기까지 생각이 미치자 부엌을 서성이던 원우의 발걸음이 우뚝 멈췄다. 허공에서 두 개의 시선이 만났다. 원우는 머릿속에 떠오른 말을 망설이지 않고 입 밖으로 내뱉었다.

"미안해요."

"네?"

"구두 들고 회사 들쑤신 거. 내가 원래 나 하고 싶은 대로 하고 사는 성격이라 그래요. 하고 싶은 말은 그 자리에서, 하고 싶은 일도 그때그때 바로 하면서 그렇게 살아왔어요. 해 보지도 않고 뒤늦게 후회하는 건 질색이라서요."

그날 일에 대해 사과를 받으리라고는 꿈에도 생각 못 했었다. 은서가 힘없이 웃었다.

"자기가 하고 싶다고 하고 싶은 일 다 하는 사람들은 부족한 게 없어서 그래요. 다 가져서 하나쯤은 잃어도 되니까."

"누가 그래요? 나도 있어요, 부족한 거."

부족한 거라니. 은서가 저도 모르게 시선을 아래로 내렸다. 원우도 함께 그 시선을 따라 고개를 아래로 내렸다.

"대표님 안 작아요. 그거 농담이었는데 신경 쓰고 계셨어요?"

"그거 말고요."

원우가 이를 악물고 한 자, 한 자 강조해서 말했다. 작긴 누가 작다고. 덧붙이는 목소리는 작지만 은서의 귀에 확연하게 들려왔다.

"그럼 대표님한테 부족한 게 뭐가 있어요?"

차마 성격이라고는 말할 수 없어 은서가 모르는 척 물었다.

"한 번 몽땅 잃은 적이 있어요. 처음부터 없었던 건 아닌데, 손에 쥐어 줬다가 뺏어 가니까 어쩔 줄을 모르겠더라고요. 그러니까 적어도 나한테 세상은 공평해요. 아니, 사실 불공평하지. 노력해도 얻을 수 없는 걸 뺏어 갔으니까."

알 수 없는 말을 늘어놓은 원우가 성큼 걸음을 옮겼다.

다시 식탁 앞으로 다가선 그는 식탁 위를 손으로 짚은 채 그녀를 향해 허리를 숙였다. 속삭이듯 건네는 목소리가 꽤 다정했다.

"차은서 씨도 재능은 가졌잖아요. 그러니까 지금처럼만 열심히 한다면, 나인에서 어쩔 수 없을 만큼 내가 그 재능 크게 키워 줄게요."

은서는 이제 정말 괜찮아진 것 같았다. 더는 얼굴에 드리워진 그늘도 없었다.

두 눈을 동그랗게 뜨고 놀란 듯 바라보다 이내 가볍게 웃음을 터뜨리는 모습에 원우의 마음도 한결 가벼워졌다.

"듣고 싶은 말도 다 들었고, 시간도 늦었으니까 이만 가 볼게요. 오늘 피곤했을 텐데 푹 쉬어요."

식탁 의자에 걸어 두었던 겉옷을 챙겨 들고 돌아선 원우는 곧장 현관으로 향했다. 배웅하려는 은서에게 그럴 필요 없다고 짧게 말한 뒤 현관을 나서려던 그가 잠시 멈춰 섰다.

"아."

반쯤 열렸던 현관문이 다시 닫혔다. 뭐 할 말이라도 남은 건가 싶어 은서는 원우의 뒷모습을 물끄러미 바라보고 있었다.

"구두, 잘 어울려요."

돌아선 그가 스치듯 웃었다. 아주 짧은 시간이었다.

"갈게요."

멍하니 서 있는 은서를 뒤로하고 원우는 그녀의 집을 빠져나왔다.

집에 도착해 못다 한 일을 마저 마무리하고 샤워를 한 원우는 옷 안에 넣어 두었던 휴대전화를 뒤늦게 꺼내 들었다. 알람을 맞추려다 문자 메시지가 도착해 있는 것을 보고는 곧장 수신함으로 들어갔다.

〈오늘 일은 정말 고마웠습니다. 감사합니다, 대표님.〉

은서에게 문자가 와 있었다.

'전화도, 문자도 절대로 먼저 하지 않을 것 같았는데.'

문자는 별다를 것 없는 내용을 담고 있었다. 예의상 했을지도 모르는 간결한 인사.

하지만 차은서에게 처음 받아 본 문자였다. 이 짧은 문자를 보내는데도 그녀는 몇 번이나 망설였을 것이 분명했다.

원우는 머리카락도 말리지 않은 채 침대에 걸터앉아 한참이나 그 문자를 내려다보고 있었다.

모두가 잠든 늦은 시간. 고요한 침묵 속에서 원우는 차은서에 대해 떠올렸다.

소리 없이 눈물 흘리던 모습, 화를 눌러 참던 모습, 자신의 옷을 덮은 채 잠이 들었던 모습, 선물한 베이지색 프렌치힐을 신었던 모습, 함께 먹을 식사를 준비하던 모습, 마지막으로 가볍게 웃음을 터뜨리던 모습까지.

오늘 하루 지켜본 차은서의 모습을 하나하나 다시 떠올린 원우는 어쩐지 조금 심각해진 얼굴로 침대 위에 풀썩 누워 버렸다. 손에 들고 있던 휴대전화는 그대로 가슴 위에 내려놓은 상태였다.

"차은서."

작게 불러 본 이름 하나에, 묘하게 가슴 한구석이 간질거렸다.

chapter 5
온기를 나누고, 시선을 맞추고, 마음을 전하고

원우는 심각한 표정으로 바둑판을 내려다보고 있었다. 문제는 지금 그가 고민하는 것이, 손에 들린 흑돌을 어디에 둘지와는 전혀 관계가 없다는 점이었다.

바둑판을 내려다봤다가, 손에 들린 흑돌을 응시했다가, 다시금 원우의 얼굴을 마주한 정환이 기다리다 지쳐 불평스런 목소리를 냈다.

"바둑 두는 사람 어디 갔냐?"

그제야 상념에서 깨어나 시선을 힐끗 들어 올린 원우가 한숨을 내쉬었다.

손을 움직이기에 드디어 바둑알을 내려놓나 싶었지만 원우는 바둑판 위에 놓여 있는 흑돌과 백돌을 지체 없이 흐트리고는 한쪽에 쓸어 담았다.

"그만하자. 괜히 머리만 더 어지럽네."

"야! 너 내가 이길 것 같으니까 수 쓴 거지?"

벌떡 일어선 정환이 소리쳤지만 이미 바둑알은 제 위치를 잃고 뒤섞인 후였다.

자리에서 일어선 원우는 책상 앞에 앉아 컴퓨터의 전원을 켰다. 휴일이었지만 차라리 일이나 하자 싶었다.

"사업 외의 모든 것에 페어플레이를 모르는 놈."

분개한 정환은 뒤섞인 바둑알을 정리하면서 혼잣말로 투덜거렸다.

"겨울 신상품 라인은 어떻게 되어 가고 있어?"

"또 일 얘기냐? 안 그래도 이번 달 디자인, 겨울 상품 기준으로 제출하라고 할 거야."

정환은 또 일 얘기를 하느냐며 투덜거렸지만, 모니터 화면을 응시하고 있는 원우의 머릿속에는 일이 아닌 차은서에 대한 생각이 들어차 있었다. 바둑이라도 두면 좀 나아질까 해서 일부러 정환을 불렀지만 소용없었다.

계속 이런 식이었다. 뭔가를 하다가도 생각의 끝은 문득 차은서에게 닿아 있었다.

툭, 툭, 툭. 책상 위를 손가락으로 두드리는 소리가 일정하게 들려왔다.

처음에는 책임 의식으로, 또 오기로, 또 생각보다 마음에 드는 차은서에 대한 관심으로, 그리고 지금 이 상황까지.

원우는 감이 좋았다. 처음 파란 구두를 돌려주러 갔을 때,

매듭을 지었어야 했는지 모른다. 이건 위험했다. 디자이너를 아끼긴 해도 연애 감정이 든 적은 없었는데.

"윤정환."

"왜?"

"너, 예전에 동명제화 근무할 때 다른 팀 디자이너랑 사귄 적 있었지?"

"갑자기 그 얘길 왜 꺼내?"

"어땠어?"

"뭐가?"

"사귀다 헤어졌을 때. 같은 직장에 다니기는 좀 그런가?"

"뭘 그런 것까지 신경 써? 다 큰 성인인데 사귀다 헤어질 수도 있는 거고 각자 알아서 살면 되는 거지."

"그렇지?"

"그래. 팀 내 직속 상사나 대표만 아니면 되는 거지."

의미 없이 마우스를 움직이던 원우의 손이 멈췄다. 살짝 미간을 좁힌 원우가 바둑알을 정리하고 자리에서 일어선 정환을 향해 쏘아 대듯 물었다.

"직속 상사랑 대표는 왜?"

"몰라서 물어? 야, 사실 같은 평사원 입장이거나 아예 다른 팀이면 몰라도 상대가 같은 팀 직속 상사이거나 너처럼 회사 대표면 좀 그렇지. 그건 불편함이 도를 넘어서지 않겠냐. 특히 대표는 회사 내 최고 갑인데. 강자 입장에서는 그게 뭐 어때서, 할지 몰라도 약자 입장에서는 안 그렇지. 결국은 울며 겨자 먹기로 다른 곳 알아보고 말지, 어디 불편해서 다니겠냐?"

원우는 정환의 말에 딱히 반박을 하지 못했다.

이원우는 솔직했고, 하고 싶은 일이 있으면 해야 했고, 하고 싶은 말이 있다면 그 자리에서 해야 하는 성격이었다. 하지만 지금 그는 조심스레 상황을 가늠했다.

끌리는 것도, 차은서에게 마음이 가는 것도 인정할 수 있었다.

하지만 지금 이 순간을 기점으로 이성으로서 끌리는 차은서와 에일린 디자이너 차은서를 두고 저울질을 하자면 당연히 재능 있는 디자이너 쪽의 차은서가 더 우세했다.

"대표님, 저 디자이너 일 계속하고 싶어요. 3년이나 못 했는데."

어쩐지 금방이라도 울 것 같은 우울한 얼굴로 그리 말하던 차은서의 모습이 떠올랐다.

저울의 추는 아직 한쪽으로 기울어져 있었다. 하지만 시간이 좀 더 흐르면 결과는 분명 달라질 것이다. 지금도 원우는 기울어진 쪽이 아닌 다른 쪽에 무게를 두고 싶어졌으니까 말이다.

✳   ✳   ✳

휴대전화를 가만히 내려다보는 은서의 얼굴이, 살벌하다 못해 금방이라도 누구 하나 때려잡을 기세였다.

에일린 건물로 들어서는 회전문을 눈앞에 두고, 못 박힌 듯 그 자리에 한참이나 서 있던 은서는 욱한 감정을 다스리려는 듯 심호흡을 짧게 하고는 후, 하고 위로 바람을 불었다.

이마를 가린 앞머리가 살짝 위로 흩날렸다가 다시 제자리를 찾았다.

조금은 화를 누그러트린 것 같았지만 그래도 살벌함에 가까운 시선으로 은서는 다시 한 번 휴대전화를 내려다봤다.

〈내 전화 피하지만 말고 시간 좀 내. 얘기하고 싶다니까.〉

서재하의 문자였다. 패션쇼가 있던 토요일 늦은 밤부터 다음 날인 일요일까지, 몇 차례 전화가 왔었지만 받지 않자 이번에는 문자 공격이라도 하려는 모양이었다. 이게 벌써 열다섯 번째 문자였다.

'진짜 신고라도 해야 하나. 아님 번호를 또 바꿔야 하나.'

번호를 바꾸기에는 무리가 있었다. 이미 명함을 판 상태고 회사를 다니고 있는 시점에서 번호를 바꾸는 것은 여러모로 불편했다.

잠시 고민하던 은서는 아예 서재하의 번호를 차단하자 싶어 스팸 등록을 해 놓은 뒤에야 회전문을 통과해 에일린 건물에 들어섰다.

평소보다 일찍 출근을 해서인지 사무실에는 아직 빈자리가 많았다. 컴퓨터의 전원을 켠 은서는 커피부터 한 잔 마시고 일을 시작할까 싶어 다시 복도로 나섰다.

자판기에서 커피를 뽑아 다시 자리로 돌아오자마자 휴대전화가 울렸다. 문자 메시지 도착 알림 음에 은서는 설핏 미간을 좁히고 말았다.

서재하가 전화는 물론, 열다섯 통의 문자로 괴롭히다 보니 스팸 등록을 해 놨음에도 반사적으로 나온 반응이었다.

"⋯⋯에일린 꼭대기."

저도 모르게 저장해 놓은 이름을 작게 중얼거린 은서는 혹여 누군가 들었을까 싶어 주변을 확인했다.

다들 제 할 일에 집중하고 있는 것을 확인한 뒤 파티션 아래로 몸을 낮추며 이원우에게 도착한 문자를 다시 내려다봤다.

〈차은서 책상, 세 번째 서랍.〉

뜬금없는 문자였다. 제대로 된 설명 없는, 앞뒤 잘라 먹은 내용이었지만 은서는 원우의 말을 충분히 알아들었다. 세 번째 서랍을 열어 보라는 거다.

의자를 뒤로 살짝 빼고는 책상의 서랍장을 내려다봤다. 첫 번째 서랍과 두 번째 서랍은 잠가 두었지만 아무것도 넣어 두지 않은 세 번째 서랍은 잠가 두지 않은 상태였다.

'이걸 열어 봐도 되는 걸까.'

망설임은 길지 않았다. 은서는 곧 손을 뻗어 서랍 문을 당겼다. 안에는 예쁘게 포장된 작은 상자 하나가 놓여 있었다.

은서는 곧 그것이 수제 초콜릿을 담은 상자라는 것을 알아챘고 그사이, 휴대전화에서 또 한 번 메시지 도착 알림 음이 울렸다.

띠링—

〈저녁 식사 답례.〉

새로 도착한 문자를 내려다보며 은서는 고개를 살짝 기울였다. 자신도 꽤 이른 시간에 출근을 했는데 이원우는 대체 몇 시에 이걸 놓고 간 걸까.

사실 그날 도움을 받은 것은 은서였고, 저녁 식사는 그 답례라고 생각해도 좋았다. 하지만 원우는 되레 저녁 식사에 대한 답례라며 선물을 건네었다.

그녀는 잠시 고민했다. 지난번처럼 구두 같은 비싼 물건을 선물로 받았다면 당장에 거절했겠지만 이번엔 부담되지 않는 작은 초콜릿이었다.

거절하는 것도 우스운 것 같아 잘 먹겠다고 답장을 쓰려는 순간이었다.

띠링—

〈거절 금지.〉

띠링—

〈반품 금지.〉

연달아 온 문자에 은서는 저도 모르게 픽 웃고 말았다. 그는 초콜릿 선물을 거절하리라 생각한 모양이었다. 그래도 그렇지, 뭘 이리 강조해서 거절하지 말라고 얘기하는 건지.

은서는 곧 서랍에 다시 상자를 넣고, 백 안에 반듯하게 접어서 넣어 둔 손수건을 꺼내 들었다. 이원우의 손수건이었다.

깨끗하게 세탁을 해서 다시 가지고 왔지만 아무래도 회사에서는 돌려주기가 힘들 것 같았다.

'그럼 이걸 어쩐다.'

은서는 잠시 고민하다 손수건을 내려놓고 휴대전화를 다시 손에 들었다. 퇴근 전에 잠깐 주차장에서라도 보자는 문자를 보내려 했다.

이원우의 번호를 찾아 문자를 입력하려는데 파티션에 누군가 턱 기대는 소리가 들려왔다.

"은서 씨."

갑작스런 부름에 화들짝 놀라며 은서가 자리에서 벌떡 일어섰다.

휴대전화를 거의 던지듯 내려놓는 바람에 책상 위에 놓아

둔 종이컵과 충돌을 했고, 균형을 잃은 컵은 어찌할 새도 없
이 그대로 엎어져 버렸다.

은서는 소리 없는 비명을 질렀다.

반도 마시지 못한 커피가 책상 위로 흘렀다. 파티션에 기대
어 은서의 이름을 부른 정환이 더 놀란 얼굴로 티슈를 몇 개
뽑아 급하게 책상을 닦았다.

"미안해요, 내가 놀라게 했어요?"

"아니요, 제 실수예요. 제가 조심성이 없었어요."

은서 역시 티슈를 뽑아 남은 커피를 닦아 냈다.

중요한 물건이 놓여 있던 것도 아니었고 끝부분이 조금 젖
은 서류도 재출력하면 그만이었지만, 문제는 이원우의 손수
건이었다.

깨끗하던 손수건은 지금 절반 가까이 커피로 물이 들어 있
는 상태였다.

"뭐 중요한 서류는 없었어요?"

"새로 출력하면 되는 것들이라 괜찮습니다."

은서는 속상한 감정을 감추며 젖은 손수건을 일단 보이지
않는 곳으로 치워 냈다.

서류를 정리하면서도 머릿속에는 온통 커피로 물든 이원우
의 손수건에 대한 생각뿐이었다. 저 상태로는 도저히 돌려줄
수가 없었다.

책상 위를 대충 정리한 은서는 마지막으로 빈 종이컵을 작
은 휴지통에 밀어 넣었다. 손을 탁탁 털어 내며 굽혔던 허리

를 편 뒤 놀란 감정을 추스르고 뒤늦게 정환을 마주했다.

"뭐 지시하실 일 있으세요?"

"네?"

"하실 말씀 있으셨던 거 아니세요?"

"아, 그렇지. 다른 게 아니라 은서 씨 발 사이즈가 어떻게 돼요? 이백삼십? 그 정도 될 거 같은데."

"네, 맞아요."

"그럼 이거 착화 좀 해 볼래요? 우리 팀에 사이즈 맞는 사람이 없네."

"구두요?"

"드라마 협찬 들어가게 될 구두인데, 배우 이해린 알죠? 이번에 나오는 드라마에 신고 나올 거예요."

정환이 구두 하나를 앞으로 내밀었다. 은서는 고개를 끄덕이고는 정환이 내민 구두를 신었다.

실버 색상의 시스루 구두였다. 앞코와 발등을 덮는 부분은 시스루 망사 소재였고 바디는 튼튼한 소가죽으로 제작이 되었다.

시스루 망사 부분에는 반짝거리는 작은 큐빅이 촘촘하게 박혀 있었다.

"어때요?"

"생각보다 착화감도 좋고. 시스루라 확실히 보는 것보다 신는 게 더 예쁘네요."

"단점은?"

"음, 아무래도 관리가 불편하겠죠. 큐빅이 상당히 많이 장식되어 있는데 잘못하면 떨어지겠는데요."

"발등에 닿는 부분은요? 까칠한 느낌은 안 들어요?"

"시스루 망사요? 괜찮아요. 생각보다 부들부들한데요? 이거 상품으로 출시해요?"

"그럼요. 그러니까 이해린한테 신게 하는 거죠. 그만 됐어요. 고마워요, 은서 씨."

"네."

정환이 구두를 손에 들고 자신의 자리로 돌아가자마자 은서는 눈치를 보다 젖은 손수건을 꺼내 화장실로 달려갔다. 열심히 빨아 봤지만 얼룩은 지워지지 않았다.

"아무래도 하나 사야겠다."

은서는 시간을 확인했다. 어차피 오늘은 최근 트렌드도 알아볼 겸, 오후에 시장 조사를 나가려 했었다.

에일린에서는 디자이너에게 시장 조사 명목으로 한 달에 총 열다섯 시간의 별도 외근 시간을 주고 있었다.

되돌릴 수 없는 일이니 새로 하나 사자며 스스로를 다독이고는 자리로 돌아가 업무에 집중했다.

은서는 오전에 있던 팀 회의를 마치고 오후에 전년도 겨울 구두 트렌드 조사서와 올해 리서치 자료를 확인했다.

오전에 있던 팀 회의에서, 이번 달 디자인은 겨울 상품에 초점을 맞춰 제출하라는 이야기가 나왔기 때문이었다.

콘셉트 노트에 정리한 사항들을 일차적으로 메모해 두고,

은서는 세 시가 다 되어서야 회사를 나섰다.

백화점 두 곳을 돌고, 구두 매장 몇 곳도 함께 돌아봤다. 카페에 앉아 길거리에 오고 가는 사람들이 최근 어떤 구두를 신고, 어떤 스타일을 선호하는지도 꼼꼼하게 체크하며 메모를 했다.

"차 없으니까 불편하네. 이번 기회에 면허 따 둘까."

시장 조사를 할 때마다 이런 식으로 버스와 지하철을 타고 움직이는 것은 조금 불편할 것 같았다.

앞으로는 업체에 갈 일도 더 많아질 테니 진지하게 고민해 봐야겠다 생각하며 은서는 걸음을 서둘렀다.

이원우의 손수건을 사고 회사로 돌아가면 퇴근 시간과 얼추 맞아떨어질 것 같았다.

지하철에서 내려 계단을 오르던 은서가 백 안에서 느껴지는 진동과 벨소리에 휴대전화를 꺼내 들었다. 모르는 번호가 떠 있었다.

그녀는 마지막 계단을 밟아 역을 벗어나는 것과 동시에 전화를 받았다.

"여보세요."

―차은서, 너 진짜 이럴래?

갑작스런 비난의 목소리에 걸음이 우뚝 멈췄다. 인도 한가운데에 멈춰 선 은서는 굳어진 얼굴로 귀에서 떼어 낸 휴대전화를 내려다봤다.

상대방이 소개도 안 했는데 목소리만으로 누구인지 알아챘다. 서재하였다.

하지만 액정에 뜬 전화번호는 스팸 번호로 등록한 그의 번호가 아닌, 모르는 번호였다.

그녀는 눈동자를 굴리다 좌측 끝 편으로 걸음을 옮겼다. 아랫입술을 짓이기듯 깨물었다가 거칠게 머리카락을 쓸어 넘긴 은서가 화를 눌러 참으며 다시 휴대전화를 귀에 가져다 댔다.

"서재하, 이건 또 누구 번호야?"

—네가 내 번호 보고 피하는 거 같아서 잠깐 빌렸어. 나 지금 마침 에일린 근처에 있는 백화점에 들렀는데, 퇴근 후에 잠깐 만나자.

"만나긴 누굴 만나? 너 지금 진짜 웃기는 거 알지? 대체 왜 이렇게까지 하는 건데? 이럴수록 입장 곤란해지는 건 너도 마찬가지 아니야? 나 얼마 전에 한소희 디자이너 선생님 패션쇼 갔다가 진서현 이사 만났는데. 얘기 못 들었어?"

—들었어. 안 그래도 그 일로 얘기할 것도 있고. 이게 다 네가 에일린에 들어가서 그런 거잖아. 안 그랬음 서현이랑 다시 만날 일 없었을 거 아니야.

"뭐?"

—지금이라도 회사 옮겨. 내가 그쪽에는 잘 말해 둘…….

"서재하, 내가 무슨 죄 지었어? 내 마음대로 다니고 싶은 회사도 못 다니게? 그리고 네가 소개해 준 회사에 내가 들어갈 거 같아? 너 진짜 나한테 왜 이래?"

—너야말로 내가 소개해 준 회사에는 왜 안 들어가겠다는

거야? 너한테 미안해서 일부러 내가 직접 가서 돈까지 쓰며 자리 마련해 놓은 건데.

"뭐? 미안해서? 그래서 마음의 짐 조금이라도 덜어 보려고 나한테 네가 소개해 준 회사 들어가라는 거야?"

— 차은서.

"그렇게 부르지 마. 누가 들으면 아주 슬픈 사연 가지고 절절하게 헤어진 줄 알겠네."

— 너 왜 이렇게 날 매몰차게 대해? 우리가 몇 년을 만났는데. 나인에서 일은 이미 3년 전이고, 내가 이 정도 굽히고 들어가면 너도 못 이기는 척 받아 주면 되잖아. 네가 날 이런 식으로 무시해도 되는 거야?

은서는 이제 화를 낼 기력조차 없었다. 서재하의 뻔뻔한 말에 어처구니가 없어 그저 헛웃음이 터져 나왔다.

"그러게, 서재하. 우리가 몇 년을 만났는데 네가 내 뒤통수를 치는 걸로도 모자라서 내 인생에 이렇게 계속 구정물을 튀기니."

— 은서야.

"너희 집 잘살았던 거 알아. 갑자기 집안 기울어져서 힘들어했던 것도 알아. 그래서 동아줄 잡고 싶었고 진서현 잡은 것도 알겠어. 다 이해한다고 하면 거짓말인데, 그래도 나, 너 비난은 안 했잖아. 디자인 유출 건으로는 몰라도 적어도 나 버린 일 가지고는 너 비난 안 했어."

— ……그건 어쩔 수 없었어. 서현이가 너랑 나랑 연인이었

던 거 알았고, 그렇게 하지 않으면 이혼에다 너도 내쫓겠다고 하는데 둘 다 죽을 순 없잖아.

"그래. 그래서 네가 선택한 게 진서현이고 버린 게 나야. 그럼 그쪽에 충실해. 한 번 버렸으면 그만이지, 왜 자꾸 나한 테 미련 가져?"

—은서야, 내가 너 얼마나 좋아했는지 알잖아. 결혼은 우리 집 다시 일으켜 세우려면…….

"몰라, 그런 거."

은서는 딱 잘라 말했다.

"정신과 치료가 필요한 건 아무래도 네 와이프가 아니라 너 인 것 같은데, 치료라도 받아 보든가."

—뭐? 정신과 치료? 너 말 다 했어?

"왜? 내가 못 할 말 했어?"

—너, 내가 지금 예전이랑 같은 위치의 사람인 줄 알아? 네 가 뭔데 날 이렇게까지 무시해? 이게 옛정 생각해서 좋게 대 해 줬더니 보자 보자 하니까!

더는 하고 싶은 이야기도, 들어야 할 말도 없었다. 은서는 다시 한 번 전화를 하면 정말 신고할 거라는 말을 남기고 전 화를 끊으려 했다.

—……뭡니까, 당신.

당황한 서재하의 목소리가 들려왔다. 그 뒤로 연이어 다른 이의 목소리가 들려왔다. 수화기 너머에서 들려오는 두 남자 의 목소리에 은서는 걷는 속도를 늦추며 귀를 기울였다.

하나는 방금 전까지 지겹게도 들었던 서재하의 목소리였다. 그리고 또 하나는.

—그쪽이야말로 뭡니까. 외근까지 나와서 남의 애인한테 수작이나 걸고.

—뭐라고요?

—차은서 씨, 전화 끊어요.

분명, 이원우의 목소리였다. 은서의 걸음이 다시 한 번 못 박힌 듯 그 자리에 우뚝 멈췄다. 상황을 파악할 새도 없이 띠링, 짧은 알림 음이 귓가에 유독 크게 전해졌다.

은서는 통화가 끊어진 휴대전화를 허망한 얼굴로 내려다봤다. 전화를 끊은 것은 상대방이었다. 좌우로 빠르게 눈동자를 굴린 은서가 다시 전화를 걸었지만 상대방은 받지 않았다.

"나 지금 마침 에일린 근처에 있는 백화점에 들렀는데, 퇴근 후에 잠깐 만나자."

에일린 근처에 있는 백화점이라면 지금 가려던 백화점과 동일한 곳이었다. 서재하의 말을 기억해 낸 은서는 망설이지 않고 달렸다.

✽　　　✾　　　✽

가을 상품 기획으로 여섯 개의 브랜드가 참여하는 '머스트

해브(Must have) 아이템' 때문에 백화점의 에일린 매장을 찾은 원우는 디스플레이부터 시작해 진열 상품들까지 꼼꼼하게 확인했다.

이번 기획에 참여하는 다른 브랜드의 매장들도 한번 볼 겸 해서 백화점 안을 돌고 보니 어느덧 시간이 훌쩍 지나가 있었다. 그만 회사로 돌아가야겠다 싶어 걸음을 돌리려던 찰나였다.

'나인 본부장?'

익숙한 얼굴에 원우의 걸음이 멈췄다. 이번 기획에 참여하는 여섯 개의 브랜드 중에는 나인도 포함되어 있었고, 그 역시 같은 이유로 매장을 찾은 듯싶었다.

혼자 나온 원우와 달리 나인 측은 서재하를 비롯해 세 명의 인원이 매장 안에 들어서 있었다. 서재하의 얼굴을 집요하리만큼 뚫어지게 바라보던 원우는 픽 바람 빠진 웃음소리를 내고 말았다.

볼에 상처가 있었다. 여자 손톱에 긁힌 것 같은 상처였다.

'그러게 와이프한테나 잘할 것이지.'

한심하다는 얼굴로 쳐다보고 있는데 뒤쪽에 서 있던 서재하가 함께 온 남자에게 휴대전화를 건네받고는 어딘가로 빠르게 걸음을 옮기는 모습이 보였다.

딱히 인사를 나눌 사이도 아닌 것 같아 그대로 돌아설까 하다가, 지난번 진서현과 마주쳤던 일이 떠올라 생각을 고쳐먹고 서재하의 뒤를 따라갔다. 다신 차은서를 찾지 못하도록 확실하게 한 소리 해 두기 위해서였다.

'분명 이쪽으로 갔는데…….'

서재하는 인적이 드문 곳으로 향하고 있었다. 원우의 시선이 닿은 곳은 비상구였다.

문을 열고 비상구로 들어서자 매캐한 담배 냄새가 코끝을 스쳤다. 구두 관련 일을 하다 보니 가죽을 접해야 할 일이 많았고 원우는 자연스럽게 담배를 끊었다.

비흡연자인 그는 곧장 인상을 찌푸리며 주변을 둘러봤다. 아래층에서 누군가의 목소리가 들려왔다. 서재하인 것을 알아챘지만 통화를 하고 있는 것 같아 잠시 망설이던 그는 결국 돌아서기로 했다.

"은서야, 내가 너 얼마나 좋아했는지 알잖아. 결혼은 우리집 다시 일으켜 세우려면……."

익숙한 누군가의 이름이 들려오지 않았다면 그대로 비상구를 벗어났을 것이다.

그는 미간을 좁힌 채 방향을 틀어 다시 아래로 시선을 내렸다. 차은서와 통화를 하고 있는 모양이었다. 통화 내용을 듣고 있던 원우는 망설이지 않고 아래로 내려가 서재하의 어깨를 툭툭, 두드렸다.

"……뭡니까, 당신."

돌아본 서재하가 휴대전화를 귀에서 떼어 냈다. 당황한 기색이 고스란히 드러난 얼굴로, 아직 통화가 종료되지 않은 전화를 내려다보며 이원우의 눈치를 보고 있었다.

"그쪽이야말로 뭡니까. 외근까지 나와서 남의 애인한테 수작이나 걸고."

"뭐라고요?"

"차은서 씨, 전화 끊어요."

은서에게 들리게끔 큰 목소리로 말했지만 통화는 종료되지 않은 채 시간은 계속해서 흐르고 있었다. 원우는 결국 휴대전화를 빼앗아 통화 종료 버튼을 누르고는 그것을 서재하에게 내밀었다.

재하는 잠시 원우를 노려보긴 했지만, 어차피 원우가 있는 곳에서는 통화를 계속할 생각이 없었는지 잠자코 휴대전화를 건네받았다.

"안 좋은 취미가 있으시네요."

"그건 내가 해야 할 말 같은데요."

침묵이 흘렀다. 원우가 한 계단 아래로 내려가 재하와의 거리를 좁히려는 순간, 침묵을 깨고 또다시 휴대전화가 울렸다.

액정에 뜬 번호를 보지 않아도 누구에게 걸려 온 전화인지 알 수 있었다. 서재하의 표정만으로도 충분했다. 차은서일 것이다.

재하는 통화 버튼 대신 종료 버튼을 누르고 휴대전화를 주머니에 넣었다.

"차은서랑 정말 사귀는 사이십니까?"

"그럼 일개 사원 일에 이렇게 신경 쓰는 대표도 있습니까?"

"그야, 워낙에 디자이너를 아낀다고 이쪽에도 소문이 나 있어서……."

"아끼다 못해 집에도 찾아가고요?"

"……."

"그때 나 봤잖아요. 그쪽 대신 내가 물벼락도 맞아 줬는데."

다시 생각해 보니 아득 이가 갈렸다. 이런 자식 대신에 물벼락까지 맞아 줬다니. 주머니에 손을 꽂은 채 원우가 느릿하게 한 계단 아래로 내려섰다.

"미안하단 말도 안 하네. 뭐, 이제 와서 사과 들어도 기분 나쁠 것 같으니 대신 하나만 묻죠. 차은서한테 계속 이런 식으로 질척거리는 이유가 뭡니까?"

"은서와 저는 헤어지고 싶어서 헤어진 게 아닙니다."

애써 입가에 그려 낸 미소가 그 순간 원우의 얼굴에서 사라졌다.

"헤어지고 싶어서 헤어진 게 아니다?"

그는 재하의 답을 곱씹었다. 지금 서재하를 마주하는 원우의 얼굴은 싸늘하다 못해 경멸에 가까웠다.

"차은서 주변에는 뭐 이리 거치적거리는 쓰레기가 많은 건지."

"……뭐? 쓰레기?"

이런 식으로 대화를 나누는 시간조차 아깝다 여겨졌다. 그만큼 서재하는 이원우에게 가치가 없는 사람이었다.

평소라면 상대도 하지 않았겠지만 은서가 마음에 걸렸다.

원우는 머릿속에 떠오른 생각들 중 서재하에게 가장 잘 먹힐 만한 협박을 하나 골랐다.

"나인 대표님도 아십니까? 사위가 이런 쓰레기인 거?"

"무슨!"

"한 번만 더 차은서한테 질척거려 봐요."

원우가 살짝 고개를 숙이며 한껏 낮춘 목소리로 재하를 향해 경고했다.

"그쪽 장인어른 되시는 분 앞에 두고 재밌는 구경하게 해 줄 테니까."

사색이 된 서재하의 얼굴을 확인하고 난 뒤에야 원우는 걸음을 옮겼다. 매장은 이미 다 돌아본 뒤였고 회사로 돌아가려던 참이었다.

계단을 이용해 아래로 내려가려던 그의 걸음을 서재하가 다시 붙들었다.

"차은서에 대해 얼마나 압니까."

미간을 좁힌 원우가 다시 몸을 돌려 서재하를 올려다봤다. 또 무슨 얘기를 하려고 이러나. 조용히 이어질 말을 기다리던 원우는 이내 서재하가 꺼낸 이야기에 기가 차다는 얼굴을 했다.

"은서 고아입니다. 일가친척 하나 없어요."

"그래서요?"

"에일린 대표인 것으로도 모자라 동명제화 손주라니. 그런 분하고는 격차가 너무 크지 않습니까."

"격차라니. 검색하면 아직까지도 관련 기사가 몇 개는 뜰 텐데, 그건 확인 안 한 모양입니다. 따지자면 나도 고아입니다. 부모님은 어릴 때 돌아가셨으니까."

"대표님 입장과는 한참 다르죠."

"대체 뭐가 다르다는 겁니까. 그리고 동명제화는 내 조부님 회사지, 내 것이 아닙니다."

"은서는……."

"그만하죠. 그쪽 입으로 차은서 얘기 듣는 거 상당히 불쾌합니다. 들어도 내가 직접 들을 테니, 그만 떠들어요."

재하의 입이 꾹 다물어졌다. 분한 듯 노려보는 그의 얼굴에 독기가 올랐다. 원우는 미련 없이 발걸음을 돌렸고, 계단을 내려서며 은서에 대해 생각했다.

'나는 자기 취향이 아니라더니. 남자 보는 눈 형편없네, 차은서.'

한 층 더 아래로 내려가고 나서야 그는 휴대전화를 꺼내 들었다. 서재하의 전화에 또 잔뜩 화를 냈을 차은서의 모습이 눈에 선했다.

번호를 찾으려는데 때마침 휴대전화가 울리며 은서의 이름이 액정에 떴다. 서재하에게 전화하는 것을 포기하고 자신에게 건 모양이었다.

"웬일이에요? 나한테 먼저 전화를 다 해 주고."

—대표님, 지금 어디세요?

"나? 백화점이요."

─그러니까 백화점인 건 알겠는데, 정확히 어디 계시냐고요. 1층? 2층? 아니, 그것보다 왜 서재하랑 같이 있어요?

"같이 있고 싶어서 있었던 건 아니고, 가을 기획 때문에 매장 돌아보러 나왔다가 우연히 만났어요."

─저 지금 백화점 1층이에요. B관 1번 게이트 앞인데, 대표님은 어디 계세요?

"여기에 왔어요?"

원우는 지하로 내려가려던 걸음을 돌려 1층으로 나갔다. 얼마 지나지 않아 백화점 입구에 들어서 있는 은서의 모습을 발견했다.

그녀는 이리저리 주변을 둘러보다 빠르게 매장들을 지나쳐 달리면서 원우와의 거리를 점차 좁혀 오고 있었다. 아직은 원우를 발견하지 못한 상태였다.

벽에 기대어 선 원우는 물끄러미 은서의 모습을 바라보다가 뭔가를 발견하고는 잠시 놀란 얼굴을 했다. 손을 들어 올려 입가를 매만지다 미소를 그려 냈다.

"뛰지 마요."

은서의 모습이 가까워질수록 원우의 입가에 걸린 미소도 짙어졌다. 조금 전까지 불쾌하고 나빴던 기분은 온데간데없이 사라졌다.

그는 벽에 기대어 선 채로 은서와의 통화에 집중하며 그녀의 모습을 천천히 살폈다.

'회사에서는 안 신어 줄 것 같았는데.'

은서는 지금 베이지색 프렌치힐을 신고 있었다. 원우가 선물한 구두를 신고 출근을 한 모양이었다.

—대표님, 듣고 있어요? 지금 어디 계시냐고요.

"뛰지 말고 천천히 와요. 힐 신고 그렇게 뛰면 넘어져요."

이어진 말에 은서는 원우가 자신을 보고 있다는 것을 알아챘다. 속도를 늦추긴 했지만 그녀는 걸음을 멈추지 않았다. 조금 억울한 얼굴로 불평 어린 목소리를 냈다.

—어디서 보고 있어요? 대체 서재하는 왜 만난 거예요? 대표님 때문에 제가 요새 하루에도 몇 번이나 심장이 덜컹 내려앉는 거 알아요?

"나도 그래요."

—……네?

"아, 이거 별거 아닌 일인데 되게 기쁘네."

원우의 웃음소리가 들릴 듯 말 듯 그녀의 귓가에 전해졌다. 은서는 영문을 모르겠다는 얼굴을 하고는 계속해서 이원우를 찾았다.

—……대표님?

"큰일 났어요, 차은서 씨."

—왜요?

"어제도, 그리고 지금도, 난 여전히 디자이너 차은서가 더 중요하다고 생각은 하는데, 이제 어쩔 도리가 없네요."

저울질을 하고, 조금 더 중요한 것을 택하자면 그것은 당연히 디자이너 차은서 쪽이었다. 그럼에도 불구하고 원우의 마음은 다른 쪽에 더 쏠렸다.

"생각했던 것보다 더 많이……."

말끝을 흐린 원우가 벽에 기대고 있던 몸을 일으켜 세웠다. 은서는 그제야 정면에 서 있는 원우를 발견했고 그와 동시에 뛰어오던 걸음도 멈췄다.

원우는 휴대전화를 든 손을 천천히 아래로 내렸다. 통화는 끊어지지 않았지만 이건 직접 얘기해야 할 것 같았다. 휴대전화를 통해서가 아닌, 그녀의 얼굴을 마주한 채로 그는 담담하게 고백했다.

"내가 차은서 씨 좋아하게 된 모양이에요."

두 사람 사이의 거리는 이제 고작 다섯 걸음 정도밖에 되지 않았다. 그렇게도 찾았던 이원우가 눈앞에 있었지만 은서는 쉽사리 그 거리를 좁히지 못하고 되레 뒤로 한 걸음 물러섰다.

'누가, 누구를, 뭘 한다고?'

은서는 지금 자신이 왜 여길 왔는지, 이원우를 왜 그리 애타게 찾았는지에 대해서는 까맣게 잊어버렸다. 그저 지금 무슨 말을 들은 건가 싶어 커다란 눈동자를 이리 굴렸다 저리 굴렸다 하다 다시 이원우의 얼굴을 마주했다.

전혀 웃고 싶은 기분이 아님에도 그녀는 애써 웃으며, 화제를 전환하는 것으로 몇 초 전의 상황을 없던 일로 만들려 했다.

"대표님은 오늘도 정장이 멋지게 잘 어울리시네요."

"말 돌리지 말고."

당연하게도 없던 일은 되지 않았고, 입가에 남아 있던 미소도 그대로 사라져 버렸다.

은서가 잠시 망설이고 있는 사이, 통화 종료 버튼을 누르고 휴대전화를 주머니에 넣은 이원우가 거리를 좁혀 지척에 섰다.

"멀어서 안 들렸어요? 내가 차은서 씨 좋아한다고요."

"농담이시죠?"

"그럴 리가."

"……진심이라고요?"

이원우가 아주 당연하다는 듯이 고개를 한 번 끄덕였다. 은서는 어쩐지 조금 창백해진 얼굴로 헛웃음을 터뜨렸다.

"말이 안 되잖아요."

"왜 말이 안 된다고 생각해요?"

"대체, 어떻게, 어느 부분에서, 대표님이 절 좋아하게 됐다는 거예요?"

"난 차은서 씨가 자기 일에 대해 프라이드 높은 것도, 재능이 있으면서 더 노력하는 것도, 소신을 굽히지 않는 것도, 순수하리만큼 곧은 것도, 다 좋아요."

"지난번에 책임지라는 말씀, 그거 진심 아니었잖아요. 그냥 대표님 고생시킨 거, 그거 때문에 화나셔서 하신 말씀이라는 거 알아요. 저도 그 정도는 구분할 줄 안다고요."

"맞아요. 그건 반쯤 농담이었는데, 지금은 정말 진심이에요."

"대표님."

"차은서 씨도 내 고백이 진심인 거 아니까 지금 이렇게 반응하는 거잖아요."

은서가 손을 들어 얼굴을 한 번 쓸어내렸다. 자신을 책임지라고 했던 이원우의 말은 반쯤 농담이라는 것을 알고 있었다.

하지만 지금은 달랐다. 고백을 하는 순간, 이원우의 표정이 정말 따스했기 때문이었다. 마치 처음 보는 것 같은 얼굴을 하고 있었다.

"일단 자리 좀 옮기고 얘기해요."

넓은 백화점 안에서 아는 사람을 만날 확률이 얼마나 되겠나 싶으면서도, 은서는 혹시 몰라 잠시 주변을 둘러보고는 한껏 목소리를 낮춰 말했다.

원우도 이곳에 서서 계속 대화를 이어 나갈 생각은 없던 건지 먼저 앞장서서 걸음을 옮겼다. 두 사람은 백화점 내에 있는 카페로 향했다.

아이스 아메리카노를 눈앞에 둔 채 은서는 잠시 혼자만의 생각에 잠겼다.

"뭘 그렇게 혼자 생각해요?"

"대표님이 한 말이 어디까지가 진심인지 가늠하고 있어요."

"뭘 가늠까지 해요? 아까 말했잖아요. 전부 진심이라니까."

"대표님은 고백도 참 간담 서늘하게 하시네요."

"간담이 서늘하다니. 내 고백이 무서워요?"

"그럼요. 갑과 을의 입장에서 이런 고백은 협박처럼 들려요."

"협박?"

"이게 나랑 사귈래, 아님 회사 나갈래와 뭐가 다른 건지 모르겠습니다."

은서가 무얼 생각하고 무얼 걱정하고 있는지 그도 알고 있었다. 원우는 커피를 한 모금 마시고 깍지 낀 손을 테이블 위에 올리며 몸을 살짝 낮췄다. 덕분에 마주 앉은 은서와의 거리가 확 좁아졌다.

"차은서 씨 입에서 어떤 대답이 나오든 일과는 아무 관계없어요. 내 개인적인 문제지, 회사와는 아무런 관련 없습니다."

"제 입에서 어떤 대답이 나와도요?"

"물론."

은서가 원우의 얼굴을 물끄러미 바라봤다.

거짓은 아닐 것이다. 그간 지켜본 이원우는 일에 개인적인 감정을 섞지 않을 사람이었다. 누구보다도 회사를 생각하고 아끼는 사람이니, 고백을 거절한다 해도 쫓아내지는 않을 것이 분명했다.

생각이 거기까지 미치자 은서의 고민도 끝이 났다.

"그럼 솔직하게 대답할게요. 전 대표님과의 연애는 한 번도 생각해 본 적이 없습니다."

"알고 있어요. 설마 모르고 말했을까."

"그럼 왜……."

"여태껏 한 번도 그런 생각 안 했으니, 이제부터라도 좀 생각해 봐요."

"대표님."

"나도 신입 사원과, 그것도 에일린에 다니는 디자이너와의 연애를 생각해 본 적은 여태껏 단 한 번도 없어요. 사람 감정이라는 게 내 마음대로 안 된다는 게 문제지. 그리고 차은서 씨가 내 고백에 한 번에 오케이 할 거라고는 기대도 안 했어요. 당연히 차일 거 생각하고 한 고백입니다. 차은서 바리케이트가 어디 보통 바리케이트인가."

"그걸 아셨으면 이 얘기는 다신 꺼내지 않는 걸로……."

"그건 곤란하죠. 나도 한 집념 하는 사람인데."

왜 모르겠는가. 이원우가 구두를 들고 에일린을 들쑤셨던 기억이 그녀의 머릿속에 여전히 고스란히 남아 있었다.

"왜 이리 야박하게 굴어요? 우리가 보통 사이예요?"

"우리가 어떤 사이인데요?"

"처음 만난 날 만리장성을 쌓은 사이잖아요."

"그 만리장성을 어떻게 쌓았는지는 둘 다 기억에 없고요."

지지 않고 또박또박 대답을 하는 모습에 역시 차은서라는 생각이 들어 원우는 작게 웃음을 흘렸다.

폭탄을 던져 놓고 혼자만 즐거운 이원우의 모습에, 그녀는 속이 타들어 가는 모양이었다. 테이블 위에 놓여 있는 커피는 어느새 반 이상 비워져 있었다.

"차은서 씨는 내가 그렇게 싫어요?"

"말씀드렸잖아요. 싫은 게 아니라 전 연애도, 결혼도 생각 없어요."

"서재하 그놈 때문에?"

"대표님."

"누구 좋으라고 차은서 씨가 그렇게 살아요? 더 보란 듯이 좋은 남자 만나야지."

"서재하 일 배제하더라도, 대표님은 안 됩니다. 저랑 연애 하면 안 되는 사람 1순위가 서재하라면, 2순위는 대표님이에 요."

"왜요?"

"대표님 위치랑 제 위치를 좀 생각해 보세요. 한 회사의 대 표랑 신입 사원이라니. 말이 된다고 생각하세요?"

"내가 안 그래도 그것 때문에 고민을 좀 했거든요."

"조금이 아니라 많이 하셨어야죠. 이건 굉장히 중요한 문제 라고요."

"나 원래 하고 싶은 일, 하고 싶은 말, 그 자리에서 하는 성 격이라고 말했잖아요. 그런데 그런 내가 고민을 했다니까요."

"얼마나 고민했는데요?"

"……이틀 정도?"

은서가 저도 모르게 자리에서 벌떡 일어섰다.

'이틀? 너 지금 이틀이라고 했어?'

경악 어린 은서의 표정과는 다르게 태연한 얼굴로 그녀를 올려다보던 원우가 눈짓으로 의자를 가리켰다.

"앉아요."

"더 하세요. 고작 이틀이라니. 잠자고, 일하고, 밥 먹는 시간 빼면 대체 고민을 얼마나 했다는 거예요?"

"충분해요. 더 고민한다고 해도 결과가 달라지지 않을 거 아니까 입 밖으로 낸 겁니다."

"……."

"서서 얘기할 거예요? 우리 얘기 아직 안 끝났잖아요."

다시 자리에 앉은 은서는 손으로 부채질을 하는 것으로 모자라 차가운 커피를 단숨에 마셔 버렸다. 더는 마실 것도 없는 잔을 손에 들고 아그작, 얼음까지 씹어 먹었다.

그러다 아랫입술을 꾹 깨무는 모습이 심통 가득한 어린아이 같기도 했다. 원우는 그런 은서의 모습을 하나하나 새기듯 바라보고 있었다.

"사내에서 일로 마주할 때는 개인적인 감정 배제하고 대할게요. 일에 영향 주지 않도록 할 겁니다."

"그게 대표님 마음대로 되는 일이에요?"

"내 감정으로 차은서 씨가 디자이너 일을 하는 것에 어려움이 가지 않도록 할 거예요. 차은서 씨가 제일 신경 쓰는 부분이 아무래도 소문일 것 같은데, 걱정하는 일은 일어나지 않을 겁니다. 불이익 당하는 일도 없을 거예요. 조심할게요."

"아니, 대체 왜 그렇게까지 하세요?"

"아까 뭐 들었어요? 좋다니까요."

"대표님만 좋다고 하면, 대표님 좋아할 여자들 많아요. 잘

생기고 배경도 좋잖아요."

"근데 그걸 다 알면서, 차은서 씨는 내가 왜 싫어요?"

은서가 잠시 멈칫했다. 그리고 힘없이 웃어 버렸다. 한숨에
가까운 웃음이었다.

"전 잘생긴 남자가 얼마나 얼굴값 하는지도 한 번 겪었고,
배경은 스스로 쌓은 게 아니라면 제 것이 아니라고 생각해
요."

"그래서 좋아요."

"······네?"

"그래서 좋다니까, 차은서가."

시선을 살짝 아래로 내린 채 투명한 컵의 테두리를 따라 느
릿하게 손을 움직이던 그가 다시 시선을 들었다.

어찌할 새도 없이 눈이 마주쳤다. 조금 전까지 웃고 있던
모습이 거짓이라 생각될 정도로 그는 지금 진지한 얼굴을 하
고 있었다.

그 때문일까. 처음에는 당황스럽기만 했던 그의 고백이 그
제야 진심으로 와 닿았다. 볼에 열이 오르는 것 같아 손으로
슬쩍 얼굴을 매만지며 시선을 피한 은서가 괜한 헛기침을 했
다.

"차은서 씨."

자신을 부르는 목소리에 은서는 할 수 없이 다시 고개를 돌
려 그의 눈을 마주했다.

"내 고백이 반갑지 않을 거라는 거 알아요. 그걸 알면서도

나는 지금 차은서 씨가 좋다고 말하고 있는 거예요. 내가 억지로 사귀자고 하는 것도 아니고, 날 좋아해 달라고 말한 것도 아니잖아요. 그냥 차은서 씨 좋다고 한 건데. 그게 그렇게 어려워할 일이에요?"

"……."

"그리고 차은서 씨가 뭐라고 하든, 난 그냥 포기할 생각 없어요. 그럴 거였으면 여기서 이 얘기 꺼내지도 않았을 겁니다."

이원우는 지금 진심으로 마음을 전하고 있었다. 그녀는 결국 한숨을 내쉬었다.

"알았어요, 알았다고요. 하지만 분명히 말하는데, 대표님이 앞으로 어떻게 나오든 제 생각은 변함없을 거예요."

"사람 감정이라는 건 마음대로 되지 않는다니까요. 너무 단언하지 말아요."

누가 보면 고백은 은서가 하고, 대답을 해야 하는 쪽은 이원우라고 착각할지도 모를 만큼, 초조해하는 쪽은 은서였고 여유를 부리고 있는 쪽은 이원우였다. 겉으로만 보자면 말이다.

다시금 시선이 마주친 순간, 이원우는 오케이 대답이라도 받은 것마냥 예쁘게 웃었다. 은서는 어쩐지 조금 허탈해진 마음에 원우를 따라 같이 웃어 버렸다.

"대표님 지금 저한테 차인 거예요."

"알아요."

"근데 뭐가 그렇게 좋아서 웃어요?"

"마음 정하고 나니까 속이 후련해서요."

누구한테는 예고도 없이 폭탄을 던져 놓고, 자기 품 안에 있는 폭탄 사라졌다고 웃는 꼴이었다.

"근데 차은서 씨는 이 시간에 여기 웬일이에요? 외근 있었어요?"

빨대로 커피를 휘휘 젓던 원우가 시간을 확인하고는 물었다. 은서는 그제야 자신이 여기 온 목적에 대해 떠올렸다.

"아, 그게. 시장 조사하러 나왔다가 회사 돌아가는 길이었어요. 뭐 좀 살 게 있어서 마지막으로 여기 들렀다 복귀하려고 했는데 서재하가 갑자기 전화를 하는 바람에……."

말끝을 흐린 은서의 표정에 살짝 분노가 스쳤다.

"서재하는요?"

"글쎄요. 집에 갔겠죠, 뭐."

"무슨 얘기 하셨어요?"

커피를 한 모금 마신 원우가 아주 잠시나마 골똘히 생각에 잠긴 얼굴을 했다.

"별 얘기 안 했어요."

"별 얘기 아니라면 알려 주세요. 토씨 하나 빼지 말고요."

원우는 다시금 조금 전의 기억을 더듬었다. 생각보다 많은 이야기가 오갔지만 남는 것은 없었다. 은서에게 해 줘야 할 이야기도 딱히 없었다.

"궁금해요? 그럼 우리 식사라도 하면서 얘기할까요? 어차피 저녁 먹어야 할 텐데."

"저 회사 복귀할 겁니다."

"퇴근 시간까지 이제 10분밖에 안 남았어요. 외근 나왔다가 곧장 퇴근하는 경우도 종종 있잖아요. 아, 뭐 사러 나왔다 그랬지. 일단 그거부터 사죠. 뭐 사러 나온 거예요?"

다시금 떠오른 서재하에 대한 분노를 가라앉히기도 전에, 또 다른 문제가 은서에게 날아들었다.

그녀는 자신이 이 백화점에 오려던 진짜 목적을 떠올렸다. 조금 전까지만 해도 폭탄 같은 고백에 정신없어 하던 그녀가 지금은 원우의 눈치를 보고 있었다.

"……대표님."

원우를 부르는 그녀의 목소리는 조금 전과 다르게 무척이나 작아져 있었다. 원우는 영문을 몰라 의아한 얼굴을 한 채 은서의 이어질 말을 조용히 기다렸다.

"그때 빌려 주신 손수건이요. 실은 제가 거기 뭘 좀 엎질러서요. 세탁해 보려고 했는데 아무래도 안 되겠더라고요. 그래서 손수건 하나 사려고 했는데."

"손수건이라니……."

은서에게 건네어 준 손수건에 대해 까맣게 잊고 있던 원우는 뒤늦게 무엇을 말하는지 떠올렸다.

"아, 그거."

손수건이야 몇 개나 더 있었고 소중한 물건도 아니었다. 괜찮다고 말하려 했지만 굉장히 미안해하는 은서의 얼굴을 확

227

인한 원우는 이내 생각을 고쳐먹었다.

"나 그거 선물 받은 건데."

원우가 안타까워하는 기색을 보이자 은서의 얼굴은 더더욱 미안함으로 물들었다.

"죄송해요. 똑같은 거 없을까요? 어디 브랜드였죠? 제가 그걸 자세히 못 봤는데."

손수건을 찾는 듯 급하게 백을 뒤적이던 은서가 아, 하고 짧은 신음을 내며 손을 멈췄다. 젖은 손수건을 말리려 책상 한쪽에 펼쳐 둔 것이 그제야 기억났다.

"……안 가지고 나왔지."

"뭐, 복구 안 되는 거야 어쩔 수 없잖아요. 아주 예전에 나온 거라 똑같은 걸로는 살 수도 없을 거예요."

"죄송해서 어떻게 해요."

"어차피 하나 새로 사 줄 생각이었다면 같이 고르죠."

"네?"

"같이 고르자고요."

손수건 하나 고르는 데 뭐 그리 오래 걸리겠나 싶어 은서는 재빠르게 고개를 끄덕였다. 돌려주지 못하면 마음의 짐이 될 것 같았고, 어차피 백화점에 왔으니 빨리 사고 돌아가는 편이 나았다.

하지만 짐을 챙겨 들고 자리에서 일어선 은서와 달리 원우는 느긋하게 커피를 마시고 있었다.

"일어나세요."

"아니, 오늘 말고 주말에."

"네?"

"내가 오늘 좀 바빠서."

은서는 원우의 대답을 이해하지 못하고 멍하니 그를 내려다보다가 헛웃음을 터뜨리고 말았다.

바쁘다니, 조금 전까지 한가하게 여기서 커피 마시던 사람은 어디 사는 누구인가. 저녁 같이 먹자던 사람은 귀신이었나.

"토요일 한 시쯤 어때요?"

"싫어요."

"아, 나 그거 되게 아끼던 건데."

"……"

"비싸고 말고의 문제가 아니라 선물 받은 물건은, 그 물건에 담긴 의미가 중요한 거잖아요."

"……그렇죠."

"한 시, 괜찮죠?"

"친절한 척하지만, 지금 대표님처럼 말하는 걸 세상 사람들은 보통 협박이라고 해요."

울상이 된 얼굴로 불평하듯 건넨 은서의 말에 원우가 정말 즐겁다는 얼굴로 웃음을 터뜨렸다.

"집 앞으로 데리러 갈게요."

자리에서 일어선 그가 테이블 위를 손으로 짚은 채 몸을 살짝 숙였다. 가까워진 거리에, 이원우에게서 익숙하게 풍겨 오던 향이 코끝을 스쳤다.

"정말 회사로 갈 거예요? 데려다 줄까요?"

"바쁘다면서요."

"아. 그랬지, 참."

몸을 곧게 편 이원우가 흠, 하고 목을 한 번 가다듬고는 바쁜 척 시간까지 확인했다. 그 행동에 은서는 기가 차다는 얼굴을 했다.

거짓말이다. 여기 능구렁이가 있어요.

"난 그럼 바빠서 이만. 조심해서 들어가요."

멀어져 가는 이원우의 뒷모습을 허망한 얼굴로 바라보던 은서는 그의 모습이 시야에서 완전히 사라지고 나서야 다시 자리에 힘없이 앉고 말았다.

'당했다.'

생각에도 없던 이원우와의 개인적인 약속을 잡고 말았다. 그것도 황금 같은 주말에. 남은 얼음을 입안에 넣고 아그작, 씹어 먹었다. 이원우의 고백 때문인지 얼굴에 오른 열이 쉽사리 가라앉질 않았다.

은서는 5분간 더 자리를 지키고 있다가 결국 울상을 지으며 일어섰다. 회사로 돌아가는 걸음이 천근만근 무겁기만 했다.

✳   ✳   ✳

이번 달 디자인 제출은 겨울 신규 상품 라인을 주제로 작업을 해야 했다.

미리 전년도의 겨울 구두 트렌드 조사서와 올해 작성된 리서치 자료를 확인했던 은서는 일차적으로 디자인의 방향을 잡고 러프 스케치에 들어간 상황이었다.

'올해는 화려한 색상이 트렌드인데.'

펜 끝을 입술 위에 가져다 댄 채 은서가 잠시 생각에 잠겼다. 전년도에는 기본 컬러인 블랙 라인이 우세했다. 하지만 올해는 조금 화려한 색상이 트렌드로 자리 잡혀 있었다.

그녀가 첫 번째로 선택한 소재는 스웨이드였다.

스웨이드 한 가지만이 아니라 가죽을 비롯한 다양한 소재가 믹스 매치된 구두로, 기본 컬러가 아닌 두세 가지의 컬러를 사용할 생각이었다.

세련된 느낌의 스틸레토힐과 구두의 앞부분이 둥근 펌프스를 각각 생각해 두었다.

'거기에 골드 컬러로 글리터힐 하나, 부티힐 하나.'

부티힐은 착화감이 좋아 킬힐임에도 편안하게 신을 수 있고 보온성을 가지고 있어 전년도에 이어 올해도 사랑받는 아이템이 될 것이 분명했다.

혹시 모를 퇴짜 상황을 대비해 은서는 그렇게 총 네 개의 디자인을 구상 중이었다.

아이디어 콘셉트 노트를 한쪽에 펼쳐 두고 다시 스케치에 집중하던 그녀는 노트를 다음 장으로 넘기려다 문득 책상 위에 놓인 탁상용 달력을 물끄러미 바라봤다. 종이를 넘기려던 손은 어느새 멈춰 있는 상태였다.

"생각했던 것보다 더 많이…… 내가 차은서 씨 좋아하게 된 모양이에요."

잊을 만하면 문득 떠오르는 기억에 은서는 고개를 두어 번 가로저었다. 그 고백을 받은 것이 벌써 나흘 전의 일이었고, 그 후 사내에서 원우의 얼굴을 보지 못했다.

전화는커녕 문자도 없었다. 마치 나흘 전의 일은 꿈이었던 것처럼 조용하고 평화로운 일상이었다.

패션쇼는 성공리에 마무리되었고, 하고 있는 일은 순탄하게 진행이 되어 가고 있고, 더는 나인 쪽의 사람과 마주치게 되는 일도 없었다.

하고 싶은 디자인 일을 하며 더할 나위 없이 행복한 나날을 보내고 있었다. 딱, 은서가 원하던 평화로움이었다.

'그런데 이상하지.'

유독 조용하자 신경이 쓰이는 건지 자꾸만 그가 생각났다. 일을 하다가도 문득 나흘 전의 일이 떠올라 얼굴을 붉힌 것이 한두 번이 아니었다. 이건 징조가 좋지 않았다.

은서는 불안한 시선으로 다시 한 번 달력을 내려다보다, 쓸데없는 걱정을 사서 하고 있는 것 같아 힘없이 한숨을 내쉬고는 일에 집중하려 했다. 펜을 쥔 손을 다시 움직이려는 순간이었다.

"은서 씨."

"네."

자신을 부르는 음성에 고개를 든 은서가 지척에 다가선 현정을 보고는 자리에서 일어섰다.

"오늘 저녁에 혹시 무슨 일정 잡힌 거 있어?"

"딱히 약속 잡은 건 없어요."

"그럼 술 한잔할까?"

"대리님이랑 저, 둘이요?"

"왜? 싫어?"

"아니요. 그런 거 아니에요."

당황해 손까지 내저으며 열심히 부정하는 은서를 보고 현정이 작게 웃음을 터뜨렸다.

"우리 둘만 무슨 재미로 술을 마셔? 팀원들 중에 시간 되는 사람 몇 명이랑 같이 마시려고. 나랑 정진 씨, 연주 씨, 그리고 시간 되면 은서 씨까지."

"네, 저도 갈게요."

"나랑 정진 씨는 지금 외근 나가야 해서 일 끝내면 거의 퇴근 시간이니까 약속 장소로 바로 갈게. 연주 씨는 팀장님 따라 나갔는데 언제 들어올지 모르겠네. 이따 시간 맞으면 같이 오고, 아니면 일곱 시쯤 약속 장소로 와. 요 앞에 부부치과 하나 있는 거 알아?"

"네."

"그쪽 골목으로 쭉 들어오다 보면 통돼지 김치찌개라고 있거든. 거기 김치찌개가 기가 막혀."

가볍게 한잔하는 것으로 생각했는데 아닌 모양이었다. 호프집이 아니라 김치찌개집이라니. 딱 보니 소주만 줄줄이 먹을 것 같았다.

"대리님. 제가 맥주는 물처럼 마실 수 있는데, 소주는 쥐약이에요."

"에이~ 맥주를 무슨 맛으로 먹어? 좀만 먹으면 되잖아. 많이 안 권할게."

디자인 1팀은 주당들이 모여 있기로 소문이 난 팀이었다. 그 사실을 떠올린 은서는 조금 난감해하며 웃었다.

"아무튼, 이따 보자고."

"네, 대리님. 외근 잘 다녀오세요."

"응. 수고."

두어 번 손을 흔든 현정이 돌아서서 사무실을 빠져나갔다. 자리에 앉은 은서는 다시금 스케치 작업을 시작했다.

오후 내내 집중해서 일하다 보니 생각보다 수월하게 작업이 이루어졌다. 러프 스케치를 모두 끝내 놓고 한숨 돌리고 나니 퇴근 시간이 다 되어 있었다.

"일곱 시라고 했으니까 슬슬 나가야겠네."

은서는 일어나 연주의 자리를 확인했다. 정환과 함께 외근을 나간 그녀는 아직 복귀하지 않은 모양인지 여전히 자리가 비어 있었다.

"연주 씨는 아직 안 온 모양인데."

연락처를 찾아 연주에게 문자를 보내자 얼마 지나지 않아 답장이 왔다. 일이 생각보다 늦어진 데다 길이 막혀 조금 늦을 것 같다는 연락이었다.

현정과 정진도 일을 끝내고 약속 장소로 오겠다고 했으니 연주에게도 바로 오라는 문자를 남기고 서둘러 자리에서 일어섰다.

〈20분 정도 늦어요. 약속 장소로 바로 갈게요!〉

그녀는 엘리베이터를 기다리며 연주에게 온 답문을 확인했다. 그사이 엘리베이터가 4층에 도착했다.

휴대전화를 백 안에 넣고 고개를 든 그녀는 엘리베이터에 올라타려다 잠시 멈칫하며 걸음을 옮기지 못했다. 5초의 정적이 흐르고 나서야 정신을 차린 은서는 이내 엘리베이터에 올라타며 먼저 인사를 건네었다.

"안녕하세요, 대표님."

"네, 오랜만입니다. 차은서 씨."

퇴근을 하는 길인지, 이원우가 엘리베이터 벽에 기댄 채 서 있었다. 나흘 만에 보는 얼굴이었다.

그보다 두어 걸음 정도 앞에 선 은서는 곧장 1층 버튼을 눌렀다. 그녀는 천천히 닫히는 엘리베이터 문을 멍하니 바라보고 있었다. 그리고 문이 완전하게 닫힌 순간이었다.

쿡, 뒷목을 살짝 찌르는 느낌에 은서가 흠칫하며 어깨를 움츠렸다. 손으로 뒷목을 잡고 경악스런 얼굴로 뒤를 돌아봤다.

손가락 하나로 목을 찌른 게 분명한데, 이원우는 마치 아무 짓도 하지 않은 사람처럼 평온한 얼굴로 서 있었다.

이 좁은 공간에 둘밖에 없는데 오리발을 내밀 생각인 모양이었다. 이게 무슨 짓이냐며 화를 내려 했는데, 2층에서 멈춘 엘리베이터의 문이 열리며 사람이 탔다.

"안녕하세요."

"네, 안녕하세요."

은서는 조용히 입을 다물고 뒤로 물러섰다. 원우와 나란히 선 그녀는 그를 흘겨보다 아예 고개를 반대편으로 돌려 버렸다. 원우는 작게 웃음을 흘렸다.

엘리베이터의 문이 닫히고 숫자가 1로 변한 순간이었다. 한쪽 팔에 걸고 있는 백에 갑자기 무게가 실렸다.

또 무슨 짓을 한 건가 싶어 고개를 홱 돌려 보니, 그는 아무 일도 없었다는 듯 이미 정면을 응시하고 있었다.

그녀는 시선을 아래로 내려 가방에 더해진 무게의 정체를 확인했다.

'우산?'

1층에서 멈춘 엘리베이터의 문이 열렸다. 이건 또 무슨 의미인가 싶어 은서는 잠시 생각에 잠겼다.

그녀가 내릴 생각은 하지 않고 백 안에 반쯤 꽂혀 있는 우산을 멍하니 내려다보고 있자, 원우가 열림 버튼을 누르며 말했다.

"차은서 씨, 1층이에요. 안 내립니까?"

"……아, 네. 감사합니다."

2층에서 탄 직원과 이원우는 모두 지하 1층으로 내려가는 모양이었다. 원우의 말에 앞에 서 있던 에일린의 다른 직원도 의아한 얼굴로 바라보았다. 은서는 그제야 정신을 차리고는 서둘러 엘리베이터에서 내렸다.

문이 닫히고 이원우의 모습이 사라졌다. 그녀는 뭔가에 홀린 사람처럼 닫힌 문을 바라보다 걸음을 돌려 로비를 가로질러 걸었다.

'뭐야, 대체.'

영문을 모르겠다는 얼굴로 걸음을 옮기다, 회전문을 눈앞에 두고 멈춰 서서 위를 올려다봤다. 비가 내리고 있었다. 투명한 유리 벽 앞에 서서 멍하니 하늘을 올려다보다 살짝 미간을 좁혔다.

'아침에는 날씨 엄청 맑았는데.'

어느새 흐려진 하늘에서는 꽤 많은 비가 쏟아지고 있었다. 점심을 먹고 스케치 작업에 들어선 이후로 자리에서 꿈쩍을 하지 않았던 은서는 비가 오는지도 모르고 있었다.

'우산, 일부러 준 거구나.'

이원우는 비가 오고 있는 걸 알고 있던 모양이었다. 차를 타고 이동하는 자신과 달리 은서가 대중교통을 이용해 집으로 돌아가는 것을 알고 있었기에 우산을 건네준 것이었다.

띠링—

고맙다고 문자라도 해야 할 것 같아 휴대전화를 꺼내 드는데 때마침 문자 알림 음이 울렸다. 이원우에게 문자가 도착해 있었다.

〈데려다 주고 싶은데, 사내에는 보는 눈이 많아서 차은서가 싫어하니까 우산으로 대신해요.〉

띠링—

〈비 오니까 조심해서 들어가요.〉

백 안에 든 우산을 다시 내려다본 은서는 입술을 살짝 내밀었다.

'평범하게 주면 좀 좋아? 왜 목을 찌르고 그래.'

머릿속에서는 불만을 토해 내면서도 은서는 어느새 희미하게 미소 짓고 있었다.

비가 오는 걸 좋아하지 않음에도, 어쩐지 회사를 나서는 그녀의 발걸음은 조금 가벼워져 있었다.

❋　　　❋　　　❋

하나, 둘, 셋, 넷.

빈 병을 소리 없이 눈으로 세던 은서는 곧 숫자를 세는 것
이 무슨 의미인가 싶어 관두었다. 테이블 위에 놓인 빈 병 외
에, 중간에 직원이 치운 병의 수도 꽤 됐다.

하지만 현정도, 연주도, 정진도, 그 누구도 도무지 일어날
기미가 보이지 않았다.

"여기 소주 두 병만 더 주세요."

현정의 외침에 은서는 쓴웃음을 삼켰다. 머리는 어질어질
하고, 볼에는 열이 올라 얼굴이 붉어진 자신과 달리 다른 직
원들은 아직 멀쩡해 보였다. 은서가 소주에는 약한 탓이었다.

"안주도 하나 더 시킬까?"

"대리님, 이제 주문한 것만 먹고 일어나죠. 내일 출근도 해
야 하는데. 은서 씨는 벌써 얼굴이 빨개요."

벌써라니.

이미 많이 마셨다며 반박하고 싶었지만 정말 다들 멀쩡해
보여 입을 꾹 다물었다. 주문한 소주 두 병이 추가로 나오고,
이것만 마시고 가는 것으로 합의를 한 뒤 다시 술잔이 오고
갔다.

"아, 그 소문 들으셨어요?"

뭔가 중요한 것이 생각난 건지 연주가 손뼉까지 치며 호들
갑을 떨었다. 현정과 정진뿐만 아니라 김치전을 작게 잘라 입
에 가져다 대던 은서도 그녀의 이야기에 집중했다.

"무슨 소문?"

"나인에서 디자인 유출로 퇴사한 사람이 우리 회사 들어왔

대요."

"뭐?"

다시 한 번 김치전을 집으려던 은서의 행동이 멈췄다. 현정은 말도 안 된다며 손을 내저었다.

"헛소문이겠지."

"뭐, 확인된 건 없지만 진짜라면 사실 찜찜하잖아요. 한 번 했던 일, 두 번 하지 말라는 법도 없고."

"어디서 들었는데?"

"저 오늘 OEM 상품 컨펌하러 팀장님 따라 영한 갔었는데, 거기서 들었어요. 영한에 계신 공장장님이 예전에 나인이랑도 일을 했던 모양이에요."

"사실이면 좀 큰일 아니에요? 우리 회사는 공모전 입상자로 신입 사원들을 많이 뽑다 보니까 그런 거 모르고 넘길 수도 있잖아요."

"디자인부 팀장님들이 어디 그럴 성격이야? 이력서랑 포트폴리오 꼼꼼하게 확인하셨을 거야. 나인 같은 큰 회사에서 일했다면 경력에 대해서는 알고 있겠지."

"문제는 디자인 유출로 쫓겨났다는 걸 이력서에 적지 않았을 거란 점이잖아요."

"근데 그거 정말 신빙성 있는 말이야?"

"아예 근거 없는 말은 아닌 거 같아요. 으, 어떻게 돈 때문에 그런 짓을 할까."

그 뒤로도 몇 분이나 똑같은 화제로 이야기가 오갔다. 은서는 조금도 그 대화에 낄 수가 없었다.

잘못한 것도 없었고 찔릴 것도 없었지만, 괜스레 자신이 있지 말아야 할 곳에 있는 것처럼 기분이 좋지 못했다.

술자리에서 오가는 이야기가 더는 즐겁지 않았고, 우울해진 기분에 은서는 말없이 술잔을 기울였다.

"어머, 은서 씨. 소주에는 약하다더니. 혼자 뭘 이렇게 많이 마셨어? 너무 무리하는 거 아니야?"

은서는 그저 소리 없이 웃음으로 대답을 대신했다. 시간을 확인한 현정이 계산서를 집어 들며 자리에서 일어섰다.

"다 먹었으니까 이제 그만 가자."

나머지 팀원들도 짐을 챙겨 들고 자리에서 일어섰고, 은서 역시 몸을 일으켰다. 식당을 빠져나왔을 때는 어느덧 비가 그쳐 있었다.

방향이 같은 정진과 현정은 대리기사를 불러 가장 먼저 돌아갔고, 연주 역시 큰 길로 걸어 나와 택시를 타고 집으로 향했다.

홀로 남게 된 은서는 커다란 건물 앞에 잠시 서 있었다. 8차선 도로 건너편에는 에일린 건물이 있었다. 건물 꼭대기에 위치해 있는 에일린 로고에는 환하게 불이 들어와 있었다.

몇 시간 전까지 일을 했던 회사인데, 이상하게 멀게만 느껴졌다.

"뭐, 확인된 건 없지만 진짜라면 사실 찜찜하잖아요. 한 번 했던 일, 두 번 하지 말라는 법도 없고."

연주가 했던 말이 귓가에 맴돌았다. 은서는 픽 가볍게 실소
를 터뜨렸다.

만일 연주의 말이 사내에 소문이 나고, 그 소문의 당사자가
자신인 것이 알려진다면 에일린의 다른 사람들이 어떻게 보
게 될지는 불 보듯 뻔한 일이었다.

'뭐, 이럴 거 예상 못 하고 들어온 것도 아니고.'

같은 업계다 보니 소문이야 안 날 수 없는 일이었다. 예상
한 일이었기에 아무렇지 않게 툭툭 털어 버리고 싶었다.

하지만 생각하는 것과 직접 체감하는 것에는 분명한 차이
가 있었다.

안 좋은 일을 당해도, 억울한 일을 당해도, 은서는 잘 울지
않았다. 남들 앞에서 울 수 없다 보니 혼자 우는 일이 많았다.
그리고 지금 이 순간 혼자라는 생각 때문인지 눈시울이 시큰
해지며 점차 앞이 흐려지는 걸 느꼈다.

"아, 진짜 청승맞게."

은서가 손바닥으로 두 눈 위를 꾹꾹 눌렀다. 손바닥에 물기
가 묻어났다. 꼭 한 번씩 이럴 때가 있었다. 꾹 눌러 둔 뭔가
가 터지기라도 한 것처럼 감정이 주체가 되질 않는 순간.

은서는 누구라도 불러 위로를 받고 싶었다. 휴대전화를 꺼
내 최근 기록으로 들어갔다. 그녀는 휴대전화를 멍하니 내려
다보다 헛웃음을 터뜨렸다.

'하필이면.'

가장 위에 에일린 꼭대기가 있었다. 마지막으로 받은 연락이 이원우의 문자였던 것이다. 항상 가장 위에 기록되어 있던 보라의 번호는 오늘 한참이나 뒤로 밀려나 있었다.

목록을 아래로 내리려던 은서는 잠시 멈칫한 채로 이원우의 번호를 내려다봤다. 언젠가 보라가 이런 말을 한 적이 있었다.

이유가 뭐가 됐든 네가 부를 때 당장 달려와 줄 수 있는 사람이 있다면, 그 사람을 소중히 하라고.

이원우의 감정은 어느 정도의 크기일까. 고백을 하고도 나흘간 얼굴은커녕, 연락조차 없었던 남자였다.

은서는 휴대전화를 가만히 내려다보다 이원우에게 문자를 한 통 보냈다. 자신이 있는 위치를 적은 뒤 그곳으로 와 줄 수 있냐는 문자였다.

전송 버튼을 누른 은서는 한동안 움직임을 멈춘 채 휴대전화를 내려다보고만 있었다. 이원우에게서 돌아오는 답장은 없었다. 어느덧 불빛이 사라지고 까만 어둠이 액정에 들어찼다.

은서는 그렇게 한동안 자리를 지키고 있었다.

큰 기대는 하지 않았다. 10분이 지나고 나서야 보라에게 연락을 하려다, 이내 그것마저 그만두고 주변을 둘러봤다. 집에 돌아가기로 마음을 굳힌 은서가 걸음을 옮기려는 순간이었다.

"불러 놓고 혼자 어디 가요?"

발걸음을 붙드는 목소리에 그녀가 뒤를 돌아봤다. 거짓말처럼 이원우가 그곳에 서 있었다.

매번 입던 슈트 차림이 아닌 청바지에 브이넥 셔츠를 입은 이원우가 지척에 다가섰다. 은서에게서 술 냄새가 난 건지 그는 곧 장난스럽게 미간을 좁혔다.

"못됐네. 난 나흘이나 차은서 씨 얼굴도 못 볼 만큼 바빴는데, 누구는 혼자 술까지 마시고."

"……정말 오셨네요?"

"만사 제쳐 두고 달려왔는데. 불러 놓고 그런 말이 어디 있어요?"

어느덧 은서의 정면에 마주 선 원우가 가만히 그녀의 얼굴을 내려다봤다.

"왜요?"

"뭐가요?"

"지금 차은서 속상하다는 얼굴인데."

은서가 힘없이 웃어 버렸다.

"대표님 귀신같네요."

"진짜 무슨 일 있었어요?"

"뭐, 큰일은 아닌데……. 그냥 혼자 마음이 약해져서요."

술기운 때문일까. 다리에 힘이 풀려 어디에라도 기대고 싶었고 은서는 결국 건물 벽에 기대어 섰다.

먼저 문자를 보내 와 달라고 한 것도 놀라웠지만 평소와는 조금 다른 은서의 행동에 원우는 조금 걱정스러운 얼굴을 했다.

그는 조용히 그녀의 옆에 섰다. 그러더니 덥석 손을 잡았다. 깜짝 놀란 은서가 손을 빼내려 하자 원우는 더 세게 그녀의 손을 잡았다.

"대표님, 아까 엘리베이터에서도 하고 싶었던 말인데요. 자꾸 이러시면 성추행으로 고소할 거예요."

"차은서 속상하다니까 위로하는 거잖아요."

"이게 무슨 위로예요?"

"사람 체온만큼 좋은 게 어디 있어요? 혼자 아니라고 알려 주는 거잖아요."

말은 늘 청산유수지. 은서는 원우를 살짝 흘겨봤지만 결국 천천히 손에 힘을 뺐다. 따뜻했다.

사람이 주는 온기가 이리도 따뜻하다는 것을 그녀는 새삼 깨달았고, 그건 마치 나 혼자 사는 세상이 아니라고 말해 주고 있는 것만 같았다.

'다른 사람이 주는 온기라는 게 이런 거였지.'

너무 잊고 있던 모양이었다. 서재하와 그런 식으로 헤어지고, 배신까지 당하면서 사람에 대한 불신이 생겨났었다. 그래서 한동안 새로운 인간관계는 기피할 정도였다.

서로 간에 오가는 대화 없이 은서는 그렇게 잠시나마 원우의 온기에 기대었다.

우울했던 감정도 어느덧 제자리를 찾았고 마음 역시 편안해졌다. 이원우가 옆에 있는데 마음이 편안해지다니, 기가 막힐 노릇이었다.

"나흘간 뭐했어요?"

"일했어요. 차은서 씨는요?"

"일했어요."

찍어 낸 듯 같은 대답에 원우는 픽 웃고 말았다.

"난 일하면서도 틈틈이 차은서 씨 생각했어요."

은서는 정면을 바라봤다. 건물에서 흘러나오는 밝은 조명과 빠르게 지나치는 차들이 영화 속의 풍경처럼 멀게만 느껴졌다. 멍하니 도로 위를 바라보던 그녀는 작게 중얼거렸다.

"저도 그랬어요."

그러고는 자신이 무슨 말을 한 건가 싶어 이내 곤란하다는 듯이 웃었다.

"물론 전 아주 가끔이지만."

"……."

"폭탄 던져 놓고 대표님이 너무 조용해서 그랬나 봐요."

그의 시선이 그녀의 옆얼굴에 닿았다. 핑계처럼 덧붙인 그녀의 말에도 원우는 어쩐지 기분이 좋아진 얼굴을 하고 있었다.

"키스하면 화낼 거예요?"

시선을 마주한 은서가 지금 자신이 뭘 들은 건가 싶어 눈을 몇 차례 깜빡이다 미간을 좁히며 헛웃음을 터뜨렸다.

"그걸 말이라고 해요?"

"한 대 맞아도 좋으면?"

"누가 한 대 때린다고 했어요? 대표님이 제 성격을 아직 잘 몰라서 그러시나 본데, 저 화나면 막 구둣발로 정강이 차고 그래요."

잡힌 손을 홱 빼내고는 발끈하며 화를 내는 그녀의 모습에 원우가 고개를 살짝 숙여 좀 더 가까운 거리에서 시선을 맞췄다.

"이제야 좀 차은서답네."

지척에서 마주한 얼굴로 그는 웃었다.

어찌나 예쁘게 웃는지, 꾸밈없이 감정을 고스란히 드러낸 그의 얼굴에 은서의 볼이 다시금 달아올랐다. 그 순간만큼 이원우의 진심이 와 닿은 적이 없었을 것이다.

좋아한다는 고백보다 지금 마주한 이원우의 얼굴이 더 확실하게 그의 마음을 말해 주고 있었다.

chapter 6
한없이 불안해 보이는 네가, 눈앞에 있었기에

    희미한 가로등 불빛 외에는 어둠이 내려앉은 조용한 골목에 침묵을 깨고 차량 한 대가 들어섰다. 서행하며 골목으로 들어선 원우의 차는 점차 속도를 늦추다 은서의 집 앞에서 완전히 멈춰 섰다.

    주차를 해 두고 보조석으로 고개를 돌린 원우는 잠든 은서를 깨우려다 말고 다시금 조용히 손을 거둬 냈다. 자동차의 헤드라이트 불빛이 꺼지고 시동도 꺼졌다. 골목에는 다시금 침묵만이 들어찼다.

    조금 더 이대로 자게 놔 둬도 나쁠 것 같지 않아 원우는 핸들에 기댄 채로 은서의 잠든 얼굴을 물끄러미 바라봤다. 세상에 단둘만 있는 것 같은 기분이 들어 그는 소리 없이 작게 웃고 말았다.

잠시 뒤척인 은서는 다시 고른 숨을 내쉬었다. 생각에 잠긴 원우는 어느새 웃음기를 지워 낸 진지한 얼굴로 그녀를 바라봤다.

힘든 걸 겉으로 티내지 않던 차은서가 무방비하게, 그것도 자신의 앞에서 속상한 감정을 그대로 드러내 놓고 서 있었다.

원우는 그녀가 뭐에 저리 속상해하는지 짐작할 수 있었다.

"역시 그거 때문인가."

은서의 연락을 받고 집에서 나오기 전까지, 원우는 정환과 함께 있었다. OEM 업체인 영한을 방문했던 정환이 중요한 일이라며 늦은 시간임에도 불구하고 원우를 찾아왔다.

정환과 나눈 대화를 다시금 떠올리는 그의 얼굴이 조금 더 심각해졌다.

"나 오늘 영한 갔다가 좀 이상한 얘기를 들었는데."

"무슨 얘기?"

"나인에서 디자인 유출로 퇴사한 사람이 에일린에 입사를 했다는 거야. 근데 내가 알기로 우리 회사 입사한 신입 사원 중에 나인에서 근무했던 경력 지닌 사람은 차은서 씨 한 사람이거든."

이미 사실을 알고 있던 원우는 정환의 말에 크게 놀라지 않았다. 다만, 이미 지나간 3년 전의 일이 지금에서야 소문처럼 돌고 있다는 것에는 신경이 쓰일 수밖에 없었다.

"누가 그런 얘기를 해?"

"영한 공장장이 얘기하더라고. 만약에 사실이면 쉽게 넘어갈 일 아니잖아. 나인에 내 후배 놈 하나 다니는데, 회사 돌아오는 길에 전화해서 좀 알아봤거든. 근데 무슨 이게 일급비밀이라도 되는 것처럼 처음에는 계속 얘기를 안 하더라고. 사실 디자인 유출 같은 엄청난 일 저지르고 나갔으면 이 바닥에 발도 못 붙이게 소문내고 막 쏠을 거 아니야. 그럼 내가 몰랐을 리도 없었을 거고. 근데 되레 피해당한 쪽이 피하는 눈치더라니까."

"그래서 결론은? 끝까지 말 안 해?"

"이 핑계, 저 핑계 대던데 내가 끝까지 전화 안 끊으니까 안 되겠는지 얘기는 해 주더라고. 일단 표면적으로 보면 디자인 유출 건으로 퇴사한 사람은 차은서 씨가 맞아. 근데 소문이 두 가지로 갈린다고 하더라. 억울하게 덮어썼다. 아니다, 유출로 퇴사한 게 맞다. 이렇게."

"네 후배 생각은 어떻다는데?"

"억울하게 덮어쓴 쪽. 아마 나인에서도 윗선 빼고는 80퍼센트 정도가 다 그렇게 생각할 거래. 더 웃긴 건 뭔지 아냐? 전화 끊기 전에 그놈이 차은서 걱정을 다 하더라. 잘해 주라고까지 말하는데, 전화 끊고 나니 이게 대체 뭔가 싶었어. 보통 디자인 유출로 쫓아낸 사람 걱정을 그렇게 하냐?"

"네 생각은?"

"억울하게 덮어쓴 쪽에 더 무게가 실리긴 하는데, 100퍼센트 확실한 게 아니니까 문제야. 그 추천서만 해도 그렇잖아. 분명 나인 본부장이 써 준 추천서였는데. 내일 출근해서 따로 물어보든가 해야겠어."

"그럴 필요 없어. 네 후배 말이 맞아."

"네가 그걸 어떻게 알아?"

"이미 알아봤으니까."

"언제? 그럼 넌 이미 알고 있었다는 거야?"

"상황 설명하자면 좀 복잡해."

"복잡해도 일단 설명해. 아무리 재능 있어도 인성이 바닥이면 못 끌고 가."

단호한 정환의 말에 원우는 하는 수 없이 문제가 되지 않을 만큼의 설명을 덧붙였다.

만일 무슨 일이 터진다 해도 대표인 자신보다는 은서가 속한 팀을 이끌고 있는 정환이 그녀를 보호하는 데 도움이 될 것이었다.

정환은 웃음조차 나지 않는 어처구니없는 이야기에 잠시 할 말을 잊은 얼굴을 했다. 그러다 한참 만에야 침묵을 깨고 입을 열었다.

"그거 확실한 거야?"

"어. 그러니까 걱정할 거 없어. 열심히 일하고 있는 사람 괜히 들쑤시지 말고, 그냥 덮어."

"네가 그렇게까지 말하는 거면 확실한 거긴 한데. 근데 너는 최근에 무지 바쁘게 지내더니 이런 얘기를 어디서 들었어?"

"최근에 알게 된 건 아니고 좀 됐어. 한소희 디자이너 협업 패션 쇼에서 나인 측 사람이랑 차은서 씨랑 대화하는 걸 우연히 들었고, 거기서 더 알아본 결과가 그렇더라고. 그나저나 영한에서 나인 관련해서 이야기한 건 너 혼자 들었어?"

"아니. 우리 팀 직원 하나랑 2팀 팀원 둘이랑 같이 갔는데, 아무래도 들었겠지."

"그럼 괜히 뒷말 나오지 않게 네가 입단속 좀 잘 시켜."

정환은 고개를 끄덕였지만 께름칙한 표정으로 뒷말을 붙였다.

"내가 막는다고 소문이 안 나겠냐."

대화는 거기서 끝이 났다. 그 뒤로 은서에게 문자가 왔고 원우는 망설이지 않고 집을 나섰다.

"발 없는 말이 천 리 간다더니."

작게 중얼거린 원우는 쓴웃음을 지었다. 정환이 영한에 다녀오고 회사에 복귀했을 때는 이미 퇴근 시간이 지나 있었을 것이 분명했다.

고작 몇 시간이 흘렀을 뿐이다. 그런데 그 소문이 벌써 차은서 귀에 들어갔다. 이래서야 며칠 후에는 모르는 사람이 없을 것이다.

소문이야 확실한 증거가 없고 시간이 지나면 다시 가라앉을 것이 분명하지만, 걸리는 점이 있었다.

차은서의 퇴사 사유는 나인에 관련된 사람들만 알 수 있을 만큼 3년간 잠잠했던 이야기였다.

분명 나인 측에서도 수면 위로 올리기 꺼려했던 이야기가 지금에서야 다시 흘러나왔다는 것은 이상한 일일 수밖에 없었다.

'이러면 의도적으로 흘렸다고 생각할 수도 있는데.'

만일 의도적으로 소문을 흘린 거라면 치졸하기 그지없었다.

그렇게 괴롭히고도 대체 뭐가 부족한 걸까. 끝내 잘라 내지 못하고 이런 식으로 붙들 거라면 서재하는 절대 그렇게 차은서를 버려서는 안 되는 것이었다.

핸들 위를 툭툭 손으로 두드리며 전방을 바라보던 원우가 다시 은서에게로 고개를 돌렸다.

남자 하나 잘못 만나 고생하는 것치고는 차은서가 잃은 것이 너무 많았다.

"디자이너가 이렇게 안목이 없어서야. 남자 보는 눈이 바닥이야, 차은서."

괜스레 화살이 은서에게로 향했고 원우는 손을 뻗어 잠든 그녀의 볼을 잡아당겼다.

그리 센 힘은 아니었지만 은서는 잠에서 깨어났고, 두 눈

을 깜빡이다 자신의 볼을 잡아당기고 있는 손을 힐끗 내려다
봤다.

손을 떼야 할 타이밍을 놓친 원우는 조금 당황한 얼굴을 하
고 있었다.

"대표님, 성추행에 폭행죄도 추가할 거예요."

원우의 손을 탁 쳐 내고 꼬집힌 볼을 매만지며 은서가 불만
스럽다는 얼굴을 했다. 우울한 감정들은 어느새 깨끗하게 정
리된 것처럼, 평소의 차은서와 다르지 않은 모습이었다.

어차피 진실도 아닌 소문이고, 시간에 따라 금세 사라질 것
이다.

크게 걱정할 일은 없을 것 같아 원우는 안 좋은 생각들을
머릿속에서 비워 냈다.

"도착했으면 저 깨우시죠."

뒤늦게 주변을 확인한 은서가 집 앞이라는 사실을 깨닫고
는 안전벨트를 풀었다. 서둘러 백을 손에 쥐려다 말고 그녀는
뭔가 생각난 얼굴로 다시 원우의 두 눈을 마주했다.

이유도 묻지 않고 문자 한 통에 달려 나와 준 사람이었다.
오늘만큼은 그 누구보다도 고마운 사람이 바로 눈앞에 있는
이원우였고 은서는 그런 그에게 전해야 할 인사를 잊지 않았
다.

"오늘 저 때문에 번거롭게 해 드려서 죄송해요. 안 그래도
일 바쁘셔서 많이 피곤하셨을 텐데, 정말 감사합니다."

"감사하기는요. 당연히 나가야지. 누가 부르는 건데."

원우의 차는 가로등 근처에 세워져 있었다. 덕분에 어둠 속에서도 차 안까지 스며든 가로등 불빛에 의지해 서로의 얼굴을 조금 더 자세하게 볼 수 있었다.

원우는 물밀듯이 밀려들던 피로감도 모두 잊었다는 얼굴로 그녀를 향해 기분 좋은 미소를 짓고 있었다.

"차은서 씨는 우리 관계에 대해 좀 더 자각을 하는 게 좋겠어요. 회사에서의 위치로는 내가 갑, 차은서 씨가 을일지 몰라도 그 외의 모든 면에서 나는 현재 을이고, 차은서는 갑이라는 거요. 설령 차은서 씨가 나를 새벽 네 시에 불렀어도 그 시간에 깨어 있었다면 나는 아마 나왔을 거예요."

"……."

"그런 겁니다. 짝사랑이라는 게."

술기운이 채 가시지 않은 상태에서 이원우의 진심을 또 한 번 듣고 나니 묘하게 가슴이 두근거렸다. 혹시 그것을 이원우가 알아챌까 싶어 은서는 시선을 피하듯 고개를 숙이고 부산하게 짐을 챙기는 척했다.

휴대전화는 빼놓지 않았는지, 흘린 물건은 없는지 확인하고 마지막으로 백을 쥐려던 손을 원우가 잡았다.

자연스레 시선이 닿았다. 다시금 서로에게 닿은 시선은 못 박힌 듯 움직일 줄을 몰랐다.

"내가 지금 제일 좋은 게 뭔지 알아요?"

은서는 알 수 없어 대답하지 못했다. 모르겠다는 얼굴로 두 눈만 깜빡이고 있자 원우의 입꼬리가 예쁘게 말려 올라갔다.

"이제는 적어도 차은서가 날 의식하고 있다는 거."

원우는 곧 그녀의 손을 놓아주었다. 운전석에서 내려 보조석의 문을 열어 주고는 은서가 내리기를 기다려 주었다. 다시금 열이 오른 것 같은 볼을 두어 번 매만진 은서가 서둘러 차에서 내렸다.

"들어가요."

"오늘 정말 감사했습니다."

꾸벅 인사를 건네고는 은서가 걸음을 돌렸다.

"차은서 씨."

현관문을 열고 집 안으로 모습을 감추기 전, 원우가 그녀를 불러 세웠다. 조용한 골목에 원우의 목소리만이 가득 들어찬 느낌이었다.

"토요일 약속, 잊지 마요."

잠시 망설이던 은서가 작게 고개를 끄덕였다. 주변이 어두워서 보이기나 할까 싶었는데, 고개를 끄덕인 타이밍에 맞춰 웃어 주는 걸 보니 아무래도 대답이 된 모양이었다.

문을 닫고 안으로 들어선 은서는 현관문에 기대어 선 채로 잠시 움직이지 않았다.

비닐에 한 번 감싸 백 안에 넣어 둔 이원우의 우산이 뒤늦게 생각났다. 지금 나가면 돌려줄 수야 있겠지만 다시 문을 열고 밖으로 나서지 않았다.

물기가 남아 있는 우산보다는 잘 말려서 깨끗한 상태로 그에게 돌려주고 싶었다.

그런 생각들을 하는 사이, 골목을 빠져나가는 차량 소리가 점차 멀어져 갔다. 소리가 완전하게 사라지고 나서야 구두를 벗고 거실로 들어섰다.

샤워를 하고 잘 준비를 마친 은서는 작은 조명 하나를 켜둔 채로 침대에 누워 한참을 뒤척였다.

몸은 피곤한 것 같은데 이상하게 잠이 오지 않았다. 몇 차례나 이리저리 뒤척이며 천장을 응시하다 이불 밖으로 한 손을 꺼내었다.

손끝에 닿던 다른 이의 온기는 이미 사라진 지 오래였지만 여전히 열기가 남아 있는 것 같은 착각이 들었다.

자신의 손을 가만히 올려다보던 은서는 작게 웃음을 터뜨렸다. 설명도 하지 않고 덥석 손을 잡아 놓고는 이게 위로하는 거라며 조금 더 힘주어 잡던 그의 행동이 떠올라서였다.

은서는 다시 손을 천천히 아래로 내렸다. 이게 무슨 위로냐며 타박을 했지만 이원우가 해 준 위로는 제법 괜찮았다. 아니, 그 어떤 위로보다 훌륭했다.

어쩌면 홀로 우울했을지도 모를 하루가, 지금은 정말 아무렇지 않게 웃어넘길 수 있는 하루가 되었으니까 말이다.

"설령 차은서 씨가 나를 새벽 네 시에 불렀어도 그 시간에 깨어 있었다면 나는 아마 나왔을 거예요."

작지만 강한 울림을 지닌 그의 목소리가 귓가에 전해지는 듯했다.

"그런 겁니다. 짝사랑이라는 게."

평소보다 조금 빠르게 뛰는 심장의 두근거림이 느껴졌다.

몸을 옆으로 뒤척인 은서는 방 안을 희미하게 밝히던 조명마저 꺼 버린 채 두 눈을 감았다.

쉽게 잠들지 못하는 밤이었다.

❋   ❋   ❋

디자인 제출 때문에 한 주를 바쁘게 보낸 탓인지 이원우와 약속을 잡은 주말은 무척이나 빨리도 다가왔다. 토요일 약속을 잊지 말라던 이원우는 정확히 한 시에 그녀의 집 앞으로 찾아왔다.

이유야 어찌 됐든 이원우의 손수건에 커피를 쏟은 것도 맞고, 새로 손수건을 사서 돌려주는 것이 마음도 편할 것 같아 은서는 군말 없이 차에 올라탔다.

"선글라스는 뭐예요? 위장용? 아님 햇볕이 강해서?"

아침저녁으로는 제법 쌀쌀해졌지만 한낮에는 여전히 무더운 햇볕이 쏟아져 내렸다. 은서는 선글라스를 검지로 살짝 밀어 올리며 당당히 답했다.

"둘 다요."

"거기서 아는 사람 만날 확률이 얼마나 되겠어요?"

"서울은 좁아요. 좁아터진 땅덩어리에 엄청 많은 사람들이 살고 있다고요."

그래 봐야 만나면 다 알아볼 것 같은데—

선글라스를 썼다고 해서 차은서인 것을 못 알아볼 이유가 없었지만 원우는 머릿속에 떠오른 말을 굳이 입 밖으로 내지 않았다.

만일 그리 말했다가는 은서가 당장 차에서 내려 어디선가 모자라도 하나 사 올 것 같았기 때문이었다.

"얼른 손수건만 사서 나오는 거예요."

은서의 계획에 원우는 영혼 없이 그저 고개를 한 번 끄덕였다. 그마저도 끄덕인 건지 만 건지 구분이 가지 않을 만큼 미약한 움직임이었다. 원우는 절대로 그리할 생각이 없었으니까 말이다.

두 사람은 회사에서 그나마 거리가 있는 백화점을 택했다. 손수건을 구경하며 은서가 여러 가지를 추천했지만 원우는 계속해서 트집을 잡으며 마음에 들지 않는다는 내색을 보였다.

디자이너 일을 하다 보니 센스가 좋다는 말을 많이 들었는데 원우의 취향은 도통 알 수가 없어 은서는 속이 타들어 갔다.

결국 처음 갔던 백화점 매장을 다 돌고 다른 백화점으로 이동해 그곳 매장들까지 전부 돌아보고 나서야 두 사람은 백화점을 벗어나 카페로 자리를 옮겼다.

손수건도 샀고 모든 일이 다 해결되었지만 은서는 조금도 기분이 좋지 못했다. 맞은편에 앉아 태연하게 커피를 마시고 있는 이원우의 얼굴을 어처구니없다는 표정으로 바라보다 헛웃음을 터뜨렸다.

"대표님."

은서가 손을 원우의 앞에 내밀고는 펼쳐 보였다. 그러고는 가장 먼저 엄지를 접었다.

"성추행에."

그다음은 검지를,

"폭행죄에."

그리고 마지막으로 중지를 접었다.

"사기죄까지 추가예요."

원우가 커피를 입에 가져다 대며 웃음을 참으려 했지만, 가늘게 떨리는 그의 어깨를 본 은서는 아랫입술을 꾹 깨물며 흘겨봤다.

속았다는 생각에 그녀가 테이블 아래에서 원우의 다리를 구두로 툭 쳤다. 차마 세게는 차지 못하고 웃지 말라는 의미에서 보인 행동이었다.

"웃음이 나요?"

"너무 그러지 마요. 내가 봤을 때는 진짜 없었다니까요."

"아주 오래전에 나온 거라면서요?"

"유행은 돌고 도는 거니까. 작년에도 비슷한 게 나왔나 보죠."

"비슷한 게 아니라 완전 똑같다고요. 이게 그거고, 그게 이 거예요."

은서가 테이블 위를 탕탕 소리가 나게 두어 번 내려쳤다. 오래전에 나와 구할 수도 없는 손수건이라던 원우의 설명과 달리, 똑같은 손수건이 버젓이 판매가 되고 있었다.

"이거 작년에 엄청 나간 손수건이에요. 유행도 타지 않는 디자 인이라 올해도 많이들 찾고 계세요."

백화점 직원의 말이 귓가에 윙윙 맴돌았다. 첫 번째로 갔던 백화점에 해당 매장이 없어서 찾지 못했을 뿐이지, 브랜드만 제대로 확인했어도 처음부터 찾을 수 있었던 것이다.

결국 은서는 똑같은 손수건을 사 주었다. 그녀가 원우의 거 짓말에 대해 다시 한 번 불만을 터뜨리려는 순간이었다.

"어? 윤정환이네?"

갑작스러운 원우의 말에 그녀의 입이 꾹 다물어졌다. 장난 을 치는 건가 싶던 은서는, 원우의 시선이 닿은 방향으로 고개를 돌리고는 경악한 얼굴을 했다.

정말로 카페 안에 들어선 정환이 눈에 들어왔다. 은서는 다 급하게 원우의 팔을 잡아당겼다.

"고개 숙여요."

"왜요?"

"팀장님이 저희 보면 어떻게 해요?"

"어떡하긴. 보면 보는 거죠."

"대표님 정말 이럴래요?"

원우가 버티고 있던 팔에 살짝 힘을 뺐다. 은서의 말대로 하려나 싶었지만 그는 기회를 놓치지 않고 조건을 걸었다.

"고개 숙이고 조용히 있을 테니까 우리 저녁 먹고 영화도 한 편 보고 들어가요."

"쇼핑만 하고 돌아가기로 했잖아요."

"인사하고 올까요?"

원우가 자리에서 반쯤 일어섰다. 은서가 기겁을 하며 팔을 쥔 손에 힘을 주었다.

"저녁만."

"영화도."

"대표님."

"남들 눈 신경 쓰여서 그런 거면 자동차 극장으로 가면 되잖아요."

원우가 꿈쩍을 하지 않자 은서가 결국 고개를 끄덕였다. 다시 자리에 앉은 원우는 바람대로 조용히 커피를 마셔 주었다.

다행이 정환이 앉은 자리와 두 사람이 앉은 자리의 거리가 꽤 있어, 유심히 보지 않는다면 얼굴을 알아보지 못할 것 같았다.

"근데 팀장님이랑 함께 오신 분은 누구예요?"

은서가 목소리를 한껏 낮추고는 원우에게 물었다. 정환에게 잠시 시선을 준 원우는 새어 나오려는 웃음을 참으며 답했다.

"얼마 전에 선 봤다더니 그 사람인가 봐요."

정환은 어머니의 성화로 얼마 전 선을 봤고, 오늘 그 여자와 만난다고 했다. 쇼핑을 하던 원우는 그 사실을 기억해 내고는 백화점 근처에 괜찮은 카페가 있다며 정환에게 추천을 했다.

지금 원우가 은서와 함께 들어서 있는 그 카페였다. 그러니까 카페에 정환을 부른 것은 바로 원우였다. 정작 추천까지 받아 이곳에 온 정환은 원우가 카페 안에 있는 줄은 꿈에도 모르고 있었지만 말이다.

내막을 모르는 은서 역시 그저 우연인 줄로만 알고 경계하다 원우의 답에 깜짝 놀란 얼굴을 했다.

"팀장님 선 봤어요? 의외네요. 애인 없었구나."

"애인 있는 줄 알았어요?"

"당연히 있는 줄 알았죠. 팀장님 정도면 얼굴 잘생겼고, 매너 좋아, 일도 잘하시잖아요."

줄줄이 이어진 칭찬에 원우가 턱을 괸 채로 빤히 바라보았다. 은서는 왜 그런 얼굴로 보냐는 듯이 의아한 표정을 했다.

"나 정도면 얼굴 잘생겼고, 매너 좋고, 일도 잘하잖아요. 근데 차은서는 왜 줘도 못 먹을까?"

은서가 늘어놓은 정환에 대한 칭찬을 고스란히 자기에게 갖다 붙였다. 그녀가 반박하려는 순간이었다.

"아, 먹고 뱉은 거지."

이어진 말에 하마터면 앞에 놓여 있는 커피 잔을 쏟을 뻔했다. 은서가 당황한 얼굴로 자리에서 벌떡 일어섰다가 정환이 이곳에 있다는 것을 깨닫고는 다시 자리에 앉았다. 그녀의 얼굴이 살짝 붉어졌다.

"내가 뭘 먹고 뱉어요?"

"먹고 뱉었잖아요."

"……."

"먹고, 뱉고, 도망쳤지."

에일린 직원이 이원우를 먹고 튀었다는 소문은 이제 사내에서 사라졌지만 은서의 머릿속에서는 완전하게 잊히지 못했다. 덕분에 이원우가 무슨 말을 하는 건지 충분히 알아들을 수 있어 은서의 얼굴이 더더욱 붉어졌다.

원우가 짧게 웃음을 터뜨리자 또 놀린다며 은서가 그의 팔을 찰싹 소리가 나게 때렸다.

"어차피 저녁도 먹어야 하니까 우린 그만 나가죠."

"지금요?"

"저쪽 오래 걸릴 것 같은데."

열을 식히려 냉수를 한 모금 마신 은서는 주변을 확인했다. 입구로 바로 나가지 않고 테이블을 빙 둘러 돌아가면 정환도 두 사람을 보지는 못할 것 같아 은서는 거절하지 않고 자리에서 일어섰다.

선글라스를 쓰고 고개를 푹 숙인 채 나가는 은서의 모습에 장난기가 발동한 원우가 선글라스를 벗기려 했다. 정환은 그쪽으로 시선조차 주지 않고 있음에도 카페를 나서는 동안 둘은 또 별거 아닌 그 일로 아옹다옹했다.

은서는 차에 올라타고 나서야 끝까지 사수해 낸 선글라스를 벗었다.

뭐가 그리 즐거운지 은서의 반응 하나하나에 원우는 웃음을 터뜨렸고, 그런 원우를 한 번 흘겨본 그녀는 시간을 확인하고는 곧장 휴대전화를 꺼내 들었다.

"저녁 먹고 영화 볼 거예요, 아님 영화 보고 저녁 먹을 거예요?"

정환을 빌미로 협박처럼 얻어 낸 약속이었기에 카페를 나선 은서가 마음이 바뀌어 싫다고 하면 어쩌나 싶었는데, 그녀는 어느새 휴대전화를 이용해 상영하는 영화 정보를 보고 있었다.

"보고 싶은 영화 있었어요?"

"있긴 있는데, 혹시 로맨틱 코미디 영화도 보세요?"

좋아하는 장르는 아니었다. 하지만 원우는 망설임 없이 고개를 끄덕였다. 장르가 뭐가 중요한가. 차은서랑 보는 건데.

"영화는 은서 씨 보고 싶은 걸로 봐요. 간단하게 저녁부터 먹고, 영화 보러 가죠."

원우의 말대로 두 사람은 간단하게 저녁을 해결하고 자동차 극장을 찾았다.

억지로 끌려 온 것은 아닌지 은서는 영화에 무척이나 집중하고 있었다. 장르가 로맨틱 코미디이다 보니 곳곳에 웃음 포인트가 있었고 은서는 몇 번이나 웃음을 터뜨렸다.

원우는 영화 따위는 눈에 들어오지도 않는 건지 그녀의 얼굴만 한참이나 보고 있었다.

"구두 예쁘다."

영화를 보다 말고 작게 중얼거리는 말에 원우가 그제야 전방으로 시선을 돌렸다.

여주인공의 모습이 나오고 있었는데 그녀가 신고 있는 구두를 보고 중얼거린 말이었다. 원우는 참지 못하고 웃음을 터뜨렸다.

"왜 웃어요?"

"영화 보면서 무슨 구두까지 그렇게 자세하게 봐요?"

"직업병이에요. 전 드라마 보면서도 그래요. 아, 근데 진짜 예쁘다."

여주인공이 신은 구두를 다시 한 번 확인한 원우는 어렵지 않게 구두 이름을 말했다.

"메리제인 구두네요."

은서는 조금 놀란 얼굴을 했다.

"확실히 구두 회사 대표라서 그런지 잘 아시네요. 보통 남자들 눈에는 이 구두가 저 구두 같고, 저 구두가 이 구두 같아서 뭐가 뭔지 하나도 모른다던데. 다들 그냥 여자 구두는 하이힐이다, 이렇게만 알잖아요."

"구두 회사 대표인데, 그 정도는 당연히 알아야죠."

대답하면서도 원우의 시선이 전방에 머무르는 것을 본 은서는 대화를 멈추고 다시금 영화에 집중했다.

영화가 끝나고 집으로 돌아가는 동안 은서는 기대했던 것보다 더 재밌었다며 영화 스토리에 대해 한참을 떠들었다.

사람이 있는 곳에서는 혹여 누군가 볼까 그와 거리를 두며 한없이 경계하는 것 같다가도, 이렇게 둘만 있을 때는 되레 거리를 좁히며 먼저 다가서는 느낌이었다.

영화를 보는 내내 은서의 얼굴을 쳐다보느라 무슨 내용인지조차 모르는 원우였지만 그녀의 말에 간혹 고개를 끄덕여 주기도 했고, 신호에 걸려 멈췄을 때는 열심히 이야기하는 그녀의 모습을 보며 입가에 미소를 그려 내기도 했다.

"예정보다 좀 늦었네요. 피곤하지 않겠어요?"

"뭐, 내일 쉬잖아요."

그녀의 집 근처에 도착했을 때는 시간이 꽤 늦어 있었다. 불이 켜져 있는 집이 거의 없을 정도였다. 서행하며 골목으로 들어선 원우의 차는 은서의 집 앞에 멈춰 섰다.

조심해서 돌아가라는 인사를 건네려는데 그가 먼저 차에서 내리고는 문을 열어 주었다.

은서가 조심스레 차에서 내리자 이번에는 뒷좌석의 문을 열어 상자 하나를 꺼내었다. 은서는 뭘 하는 건가 싶어 가만히 원우의 행동을 지켜보고 있었다. 그는 곧 상자에서 꺼낸 구두를 은서의 앞에 내려놓았다.

"이게 뭐예요?"

"선물."

생각지도 못한 선물에 은서가 멍하니 구두를 내려다보다

그의 눈을 마주했다.

구두를 바닥에 내려놓느라 무릎을 굽힌 채 자리에 앉은 원우는 아직까지도 그 자세 그대로 은서를 바라보고 있었다.

"구두 예쁘다."

그냥 스치듯 한 말이었다. 그런데 그는 어느 순간부터 은서의 말을 하나도 흘려듣지 않는 모양이었다.

원우가 그녀의 앞에 꺼내 놓은 것은 메리제인 구두였다. 어디서 사 온 건지 영화 속에서 본 것과 똑같은 구두가 지금 그녀의 앞에 놓여 있었다.

감동이라도 받은 것처럼 뭔가 울컥했다. 남자에게 구두 선물을 받은 것은 이번이 두 번째였다. 두 번 모두 이원우에게 받은 것이었다. 은서는 감동해서 울기보다는 작게 웃어 버렸다.

"이걸 언제 샀어요?"

은서가 영화의 후반부를 집중해서 보는 동안 원우는 문자로 구두에 대해 설명하고, 어느 매장에서 팔고 있는지 정환에게 확인을 했다.

별걸 다 시킨다며 투덜대면서도 정환은 금세 그 구두가 어느 매장에서 판매하고 있는지 알아봐 주었다.

영화를 보고 은서를 데려다 주는 길에 원우가 잠시 들를 곳이 있다며 차를 세워 두고 홀로 내렸었는데, 바로 이 구두를 사 온 것이었다.

"대표님, 그거 모르시나 봐요? 구두 사 주면 도망간대요."

"구두 디자이너가 그런 미신을 믿어요? 그리고 차은서가 아직 나를 잘 모르네."

"……."

"도망가면 잡으러 갈 건데."

장난스럽게 웃어 보인 그는 다시 구두를 담으려는 건지 뒤에 놓아둔 상자를 집어 들었다.

하지만 가만히 내려다보던 은서가 신고 있던 구두를 벗고는 원우가 선물한 구두를 신었다. 구두는 그녀의 발에 꼭 맞았다.

그는 상자를 한쪽에 내려 두고 그녀가 구두를 신은 모습을 바라봤다.

구두를 사러 가는 길에 별별 생각을 다 했다. 선물을 해도 거절하면 어쩌나, 싫어하면 어쩌나. 그런 고민을 하는 것조차 원우에게는 처음 있는 일이었다.

'바로 신어 줄 줄은 몰랐는데.'

남들 시선 신경 쓰며 이런저런 이유를 대고 벽을 세우다가도 그녀는 이렇게 불시에 다가설 틈을 만들어 주고는 했다.

두 사람의 시선이 닿았고 자리에서 일어선 그가 한 걸음 더 가까이 앞으로 나서 은서와의 거리를 좁혔다. 아무래도 아쉬웠다. 이대로 돌아가기에는.

"혹시 섹스 앤 더 시티 봤어요? 빅이 캐리 브래드쇼에게 청혼을 할 때 반지 대신 로열블루 구두를 선물하는데."

은서는 작게 고개를 끄덕였다.

"……알아요. 마놀로블라닉 구두요."

"빅이 설마 도망가라는 의미로 캐리에게 구두를 선물했겠어요? 그녀가 가장 좋아하는 게 구두였으니, 가장 좋아하는 걸 선물하며 마음을 전한 거지."

"……."

"내가 그런 의미로 선물한 것처럼."

조용한 골목 안에 이원우의 목소리가 낮게 울려 퍼졌다. 너무 크지도, 작지도 않은 그 목소리가 은서에게만큼은 큰 울림이 되어 다가섰다.

"나 정말 진지하게 물어보는 건데. 차은서가 걱정하는 것들 다 배제하고 그냥 나란 사람만 보고 결정한다고 해도, 거절이에요?"

마지막으로 구두만 선물하고 돌아서려 했다. 이미 오늘은 함께 많은 시간을 보냈고 차은서가 걱정하는 것들이 무엇인지 알기에 조바심을 내지 않으려 했다. 하지만 선물한 구두를 눈앞에서 신어 주니 조금 더 욕심이 났다.

거절의 답이 돌아온다면 또 고백을 하면 그만이었다. 그게 이원우의 방식이었다.

만일 은서가 이 자리에서 싫다고 한다면 오늘은 여기까지라 생각하고 그대로 물러서 다시 기회를 잡으려 했다. 하지만 이전과 달리 은서는 쉽게 답하지 못했다.

'조금 더 기다리자.'

하나, 둘, 셋, 넷……

소리 없이 머릿속으로 숫자를 세며 원우는 은서의 답을 조금 더 기다렸다. 고요한 정적 속에 눈이 마주쳤다. 원우는 더는 기다리지 않았다.

망설인 순간 대답은 나온 거다. 비집고 들어설 틈이 있다는 거였다. 원우는 그 틈을 눈앞에 두고 조금도 주저할 생각이 없었다.

"차은서 씨 말대로라면 나는 이미 성추행에, 폭행죄에, 사기죄까지 저질렀는데. 이미 전과 3범인 나한테 죄목 하나 더붙인다고 해서 나쁠 거 없어요."

무슨 말인지 몰라 은서가 두 눈을 깜빡이며 그를 올려다보고 있는데, 눈 깜짝할 새에 시야 가득 이원우의 얼굴이 들어찼다.

깨달은 순간에는 입술이 닿았다. 짧은 입맞춤이었다. 어찌할 새도 없이 순식간에 벌어진 일이었다.

입술 위에 닿았던 온기가 멀어지고 지금은 다시 자신을 바라보는 이원우의 얼굴만이 시야 가득 들어차 있었다. 지척에서 그녀를 바라보는 원우가 웃었다.

"정강이 안 차였네."

은서의 얼굴이 확 붉어졌다. 원우의 말에도 그를 밀어내지도 피하지도 못했다.

원우는 그녀가 그때 한 말처럼 구둣발로 정강이를 차일 각

오까지 했다. 하지만 은서는 조금 놀란 얼굴을 했고, 이내 얼굴을 붉혔고, 손을 들어 입가를 가리며 시선을 피했다.

예상외의 반응에 원우의 얼굴에서도 점차 웃음기가 사라졌다. 그는 어느새 조금 긴장한 것처럼 보였다.

"나 아까 그 질문에 대한 답, 오늘 꼭 듣고 싶어졌는데."

정신을 차린 은서가 뒤늦게 피하려 하자 원우가 그녀의 어깨를 붙들었다.

"차은서."

얼굴을 반쯤 가린 손까지 치워 냈다. 피할 곳이 없다는 것을 깨달은 건지 그녀의 시선이 다시금 원우에게 닿았다.

"이, 이런 건 반칙이에요. 갑자기 이러는 게 어디 있어요?"

"그럼 나 지금 차은서 좋아해서 공격 들어갑니다, 하고 친절하게 설명이라도 하고 해야 해요? 키스할 거라고 하니까 구둣발로 정강이 찰 거라고 한 게 누군데?"

당황한 은서가 바닥을 한 번 내려다보고는 발을 움직였다. 뒤늦게 구두를 신은 발로 정강이를 차려는 것 같았지만 이원우는 요령 좋게 피했다.

"지금은 늦었고."

"대표님, 대체 저한테 왜 이래요?"

"정말 몰라서 물어요? 차은서 좋다고, 분명하게 말한 거 같은데."

은서가 아랫입술을 꾹 깨물었다. 이원우가 싫은 게 아니었다. 아니, 이제는 싫지 않아서 문제였다.

은서도 점차 그에게 끌리는 자신의 감정을 알고 있었다. 인정도 할 수 있었다. 하지만 역시 상대가 이원우라면 걸리는 점들이 너무 많았다.

"뭐가 그렇게 문제인데요? 나랑 연애하면 나라가 망해요, 아님 하늘이 무너져요?"

감정을 가로막는 문제들을 말하자면 지금 당장 이 자리에서 서너 가지는 댈 수 있었다. 금방이라도 울 것 같은 은서의 얼굴에 그의 마음이 약해졌다. 어깨를 붙든 손에서 힘이 빠지려는 순간이었다.

"싫은 게 아니라서……."

작게 웅얼거리듯 들려온 목소리에 원우의 행동이 멈췄다.

"안 된다고 생각하는데도, 점점 싫지 않아서……."

"……."

"그게 문제잖아요."

은서는 세상이 다 무너진 얼굴로 그리 말했다. 원우가 찡그린 채로 웃었다.

"뭐야, 그게."

"……이거 좀 놔요."

"대답하면. 그래서 내가 좋다는 거야, 싫다는 거야."

"김칫국 마시지 마요. 아직 좋다고 안 했어요. 싫지 않아서 문제라고 했지."

"그게 그거지. 싫지 않으면 좋다는 거잖아."

"그런 말이 어디……!"

소리치던 은서의 말이 허공에서 사라졌다. 그의 한 손이 그녀의 얼굴을 감쌌고 다시금 입술이 닿았다. 조금 전의 짧았던 입맞춤과는 달랐다.

입술이 닿았다고 생각한 순간 혀가 들어왔고, 얼굴을 감싸고 있던 손이 뒤로 움직여 그녀의 머리카락을 파고들었다. 도망치지 못하도록, 도망갈 틈도 없이 그는 그녀를 자신의 품안에 단단히 고정시켰다.

입안을 파고든 원우는 혀를 얽고 입안을 애무하며 더 깊게 입술을 겹쳤다. 숨 쉴 틈도 없이 어느새 서로의 혀가 엉켜들었다. 머릿속이 순식간에 백지가 되었다.

입술이 떨어지고 길었던 키스가 끝을 맺었을 때, 은서는 그의 품에 안겨 있었다.

가쁜 숨을 내쉬던 은서는 곧 정신을 차렸지만, 그를 밀어내려던 행동을 멈출 수밖에 없었다. 자신의 것보다 빠르게 뛰는 것 같은 원우의 심장 박동 소리가 귓가에 고스란히 전해졌다. 손에 점차 힘이 빠졌다.

반대로 은서를 감싸 안은 그의 팔에는 힘이 실렸다. 지금의 이원우는 온몸으로 차은서를 좋아한다고 말해 주고 있는 것만 같았다.

가쁜 숨이 안정을 찾을 때쯤에야 원우는 은서를 안은 두 팔에 힘을 풀었다. 원우가 한 걸음 뒤로 물러섰고 두 사람의 시선이 허공에서 마주쳤다.

조용히 눈만 깜빡이며 그의 품에 얌전히 안겨 있던 은서가 뒤늦게 당황한 기색을 보였다. 눈동자를 한 번 굴렸다가 다시금 그를 바라보는 그녀의 얼굴이 홍조를 띠고 있었다.

정신을 차린 은서는 일단 바닥에 벗어 둔 자신의 구두를 한 손에 들었다.

원우는 그녀가 하는 행동을 가만히 지켜보고 있었다. 슬쩍 몸을 옆으로 움직이는가 싶더니 그녀가 대문으로 향하려 하자 원우가 잽싸게 손목을 붙들었다.

"어딜 가요? 결론은 내고 가야죠."

"무슨 결론이요?"

"차은서랑 이원우의 관계에 대한 결론이지. 조금 전까지 나랑 뭘 했는지 잊었어요? 숨도 제대로 못 쉴 정도로 입 맞춰 놓고선 이대로 나를 여기 두고 가겠다고?"

"대표님도 집에 가시면 되잖아요. 누가 여기 있으라고 했어요? 그리고 조금 전에 그건, 제가 한 게 아니라 대표님이 한 거잖아요."

"처음은 내가 했지만 나중에는 같이했잖아요."

"……네?"

"키스를 어떻게 혼자 해? 차은서는 그게 가능해?"

원우가 아주 당당하게 말하고는 붙들고 있던 손을 놓아주었다. 뒤이어 혀끝을 살짝 내밀어 검지로 가리키더니 다시 손을 내리며 은서가 경악할 말을 아무렇지도 않게 내뱉었다.

"가는 게 있으니까 오는 것도 있었잖아."

미쳤나 봐—

은서가 금방이라도 터질 듯 붉어진 얼굴로 다급하게 그의 입을 틀어막으려 했다. 원우는 손쉽게 은서의 손을 피했지만 말이다.

"말 좀 가려 해요!"

"내가 뭘요?"

원우가 웃으며 은서의 손목을 다시 붙들었다. 부끄러워하는 은서의 얼굴을 더욱 자세히 보려는 건지 고개까지 숙여 가며 기어코 그녀의 시선을 붙들었다.

"제일 걱정하는 거 하나만 말해 봐요."

"……네?"

"나랑 연애하는 데 있어서 차은서 마음에 제일 걸리는 거."

그의 질문에 머릿속에 떠오른 몇 가지의 생각이 있었다. 은서는 잠시 망설이다 조금 축 처진 모습으로 답을 건네었다.

"회사 사람들이 알면 안 좋게 볼 거예요. 제가 뭘 해도 대표님 후광이라는 꼬리표가 붙을 거고요."

"비밀로 해요, 그럼."

은서가 끙끙 앓고 있는 문제에 대해 원우는 5초도 고민하지 않았다.

"그런 소문 따위 어쩔 수 없을 정도로 차은서가 인정받을 때까지. 그러면 되잖아."

간단명료한 답에 은서가 아무런 말도 하지 못했다. 자신에게는 너무도 어렵게 생각되는 일들이, 원우에게는 간단한 문제인 모양이었다. 은서는 힘없이 웃어 버렸다.

"그렇게 간단한 문제가 아니에요."

"난 지금 차은서가 고민하는 것들을 가볍게 여기는 게 아니라, 그게 어떤 무게의 고민인지 아는데도 포기가 안 되니까 이러는 거예요. 나라고 그런 문제들에 대해 생각 안 했겠어요?"

"……"

"그래도 어떻게 해요. 그런 거 다 무시하고 싶을 정도로 차은서가 좋은데."

손목을 붙든 이원우의 손에 힘이 풀리는가 싶더니 좀 더 아래로 움직여 이번에는 그녀의 손을 잡았다. 제발 좀 알아 달라는 듯이 꽉.

은서는 원우의 얼굴을 한 번 바라보고, 붙잡힌 손을 내려다보고, 마지막으로 고개를 숙인 채 발끝을 쳐다봤다. 그가 선물한 메리제인 구두가 가로등 불빛 아래 반짝이듯 빛을 내고 있었다.

"생각할 시간, 조금만 더 주세요."

"얼마나?"

은서는 어느 정도의 시간이 필요할지 가늠하다 생각을 멈췄다. 여기서 기간을 말한다면 정말 그 날짜 안에는 답을 줘야 할 것이다. 이원우는 하루는커녕, 몇 시간도 봐주지 않을 것이 분명했다.

"무슨 빚 갚는 것도 아니고, 그걸 콕 집어 말하라고 해요?"

"쓸데없는 생각할까 봐 그렇죠. 이 조그만 머릿속에 또 얼마나 많은 고민을 집어넣고 혼자 끙끙댈지 뻔하잖아요."

"······안 그래요."

"퍽이나."

"다른 거 다 배제하고······ 대표님에 대해서만 진지하게 생각해 볼게요."

단번에 차인 지난번과 달리 진지하게 생각해 준다는 대답에서 이미 원우가 원하는 것은 얻어 낸 상태였다.

거기다 싫지 않아서 문제라는 답으로 은서의 마음이 흔들린 것도 알고 있었기에 원우는 한발 물러서기로 했다.

"뭘 또 내 생각만 할 거라고 그렇게 대놓고 얘기를 해요."

"그런 뜻이 아니고요!"

"알았어요, 알았어."

더는 대답을 강요하지도, 강압적으로 굴지도 않았다. 손을 놓아주고 시간을 확인한 원우는 이제 돌아가야 한다는 걸 알면서도 아쉬운 마음에 잠시 자리를 뜨지 못했다.

돌아오는 월요일부터는 일주일간 자리를 비워야 하는지라 사내에서 은서를 볼 수도 없었다.

평소라면 아무렇지도 않았을 그 기간이, 차은서를 볼 수 없는 기간이라고 생각하니 너무 길었다.

"나 월요일부터 일주일간 자리 비워요."

"······일주일이나요?"

"일 때문에."

원우가 아쉽다는 얼굴을 했다.

"차은서가 다른 생각 못 하도록 계속 눈앞에 나타나 줘야 하는데."

장난스럽게 덧붙인 그가 입가에 짙은 미소를 그려 냈다.

"재촉하는 건 아니지만…… 다시 돌아왔을 땐, 대답 줬으면 좋겠어요."

뒤이어 저음의 목소리가 간질거리듯 귓가에 닿았다.

그는 조금 더 머뭇거리다 은서에게 그만 들어가라는 말을 건네었다.

은서가 걸음을 옮겨 현관 안으로 모습을 감추기 전, 마지막으로 두 사람의 시선이 마주쳤다. 짧게 손을 흔드는 이원우의 모습이 눈에 들어왔다.

"얼른 들어가요."

원우의 목소리에 은서는 고개를 살짝 숙이고는 걸음을 돌렸다. 현관에 들어서서 구두를 반쯤 벗어 냈던 은서가 잠시 망설이다 다시 구두 안으로 발을 밀어 넣었다.

그렇게 한참이나 구두를 내려다보던 은서는 손을 들어 조심스레 입술 위를 매만졌다.

심장 박동이 조금 더 빨라진 것처럼 뛰고 있었다. 그건, 몇 분 전 들었던 이원우의 것과 조금도 다르지 않았다.

"은서 씨는 좋겠어요."

겨울 시즌에 맞춰 제출한 디자인 중 에일린 로고를 달고 상품화될 디자인 몇 가지가 채택되었다. 그중에는 은서의 디자인도 포함되어 있었다.

연주가 부러움을 담아 바라보자 그녀는 그저 미소로 대답을 대신했다.

한소희 디자이너와의 협업 패션쇼에 디자인이 올라가긴 했지만 그 구두가 상품화된 것은 아니었기에, 은서의 디자인이 에일린의 이름을 달고 상품화되는 것은 이번이 처음이었다. 은서도 그 사실에 마음이 들떠 있었다.

"대리님, 신입 사원치고 이렇게 빨리 기회 잡은 사람 또 있었어요?"

연주가 정말 궁금하다는 얼굴로 곁에 앉은 현정을 향해 물었다. 현정이 커피를 한 모금 마시고는 기억을 더듬다 고개를 가로저었다.

"없어."

"그렇죠?"

"근데 은서 씨만 한 노력파도 없었던 것 같아. 사실 에일린 디자인부는 과제처럼 한 달마다 꼬박꼬박 제출해야 하는 디자인이 있다 보니까 다들 그거 하기도 빠듯하잖아? 팀장님 성격에 그냥 대충 그린 디자인 통과시켜 줄 리도 없고."

종이컵을 테이블 위에 내려놓은 현정이 턱을 괸 채로 은서를 바라보며 고개를 기울였다.

"근데 은서 씨는 제출하는 디자인 외에도 스케치 엄청 하지?"

"진짜 그래요, 은서 씨?"

자신을 향한 연이은 질문에 은서가 당황한 기색을 내보이고는 손을 가로저었다.

"아니에요. 그냥 생각나는 대로 몇 개 더 그린 것뿐인데."

"그게 중요한 거야. 몇 개라고 해도 꼭 해야 할 일이 아닌데 했다는 거잖아. 은서 씨가 왜 이렇게 빨리 기회 잡은 건지 궁금하면 은서 씨 책상 가 봐. 가 보면 이유 알 거야."

연주가 시무룩해진 얼굴을 하자 현정이 그녀의 어깨를 토닥였다.

"연주 씨 디자인도 팀장님이 칭찬 많이 하셨잖아."

"그래도 결국은 탈락이잖아요."

"경험이지. 나도 이번 디자인은 안 뽑혔어. 팀별로 나오는 금일봉도 있으니 우리 팀에서 나온 디자인이 잘 팔리면 연주 씨도 좋은 거잖아. 은서 씨 도와서 겨울 시즌 상품 준비해 줘. 다음 기획도 슬슬 시작하고."

"도울 것도 없어요. 은서 씨 벌써 작업 지시서까지 작성해서 다 넘겼어요. 보니까 서류 정리도 엄청 꼼꼼하게 잘하던데. 백스테이 쪽에 브랜드 로고 장식한 부분까지 디테일하게 별도로 설명 다 해 놨더라고요."

"그랬어?"

현정이 기특하다는 시선으로 은서를 바라봤다. 세 사람은 커피를 다 마시고도 조금 더 대화를 나누다 사무실로 복귀하려 자리에서 일어섰다.

281

연주는 자재실에 들러야 한다며 2층으로 향했고 은서와 현정은 휴게실을 벗어나 함께 복도를 걸었다.

"아, 맞다."

조금 앞서 걷던 현정이 걸음을 멈추고는 뒤를 돌아봤다. 은서도 자연스레 걸음을 멈췄다.

복도는 조금 한산한 편이었는데 무슨 이야기를 하려는 건지 현정은 주변까지 살폈다.

"은서 씨, 혹시 그날 우리 팀원들끼리 술 마셨을 때 말이야."

"네."

"연주 씨한테 들은 얘기 누구한테 했어? 영한에서 들었다는 나인 직원에 대한 얘기."

은서가 잠시 멈칫하고는 고개를 가로저었다.

"……아니요."

"잘했어. 그거 그냥 못 들은 걸로 해."

"네?"

"팀장님이 함구령 내렸어. 그날 영한 갔던 직원들 모두 불러서 그 일에 대해서 떠들지 말라고 했다는데, 이미 연주 씨가 우리한테 얘기했잖아. 그날 술자리에서 얘기 오간 것도 아셔서 나만 따로 불러서 주의 주셨거든."

현정이 다시 멈췄던 걸음을 옮겼고 은서 역시 뒤를 따랐다. 이상하리만큼 소문이 잠잠하다 했더니 정환이 입단속을 한 모양이었다.

디자인 유출은 민감한 문제였다. 그런 소문이 돌았을 때는 당사자를 불러 확인 정도는 했을 텐데. 은서에게서 확인을 하지 않았으니 아마 원우에게서 무언가의 설명을 들었을 것이라 짐작할 수 있었다.

"아무래도 헛소문인가 봐. 아니면 입단속 시킬 게 아니라 그 해당 직원 불러서 사실 여부 확인했을 테니 말이야. 정진 씨한테는 내가 말해 뒀는데 은서 씨한테는 깜빡하고 말을 안 했네. 뭐, 그런 소리 함부로 할 사람 같지도 않아서 걱정은 안 했지만."

"네."

현정이 기지개를 켜고는 작게 하품을 했다. 점심을 먹고 커피까지 마시며 수다를 떨고 오니 일하기가 싫다며 투덜거리는 목소리가 뒤이어 들려왔다.

"아, 그나저나 요새 회사 되게 조용하지? 이만하면 가십 하나 터질 때쯤 됐는데. 내가 회사 다니는 재미 중 하나가 우리 대표님 가십인데 말이야. 해외 출장 가셨다던데, 그래서 요새 팀장님 얼굴이 폈나?"

은서는 참지 못하고 웃음을 터뜨렸다. 현정이 뒤를 힐끗 돌아보고는 함께 웃었다.

"친구인데 견원지간 같지 않아?"

"네. 사실 좀 그래요."

"마케팅부 최 팀장님 말로는 그게 두 분이 하는 애정 표현이라던데. 근데 두 분 다 왜 결혼을 안 하실까? 회사 솔로들

희망 고문하는 것도 아니고. 특히 대표님은 얼른 결혼해서 자식도 낳아야 할 텐데."

"요새는 결혼 다들 늦게 하잖아요."

"그래도. 대표님은 3대 독자에다 부모님도 안 계신데, 얼른 결혼해서 대를 이어야지."

복도 창가로 시선을 돌린 채 걷고 있던 은서가 처음 듣는 이야기에 깜짝 놀란 얼굴로 현정의 뒷모습을 바라보며 물었다.

"……대표님, 부모님이 안 계셔요?"

"은서 씨 몰라? 유명한 얘기라 다들 알 텐데. 오래전 일이긴 해도, 검색하면 관련 기사 몇 개 정도는 나와."

현정이 걷는 속도를 늦추고는 은서의 곁에 섰다. 원우의 부모님에 관한 이야기는 에일린에 다니는 직원치고는 모르는 사람이 없을 정도로 유명했다.

현정은 보폭을 맞춰 나란히 걸으며 더 자세한 이야기를 덧붙였다.

"사고로 돌아가셨어."

"사고요?"

"동명제화 회장님이 대표님 조부 되시는 건 알지?"

"네, 들었어요."

"회장님한테 자식이 아들 하나뿐이었거든. 근데 그 아들이 사고로 죽고 회장님한테는 대표님 하나만 남았으니 대를 이을 수 있는 사람이 대표님뿐인 거지."

"어떻게요? 무슨 사고로 돌아가신 거예요?"

"비행기 사고. 대표님한테 나이 차이 많이 나는 누나가 있었다던데, 아마 아홉 살 정도 차이 난다고 했던 거 같아. 그 누나가 뭐라더라? 해외 무슨 콩쿠르에 참여를 하게 돼서 가족들이 다 같이 가게 됐는데 대표님이 전날 열이 너무 심하게 나서 못 간 모양이야. 그래서 대표님은 빼고 부모님과 누나만 함께 갔는데, 하필 그 비행기가 추락했어. 생존자는 한 명도 없었고."

"......."

"다른 사람들은 이 얘기 들으면 대표님이 그 비행기 타지 않은 걸 두고 하늘이 도왔다고 말하는데 사실 도운 건 아니지. 고작 아홉 살이었다고 하던데. 그 어린 나이에 얼마나 무서웠을 거야. 그렇게 한꺼번에 잃는다는 게."

은서는 어느새 걸음을 멈춘 채 복도 한가운데에 못 박힌 듯 서 있었다. 뒤늦게 그런 은서의 모습을 확인한 현정이 의아한 얼굴을 했다.

"은서 씨?"

"......."

"은서 씨!"

"......아, 네."

자신을 부르는 목소리에 은서가 정신을 차리고 뒤늦게 대답을 건네었지만 어쩐지 발걸음이 떨어지질 않았다.

"대리님, 저 잠깐 화장실 좀 들렀다가 갈게요."

"어디 아파? 얼굴색 안 좋은데."

"아니에요. 손만 씻고 금방 갈게요. 먼저 들어가세요."

"그래, 그럼."

금방 간다는 대답과 달리 현정이 돌아서고 모습을 감출 때까지도 은서는 그 자리에서 움직이지 않았다.

"자기가 하고 싶다고 하고 싶은 일 다 하는 사람들은 부족한 게 없어서 그래요. 다 가져서 하나쯤은 잃어도 되니까."

"누가 그래요? 나도 있어요. 부족한 거."

협업 패션쇼가 있던 날, 집에서 나눈 대화가 떠올랐다. 은서의 말에 그는 분명 웃으면서 답했다. 아무것도 아닌 일처럼, 가볍게.

"한 번 몽땅 잃은 적이 있어요. 처음부터 없었던 건 아닌데, 손에 쥐어 줬다가 뺏어 가니까 어쩔 줄을 모르겠더라고요. 그러니까 적어도 나한테 세상은 공평해요. 아니, 사실 불공평하지. 노력해도 얻을 수 없는 걸 뺏어 갔으니까."

어떤 심정으로 그런 말을 한 건지 가늠조차 되지 않았다. 은서가 한숨을 내쉬며 고개를 숙였다. 한 손으로 얼굴을 감싸 듯 문질렀다가 다시 고개를 든 그녀가 날짜를 가늠했다.

'이원우가 언제 온다고 했지?'

영화를 보고 헤어졌던 마지막 날을 떠올렸다. 손가락까지 접어 가며 날짜를 확인하던 은서는 곧 한숨을 내쉬었다.

"이틀이나 남았잖아."

길었다. 48시간이 이렇게 길게 느껴질 줄이야.

은서가 휴대전화를 꺼내 들어 이원우의 번호를 찾았지만 끝내 통화 버튼을 누르지는 못했다.

일을 하러 간 사람에게 이런 일로 연락을 해도 괜찮은 걸까, 라는 생각이 들어서였다.

"어? 은서 씨, 뭐해요? 안 들어가요?"

"아, 네."

자재실에 갔던 연주가 어느새 돌아와 복도에 서 있는 은서를 발견하고는 말을 걸었다. 은서는 점심시간이 끝나 간다는 것을 깨닫고는 서둘러 걸음을 옮겼다.

'돌아오면 사과하자.'

사무실로 돌아온 은서는 그리 생각하며 휴대전화를 손에서 내려놨다. 하지만 남은 이틀의 시간이 지나도 그녀는 에일린에서 원우의 모습을 볼 수 없었다.

❋　　　❋　　　❋

책상 앞에 앉아 의미 없이 펜을 쥔 손을 연신 움직이던 은서는 뒤늦게 시간을 확인했다.

머리가 복잡해 구두를 그리고 또 그렸는데 건질 만한 것은 하나도 없었다. 나중에는 구두를 그리다 못해 의미 없는 선만 연신 그어 댔다.

다른 팀원들이 다 퇴근을 한 상태라 사무실 안은 썰렁하기만 했다. 주변을 둘러본 은서는 짧게 한숨을 내쉬고는 책상 위의 달력을 내려다봤다.

"……열흘인데."

이원우가 자리를 비운 지 어느새 열흘이 지났다. 사내에서도 볼 수 없는 것을 보면 아무래도 돌아오지 않은 것이 분명한데.

무슨 일이 생긴 건가 싶었지만 물어볼 수 있는 사람이 없었다. 대놓고 이원우의 소식을 묻자니 상대방이 뭔가 이상하게 생각할 것 같아서였다.

"혹시 어디 아픈가."

아랫입술을 꾹 깨문 은서가 휴대전화를 손에 들었다. 아무래도 연락을 해 봐야 할 것 같았다.

"은서 씨, 퇴근 안 했어요?"

원우의 번호를 찾아 통화 버튼을 누르려 했다. 다른 누군가의 목소리가 들려오지 않았다면 버튼을 눌렀을 것이 분명했다.

화들짝 놀란 은서가 목소리의 주인을 확인하고는 빠르게 자리에서 일어섰다. 휴대전화는 이미 손에서 내려놓은 상태였다.

팀장 정환이 상자 몇 개를 품에 안고는 사무실 안으로 들어섰다. 그는 상자를 내려놓자마자 시간을 확인하고는 은서보다 더 놀란 얼굴을 했다.

"지금이 몇 신데 아직 안 갔어요? 작업 지시서도 모두 넘겨서 바쁜 건 다 끝났을 텐데."

"아, 바쁜 일 있던 건 아니고요. 그냥 남은 일 정리하다 보니까 시간이 이렇게 됐네요."

"쉬엄쉬엄해요. 너무 늦게까지 일하면 내가 너무 악덕 상사 같잖아요."

정환의 말에 은서가 작게 웃음을 터뜨렸다.

"마침 잘됐네요. 어디 보자."

책상 위에 놓아둔 상자를 이리저리 확인하던 정환이 그중 하나를 은서에게 내밀었다. 에일린 로고가 그려진 상자였다.

"은서 씨, 이거 하나 가져가요."

"이게 뭔데요?"

"구두요."

"구두요?"

"은서 씨가 디자인한 구두요."

"이번 겨울 상품이요?"

정환이 고개를 끄덕였다. 은서는 상자를 받아 들고는 안에 담긴 구두를 매만졌다.

"제가 가져도 괜찮아요?"

"대표님 보여 드릴 건 따로 빼 뒀고, 생산 들어간 거 내가 하나씩 더 챙겨 왔어요. 구두 디자인한 디자이너들한테 하나

씩은 줘야 할 것 같아서요. 출시되기 전에는 밖에서 신으면 안 되는 거 알죠?"

"네."

"카탈로그 촬영 마쳤고, 홍보용으로 잡지에 넣을 화보도 곧 촬영 진행해요. 날씨도 금세 쌀쌀해져서 아마 보름 뒤에는 매장 진열도 될 거예요."

구두에서 시선을 떼어 내지 못하는 은서를 보고 정환이 소리 없이 웃었다.

"난 바로 내려가 봐야 하는데, 조금 더 있다 갈 거예요?"

"네. 하던 거 정리만 하고 바로 퇴근할게요."

"그럼 내일 봐요, 은서 씨. 수고하고요."

"네, 팀장님. 조심해서 들어가세요."

꾸벅 고개를 숙이는 은서를 향해 정환 역시 인사를 건네고는 사무실을 빠져나왔다.

주차장으로 향한 그는 차에 올라타려다 말고 아직 퇴근 전인 누군가의 차를 발견하고는 걸음을 멈췄다.

"원우 이 자식 왔나 보네."

차를 발견한 정환은 그에게 전화를 걸었다.

몇 번의 신호음 끝에 상대방이 전화를 받았지만 그는 곧 통화 종료 버튼을 눌렀다. 엘리베이터에서 내려 막 주차장에 들어서고 있는 원우의 모습을 발견했기 때문이었다.

"언제 왔어? 오늘 온 거야?"

"어."

"피곤할 텐데 바로 집으로 가지, 회사에는 왜 왔어?"

"확인할 게 있어서. 넌 왜 지금 가?"

"겨울 상품 샘플 확인하고 그것 좀 가져다 놓느라."

원우가 자신의 차로 다가서서 운전석의 문을 반쯤 열었다 가 다시 닫았다.

공모전 심사에는 그도 참여하긴 했지만 시즌별로 나오는 상품이나 에일린의 로고를 달고 나올 상품의 디자인을 선택 하는 것은 전적으로 팀의 책임자인 팀장들에게 그 권한을 주 고 있었다.

원우는 그저 채택된 디자인을 확인만 했다. 해외에 나가 있 던 원우는 이번에도 메일을 통해 디자인을 받아 확인했을 뿐, 어떤 디자이너가 어느 디자인을 했는지는 아직 모르고 있었 다.

'이번에는 차은서도 디자인을 냈을 텐데.'

은서가 평소 얼마나 많은 스케치를 하고, 어느 정도의 노력 을 하는지 알고 있던 원우는 그녀의 디자인도 뽑혔는지 그것 이 궁금했다. 차마 직접 묻지는 못하고 티 나지 않게 돌려 물 었다.

"진행하는 디자인, 다섯 개였지?"

"어. 우리 팀 둘, 2팀 하나, 3팀 둘. 이렇게."

"너희 팀은 누구 디자인으로 진행하는데?"

"정진 씨랑 은서 씨 디자인. 야, 말도 마라. 우리 팀 엄청 쟁쟁했다. 메일로 보내 준 건 확인했지? 스웨이드랑 가죽이

믹스 매치된 구두가 차은서 씨 디자인이고, 부티힐이 정진 씨 디자인."

원우는 기억을 더듬었다. 메일에서 본 디자인 중 조금 화려하다 싶은 구두가 은서의 것임을 알아챘다.

"그래?"

"현정 씨 디자인도 좋았거든. 아, 다시 생각해도 좀 아쉽네."

원하는 답을 얻은 원우는 그저 가볍게 고개를 끄덕이고는 휴대전화를 들어 시간을 확인했다.

지금 은서에게 찾아가기에는 너무 늦었지 싶어 잠시 고민하고 있는 사이, 돌아서려던 원우의 발걸음을 정환이 다시 붙들었다.

"시간 늦었는데 방향 같으면 데려다 줄 걸 그랬나."

누구에게 하는 말인가 싶어 원우는 정환을 쳐다봤다. 그는 엘리베이터가 있는 뒤쪽을 바라보고 있었다.

"누굴?"

"은서 씨."

"……회사에 있어?"

"어. 정리할 일 있다고 남았던데."

원우는 미련 없이 차 문을 잠그고는 다시 걸음을 돌렸다.

"너 어디 가?"

"두고 온 거 있어서. 넌 그냥 가. 내려오는 길에 혹시 차은서 씨 아직 사무실에 있으면 내가 데려다 줄 테니까."

"관둬라. 대표랑 동승하느니 버스 타고 가는 게 낫지. 그게 편하겠냐?"

"상사는 편하냐?"

"나야 너랑은 다르지. 인자하고 배려 넘치는 상사니까."

"넌 그런 말 자기 입으로 하기 부끄럽지도 않냐?"

"다른 사람도 아니고 너한테 그런 말 듣기 싫다."

원우는 정환의 말에 작게 실소를 터뜨렸다.

"아무튼 넌 먼저 가."

"알았다, 알았어. 괜히 은서 씨 불편하게 하지 말고 그냥 두고 온 물건만 가지고 집에 가라. 나 먼저 간다. 수고."

정환의 차가 주차장을 빠져나가는 걸 끝까지 확인한 원우는 엘리베이터에 올라타 디자인 부서가 있는 4층으로 향했다. 그사이 은서가 집으로 돌아갔으면 어쩌나 싶었지만, 복도 끝 1팀 사무실에 불이 켜져 있었다.

원우의 걸음이 조금 더 빨라졌다. 사무실 안에 있는 은서의 모습을 발견했지만 원우는 안으로 들어서지 못하고 입구에서 걸음을 멈췄다.

은서는 정환에게 받은 구두를 신어 보고 있었다. 그녀가 디자인한 구두에는 에일린 로고가 새겨져 있었다.

그것이 신기해 은서는 구두를 벗어 로고가 새겨진 부분을 한참이나 쳐다보다가 다시 구두를 신고 제자리에서 빙그르르 돌아보기도 했다.

원우는 기척을 내지 않고 사무실 입구에 서서 조용히 그 모습을 바라보고 있었다.

일주일로 예정했던 출장이 생각보다 길어져 열흘 만에 돌아왔다. 일도 바빴지만 차은서가 먼저 연락을 해 주는 일이 없던 것 같아 오기로 버텼었다.

하지만 단 한 차례도 은서에게 문자나 연락이 없어 몇 분 전까지만 해도 조금 심통이 나 있는 상태였다.

그런데 구두를 신고 혼자 이리 보고 저리 보며 좋아하는 차은서의 모습을 보고 있으려니 섭섭한 마음마저 눈 녹듯이 사라졌다.

원우는 결국 웃어 버렸다. 역시 짝사랑하는 사람이 약자지.

"우리 차은서는 내가 죽었는지 살았는지 궁금하지도 않나 보네."

침묵을 깬 원우의 목소리에 흠칫 몸을 굳힌 은서가 뒤를 돌아봤다. 원우가 뒤에 서 있는 것을 확인한 그녀는 놀란 얼굴을 했다. 그는 은서와의 거리를 좁혀 지척에 섰다.

"나에 대해서만 진지하게 생각하겠다더니. 아무리 봐도 내 생각은 조금도 안 한 것 같은데요."

들뜬 마음에 잠시 이원우에 대한 걸 잊었다. 하지만 그건 아주 잠시였을 뿐이다. 은서는 조금 억울하다는 얼굴로 변명했다.

"……제가 조금 전까지는 분명, 대표님 생각을 하고 있었거든요."

"내 생각만 할 거라고 했잖아요."

"다른 거 배제하고 생각한다는 뜻으로 말한 거예요, 그건."

"사람이 연락도 없이 얼굴을 안 보이는데, 궁금하지도 않았어요?"

"그야…… 미리 얘기했잖아요. 자리 비운다고."

"일주일이라고 했지, 열흘이라고는 안 했는데."

원우가 책상에 기대어 서며 은서가 신은 구두를 내려다봤다.

"겨울 상품 신규 디자인 채택 끝났다고 하더라고요."

"……네."

"특히 1팀이 쟁쟁했다더니, 최종 결정된 디자인에 차은서 디자인도 있다던데."

"네."

구두를 내려다보던 원우가 은서와 두 눈을 마주했다.

"축하해요."

원우는 자기 일처럼 기뻐했다. 진심을 담아 건넨 인사에 은서는 작게 고개를 끄덕였다.

"일은 다 끝났어요?"

"네."

"그럼 가요. 데려다 줄게요."

은서는 뒤늦게 시간을 확인했다. 시간도 늦었고 사무실에 둘만 있는 것은 아무래도 위험했다.

은서는 구두를 벗어 상자에 넣고 짐을 챙겨 원우를 따라 사무실을 나섰다. 늦은 시간이라 복도에도, 엘리베이터에도, 주차장에도 사람이 없었다.

회사를 빠져나갈 때까지 다행히 마주친 사람은 없었고 은
서는 그의 차를 타고 집 앞에 도착할 때까지 무슨 말을 먼저
꺼내야 할까 고민을 했다.

그러는 사이, 어느새 차는 은서의 집 앞에 도착해 있었다.
원우가 먼저 내려 문을 열어 줬고, 차에서 내린 은서는 머뭇
거리며 발걸음을 떼어 내지 못했다.

조심해서 돌아가라는 인사가 나오고도 남을 시간이었다.
은서의 행동이 평소와는 조금 다른 것 같아 원우도 의아함을
느꼈는지 잠시 행동을 멈추고 그녀가 먼저 입을 열기를 기다
렸다.

"저, 대표님한테 하고 싶은 말이 있는데요."

조금 더 기다리자 역시나 할 말이 있다며 그녀가 입을 열었
다. 오늘 당장 대답을 듣자니 재촉하는 거 같아 조금 더 기다
리려던 원우는 열흘 전의 일을 지금 답하려는 건가 싶어 고개
를 끄덕였다.

"해 봐요."

"죄송해요."

원우가 잠시 멍한 얼굴을 했다가 힘이 빠진 얼굴로 웃었다.

"아, 거절이에요? 나 또 차여요?"

"아니요. 그게 아니라……."

"그럼요?"

"지난번에 제가 대표님은 다 가진 사람이라서 하나쯤은 잃

어도 되니까 그렇게 말할 수 있다고 그랬잖아요. 그때 대표님
이 한 번 몽땅 잃은 적이 있다고 했는데. 아무것도 모르면서
그런 말 쉽게 한 게 너무 죄송해서요."

뭐가 죄송해? 원우는 영문을 모르겠다는 얼굴로 은서가 한
말을 다시 곱씹었다.

지난 이야기를 왜 지금 꺼내는 걸까. 잠시 생각에 잠긴 원
우는 은서가 갑자기 왜 이런 이야기를 꺼낸 건지 그 이유를
짐작했다.

"아아."

사고에 대해 알았을 것이다. 사내에서 누군가에게 들은 모
양이라 생각한 원우가 되레 웃으며 그녀를 다독이듯 물었다.

"그게 왜 차은서 씨가 미안해할 일이에요?"

"제가 알지도 못하면서 쉽게 말해서……."

"언제 쉽게 말했어요? 차은서 씨 나 상처 주는 말 안 했어
요. 상처 받지도 않았고."

"……."

"그나저나 진짜 놀랐잖아요. 또 차이는 줄 알고."

원우가 안도했다는 얼굴을 하고는 그녀와 시선을 맞췄다.
손을 뻗으면 닿을 거리에 차은서가 있었다. 조금 더 기다리려
했지만 기왕 얘기가 나온 김에 답을 듣는 것도 좋을 것 같았
다.

원우는 잠시 망설이다 가장 중요한 본론을 꺼내었다.

"내가 듣고 싶은 대답은 준비 안 했어요?"

얼굴을 힐끗 올려다보고는 시선을 피하는 그녀의 모습에 그는 작게 웃었다.

"이제 와서 뭘 또 눈치를 봐요?"

"……내일."

"…….."

"내일 할게요."

"뭘 이렇게 뜸을 들여요? 얼마나 대단한 대답을 하려고."

"아무튼, 내일 할래요."

"내일 언제 대답할 건데요? 회사에서는 보는 눈이 많아서 나한테 말도 못 걸 텐데."

"……딱 보면 알아요."

"딱 보면?"

"딱 보면 안다니까요? 그럼 조심해서 가세요."

원우가 어찌할 새도 없이 도망치듯 현관으로 뛰어간 은서가 손을 두어 번 흔들고는 그대로 모습을 감췄다. 골목에 홀로 남겨진 원우는 귀신에 홀린 얼굴을 하고 있었다.

"딱 보면 알아? 어떻게?"

미간을 좁힌 그는 정말 모르겠다는 듯 홀로 중얼거렸다. 답을 해 줘야 할 은서가 이미 모습을 감춘 뒤라 원우의 의문을 풀어 줄 사람은 아무도 없었다.

내일 출근을 하면 차은서부터 찾아가리라 생각을 하며 그는 아쉬운 듯 떨어지지 않는 발걸음을 돌렸다.

평소보다 조금 이른 시간에 출근을 한 은서는 엘리베이터에 비친 자신의 모습을 바라보았다. 괜스레 머리를 매만지고 옷매무시를 다듬고 헛기침을 하는 얼굴이 평소보다 조금 홍조를 띠고 있었다.

은서는 곧 도착한 엘리베이터에 올라타 디자인 부서가 있는 4층으로 향했다.

"안녕하세요."

인사를 건네고 사무실 안으로 들어선 은서는 평소보다 조금 분주해 보이는 팀원들의 모습에 의아한 시선을 보냈다. 분위기가 이상했다.

백을 책상 위에 내려놓고 컴퓨터의 전원을 켠 그녀는 주변을 둘러보다 회의 테이블 앞에 팀원 서너 명이 모여 있는 것을 보고는 그쪽으로 다가섰다.

"무슨 일 있어요?"

"아, 은서 씨 왔어?"

인사를 건네면서도 현정의 표정은 무척이나 심각했다.

"왜들 그래요? 분위기가 이상한데."

"큰일 났어, 은서 씨."

"큰일이요?"

현정이 카탈로그 하나를 내밀었다. 은서는 자연스레 테이블 위를 응시했다. 그녀가 디자인한 구두의 사진이 실려 있는 카탈로그였다.

"아, 카탈로그 촬영 마쳤다더니 벌써 나온……."

"이거 우리 거 아니야."

은서는 다시 카탈로그를 내려다봤다. 좀 더 자세히 사진들을 살폈다. 익숙한 디자인의 구두가 두 개 있었지만 나머지는 모두 모르는 구두였다. 은서의 표정도 점차 굳어졌다.

"그럼 이건 대체 어디……."

"나인 거야."

뒤이은 현정의 말에 은서의 얼굴에서 표정이 사라졌다.

"……네?"

"나인에서 겨울 제품 카탈로그를 기존보다 빠르게 발행했는데, 보다시피 우리 팀 디자인이랑 똑같아. 벌써 상품 진열되어 있는 매장도 있다던데. 팀장님도 급하게 그거 알아보러 나가셨어."

익숙한 구두 두 개는 정진과 은서가 디자인한 1팀의 구두였다. 은서의 눈가에 파르르 작은 경련이 일어났다.

발밑이 푹 꺼지는 느낌과 동시에 이명이 일어난 것처럼 팀원들의 목소리가 멀어져 갔다.

정신을 차리지 못하고 은서가 불안한 시선으로 카탈로그를 내려다보고 있는데 주변에 있던 팀원들이 갑작스레 모두 자리에서 일어섰다.

"대표님, 안녕하세요."

"윤 팀장 어디 있어요?"

혼란 가득한 은서의 시선이 원우에게로 닿았다. 귓가에 울리던 이명이 사라졌다. 하지만 좀처럼 괜찮은 표정을 지을 수가 없었다.

아무렇지 않은 척, 괜찮은 척하고 싶은데 손의 떨림이 멈추질 않았다.

심각한 얼굴로 1팀 사무실에 들어선 원우는 곧장 팀장 정환을 찾았고 그러다 은서와 시선이 마주쳤다. 어제까지만 해도 구두를 신고 좋아하던 생기 있는 차은서의 모습은 없었다.

은서의 모습을 살피던 원우의 시선이 이내 한곳에 머물렀다.

"……딱 보면 알아요."

원우는 손을 들어 입가를 매만지다 얼굴을 한 번 쓸어내렸다. 그의 얼굴은 삽시간에 복잡한 감정을 담아냈다.

"그때 그 소문 있잖아요."

어디선가 들려온 목소리에 은서의 시선이 원우에게서 떨어져 소리가 들려온 방향으로 움직였다. 원우는 그런 은서를 바라보고 있었다.

그녀는 오늘 원우가 선물한 메리제인 구두를 신고 출근했다. 은서의 대답이 무엇인지 알았음에도 그는 기뻐할 수 없었다.

"……나인에서 디자인 유출했다던 사람. 그 사람이 그런 거 아니에요?"

이 일의 화살이 가장 먼저 누구에게로 향할지 여실히 보였기에.

이미 그것을 짐작한 듯 한없이 불안해 보이는 차은서가 눈앞에 있었기에.

chapter 7
차라리 아니길 바라는 마음으로

나인의 디자인 유출자에 관한 이야기를 꺼낸 것은 정진이었
다. 유출된 두 개의 디자인 중 하나는 정진의 것이기도 했다.
은서의 손에 꽉 힘이 들어갔다. 작은 손이 희미하게 떨렸다.

그날 술자리에서 나인의 퇴사자에 대해 연주에게 이야기를
들은 사람은 현정과 정진, 그리고 은서뿐이었다.

하지만 수면 위로 드러나지 않았을 뿐이지, 어느 정도 말이
돌긴 돈 모양이었다. 다른 팀원들까지 수군거리기에 바빴다.

"나도 그 소문 듣긴 들었는데. 그거 헛소문 아니었어?"

"아예 근거 없는 소문은 아닌 것 같아요."

"근데 나인에서 유출한 사람이 다시 나인으로 디자인 유출
을 하겠어?"

"모르죠. 그 회사에도 친한 사람 한둘쯤은 있을 텐데, 돈에

관련된 거면 뭔들 못 하겠어요. 이미 한 번 한 일이고."

"설마."

이원우의 귀에 들리는 목소리가 차은서의 귀에는 들리지 않을 리 없었다.

처음에는 눈치를 보며 꺼낸 이야기가 이제는 사실인 것처럼 서로의 입을 통해 오고가고 있었다. 들려오는 이야기가 더 많아질수록 원우가 이를 악물었다.

"대표님."

수군거리던 목소리가 일시에 사라졌다. 급하게 사무실 안으로 들어선 정환이 원우의 곁으로 다가섰다. 일의 심각성을 나타내듯 정환의 표정에도 평소와 같은 여유는 찾아볼 수 없었다.

"저희보다 먼저 디자인 등록까지 한 게 맞습니다. 좀 더 확인해 봐야겠지만……."

"뭘 더 확인합니까."

원우의 말에 사무실 분위기는 찬물을 끼얹은 듯 냉랭해졌다.

"빼도 박도 못하게 똑같은 디자인의 구두가 벌써 나인 매장에 깔렸는데. 생산까지 넘어간 제품이에요. 그 많은 구두를 출시도 못 하고 다 갖다 버리게 생겼는데 태평하게 확인? 나인 매장이라도 돌아보고 오게요?"

"……."

"대체 언제부터 디자인팀 보안이 이렇게 허술했습니까."

"······죄송합니다."

각 팀별로 팀장이 있었지만 디자인 부서의 총 책임자는 정환이었다. 에일린이 창립되고 3년간 단 한 번도 없던 일이 일어났다.

찍어 냈다 싶을 정도로 에일린의 상품과 똑같은 나인의 구두는 에일린 측에서 생산까지 들어간 구두라 더욱 문제가 되었다. 만일 제대로 밝혀 내지 못한다면 에일린이 감수해야 할 손실은 어마어마했다.

그 누구도 말을 꺼내지 못한 채 무거운 침묵이 감돌았다. 다른 팀에도 소문이 퍼진 건지 4층 전체 분위기가 싸늘했다. 어느새 2팀과 3팀의 팀장들도 그곳에 모여 있었다.

"팀장님."

무겁게 흐르던 침묵을 깬 것은 정진이었다. 한 걸음 앞으로 나선 그가 조심스럽게 입을 열었다.

"확실히 짚고 넘어가야 할 거 같습니다. 나인 디자인 유출자가 에일린에 입사했다고 들었습니다."

"그 건은 내가 분명 함구하라고 했던 것 같은데요. 주 대리가 얘기 안 합니까?"

모두의 신경이 날카로워진 상태였다. 그건 정환도 다르지 않았다. 평소와 달리 조금 매섭게 이야기하는 정환의 모습에 잠시 움찔하긴 했지만 정진은 물러서지 않았다.

"들었습니다. 그래서 더는 얘기 꺼내지 않았고요. 하지만 이렇게 일이 터진 상황에서 가장 먼저 의심할 사람은 그 사람밖에 없지 않습니까."

"그만해요."

"아니요. 그 사람부터 제대로 조사해 주세요. 안 그러면 대체 어떻게 팀원들을 믿고 일을 합니까. 저희 팀 디자인만 두 개가 유출된 거잖아요. 저는 팀원을 믿지 못하는 상태에서 불안하게 근무하고 싶지 않습니다."

"박정진 씨, 그만하라고 했어요."

"며칠 내내 고민하고 밤새워 가며 한 디자인이 다른 회사 로고 달고, 다른 사람 디자인인 것처럼 나왔는데, 제가 어떻게 가만히 있어요? 만일 범인 잡지 못한다면 앞으로도 이런 일이 계속 벌어지지 않을 거라고 장담할 수도 없는 거 아닙니까."

복도에 있던 다른 팀의 디자이너들까지 술렁였다. 이미 소문을 들은 사원들은 그게 진짜였냐며 수군거렸고 2팀과 3팀의 팀장은 처음 듣는다는 얼굴을 하고 있었다.

"그게 진짭니까?"

2팀 팀장이 정진을 향해 물었고 그는 고개를 끄덕였다.

"2팀에서도 그날 영한에 함께 간 직원이 있다고 들었습니다. 그 직원들도 같이 들었을 겁니다."

술렁임이 더 커졌다. 돌아선 2팀 팀장은 정환과 함께 영한에 갔던 직원을 복도로 불러 사실 확인을 했다. 나머지 사원들은 저마다 나인 근무 경력이 있는 신입 사원이 누구인지에 대해 이야기하고 있었다.

3팀 팀장 역시 당황스럽다는 얼굴을 한 채로 정환에게 물었다.

"윤 팀장은 알고 있었어요? 근데 왜 말 안 했어요?"

"확인해 봤지만, 문제 안 될 부분이라 말하지 않았습니다."

"어떻게 문제가 안 됩니까. 디자인 유출로 퇴사한 사람이 에일린에 들어왔다는데."

술렁임이 더 커졌다. 그리고 그 술렁임이 약속이라도 한 것처럼 사라진 것은, 은서가 두어 걸음 앞으로 나서 손을 들며 입을 열었을 때였다.

"……접니다."

원우가 말릴 새도 없었다.

"나인에서 근무했던 사람, 바로 접니다."

모두의 시선이 은서에게로 쏠렸다. 정환은 머리가 지끈거리다 못해 폭발할 지경이었다.

"차은서 씨. 나설 자리, 안 나설 자리 구분 못 합니까."

정환은 화를 냈다. 조금 높아진 목소리가 사무실 안에 울렸다. 지금 차은서가 나서는 것은 불에 기름을 붓는 격이었다.

하지만 은서는 물러서지 않았다. 창백해진 얼굴을 하고 있으면서도 계속해서 말을 이었다.

"저 잘못한 거 없습니다. 근데 왜 숨겨야 하는지 모르겠습니다."

팀원들을 향해 돌아선 은서가 한 사람, 한 사람의 얼굴을 바라보았다. 쥐 죽은 듯이 조용해진 사무실 안에는 잔뜩 떨리고 있는 은서의 목소리만이 울려 퍼졌다.

"말 안 하려고 한 거 아닙니다. 숨기려고 한 것도 아니고요. 입사 때 제출한 이력서에도 나인 근무 경력 모두 기재했습니다. 전 나인 여성화 파트 쉬즈 팀에서 일했고, 3년 전에 퇴사했습니다."

"……은서 씨."

현정이 놀란 얼굴로 그녀의 이름을 불렀다. 은서가 잠시 울음을 참는 것처럼 아랫입술을 깨물었다가 호흡을 한 번 가다듬었다.

"영한에서 말한 것처럼 저 디자인 유출 건으로 퇴사한 거 맞습니다. 유출 건으로 퇴사한 건 맞는데, 하늘에 맹세코 디자인 유출은 안 했습니다. 정말 안 했어요."

"그게 무슨 말이에요? 유출 건으로 퇴사한 건 맞는데, 유출은 안 했다니."

"……덮어썼습니다."

"덮어써요?"

"네. 전 정말로 그런 짓 하지 않았습니다."

"그럼 덮어쓰고 그냥 나왔다는 말이에요? 자기가 하지도 않은 일을? 말이 안 되잖아요. 그렇게 결백하다면 왜 증명하지 않았어요? 그 큰 회사에서 설마 증거도 없이 그런 일을 처리하지는 않았을 텐데."

은서가 잠시 망설였다. 운이 없었다. 3년 전의 일에 대해 그렇게 말한 적이 있었다.

하지만 여기서 그런 이유를 댈 수는 없었다. 서재하와의 관계에 대해 말할 수도 없었다.

억울한 일을 당하고도 그것을 부당하다 말하지 못했다. 부당한 일인 것을 알면서도 그 누구도 나서 주지 않았다. 이유는 하나였다.

"힘이 없어서요."

"……."

"힘이 없어서 그랬습니다."

은서의 눈시울이 붉어졌다. 하지만 울지는 않았다. 손톱이 살을 파고들 정도로 아프게 주먹을 쥔 채 울음을 꾹 눌러 참았다.

덮어썼다는 은서의 말에 직원들도 당황스러워하는 기색이 역력했다. 하지만 은서의 말을 그대로 신임할 수도 없었다.

"그만해요, 차은서 씨."

결국 대표인 원우가 나섰다. 그는 한 손으로 이마를 짚었다가 짧게 한숨을 내쉬었다.

"디자인부 팀장들은 모두 내 방으로 올라와요. 그리고 감사팀에서 이 일 제대로 조사할 겁니다. 확실한 증거 없이 심증만으로 괜한 사람 잡지 말아요. 아니라면, 다시 얼굴 보고 일해야 할 팀원입니다."

"하지만 대표님."

"범인 잡습니다. 두 번 말 안 해요. 다신 이런 짓 못 하도록 어떻게든 잡을 테니 정리하고 일들 해요. 그리고 윤 팀장."

"네."

"일단 문제가 된 구두는 출시 미루세요. 2팀과 3팀에서 진행하던 신상품만 그대로 진행하고 나머지는 전년도 베스트셀링 상품으로 채우세요."

"……."

"그리고 차은서 씨는……."

말끝을 흐린 원우가 은서를 바라봤다. 때맞춰 흘러나온 소문도, 하필이면 나인에서 같은 디자인의 구두를 먼저 출시한 것도 모두 하나의 결론을 내고 있었다.

차은서를 겨냥해서 벌인 일이 확실했다. 그걸 알면서도 자신의 위치 때문에 무조건적으로 그녀의 편을 들어 줄 수도 없었다.

"차은서 씨도 잘 알겠지만, 이 일에서 지금 가장 의심받을 수밖에 없는 사람이 차은서 씨입니다."

"네."

"조사 끝날 때까지는 따로 호출하지 않는 이상 사무실에 나올 필요 없습니다. 감사팀에서 연락 가면 협조해 주시고, 혐의가 입증될 때까지 디자인 부서는 출입하지 마세요."

놀란 정환이 원우의 결정을 반대하려 했지만 은서의 답이 더 빨랐다.

"……알겠습니다."

은서가 그를 지나쳐 자신의 자리로 향했다. 컴퓨터의 전원을 끄고, 자리를 정리하고, 백을 손에 드는 그 짧은 시간에도 그녀는 디자인 부서 팀원들의 집중된 시선을 고스란히 받아

내야 했다.

꾸벅 인사를 건네고 사무실을 나서기 전, 원우와 두 눈이 마주쳤다. 은서가 애써 짧게나마 웃었다.

돌아선 은서가 사무실을 벗어났고, 그녀가 사라진 방향을 바라보며 원우가 상황을 일단락 지었다.

"일들 해요."

아무 일도 없었다는 듯 평온한 목소리와 달리, 뼈가 도드라져 보일 만큼 꽉 쥔 원우의 주먹은 화를 참는 것을 고스란히 드러내고 있었다.

감사실에서는 곧 디자인 유출에 관한 수사가 이루어졌다. 나인에서의 디자인 등록이 에일린 측보다 하루나 더 빨랐고 범인을 잡지 못하면 생산된 구두는 그대로 폐기 처분을 해야 할 상황이었다.

디자인 부서의 팀장들은 생산한 구두의 손실을 걱정하면서도 당장 보름 뒤부터 진행해야 할 겨울 상품에 관한 기획을 수정하고 새로 준비하느라 분주해졌다.

대표실에서 일차적으로 회의를 마치고 각자 사무실로 돌아간 팀장들과 달리, 정환은 마지막까지 자리를 지키고 있었다.

"꼭 그렇게까지 해야 했어?"

대표실에 함께 남은 정환은 조금 화가 난 듯 높아진 목소리로 원우에게 물었다.

"뭘?"

"차은서 씨 말이야. 아예 디자인 부서에 출입하지 말라니. 나인 디자인 유출은 차은서 씨가 누명 쓴 거라고 네가 말했잖아."

"누가 몰라서 이래?"

"그럼 왜 그렇게 말한 건데?"

"밑에서 얘기하는 거 못 들었어? 그 소문 속에서 일하라고? 범인으로 의심하는 눈초리 받으면서?"

모든 것이 확실해질 때까지 디자인 부서에 출입하지 말라는 말이 그녀에게 상처라고 생각했지만, 범인이 밝혀지지 않은 상황에서 가장 의심 받고 있는 은서를 팀에 두는 것은 더욱 그녀에게 못 할 짓이었다.

정환은 그제야 원우가 그런 결정을 내린 것을 납득했다.

"그래, 네 말이 맞다. 하도 정신이 없으니까 판단도 제대로 안 서네."

"머리 좀 식었으면 이제 어디서 어떻게 디자인이 유출됐을지나 생각해 봐. 하필이면 너희 1팀 디자인만 유출됐잖아."

"……."

"일단 내려가서 팀원들부터 정리 좀 해. 더 커질 소문도 없어 보이긴 하지만, 그래도 되도록 차은서 일 가지고 더 크게 상황 키우지 마. 이번 일로 가장 타격이 큰 게 너희 팀이야."

정환이 고개를 끄덕이고는 자리에서 일어나 대표실을 나섰다.

홀로 남게 된 원우는 지친 듯 손을 들어 얼굴을 쓸어내리고는 고개를 뒤로 젖힌 채 잠시 눈을 감았다. 스스로 손을 들고 나서 나인에서 퇴사한 사람이 자신인 것을 밝히던 은서의 얼굴이 잊히질 않았다.

3년 전에도 그런 표정을 했을까.

눈을 뜬 원우는 다시 처음부터 생각을 정리했다.

'나인 본부장일까, 아니면 진서현 전무이사일까.'

어느 쪽이든 달갑지 않은 것은 마찬가지였다. 설마 그렇게까지 했겠나 싶었지만 아무래도 의심 가는 사람은 그 둘뿐이었다.

일단 가장 중요한 것은 디자인을 유출한 직원을 찾아내는 일이었다. 그래야 모든 답이 나오고 차은서에게 씌우려는 누명을 벗길 수 있을 것이다.

그는 몇 시간이나 자리에 앉아 꼼짝도 하지 않은 채 나인에서 에일린의 디자인을 빼낼 수 있는 방법들을 떠올렸다.

한밤중이 되고 나서야 원우는 회사를 나섰다. 집으로 향하려다 생각을 바꾸고 은서의 집으로 차를 운전한 원우는 그녀의 집 앞에 도착한 뒤로도 10분을 차에서 내리지 못했다.

혼자 있게 둬야 하나 싶었지만 아무래도 마음이 편치 않았다. 결국 차에서 내린 원우는 초인종을 눌렀다. 하지만 돌아오는 답이 없었다.

'집에 불이 켜진 걸로 봐서는 분명 안에 있는 건데.'

원우는 할 수 없이 휴대전화를 꺼내 은서에게 전화를 걸었다. 안 받으면 어쩌나 싶었는데 몇 번의 신호음 끝에 상대방이 전화를 받았다.

　—……근신 중이라 면회 금지입니다.

전화를 받은 은서가 장난스럽게 말했지만 원우는 조금도 웃을 수 없었다. 얼마나 울었는지 목이 꽉 잠겨 있었다.

"그럼 통화는 괜찮죠?"

　—아니요. 이만 끊겠습니다.

"끊기만 해 봐. 담 넘어 들어갈 거예요."

　—그럼 신고할 거예요.

한마디도 지지 않으려는 은서의 대꾸에 원우는 그제야 작게 웃음을 터뜨렸다. 그는 담에 기대어 선 채로 바닥을 내려다보다 다시 고개를 들었다.

"내가 회사에서 한 말, 서운해요?"

　—아니요. 제가 미안하죠.

"차은서가 왜?"

　—저 때문에 벌어진 일은 맞으니까요. 집에 돌아와서 생각하고, 또 생각해 봤는데. 똑같은 디자인 낸 곳이 나인이라고 하니까 아무래도 결론이 하나밖에 없더라고요. 아, 나 때문이구나.

"……."

　—그 여자 자존심을 또 건드렸나 봐요. 아니면 서재하가 이번에야말로 이 바닥에 나 발도 못 붙이게 밀어내려는 걸 수도 있고.

잠시 침묵이 흘렀다. 차은서가 어느 정도로 속상해하고 있

314

을지 알기에 원우는 쉽게 위로조차 할 수 없었다.

—기왕 이렇게 된 거 그냥 다른 일 하면서 대표님이랑 연애나 할까 봐요.

"마음에도 없는 소릴."

—진짠데. 나 오늘 구두 신고 갔는데, 못 봤어요?

아무렇지도 않은 척 말했지만 은서의 목소리가 약간 떨렸다. 또 우는 건 아닐까. 원우는 들리지 않게 한숨을 내쉬었다.

"아닌 거 밝혀질 거예요."

—…….

"울지 말고."

—안 울어요. 이만 끊을게요. 늦었는데, 얼른 집에 가세요.

잘 자라는 인사도 하지 못했다.

은서가 전화를 먼저 끊었고 원우는 끊긴 전화를 확인하고도 한참이나 그녀의 집 앞을 떠나지 못했다.

환한 빛이 새어 나오던 창에 어둠이 들어차는 것을 확인하고 나서야 그는 차에 올라탔다.

차은서는 약한 사람이 아니었다. 나인에서의 일이 있고도 3년을 버텼다. 그러니 괜찮을 것이다.

그리 생각하며 원우는 마음을 다잡았다. 지금 해 줄 수 있는 가장 큰일은 진범을 찾는 것이었다.

차가 골목을 빠져나가는 소리가 멀어져 가는 동안 은서는 어둠 속에서 가만히 눈을 깜빡이며 허공을 응시하고 있었다.

회사를 나와 무슨 정신으로 집까지 올 수 있었던 건지 기억조차 나지 않았다. 발걸음이 움직이는 대로 그저 터벅터벅 걸음을 옮겼다.

습관처럼 늘 타던 버스에 올라타고, 내려야 할 정거장에서 내리고, 넋을 놓은 얼굴로 한참을 걷다 보니 어느새 집 앞에 도착해 있었다.

이제 혼자라는 생각에, 울어도 된다는 생각에, 은서는 넋을 놓은 채 몇 시간을 집 안에서 홀로 울었다. 원우가 찾아오지 않았다면 계속해서 울었을 것이 분명했다.

원우의 차가 완전하게 골목을 빠져나가고 침묵이 찾아들자 그녀는 자리에서 일어서려 했다. 하지만 다리에 힘이 들어가지 않아 몇 번이나 다시 그 자리에 주저앉았다. 방문 앞까지 가는 길이 천 리 같았다.

벽을 짚고 간신히 일어서 문 앞까지 걸음을 옮긴 은서는 다시 방 안에 불을 켰다.

느릿하게 주변을 둘러보다 이내 한곳에서 시선을 멈췄다. 책상 위에 놓인 수많은 디자인 스케치가 눈에 들어왔다.

천천히 걸음을 옮겨 종이를 집어 드는 은서의 손이 가늘게 떨렸다.

"이렇게 일이 터진 상황에서 가장 먼저 의심할 사람은 그 사람밖에 없지 않습니까."

소리치던 정진의 말이 가슴에 박혔다. 괜찮을 거라 생각했다. 3년을 참고 버텼으니 이제 됐다고, 같은 일은 두 번 다시 일어나지 않을 테니 된 거라고, 그렇게 생각했다.

하지만 은서가 디딘 땅은 순식간에 무너졌다. 그것도 너무나 쉽게.

은서는 주먹 쥔 손으로 가슴을 몇 차례 두드렸다. 몇 시간을 울었더니 머리까지 어지러웠다. 더는 흐를 눈물도 없을 줄 알았는데, 마르지 못한 눈물이 볼을 타고 흘러내렸다.

그게 또 한 번 신호가 된 듯, 바닥에 주저앉은 은서는 목 놓아 울었다.

오열하듯 손을 들어 가슴 위의 옷깃을 힘주어 잡은 채 그렇게 울음을 터뜨렸다.

3년 전에도 똑같았다. 서재하로 인해 유출에 관한 모든 오물을 뒤집어쓰고도 그녀는 남들 앞에서 울지 않았다. 태연하게 돌아섰고, 괜찮은 척했다.

하지만 홀로 남겨진 집 안에서 은서는 억울함에 오열하고 또 오열했다. 비명에 가까운 울음이었다.

＊　　　＊　　　＊

건물에서 흘러나오는 빛과 도로 위를 지나다니는 차량의 붉은 불빛들이 어둠 속에서 반짝거렸다. 높은 빌딩에서 야경을 내려다보던 재하가 시간을 확인하고는 다시 책상 앞에 앉았다.

책상 위를 툭툭 검지로 두드리며 잠시 생각에 잠겨 있던 재하는 휴대전화를 꺼내 몇 분 전 연달아 도착한 문자 메시지를 다시 들여다봤다.

〈나인에서 근무했던 사람이 자신이라고 차은서가 직접 나서서 얘기했어요. 현재 가장 의심받고 있는 사람이라, 사실 여부 확인될 때까지 당분간 디자인 부서에 나오지 말라고 대표님께서 직접 지시해서 근신 중이고요.〉
〈생산까지 들어간 상품이라 직원들도 동요가 크고 나인 관련 소문 때문에 대부분 차은서 의심하고 있어요. 나인 관련 건에 대해 제대로 해명하지 못해서, 별다른 문제만 없다면 다른 팀원들 반발이 심해서라도 퇴사 결정될 것 같아요.〉

조금 더 시간이 지나자 액정에는 까만 어둠이 들어찼다.
다른 곳도 아닌 나인과 에일린의 디자인이 겹쳤으니 차은서가 의심을 할 수 있는 사람은 재하와 진서현 전무이사 쪽이었다. 에일린 대표 역시 그걸 알고 있을 것이 분명했다.
재하가 휴대전화를 만지작거렸다. 곧바로 연락이 올 거라고 생각한 것과 달리, 은서에게서는 연락이 오지 않았다. 아직은 버틸 만하다는 건가. 아니면 끝까지 전화는 하지 않겠다는 건가.
휴대전화의 까만 액정을 엄지로 느릿하게 쓸어내리고 있는 사이 똑똑, 두어 번의 노크 소리가 들려왔다. 들어오라는 대답에 문을 열고 서현이 모습을 드러냈다.

"퇴근 안 해?"

재하는 곧 휴대전화를 내려놓고는 자리에서 일어섰다.

서현이 자연스럽게 소파에 먼저 앉아 눈짓으로 맞은편 자리를 가리키자, 재하는 비서에게 커피 두 잔을 부탁한 뒤 그녀의 맞은편에 앉았다.

"윤 비서는 먼저 퇴근해요. 나도 이사님이랑 바로 퇴근할 거니까."

"네, 알겠습니다."

꾸벅 인사를 건넨 여자가 돌아서서 사무실 밖으로 나섰다.

"어쩐 일이야? 바로 가지."

재하는 그제야 서현이 자신을 찾은 이유를 물었다. 같은 회사라 해도 평소라면 각자의 일이 끝나는 대로 퇴근을 했기 때문이다.

"궁금해서. 우리 매장에 겨울 신상품 진열된 거 알았을 텐데. 아직 에일린 쪽에서는 반응 없어?"

커피 잔을 들려던 재하의 손이 허공에서 멈췄다. 디자인 유출에는 진서현도 관련이 되어 있었다. 재하는 곧 표정 관리를 하며 짧게 웃어 보였다.

본부장 자리에 있다 해도 그는 서현의 힘에 기대어야 하는 위치였고 그녀의 말을 거스를 수 없었다. 이 모든 일은 재하가 진행을 했지만 계획을 하고 지시한 것은 서현이었다.

은서가 에일린에 입사를 하고 재하와 다시 만나게 됐다는 걸 알게 된 서현은 이번에야말로 은서를 이쪽 업계에서 완전히 매장시키려 했다.

영한 쪽에 소문을 흘리라고 한 것도 그녀였고, 디자인을 빼돌리는 데 쓰라며 재하에게 비용까지 건네준 사람도 그녀였다.

처음에는 3년 전과 똑같은 일을 뒤집어씌우는 것에 대해 찜찜해하던 재하였지만 은서가 자신을 완전하게 무시하는 데다 원우에게서 모욕까지 당하자 분노를 참지 못했다.

더는 망설이지 않고 일을 진행했다. 마음을 돌릴 수 없다면 서현의 말대로 은서를 이쪽 업계에서 아예 매장을 시키려고 했다.

"왜 대답이 없어? 설마, 피해 감수하고 덮겠다고 해?"

"그럴 리가. 손해가 엄청날 텐데. 아침부터 뒤집어진 모양이야."

"그쪽 대표는 이 일이 차은서 때문이라는 것도 알았을 텐데?"

"그렇지. 사실 여부 확인될 때까지 출근하지 말라고 대표가 직접 지시 내린 모양이야."

서현이 고개를 끄덕이며 픽 웃었다.

"그럼 그렇지. 아무리 차은서가 좋아도 그 정도 손해 감수하면서까지 데리고 있고 싶겠어? 잘됐네."

"문제없겠어?"

"무슨 문제? 에일린에서도 어쩌지 못할 거야. 디자인 등록도 그쪽보다 먼저 해 뒀고 에일린에 있다는 사람, 믿을 만하다며."

"그렇긴 한데."

"그럼 됐어. 입막음만 잘 해 둬. 돈 더 필요하면 얘기하고. 그 사람만 입 안 열면 에일린에서 어쩌지도 못해. 아버지 아시면 불호령 떨어질 거 알고 있지?"

"알고 있어."

"3년 전처럼만 하면 돼. 증거도 없이 지들이 어쩔 거야."

서현은 그리 말하며 웃었다. 그녀는 속이 시원하다는 얼굴을 하고 있었다. 패션쇼에서 원우에게 받았던 모욕은 이미 잊은 얼굴이었다.

커피 잔을 내려놓고 자리에서 일어서려던 서현이 자신과 달리 조금 어두운 재하의 표정을 확인하고는 얼굴에서 웃음기를 거둬 냈다.

"재하 씨 설마, 차은서 또 만나는 건 아니지?"

"무슨 소리야? 아니야."

"분명히 말하는데, 다시 한 번 차은서 만나면 나 정말 가만 안 있어."

"알았다니까."

"……."

"그만 갈까? 시간도 늦었는데, 외식하고 들어가자."

상황을 피하려는 것처럼 재하는 곧장 자리에서 일어나 짐을 챙기고 서현과 함께 사무실을 나섰다. 엘리베이터를 기다리는 사이, 휴대전화에서 메시지 도착 알림 음이 울렸다.

〈오늘은 얼굴 못 봐요? 보고 싶은데.〉

가만히 액정을 내려다보던 재하가 서현의 눈치를 보고는 급하게 휴대전화의 버튼을 눌렀다. 다시 까만빛이 액정에 들어찼다.

"누구야?"

"대리기사 문자야. 이 시간만 되면 꼭 오네."

재하는 답장을 보내지 않고 휴대전화를 안주머니에 넣었다. 손을 뻗어 서현의 어깨를 감싸 안은 재하는 특별히 먹고 싶은 것이 있냐며 자연스럽게 말을 돌렸다.

한바탕 폭풍이 휩쓸고 간 에일린과 달리, 다정하게 대화를 나누는 두 사람의 모습은 여느 평범한 부부와 다르지 않게 행복해 보였다.

❊   ❊   ❊

은서는 두 차례 감사팀에서 걸려 온 전화를 받았다. 조사 과정에서 은서의 메일 계정도 확인을 했고, 몇 가지 질문에 대해서도 솔직하게 답했다.

하지만 진전된 것은 없었다. CCTV를 확인했지만 디자인 부서에 디자이너들이 출입을 하는 것이야 당연한 일이었고, 사

322

내에서 쓰는 계정으로 디자인을 발송할 만큼 어리석은 사람
도 없었다.

계좌 추적은 물론, 통화 내역까지 확인했지만 증거가 될 만
한 것은 아무것도 나오지 않았다.

다른 증거가 나오지 않은 상황에서 가장 의심을 받을 수밖
에 없는 사람은 결국 은서였다. 중간에 현정과 연주에게 괜찮
냐는 전화가 왔지만 그런 연락마저 며칠이 지나자 끊겼다.

그사이에도 나인 구두는 엄청난 매출을 기록하며 팔렸고,
에일린은 생산해 놓은 구두를 창고에 넣어 두고 출시하지도
못한 채 큰 손해를 봐야 했다.

회사를 나가지 않는 동안에도 은서는 디자인 스케치를 게
을리 하지 않았다. 날짜를 가늠하다 곧 의미가 없다는 것을
깨닫고는 달력 쳐다보는 것을 그만두었다. 회사를 나가지 않
은 기간 동안 스케치를 꾸준히 했지만 그것은 평소 그녀가 하
던 디자인과는 달랐다.

살기 위한 발악이나 마찬가지였다. 디자인이라도 하지 않
으면 넋을 놓은 채 집 안에서 시간을 보내다 홀로 미쳐 버릴
것 같았다.

은서는 한참이나 손에 쥐고 있던 펜을 내려놓았다.

엉망으로 그려진 스케치를 한쪽으로 밀어내고 두 손을 들
어 얼굴을 감쌌다. 미열이 있는 건지 얼굴에 닿은 손이 차갑
게 느껴졌다.

은서는 곧 자리에서 일어나 두통약을 찾았다. 머리가 아파

견딜 수가 없었다.

서랍장을 열어 구급상자를 찾고 있는데 거실을 울리는 초인종 소리가 들렸다. 은서는 구급함을 한쪽에 내려놓고 방을 나서 초인종을 누른 사람의 얼굴을 확인했다.

'……서재하?'

초인종을 누른 사람은 재하였다. 은서는 한참을 화면만 뚫어져라 응시했다.

재하가 다시 한 번 벨을 눌렀다. 안에 있는 거 안다며 소리치는 그의 목소리가 들려왔다. 은서는 결국 인터폰의 통화 버튼을 눌렀다.

"네가 여긴 웬일이야?"

─역시 집에 있었네. 나랑 할 얘기 있지 않아?

"할 얘기? 내가 뭘 믿고 널 집 안에 들여? 3년 전이랑 똑같은 짓이라도 하면 어쩌려고."

─아무 짓도 안 해. 디자인 유출 일은 이미 터졌는데, 이제 와서 내가 뭘 하겠어? 그렇게 못 믿겠음 잠깐 나와. 너도 궁금한 거 많을 거 아니야. 나와서 얘기해.

은서는 잠시 망설이다 걸음을 돌려 다시 방 안으로 들어섰다. 책상 한쪽에 놓여 있는 휴대전화를 손에 들고 한참이나 방 안을 서성이다 결국 집을 나섰다.

담배를 피우고 있던 재하가 은서의 모습을 발견하고는 바닥으로 담배를 던져 끄며 그녀를 향해 웃어 보였다.

"오랜만에 보네."

"여긴 왜 왔어?"

"왜 왔긴. 너 어떻게 지내나 궁금해서 왔지."

웃음기를 머금은 목소리가 소름끼치게 은서의 귓가에 와 닿았다. 재하는 천천히 걸음을 옮겨 가까이 다가섰고, 그녀는 주머니에 넣은 손에 힘을 준 채 한 걸음 뒤로 물러섰다.

"잘 지냈어?"

"설마 진짜 내 안부가 궁금해서 여기까지 온 건 아닐 거고. 기왕 네 발로 찾아왔으니 길게 끌 거 없이 물어볼게. 나인에서 출시한 이번 겨울 신상품 중에 에일린에서 준비한 디자인과 찍어 낸 듯 똑같은 디자인이 있어. 알고 있었어?"

"글쎄, 그런 일이 있었어? 그러고 보니 스쳐 가는 말로 들은 거 같기도 하고."

애매한 대답 속에 여전히 남아 있는 웃음을 은서는 알아챘다.

"일 터진 지 일주일 정도 됐나? 언제쯤 전화 줄까 했는데, 네가 너무 전화를 안 해서 내가 직접 왔어."

"역시 네 짓이었어?"

"뭐가?"

"몰라서 물어?"

"다른 건 잘 모르겠고, 네 상황이 급해졌다는 건 알겠어. 얼굴, 많이 야위었네."

그는 부정조차 하지 않았다. 분명 서재하의 짓이었다. 설마 했던 일이 사실로 눈앞에 보이자 분노로 인해 머리가 이상해질 것만 같았다.

지금 심정 같아선 눈앞에 있는 서재하의 뺨이라도 한 대 때려 주고 싶었지만 은서는 화를 억누르려 애썼다.

"점심 아직이면 같이 식사라도 할까?"

"식사? 내가 지금 한가하게 너랑 밥 먹을 상황이니? 지금 상황에서 널 개인적으로 만나면 내가 나인 측 사람과 접촉한 것밖에 더 돼?"

"이미 오해는 충분히 받고 있을 텐데, 뭐. 그렇게 처음부터 내 말 들었으면 좋았잖아."

"……무슨 말을 들어? 네가 소개한 회사에 들어가서 네 와이프 몰래 너 만나고 정부 노릇이라도 하라고?"

"사실 너한테 나쁘지 않은 조건이었지. 에일린 대표 잡더니, 내가 주는 자리는 우스웠나 보지?"

"날 우습게 본 건 너겠지."

"사실 지금 와서 하는 말이지만, 우리 집 기울었다고 너 은근히 나 무시했잖아. 나인에서 승진도 먼저 해, 돈도 잘 벌어. 네 눈에 내가 얼마나 우스웠겠어. 거기다 에일린 대표까지 잡았으니 지금은 더 눈에 보이는 게 없을 거고."

재하가 한 걸음 더 가까이 다가섰다. 순식간에 은서의 한쪽 어깨가 그의 손에 잡혔다.

"내가 여기까지 오는데 얼마나 많이 노력을 했는데, 네가 날 이런 취급해? 진서현 비위 맞춰, 중국 지사에서도 개처럼 일해. 그런 내가 한국 들어오자마자 너 생각해서 자리부터 마련해 주려고 추천서까지 써 줬는데 그걸 개무시해?"

"병 주고 약 주니? 내가 언제 너한테 그런 거 해 달라고 한 적 있어? 너 살려고 나 절벽에서 밀어놓고, 이제 와서 도와주겠다? 그거, 나한테는 썩은 동아줄이야."

"그러지 말고 잘 생각해 봐, 차은서. 상황이 좀 심각한 것 같은데. 지금이라도 내가 소개해 준 회사 들어가는 게 좋지 않겠어?"

은서가 경악스럽다 못해 끔찍한 서재하의 말에 헛웃음을 터뜨렸다.

"너 정말 미쳤구나."

"내 걱정 말고 네 상황 판단이나 잘해, 차은서."

어깨를 잡은 재하의 손을 치워 내려 했지만 한 손으로 뿌리치기에는 그의 힘이 더 강했다. 재하가 고개를 숙여 은서의 얼굴을 지척에서 마주했다.

질색하는 기색을 보이면서도 끝까지 한 손을 주머니에서 빼지 않는 은서의 행동을 의심스럽게 바라보던 재하가 억지로 그녀의 손을 주머니에서 빼냈다.

"이거 놔!"

휴대전화가 그녀의 손에 쥐어져 있었다. 대화를 녹음하고 있었다는 사실을 알게 된 재하가 순식간에 휴대전화를 빼앗았다.

그는 녹음 파일을 삭제한 뒤 다시 주머니에 넣어 주며 그녀의 턱을 붙잡았다. 은서는 있는 힘을 다해 그 손을 쳐 냈다.

"난 마지막으로 너한테 기회를 주려고 온 건데, 이런 식으로 사람 뒤통수를 치면 쓰나."

"웃기지 마, 서재하. 3년 전이랑 지금은 달라. 이번 일 나한테 뒤집어씌우고 싶은 모양인데, 그때는 내 컴퓨터에서 니들이 디자인 발송한 흔적이라도 남겼지, 지금 나라는 확실한 증거가 어디 있어?"

그가 은서를 비웃듯 소리 내어 웃었다.

"차은서, 이번 일에서 가장 중요한 게 뭔지 알아? 범인 찾는 거? 아니, 네 결백 증명하는 거야."

"뭐?"

"소문이 무섭게 부풀려져도 너라는 확실한 증거가 없으니 당장 내쫓을 수야 없겠지. 그래, 네 말대로 범인이 너라는 확실한 물증 따위 없어. 근데 범인을 못 찾으면? 너에 대한 무죄를 밝혀 내지 못한 상태에서 다들 찜찜하게 일을 해야 할 테고, 결국 그건 팀 내 분열이 되겠지. 보안이 중요시되어야 하는 디자인팀에서 그걸 견뎌 낼 수 있으려나? 팀원들 사이에서는 자연스럽게 너에 대한 퇴사 요구가 나올 거야. 너라는 확실한 증거가 없어도, 넌 에일린에서 나가게 되어 있어. 왜? 네가 아니라는 명백한 증거도 없으니까."

은서의 눈가에 파르르 경련이 일어났다. 누군가 발목을 움켜쥐기라도 한 것처럼 그 자리에 굳어졌다. 발이 움직이지 않았다.

"차은서, 그 잘나 빠진 디자인 실력 외에 네가 가진 게 대체 뭐야? 아무것도 없으면서 왜 내 자존심을 그렇게까지 뭉개? 다른 회사 넣어 준다고 했을 때 들어갔으면 좋았고, 옆에 있으라고 할 때 그냥 있었으면 좋았잖아."

"날 버린 건 너였잖아. 근데 호의 같지도 않은 네 호의 무시한 게 그렇게 자존심이 상할 일이야?"

"3년이나 지났는데도 그때 일이 미안해서 한국 들어오자마자 너부터 찾았는데, 네까짓 게 감히 날 무시했으니 내가 얼마나 열이 받겠어. 이번 일로 에일린 측 손실이 만만치 않을 텐데, 그 대표도 안 됐네. 너 하나 때문에 그 많은 손해를 감수하게 생겼으니."

"……서재하."

"아, 너 고아인 거 알고도 좋다더라. 그 새끼가."

주변 소음이 모두 멀어지는 것 같았다. 두 사람 사이에 언제 그런 얘기까지 오갔을까. 이원우가 한 번도 티를 내지 않아 전혀 알지 못했다.

은서는 아무것도 없는 바닥을 내려다보며 싸늘하게 가라앉은 목소리로 물었다.

"이렇게까지 해서 네가 얻는 게 뭐야?"

"자존심."

"자존심?"

"네가 뭉갠 내 자존심 정도는 챙기겠지."

처음에는 분명 이렇지 않았었다. 은서가 힘들었던 시절에 가장 많은 도움을 준 사람이 바로 서재하였다. 변한 것은 그의 집이 기울어지기 시작한 후였다.

온순했던 성격이 날카로워졌고 작은 일에도 화를 내고는 했다. 그리고 마지막으로 돌아온 것은 배신이었다.

처음부터 많은 걸 가졌던 자가 손에 쥔 걸 잃었을 때는 모두 이렇게 되는 걸까? 은서는 곧 고개를 가로젓고는 그를 비웃었다. 아니, 아니었다.

"한 번 몽땅 잃은 적이 있어요. 처음부터 없었던 건 아닌데, 손에 쥐어 줬다가 뺏어 가니까 어쩔 줄을 모르겠더라고요."

웃으며 그리 말하던 남자의 얼굴이 떠올랐다. 분명 그런 사람도 있었다.

한꺼번에 너무 많은 걸, 무엇으로도 대신할 수 없는 소중한 걸 잃었지만 그래도 웃어 보이던 사람이 있었다. 은서는 분명 그런 사람을 알고 있었다.

"사람 같지도 않은 새끼."

"말조심해. 그러다 더한 꼴도 당할 수 있어. 감사팀에서 수사하고 있다던데, 어떻게 무죄를 입증할지는 모르겠지만 잘 해 봐."

"……."

"어려운 일 있으면 언제든지 연락하고."

돌아선 서재하가 차에 올라탔다. 차는 비웃듯 그녀의 곁을 스쳐 지나갔다. 발밑이 무너지는 기분이었다.

창백해진 얼굴을 손으로 쓸어내린 은서는 그 자리에 풀썩 주저앉았다.

✳   ✳   ✳

백화점 내에 입점해 있는 에일린 매장을 돌아본 원우는 나인 매장에 당당하게 진열되어 있는 문제의 구두 두 개를 제 눈으로 확인했다.

한참이나 발걸음을 떼어 내지 못하고 매장에 진열된 구두를 바라보던 원우는 남은 두 개의 매장은 돌아보지 못한 채 회사로 복귀했다.

에일린 매장이 입점되어 있는 백화점에는 나인 매장도 있을 것이 분명했고, 그 매장에 구두가 진열된 것을 또다시 보고 싶지 않았기 때문이었다.

"도둑질한 물건으로 잘도 지들 배 불리고 있다 이거지."

원우가 아득 이를 갈았다. 들려오는 말로는 이번 겨울 시즌 상품이 최고 매출을 기록할 것 같다며 나인 대표가 굉장히 흡족해했다고 한다.

회사로 복귀한 그는 결재해야 할 서류를 확인하면서도 화를 억누르지 못했다. 하루 이틀 시간이 흘러갈 동안 피가 다 마를 누군가가 떠올랐기 때문이었다.

원우는 차은서가 이 일로 얼마나 심적 고통을 받을지 잘 알고 있었다.

'확실하게 범인을 잡지 못하면, 이대로는 회사에 다시 부르지도 못하는데.'

디자이너를 한 사람씩 불러 개별로 면담까지 했지만 건질 만한 정보는 없고 디자인 유출에 대해 인정하는 사람도 없었다. 차은서가 회사에 나오지 않은 일주일간, 해결된 것은 아무것도 없었다.

회사의 손실도 손실이지만, 결백이 증명되지 않은 상황에서 차은서를 회사로 복귀시키는 것도 문제였다. 불신이 사라지지 않은 상태에서 서로를 믿지 못한 채 일을 하게 되면 은서는 분명 겉돌 것이 분명했다.

속에서는 천불이 나는데 해결할 방법이 마땅히 떠오르지 않았다. 자신이 디자인한 구두를 신고 어린아이처럼 좋아하던 은서의 모습이 떠올랐다.

결국 원우는 손에 쥐고 있던 펜을 거칠게 내려놓고 서류를 한쪽으로 치워 냈다.

'밥은 제대로 먹고 있는 거야?'

원우가 모니터 화면의 시간을 확인했다. 퇴근 시간이 한참이나 지나 있었다. 휴대전화를 손에 들었지만 곧 그것을 다시 내려놓았다. 최근 들어 반복되는 일이었다.

차은서의 번호를 찾았다가 통화 버튼을 누르지 못하고 내려놓기를 수십 번, 집 앞으로 찾아갔다 돌아온 것도 몇 번이나 되었다.

원우는 결국 망설이다 다시 휴대전화를 손에 들었다. 은서

의 번호를 찾아 통화 버튼을 누르고, 얼마 지나지 않아 상대
방이 전화를 받았다.

잠시의 침묵이 흘렀다. 결국 원우가 먼저 입을 열었다.

"여보세요, 라는 말도 안 해요? 차은서는 내가 전화 안 하
면, 먼저 전화하는 일이 없네."

—어쩐 일이세요?

힘이 하나도 없는 목소리에 원우가 잠시 멈칫했다. 괜찮은
거냐는 말이 목 끝까지 차올랐다. 하지만 의미 없는 질문이라
는 걸 알았다. 괜찮을 리가 없었다.

원우는 걱정스러운 기색을 내보이지 않으며 평소처럼 대하
려 노력했다.

"밥은 먹었어요?"

—아직요.

"나도 아직인데. 식사 같이할까요?"

돌아오는 답이 없었다. 원우는 긴 침묵에 초조해졌다.

"나 차은서 걱정돼서 일이 손에 안 잡히는데."

—…….

"밥 같이 먹는 거 내키지 않으면 잠깐 얼굴만 보고 갈게
요."

여전히 대답이 없었다.

'그냥 예고 없이 쳐들어갔어야 했나.'

일단 말을 꺼내고 보니 정말로 차은서가 보고 싶었다. 원우
는 망설이지 않았다. 오늘은 꼭 얼굴을 봐야겠다는 생각을 하

며 자리에서 일어선 순간이었다.

　―장을 안 봐서, 반찬이 마땅한 게 없어요.

　원우의 행동이 멈췄고, 이내 조금 안도한 듯 입가에 미소가 그려졌다.

　"괜찮아요. 밥이랑 물만 줘도 되는데."

　―그 정도는 아니지만, 그래도 괜찮으시면 오세요.

　"지금 바로 갈게요."

　통화를 끊고 원우는 서둘러 에일린을 벗어나 은서의 집으로 향했다. 얼마나 속력을 낸 건지 예상했던 것보다도 훨씬 이른 시간에 도착을 했다. 원우를 마주한 그녀는 놀란 얼굴을 했다.

　"얼마나 밟은 거예요?"

　"차가 안 막히더라고요."

　앞치마를 맨 은서의 모습에 원우는 고개를 쑥 내밀어 부엌을 들여다봤다.

　"음식 하고 있었어요? 나 정말 아무거나 줘도 되는데."

　"거의 다 했어요. 잠깐만 앉아 계세요."

　원우는 거실이 아닌 식탁 앞에 앉는 것을 택했다. 아직 다 차리지도 않았는데 왜 여길 앉아 있냐며 은서가 타박을 해도 요지부동이었다. 음식을 하는 은서의 모습을 보고 싶어서였다.

　일주일이나 얼굴을 못 봤으니 지금이라도 많이 봐 두고 싶은 마음이 들어 원우는 은서의 모습에서 잠시도 시선을 떼어 내지 않았다.

"밥 먹어요, 밥."

준비가 끝나고 함께 식사를 하는 와중에도 몇 번이나 얼굴을 바라보는 통에, 그녀는 헛웃음을 터트리고는 식탁 위를 손으로 가볍게 두드렸다. 혹여 원우가 걱정할까 싶어 일부러 더 밝은 모습을 보이려 애썼다.

"얼굴 뚫어지겠어요. 같이 밥 먹자더니, 내 얼굴 보러 왔어요?"

원우가 1초도 망설이지 않고 고개를 끄덕였다.

"나 칭찬 좀 해 줘요. 안 그래도 정신없는데 나까지 옆에 있으면 더 신경 쓸까 봐 차은서 곁에 일주일간 얼씬도 안 했잖아."

일주일이나 참았다는 말에 은서가 작게 웃음을 터트렸다.

이원우가 오기 전까지는 웃을 일이 하나도 없었던 것 같은데, 정말로 웃을 기분이 아니었는데. 그의 얼굴을 보니 마음이 편해졌고 그 덕분에 조금이나마 웃을 수 있었다.

"이제야 좀 웃네요."

"안 그래도 신경 쓰는 일 많아서 힘드실 텐데, 저한테까지 이렇게 신경 안 쓰셔도 괜찮아요."

은서가 괜찮다고 말했지만 어쩐지 원우의 표정은 심각해졌다.

"대표님, 저 정말 아무렇지도……."

"내가."

말을 자른 원우가 짧게 한숨을 토해 내고는 은서와 시선을 마주했다.

"내가 안 괜찮아서 그래요."

잘못한 것도 없는데, 은서는 미안하다는 얼굴을 했다. 원우는 그게 또 마음이 아팠다.

젓가락을 내려놓은 그는 주변을 둘러봤다. 감사팀에게 조사를 받는 일 외에 일주일간 밖으로 나가기나 했을까.

열린 방문 사이로 책상 위에 흩어져 있는 종이들이 보였다. 쉬지 않고 스케치를 그린 모양이었다.

이런 상황에서도 디자인을 게을리 하지 않는 은서 때문에 더 속상한 기분이 들었지만 그는 내색하지 않고 자연스럽게 대화를 이어 나갔다.

"안 추워요? 집 온도가 이게 뭐예요? 이제 아침저녁으로는 쌀쌀해서 감기 걸리기도 쉬운데."

"이 정도는 괜찮아요. 아직 한겨울도 아니고."

"내가 안 괜찮아요. 난 추위 많이 타는데. 따뜻하게 해 놓고 있어요."

"대표님이 추위 타는 거랑 우리 집이랑 무슨 상관이에요?"

"왜 상관이 없어요? 아주 깊은 관계가 있지. 앞으로 내 집처럼 자주 오게 될 건데."

"누구 마음대로요?"

불평하듯 말했지만 은서는 희미하게 웃고 있었다. 생각보다 이원우가 괜찮아 보여서 다행이라는 생각에 안도했다.

원우 역시 이렇게라도 은서의 모습을 보고 나니 조금이나마 마음을 놓을 수 있었다.

"혹시나 해서 하는 말인데, 의심 가는 사람 있다고 해도 은서 씨가 직접 통화하거나 만나는 일은 없었으면 좋겠어요."

"무슨……."

"나인 쪽 사람 말하는 거예요."

재하가 집 앞으로 찾아온 일을 은서는 굳이 이야기하지 않았다. 그녀는 작게 고개를 끄덕이고는 젓가락을 내려놓은 뒤 물을 한 모금 마셨다. 원우도 더는 밥 생각이 없는 듯 손을 내려놓았다.

"대표님, 이게 도움이 될지는 모르겠는데요."

"말해요."

"대표님이 제 구두 돌려주러 오신 날이요. 사실 그날, 서재하가 집으로 찾아온다고 했었어요. 주소 알려 준 적이 없는데, 어떻게 알았냐고 하니까 에일린 쪽에 아는 사람이 있다고 하더라고요."

"그게 누군지 알아요?"

"그것까지는 모르겠고, 예전에 제가 직원 신상 조서 누구나 볼 수 있냐고 물었었잖아요. 에일린에 다니고 있는 사람이 제 주소와 연락처를 알려 준 거라고 했어요. 그래서 전 관리직에 있는 사람이 아닐까 짐작했고요."

원우가 잠시 생각에 잠겼다. 하지만 지금의 대화가 해답이 되지는 않았다. 범위도 넓었고 그 사람이 누구인지 찾아내기에는 힌트가 너무 적었다.

"일단 그쪽으로도 한번 알아볼게요."

원우는 그녀를 안심시키듯 덧붙였다.

"걱정하지 마요. 이렇게 안 풀리다가도 어느 순간, 딱 답이 보일 때가 있거든요."

"네."

"늦었는데 그만 일어날게요."

원우가 자리에서 일어나 현관으로 향했다.

자신의 구두를 신던 그가 현관에 가지런히 놓인 메리제인 구두를 발견하고는 은서에게 가까이 오라며 손짓했다.

은서는 영문을 몰라 주춤거리면서도 손짓하는 대로 가까이 다가섰다.

느린 은서의 행동에 마음이 급해진 원우는 어느 정도 거리가 좁혀지자 그녀의 손을 잡아 자신 쪽으로 당겼다.

쪽, 가볍게 입술이 닿았다. 은서가 놀란 토끼 눈으로 그를 마주했다. 원우는 다시 한 번 짧게 입을 맞췄다.

"갑자기 왜 이래요?"

"왜 이러긴. 딱 보면 안다면서요."

"……네?"

"차은서 말대로 나는 딱 보니까 알겠던데. 우리 이제 이런 거 해도 되는 사이잖아요."

원우가 웃으며 그녀에게 속삭이듯 말하고는 눈짓으로 바닥에 놓여 있는 메리제인 구두를 가리켰다.

"갈게요."

인사를 건넨 그가 돌아서서 걸음을 옮기려다 말고 다시 그 자리에 멈춰 섰다. 뭐 잊은 거라도 있나 싶어 쳐다보고 있는데 원우는 그녀가 서 있는 쪽으로 다시 몸을 돌렸다.

하고 싶은 일이 있으면 무슨 일이 있어도 그 일을 꼭 해내고야 마는 성격이었다.

그런 그가 강제적으로 차은서의 얼굴을 일주일이나 못 봤더니, 이대로 돌아가는 것이 아쉽다 못해 어쩐지 억울할 정도였다.

"뭐 잊은 거……."

은서의 말이 허공에서 사라졌다. 손을 들어 그녀의 양 뺨을 감싼 원우가 다시 한 번 입을 맞췄다. 꾹 눌러 도장을 찍는 것처럼. 이번 입맞춤은 조금 더 길었다.

"진짜 갈게요."

또 한 번 인사를 건네면서도 아쉬운 기색이 얼굴에 한가득이었다. 이번에는 문고리까지 잡았다가 다시 몸을 돌리자 은서가 먼저 손을 들었다. 그의 행동보다 은서의 행동이 더 빨랐다.

딱 소리가 나게 딱밤을 때린 그녀는 어처구니없다는 얼굴을 했다. 원우는 맞은 게 아픈 건지 손을 들어 이마를 매만지고 있었다.

"그만요, 그만."

이마를 맞고도 뭐가 그리 좋은지 원우가 웃음을 터트렸다.

그러면서도 은근슬쩍 입을 맞출 기회를 노리는 것 같아 은서는 그의 팔을 아예 붙들었다.

몇 초 정도 그렇게 실랑이를 벌이다 결국 은서 역시 원우를 따라 웃어 버렸다. 별거 아닌 일에 계속해서 웃음이 났다.

원우가 이곳에 오기 전까지 홀로 고민하고 속상해했던 시간들이 마치 거짓말처럼 느껴졌다.

그 순간만큼은, 자신에게 아무 일도 일어나지 않은 것처럼 말이다.

원우가 다녀간 뒤 사흘의 시간이 더 지났다. 사흘간 그는 은서의 집으로 찾아오는 대신 전화를 하거나 문자를 했다.

그저 오늘은 뭘 했냐, 밥은 먹었냐와 같은 평범한 연락일 뿐, 은서의 앞에서 디자인 유출에 관한 이야기는 꺼내지 않았다.

은서도 굳이 묻지 않았다. 감사팀에서 한 차례 더 연락이 와서 회사로 찾아갔을 때, 상황이 어떻게 돌아가고 있는지 눈에 보였기 때문이었다. 은서에 대한 소문은 그 크기를 더욱 키워 가고 있었다.

디자인 부서도 아닌 감사팀으로 향하는 동안 은서는 등에 꽂히는 수많은 시선을 느껴야 했다. 그녀는 이를 악물고 그 시선을 견뎌 냈다. 3년 전에 그랬던 것처럼, 속으로는 곪아 가는 상처라도 그것을 남들 앞에서 드러내지 않았다.

서너 장의 디자인 스케치를 끝낸 은서는 노트 하나를 펼쳐

놓고 에일린 디자이너들의 이름을 나열했다.

디자인은 다른 상사를 거치지 않고 직접 팀장에게 제출하게끔 되어 있었다. 그렇게 세 명의 팀장이 심사를 하고 총 다섯 개가 상품화될 디자인으로 선정이 되었다.

은서는 기억을 더듬어 상품화될 디자인을 한 번이라도 함께 확인했던 디자이너들의 이름을 뽑아내려다 짙은 한숨을 내쉬었다.

'아, 디자인 부서 전체 회의가 있었지.'

뽑힌 다섯 점의 디자인을 가지고 디자인 부서의 전체 회의가 이루어졌다. 에일린 디자이너 대부분이 그곳에서 겨울 신상품으로 나올 다섯 점의 디자인을 확인한 상태였다. 디자인을 보지 못한 디자이너는 없다는 것이 결론이었다.

"후."

긴 한숨을 내쉰 그녀는 노트를 덮고 곧장 외출 준비를 했다. 집을 나선 은서는 백화점으로 향했다.

카탈로그에 실린 사진을 봤고, 똑같은 구두가 나인 매장에 진열되어 있다는 얘기만 들었지 직접 확인한 적이 없는 은서는, 유출 사건 후 처음으로 나인 매장을 찾아가 문제가 된 구두를 유심히 확인했다.

직접 눈으로 보니 더욱 기가 막혔다. 나인에서 신상품으로 내놓은 구두는 에일린에서 디자인한 구두와 정말 찍어 낸 듯 똑같았다.

"최근에 가장 잘나가는 구두예요."

곁으로 다가서서 이런저런 설명을 늘어놓던 매장 직원은 은서가 대꾸도 없이 구두만 집요하게 바라보고 있자, 한참을 떠들다 말고 다른 손님에게 가서 비슷한 설명을 늘어놓았다.

은서는 그렇게 한동안 그 자리에서 움직이지 않았다.

"손님."

"……."

"손님?"

"네?"

"괜찮으세요? 얼굴색이 안 좋으신데."

"아, 네. 괜찮습니다."

대답을 건넨 은서는 손목에 찬 시계를 내려다봤다. 자신이 30분 넘게 구두 두 개를 눈앞에 두고 나인 매장에서 시간을 보냈다는 사실을 깨달았다.

직원에게 짧게 고개를 숙여 수고하시라는 인사를 건네고는 서둘러 매장을 빠져나왔다.

'작은 거라도 증거 하나만 찾으면 될 텐데. 분명 아주 작은 거라도 증거가 될 만한 흔적이 있을 텐데. 분명 하나 정도는…….'

에일린에 남느냐, 퇴사하느냐는 어느새 은서에게 중요한 문제가 아니게 되었다. 자신 때문에 에일린이 피해를 보는 일은 없었으면 했다. 그러니 어떻게든 방법을 찾고 싶었다.

"에일린에 아는 사람 있어서 알아봤어."

역시 그 사람과 관련이 있지 않을까.

"직원 신상 조서를 에일린에서는 모든 직원이 다 열람해 볼 수 있나요?"
"그럴 리가. 어느 정도 직책이 있는 관리자가 아니면 어렵죠."

손톱을 잘근 씹으며 은서는 계속해서 꼬리에 꼬리를 무는 생각들을 머릿속으로 정리했다.
그녀는 백화점을 벗어나지 못하고 한쪽에 자리를 잡고 앉아 고개를 숙인 채 두 손으로 얼굴을 감쌌다.
관리직으로 범위를 좁혀 봐도 여전히 너무 넓은 데다, 심증만으로는 관리직에 있는 상사를 디자인 유출자로 지목할 수 없었다.

"아무래도 이번 일, 범인 못 잡고 종결될 것 같아. 경찰에 의뢰하고 직원들 동의 받아 계좌 추적까지 했다는데, 털어도 나온 게 없다더라. 결국 회사에서 피해 본 부분 다 감수하려는 모양이고."

감사팀에서 연락이 와 마지막으로 조사를 받았던 날, 집으로 돌아가려는 길에 로비에서 만난 현정에게 들은 말이었다.
이번 일로 에일린은 큰 손실을 입었다. 정확한 증거가 나오지 않았으니 은서는 곧 복귀를 하게 될 것이다.

하지만 결백도 증명하지 못했다. 서재하의 말대로였다. 이 사건은 범인을 찾지 못한 채 그대로 종결될 것이고 그가 노린 것은 전부 이루어졌다.

"뭐야, 결국 그 구두 샀어?"

"응. 이번 나인 신상 진짜 예쁘지 않아?"

"예쁘긴 한데 난 깔끔한 거 좋아해서 그런지 그 구두는 너무 화려해."

"올해 트렌드래. 구두나 백 정도는 포인트로 화려한 거 해도 괜찮지, 뭐. 특히 이 부분 예쁘지 않아?"

"뭐라고 쓰인 거야? 어? 나인 로고네?"

"응. 보통 안쪽에 브랜드 로고가 있는데. 이번에는 구두 뒤쪽 라인에 금색 장식으로 달았더라고. 나인 로고 자체가 예뻐서 되게 센스 있어 보여."

얼굴을 가렸던 손을 내린 은서가 대화를 나누는 두 여자를 바라봤다.

이십 대 중반으로 보이는 젊은 여자 두 명이 은서가 디자인한 구두와 똑같은 나인의 구두를 손에 든 채 대화를 나누고 있었다. 원래대로라면 에일린 로고를 달고 나왔어야 할 그녀의 구두였다.

은서는 힘없이 자리에서 일어나 걸음을 옮기려 했다. 하지만 서너 걸음을 채 걷지 못하고 멈춰 서 다시 뒤를 돌아봤다. 눈동자가 좌에서 우로, 다시 여자의 손에 들린 구두로 향했다.

"이렇게 안 풀리다가도 어느 순간, 딱 답이 보일 때가 있거든요."

왜 그걸 생각하지 못했을까.

방향을 돌린 은서는 다시 나인 매장으로 가서 유출된 디자인의 구두를 하나 구매하고는, 망설임 없이 백화점을 빠져나가 에일린으로 향했다.

에일린 건물에 도착한 그녀는 디자인 부서 출입이 안 된다는 걸 떠올리고는 로비에서 정환에게 전화를 걸었다. 대표실에 있으니 그리로 오라는 답에 서둘러 5층으로 올라갔다.

대표실에는 이원우는 물론, 디자인 부서 팀장 세 명이 모두 모여 있었다. 은서가 꾸벅 인사를 건네었다. 자리에서 일어선 정환이 가쁜 숨을 내쉬는 은서를 보고는 걱정스러운 얼굴로 물었다.

"은서 씨, 갑자기 무슨 일이에요?"

"확인할 게 있어서요. 팀장님께 제가 제출한 작업 지시서요. 그거 혹시 다른 디자이너한테 보여 준 적 있으세요?"

정환이 기억을 더듬었다. 기억대로라면 은서가 제출한 작업 지시서는 자신이 확인을 하고 그날 바로 개발팀으로 넘겼다.

이미 나인에서 근무했던 경력이 있어서인지 정확하고 알아보기 쉽게 작성이 되어 있어 수정할 부분이 전혀 없었기 때문이다.

"아니요. 바로 넘겼는데."

"그럼 디자인 부서에서 유출된 건 아닐 겁니다."

"어째서요?"

"제가 넘긴 작업 지시서는 처음 낸 디자인과 달리 최종 수정한 부분이 있습니다. 기억하실지 모르겠는데, 제가 그날 세 분 팀장님께만 따로 찾아가서 검토 받고 넘긴 부분이라 다른 디자이너들은 수정된 부분에 대해 알지 못합니다."

2팀 팀장이 기억난다는 듯 고개를 끄덕였다.

"아, 백스테이에 에일린 로고 넣은 거."

"네, 그거요."

항상 구두 바닥인 까래 쪽에 새겨 넣던 일반적인 로고를 이번 구두에는 백스테이 쪽에 작은 금색의 장식으로 달았다. 에일린 이름만으로도 가치가 있다고 생각했고 브랜드 로고 자체가 예뻐 진행한 것이었다.

화려한 디자인의 은서 구두와 잘 맞아떨어져 팀장들도 수긍한 부분이었다.

하지만 그건 처음 낸 디자인에는 없던 부분이었다. 작업 지시서를 넘기기 전 최종적으로 수정이 된 부분이라 디자인 부서에는 그것을 통과시킨 팀장 세 명과 은서만이 알고 있는 내용이었다.

은서는 백화점에서 사 온 나인 구두를 꺼내 놓았다. 은서의 디자인과 동일한 구두였다. 그 구두에는 그녀가 말한 것처럼 백스테이 쪽에 작은 금색의 나인 브랜드 로고가 장식되어 있었다.

은서가 하는 말을 조용히 듣고 있던 원우가 나인 구두를 한 번 더 내려다보고는 정환에게 지시했다.

"감사팀에 연락해서 개발팀 다시 조사해요."

"네."

"나도 직접 내려가 볼 테니까, 먼저 내려가서 이번 신상 디자인 진행한 개발팀 직원들부터 자리에 있는지 확인하고."

"알겠습니다."

팀장 세 명이 먼저 일어나 대표실을 빠져나갔다. 뒤를 따르려던 원우가 문을 열고 밖으로 나서기 전 은서의 어깨를 토닥였다.

"잘했어, 차은서."

어깨를 토닥이던 손길이 멀어졌다. 저도 모르게 왈칵 눈물이 쏟아져 나올 것 같아 은서는 입술을 깨물었다.

마음을 좀 더 가라앉히고 대표실을 빠져나온 은서는 집으로 돌아가지 않고 개발팀 앞에 서서 상황을 지켜봤다.

벌써 감사팀에서 나와 일을 진행한 개발팀 직원들을 조사하고 있었다. 컴퓨터 기록부터 시작해 책상 서랍은 물론, CCTV 자료까지 다시 확인을 한다고 했다.

"은서 씨."

그녀의 이름을 부르며 달려오는 발걸음 소리가 들렸다. 디자인 부서에 벌써 소문이 돈 모양이었다. 현정과 연주가 놀란 얼굴로 다가섰고 은서는 두 사람에게 인사를 건네었다.

"어떻게 된 거야? 유출한 거 개발팀이라며?"

"아직 확실한 건 아니고요."

"팀장님 말로는 거의 확실하다던데, 뭘."

현정이 혀를 차며 개발팀 안쪽을 들여다보고 있었다. 연주 역시 안쪽을 힐끗 들여다보고는 은서를 향해 좀 더 가까이 다가서서 조심스럽게 물었다.

"근데 어떻게 개발팀을 의심하게 된 거예요?"

"작업 지시서 때문에요."

"작업 지시서요?"

"처음 낸 디자인과 달리 최종적으로 수정된 부분이 있었어요. 다른 디자이너들은 그 부분은 확인 못 했거든요. 제가 팀장님한테 제출하고, 팀장님이 바로 개발팀으로 넘겨서 생산 들어간 거라 확률상 개발팀에서 유출됐을 가능성이 높아요. 확인해 보니까 그 부분까지 디자인이 완전히 똑같더라고요."

"그랬어? 차라리 잘됐네. 그거 때문에 꼬리가 잡힌 거 아니야. 뭘 수정했는데?"

"백스테이에 금색으로 에일린 브랜드 로고 장식을……."

현정의 말에 대답을 하던 은서가 말끝을 흐리고는 갑작스레 입을 꾹 다물었다. 불현듯 떠오른 기억에 그녀의 얼굴이 점차 굳어져 갔다.

"은서 씨 벌써 작업 지시서까지 작성해서 다 넘겼어요. 보니까 서류 정리도 엄청 꼼꼼하게 잘하던데. 백스테이 쪽에 브랜드 로고 장식한 부분까지 디테일하게 별도로 설명 다 해 놨더라고요."

은서의 시선이 연주에게로 향했다. 딱딱하게 굳은 은서의 얼굴을 마주한 연주는 당황스러운 기색을 내보였고, 현정 역시 의아하다는 표정으로 그녀를 바라보고 있었다.

"왜 말을 하다 말아?"

"……은서 씨, 왜 그렇게 봐요?"

그녀는 원우에게 신상 조서를 모든 직원이 볼 수 있냐고 물었지만 서재하가 알아낸 것은 주소와 연락처였다.

은서는 생각을 바꿨다. 전달한 내용이 그 두 가지뿐이라면 관리직에 있는 사람이 아닐 수도 있었다.

명함에 연락처가 인쇄되어 있으니 에일린 직원이라면 누구나 쉽게 알아낼 수 있을 것이고, 주소 역시 마찬가지였다. 특히나 같은 팀에 속한 팀원이라면 더욱 어려운 일이 아니었다.

"연주 씨. 제가 팀장님께 제출한 작업 지시서, 어떻게 봤어요?"

"……네?"

"제가 제출한 작업 지시서, 어떻게 봤냐고요."

"그게 무슨 소리예요? 바로 개발팀에 넘겼다면서 제가 그걸 어떻게……."

"휴게실에서 그랬잖아요. 나한테 서류 정리 꼼꼼하게 잘한다고, 백스테이 쪽에 브랜드 로고 장식한 부분까지 디테일하게 설명 다 해 놨더라고. 분명 그렇게 말했잖아요."

발뺌하려던 연주는 뒤늦게 은서가 무슨 말을 하는 건지 깨달은 얼굴을 했다. 그녀의 얼굴에서 표정이 사라졌다.

"나인에서 디자인 유출로 퇴사한 사람이 우리 회사 들어왔대요."

"뭐, 확인된 건 없지만 진짜라면 사실 좀 찜찜하잖아요. 한 번 했던 일, 두 번 하지 말라는 법도 없고."

은서는 그리 말하며 자신과 시선을 마주했던 연주의 얼굴을 떠올렸다.

같은 팀의 디자이너라니……. 차라리 아니길 바랐다. 아니길 바라는 마음으로 은서는 물었다.

"연주 씨였어요?"

연주가 두어 걸음 뒷걸음질 쳤다. 그녀의 얼굴이 순식간에 두려움으로 물들었다.

chapter 8
사실은, 무엇 하나 괜찮지 않았다

세 사람 사이에 무거운 침묵이 흘렀다.

연주는 은서의 시선을 피하고는 빠르게 눈동자를 굴렸다. 변명을 생각하려는 것 같았지만 둘러댈 핑계를 찾지 못한 그녀는 무작정 부정했다.

"무, 무슨 소리를 하는 거예요? 내가 언제 그런 말을 했어요?"

"나도 들었어."

"……대리님."

"그때 연주 씨 분명 그렇게 말했어. 은서 씨 혼자만 들은 것도 아니고, 나도 분명히 들었다고."

연주의 얼굴이 사색이 되었다.

그 자리에 함께 있던 현정 역시 그녀가 했던 말을 기억해 내고는 심각해진 얼굴로 바라보고 있었다. 연주는 무작정 고개를 가로저었다.

"아니에요, 대리님. 저 아니라니까요? 은서 씨, 자기가 의심받으니까 지금 나한테 화살 돌리는 거예요?"

"그럼 정확하게 대답해요."

"뭘 정확하게 대답하라는 거예요? 작업 지시서 본 게 뭐가 그렇게 문제가 된다고 사람을 이렇게 몰아세워요? 디자인 부서에서 일하는 사람들은 모두 이번 신상 디자인에 대해서 알고 있는 상태고, 나도 디자인 부서에서 일하는 사람인데 작업 지시서 본 게 뭐가 그리 잘못이라고……."

"조금 전에 말한 거 못 들었어요? 제가 최종적으로 수정한 부분이 있었고, 수정된 작업 지시서를 본 디자이너는 한 명도 없었다고요."

"……."

"만약 수정 전 구두가 유출이 됐다면 당연히 연주 씨 말이 맞겠죠. 디자인 부서에 있는 인원 모두가 다 본 디자인인데, 작업 지시서 본 게 뭐가 그리 대수라고요. 하지만 팀장님 세 분과 저만 알고 있는 수정된 작업 지시서를, 개발팀 직원도 아닌 연주 씨가 알고 있는 게 문제인 거예요. 나도 연주 씨 의심하고 싶지 않아요. 그러니까 제대로 해명……."

"그게 무슨 소리예요?"

은서가 말을 끝맺지 못하고 뒤를 돌아봤다. 현정과 연주의 시선도 목소리가 들려온 방향으로 향했다. 대화에 끼어든 것은 정환이었다.

한 손에 서류 하나를 든 채 개발팀 문을 열고 복도로 나서려던 정환이, 세 사람이 나눈 대화 내용을 듣고는 심각한 표정으로 자신의 팀원 얼굴을 한 명씩 확인했다.

"팀장님."

"수정된 작업 지시서에 대해 성연주 씨가 알고 있었어요?"

아직 연주에게 제대로 된 답을 듣지 못한 상태였다. 은서가 답하지 못하자 뒤에 서 있던 현정이 대신 나서 답을 건네었다.

"알고 있었습니다. 그 얘기 들은 시점은, 나인에서 똑같은 제품 출시하기도 전입니다. 저도 들었고요."

정환의 시선이 연주에게로 향했다. 평소 팀원들에게는 늘 친절했던 정환이 지금은 다른 사람처럼 싸늘한 얼굴을 하고 있었다.

"성연주 씨, 작업 지시서 어떻게 봤습니까."

"……."

"성연주 씨, 내 말 안 들려요? 대답해요."

"……."

"차은서 씨가 수정한 작업 지시서를 성연주 씨가 어떻게 봤냐고 물었습니다!"

정환의 목소리가 높아졌다. 화가 난 것을 고스란히 드러내듯 복도에 정환의 목소리만이 가득 들어찼다. 개발팀 안쪽에서 나던 소리가 약속이라도 한 것처럼 일시에 사라졌다.

안에도 화가 난 그의 목소리가 들린 모양이었다.

그러는 사이에도 연주는 끝내 답을 하지 못했다. 불안이 가득한 얼굴로 다시금 뒷걸음질 치려는 그녀를 정환이 붙들었다.

"따라와요."

그는 어찌할 새도 없이 그녀를 이끌고 개발팀 문을 열었다.

"팀장님!"

갑작스런 정환의 행동에 놀란 은서와 현정이 뒤를 따라 들어갔다.

개발팀 안에 있던 모든 직원의 시선이 한곳으로 모여들었다. 사무실 중앙에 서서 감사팀 직원과 대화를 나누고 있던 원우의 시선 역시 정환을 향하고 있었다.

"우리 팀 팀원한테 수정된 작업 지시서 보여 준 직원 누굽니까."

정환의 말에 개발팀 직원들이 서로 눈치를 봤다.

수정된 작업 지시서는 은서의 말대로 그녀에게 보고 받자마자 그가 개발팀으로 넘긴 상태였다. 그것도 직접 가서 넘겼다. 개발팀에서 보여 준 것이 아니라면 볼 수 있는 방법이 없었을 것이다.

직원들이 저마다 수군거리는 사이, 복사기 근처에 서 있던 한 직원이 손을 들고 앞으로 나섰다. 남자는 조금 당황한 듯 보였다.

"제가 보여 드렸습니다."

남자는 망설이는 기색을 보이면서도 순순히 손을 들고 나섰다. 목에 걸린 사원증의 강대욱이라는 이름을 확인한 정환이 망설이지 않고 직접적으로 물었다.

"강대욱 씨, 개발팀으로 넘어간 작업 지시서를, 그것도 내가 직접 넘긴 작업 지시서를, 왜 성연주 씨한테 따로 보여 줬습니까."

"그건…… 성연주 씨가 요청했습니다."

"그럼 감사팀에서 수사하는 동안 성연주 씨가 작업 지시서 요청한 부분은 왜 따로 보고 안 했습니까. 디자인 유출 때문에 수사하고 있는 거 몰랐습니까."

대욱의 얼굴이 하얗게 질렸다. 그는 연주를 한 번 바라보고는 억울하다는 얼굴로 말했다.

"유, 윤 팀장님 지시라고 했습니다. 팀장님 다녀가시고 얼마 지나지 않아서 개발팀으로 찾아왔는데, 사본을 두지 않고 원본 그대로 넘겼다고 한 부 카피해 달라고 했어요."

윤 팀장이 헛웃음을 터뜨렸다. 비밀번호로 잠긴 정환의 책상 서랍에는 은서가 낸 작업 지시서 한 부가 이미 들어 있었다.

불안에 떨고 있는 연주에게로 시선을 돌린 정환은 그녀를 향해 비웃듯 말했다.

"내가 언제 그런 지시를 했습니까."

대욱은 그제야 연주가 디자인 유출 사건의 범인으로 지목받아 이곳에 들어왔다는 것을 알게 됐다. 주변이 술렁거렸다.

설마 했던 일이 사실로 눈앞에 드러나는 순간, 은서는 누명을 벗었다는 기쁨조차 느낄 수 없었다. 유출자가 다른 사람도 아닌 같은 팀의 팀원이라는 배신감에 마음이 더 무거워졌다.

지금 이 상황이 가장 당황스러울 대욱은 자신의 억울함을 호소했다.

"윤 팀장님 지시라고 했어요. 전 정말 몰랐습니다. 그 디자인 제출한 해당 팀의 직원이 와서 요청하는데, 당연히 이상하게 생각 안 했습니다. 디자인 부서 팀원들은 이번 신상품 디자인에 대해 전부 알고 있다고 들었습니다. 한데, 작업 지시서를 본 것이 왜 문제가 되는 건지 모르겠습니다."

"내가 넘긴 건 수정된 지시서입니다. 그 부분에 대해서 아는 사람은 극히 소수였고요."

"네?"

"유출된 디자인이 수정된 디자인과 동일합니다. 그게 유출됐고, 그 부분에 대해 알지 못하는 게 당연해야 할 디자이너가, 나인 매장에 구두가 진열되기도 전에 수정된 디자인에 대해 알고 있었습니다."

"수정된 부분이 있다는 걸 저는 알지 못했습니다. 이미 다 아는 디자인의 작업 지시서를 보여 준 게 문제가 될 거라고는 생각 못 했고 그래서 따로 말씀 안 드렸을 뿐, 숨기려고 한 게 아닙니다. 정말입니다."

설마 당당하게 팀장 지시라는 이유를 대고 작업 지시서를 보여 달라고 한 팀원이 디자인 유출을 했을 거라고는 생각 못 했다. 대욱은 생각지도 못한 상황에 하소연을 했다.

연주는 이미 자신에게 불리해질 대로 불리해진 상황에 아예 입을 다물 생각인지 대욱의 말에 대해 긍정도 부정도 하지 않았다.

"이제 답이 어느 정도 나온 것 같으니 여기는 그만 정리하죠. 애먼 개발팀만 잡을 뻔했네요."

상황을 지켜보던 원우가 대욱과 연주를 각각 쳐다보고는 동요 없는 얼굴로 차분하게 말을 이었다.

"개발팀 강대욱 사원, 그리고 디자인 1팀 성연주 사원. 두 사람 모두 조사에 착실하게 응하길 바랍니다."

"대표님, 저는 정말 억울합니다."

"죄가 없다면 당연히 아무 피해도 없을 겁니다. 사실대로만 말해요."

말을 마친 원우의 시선이 연주에게로 향했다. 뚜벅, 그가 걸음을 옮겼다.

연주는 그 자리에 못 박힌 듯 서 있었다. 변명조차 하지 않는 모습에 원우는 천천히 다가서서 정확하게 그녀의 앞에 멈춰 섰다.

"성연주 씨는 앞으로 벌어질 상황들이 무섭지도 않은가 봅니다."

연주의 시선이 원우에게 닿았다. 두렵기는 한 건지, 갈피를 잡지 못하는 눈동자가 불안하게 흔들렸다. 그녀를 내려다보는 원우의 얼굴이 서늘하리만큼 차가웠다.

"이게 무슨 동네 구멍가게에서 사탕 하나 훔친 정도의 일도 아닌데."

원우가 허리를 살짝 숙였다.

"어디 끝까지 그렇게 입 다물고 있을 수 있나 보죠."

말을 마친 원우가 다시 개발팀 입구 쪽을 향해 걸었다. 그곳에는 은서와 현정이 서 있었다. 두 사람이 원우를 향해 고개를 숙이려는 순간이었다.

"차은서 씨."

이름을 부르는 목소리에 은서가 고개를 다시 들었다. 눈이 마주쳤다.

"휴가 끝입니다. 내일부터 복귀해요."

은서가 잠시 멍한 얼굴을 했다. 휴가라니. 그런 걸 두고 휴가라고 하는 건가. 은서가 설핏 미간을 좁히는 순간, 그가 스치듯 웃었다. 아주 짧은 순간이었다.

"고생했어요."

어깨를 두어 번 토닥인 손길이 멀어졌다. 아직 끝난 것은 아무것도 없었다. 누명을 벗고 꼬리를 잡았을 뿐, 만일 연주가 입을 열지 않고 이 일을 홀로 뒤집어쓰기라도 한다면 그 뒤에 있는 배후를 잡을 수 없었다.

그럼에도 은서는 마음이 놓였다. 원우의 그 말이, 이제 곧 끝날 테니 안심하라는 말만 같아서. 현정이 원우와 같은 마음으로 그녀를 위로하듯 어깨를 다독였다.

은서의 시선이 연주에게로 향했다. 고집스럽게 꽉 다문 입매가 비틀렸다.

그녀는 눈물 고인 눈으로 은서를 바라보고 있었다. 원망을 담은 눈이었다. 은서는 그 눈을 한참이나 마주 보고 있었다.

디자인 1팀의 성연주가 디자인을 빼돌린 진범이라는 소문에 회사는 발칵 뒤집혔다. 바로 조사에 들어갔지만 그녀는 쉽게 진실을 토해 내지 않았다.

개발팀으로 넘어간 작업 지시서를 카피해 빼돌린 건 맞지만, 자신은 카피한 작업 지시서를 그저 분실했을 뿐 대가를 받고 나인으로 넘긴 적은 없다고 답했다.

그 외에는 아무것도 말할 것이 없다는 듯 입을 꾹 다문 채로 침묵을 유지했다.

이대로라면 혼자 덮어쓸 것이 분명했다.

하지만 그녀는 정말 나인에 관해서는 그 무엇도 얘기하지 않았다. 의도적으로 나인에서 유출을 지시했고, 성연주가 나인으로 디자인을 넘겼다는 증거조차 찾을 수 없었다.

결국 나인 쪽의 구두 디자인을 담당한 직원에게도 조사 협조를 부탁했다.

하지만 그녀는 그런 작업 지시서는 본 적이 없고 그 구두는 자신이 디자인한 구두라며 당당하게 주장했다. 정말 우연의 일치로 똑같은 디자인이 나올 수도 있는 것이 아니냐는 말과 함께 자신이 그 작업 지시서를 봤다는 증거가 어디 있냐며 되레 화를 냈다.

'계좌 추적을 해 봤지만 돈을 받은 사실이 없고, 통화 기록조차 없다? 다른 대가를 받지 않고 이렇게까지 위험한 일을 벌일 수가 있는 건가? 그냥 단순히 아는 사이라고 생각하기엔 너무 위험한 일을 도왔어. 대체 어떻게 아는 사이인 거지? 그만큼 각별한 사이인 건가?

직원 휴게실에서 커피를 마시고 있던 은서는 꼬리에 꼬리를 무는 의문들을 떠올리며 한참이나 골똘히 생각에 잠겨 있었다.

얼마나 집중한 건지 누군가 문을 열고 휴게실 안으로 들어서는 것조차 알지 못했다.

휴게실 안으로 들어선 현정과 정진이 바로 앞까지 걸어 올 동안 그녀는 홀로 생각에 잠겨 있었다.

"빨리 말하지 않고 뭐해!"

현정의 큰 목소리에 흠칫 놀란 은서가 뒤늦게 고개를 들었다.

현정이 정진의 등을 사정없이 내려쳤다. 알았다며 작게 투정 부리듯 대답한 정진이 쭈뼛거리며 가까이 다가서서는 은서를 힐끗 바라봤다.

은서가 두 사람의 얼굴을 번갈아 바라봤다. 이내 두 사람이 자신을 찾은 이유를 짐작하며 고개를 끄덕였다. 그녀는 머뭇거리는 정진을 보며 짧게 웃어 보였다.

"일주일 동안 점심 같이 먹고 커피는 정진 씨가 쏴요. 비싼 거 말고, 나 자판기 커피 좋아하는 거 알죠?"

"에?"

"그걸로 퉁."

유출 사건이 터진 날의 일에 대해 사과하러 왔다는 것을 알아챈 은서는 그가 사과를 건네기 전에 먼저 화해의 손을 내밀었다. 정진은 정말로 미안한 얼굴을 했다.

"왜 이리 사람이 좋아요?"

"뭐가요? 그 상황이면 누구라도 그렇게 생각할 수밖에 없었을 거예요. 특히나 유출된 디자인이 정진 씨 디자인이었으니까 더 그랬다는 거 알아요."

"은서 씨."

"나 정말 신경 안 써요. 앞으로 얼굴 보고 한 팀에서 일해야 할 사람인데 정진 씨도 더는 그 일 신경 쓰지 말아요."

정진은 감동한 얼굴을 했다.

"일주일이 뭐예요. 1년간 살게요, 1년간."

"기왕이면 내 것도 같이 부탁한다."

"대리님은 대리님이 사 드세요."

은근슬쩍 숟가락을 얹으려는 현정을 밀어내며 정진이 투덜거렸다.

기왕 온 김에 커피나 한 잔씩 마시고 가자며 정진과 현정은 아예 은서의 앞에 자리를 잡고 앉았다.

정진이 뽑아 온 커피를 마시고 사무실로 돌아가는 길에 세 사람은 이번 유출 사건의 진범인 연주에 대한 이야기를 나눴다.

"근데 연주 씨, 입 안 연다면서? 카피한 작업 지시서를 분실했다니, 그걸 믿으라는 거야? 나인에서도 그래. 양심이란 거 자체가 없는 건지. 유출 관련해 나인 쪽에서 직접적으로 대가 받은 증거가 없으니까 아예 발뺌했다며? 우연으로 똑같은 디자인이 나올 수도 있는 거 아니냐고 했다는데 그게 대체 말이 되는 소리야? 데칼코마니처럼 완전 똑같은데."

"근데 정말 돈 받은 기록도, 통화 기록도 안 나왔다는데. 돈을 받은 것도 아니고 다른 자리 보장 받은 것도 아니라면, 대체 왜 그런 위험한 짓을 한 거래요?"

"모르지, 나야. 안 그래도 오늘 호출 받은 모양인지 아까 대표실 갔다던데."

연주에 대한 이야기가 시작된 후로 뒤를 따르며 조용히 두 사람의 대화를 듣고만 있던 은서가 처음으로 입을 열었다.

"연주 씨요?"

"응. 아까 오는데 연주 씨 대표실로 가는 거 봤다고 기획팀에서 떠들더라고. 대표님이 따로 부른 모양이야."

정진은 헛웃음을 터뜨리고는 고개를 가로저었다.

"들리는 말로는 고개 빳빳이 들고 왔다던데요."

"회사 손실도 큰데, 입 안 열면 피해 보상은 또 어떡할 거야. 혼자 배상할 수 있는 수준도 아닐 텐데."

두 사람의 대화 소리가 멀어져 갔다. 은서는 걸음을 멈추고 뒤를 돌아봤다.

"차은서, 이번 일에서 가장 중요한 게 뭔지 알아? 범인 찾는 거?

아니, 네 결백 증명하는 거야."

서재하의 짓인 것이 명백했기에 그녀는 절대로 이번 유출 사건을 연주 혼자 덮어쓰게 할 생각이 없었다.

연주 하나 잡아서는 끝날 일이 아니었다. 제대로 된 진범을 잡지 못한다면 이런 일은 또 일어날 수 있었다.

"대리님, 정진 씨. 저 잠깐 자재실 좀 갔다 올게요."

"자재실에?"

"필요한 게 있어서요."

"같이 갈까?"

"원단 가지러 가는 건 아니라서 혼자 가도 괜찮아요."

"그래, 그럼. 다녀와."

인사를 건네고 돌아선 은서는 엘리베이터에 올라탔다.

하지만 그녀는 자재실이 있는 2층이 아닌 지하 1층의 버튼을 눌렀다. 엘리베이터가 천천히 아래층으로 향하고 있었다.

"차 마셔요."

원우는 손짓으로 테이블 위의 잔을 가리켰다. 소파에 앉아 긴장하고 있던 연주는 그 말에 아주 잠시 시선을 들었다가 다시 테이블 위를 뚫어져라 응시했다.

찻잔을 향해 뻗지 못한 두 손은 불안을 드러내듯 한껏 힘이 들어가 있었다.

"왜 부르신 건가요?"

"난 이번 일에 대해 듣고 싶은 얘기가 많은데, 성연주 씨는 나한테 할 얘기가 없나 봅니다."

"전 해야 할 말 다 했습니다."

"대단한 고집이네요. 아니, 오기인가? 이대로 혼자 다 뒤집 어쓰고 처벌 받겠다는 겁니까."

"몇 번을 말씀드려야 하는지 모르겠습니다. 디자인 유출, 나인에서 지시한 일 아닙니다. 전 그저 잃어버린 것뿐입니다, 그 작업 지시서."

"그런 의리는 자기 팀원들한테나 쏟지 그랬어요."

그녀를 비웃듯 헛웃음을 터뜨린 원우가 다시 냉랭한 얼굴을 하고는 찻잔을 손에 들었다.

"잘 들어요, 성연주 씨. 만일 나인에서 진짜 이 일을 지시한 사람이 처벌받지 않는다면, 난 씌울 수 있는 죄목이란 죄목은 전부 붙여서 성연주 씨 처벌받게 할 수밖에 없어요."

"……."

"뿌리를 못 뽑으면, 방지 차원에서 본보기라도 보여 줘야 하거든요. 누군가가 이런 일을 또 시킨다 해도 전례를 보고 두려워서 다신 못 하도록 말입니다."

원우가 차를 한 모금 마시고는 긴장과 불안으로 가득한 연주의 얼굴을 바라봤다.

무거운 침묵이 감돌았다. 가늠하듯 연주의 얼굴을 바라보고 있던 원우가 손에 들린 찻잔을 내려놓았다.

달그락, 희미하게 울린 소리에도 연주는 예민하게 반응하며 긴장으로 딱딱해진 몸을 움찔 떨었다.

"나인 관련해서는 끝까지 입을 안 열겠다는 것 같은데. 그럼 다른 걸 묻죠. 왜 하필 차은서 씨입니까."

"무슨 말씀이신지 모르겠습니다. 전 제 입으로 차은서 씨가 범인이라고 한 적 없습니다."

"성연주 씨 입으로 말한 적은 없어도, 미리 소문을 흘리긴 했죠. 차은서 씨 노리고 이 일 벌인 거 아닙니까."

영문을 모르겠다는 얼굴을 했던 그녀가 곧 표정을 바꿨다. 더는 감출 것도 없다는 듯, 은서에 대한 적의를 감추지 않았다.

"어차피 이렇게까지 된 거 다 얘기하죠. 에일린 입사하자마자 기회 잡는 차은서 씨가 싫었습니다. 신입 사원인데 한소희 선생님 패션쇼에 추가로 디자인을 올리지 않나, 겨울 신상품으로 디자인 채택이 되지 않나. 여러모로 불공평하다는 생각이 들었습니다."

"에일린은 회사에 오래 근무한 사람이라고 해서 별도의 혜택을 주지 않습니다. 디자이너 실력에 따라 기회를 줍니다. 그러니 신입 사원이라 해도 기회는 얼마든지 잡을 수 있습니다. 알고 들어왔을 텐데요."

"압니다. 대표님 말씀대로 전 에일린이 실력에 따라 모든 걸 인정받는 곳이라고 들었는데, 차은서 씨에게만 기회를 부여하는 게 싫었습니다."

"에일린에서 차은서 씨에게만 기회를 부여했다?"

"연줄로 들어왔다고 들었습니다."

"연줄?"

그녀의 이야기를 담담하게 듣고 있던 원우가 미간을 확 좁혔다. 어처구니없는 말에 그는 다시 한 번 곱씹듯 홀로 중얼거렸다.

"연줄이라니."

"대표님이시죠."

독기로 가득 찬 연주의 두 눈을 마주한 원우의 낯이 일그러졌다.

"내가 차은서의 연줄이다?"

"그저 단순히 대표와 직원 관계 아닌 거, 알고 있습니다."

원우가 이를 악물었다.

"어디서 무슨 얘기를 어떻게 들은 건지는 모르겠지만, 정확하게 짚고 넘어갈 건 넘어가죠."

"……."

"차은서 씨는 연줄이 아닌 공모전 대상자로 에일린에 들어왔습니다. 난 심사에 참여하긴 했지만 차은서 씨와 개인적으로 아는 사이는 아니었습니다. 그리고 협업 패션쇼에 올릴 디자인을 추가로 올리겠다는 보고를 받았던 당시에도, 나는 차은서 씨에 대해 이름만 알았습니다. 디자인 실력이 좋은 공모전 대상 수상자, 딱 그 정도였습니다. 차은서 씨 디자인을 추천한 건 팀의 책임자인 윤정환 팀장입니다. 그리고 마지막으로, 겨울 신상품 심사는 내가 참여 안 했습니다. 팀장 권한이죠."

"팀장님들한테 얼마든지 대표님의 입김이 들어갈 수 있잖아요."

"정말 그렇게 생각해요? 차은서 씨 디자인 봤으면 그런 얘기 함부로 못 할 텐데."

"……."

"윤정환 팀장이 들으면 뒷목 잡을 얘기네요. 그 이야기는 어디 가서 떠들지 않는 게 좋겠습니다. 윤 팀장이 사람 좋은 얼굴로 직원들을 대해서 그렇지, 화나면 나보다 더 무섭거든요."

웃으며 말했지만 그의 목소리는 냉랭하기 그지없었다. 더는 대화가 통하지 않을 것 같았다.

원우는 슬슬 마무리할 생각으로 시간을 확인하고는 평온한 낯으로 말을 이었다.

"동생이 아직 대학을 다니는 학생이더군요. 부모님은 시골에서 작은 가게 하나를 운영하시고요."

연주의 두 눈이 놀란 듯 커졌다.

"손해 배상 부분은 성연주 씨가 홀로 보상할 수 있는 금액이 아닐 겁니다. 막대한 유산이라도 물려받지 않은 이상 힘들겠죠. 부모님이 운영하신다는 그 작은 가게를 팔고, 시골의 집을 팔아도 될 돈이 아니란 소리입니다. 딸이 곧 죽게 생겼는데 부모 된 마음으로 그거라도 다 팔아 메우려고 하겠죠. 그래도 안 될 거고. 그럼 동생 대학은 어떻게 졸업시키려고 합니까."

"……협박하시는 겁니까."

"무슨."

그는 낮게 웃었다.

"협박이 아니라 성연주 씨가 이 상황에서 낼 수 있는 가장 최적의 답을 주려는 겁니다. 성연주 씨는 유출에 대한 책임만 지세요. 이번 겨울 신상품으로 배불린 건 나인인데, 금전적인 보상은 나인 측에서 받아야 하지 않겠습니까."

"……."

"할 얘기 끝났습니다. 그만 나가 봐도 좋아요. 생각 바뀌면 언제든지 찾아오고."

그는 미동 없는 연주를 확인하고는 재차 나가라는 말을 건네듯 눈짓으로 문을 가리켰다. 그녀는 자리에서 일어나 힘없이 대표실을 나섰다.

대표실을 나선 연주는 자신의 차를 주차해 둔 지하 주차장으로 향했다.

운전석 문을 열지 못하고 조금 멍한 표정으로 서 있던 그녀는 곧 주변을 두리번거리며 확인하고는 휴대전화를 꺼내 들었다.

누군가의 번호를 찾아 전화를 걸고 있는 사이, 연주의 등 뒤에서 또각또각 구두 소리가 들려왔다.

"연주 씨."

화들짝 놀라며 뒤를 돌아본 연주가 통화 종료 버튼을 눌렀다. 당황한 듯 그녀는 휴대전화를 빠르게 등 뒤로 감췄다.

불쑥 모습을 드러낸 은서가 그녀의 등 뒤로 잠시 시선을 줬다가 곧 그것에는 관심 없다는 듯 연주를 향해 말했다.

"그렇게 감출 거 없어요. 안 뺏어요. 통화 기록 조회해도 아무것도 안 나왔다면서요."

"뭐, 뭐예요?"

"나랑 잠깐 얘기 좀 해요."

"할 얘기 없어요."

상황이 이 정도까지 왔음에도 끝까지 고집스러운 연주의 모습에 은서는 조금 안타까운 시선을 보냈다.

"디자인 유출, 서재하가 시킨 짓이라는 거 알아요."

은서의 말에 연주의 눈가에 파르르 경련이 일어났다. 그녀는 억지웃음을 지으며 고개를 가로저었다.

"아니에요. 대체 무슨 소리를 하는 거예요?"

"서재하가 그 정도로 지켜 줄 가치가 있는 사람이던가요?"

"떠 보지 말아요. 애꿎은 사람한테 죄 뒤집어씌우지도 말고요."

"서재하가 직접 말한 거예요. 아니라면 내가 어떻게 이렇게까지 확신하겠어요? 나 하나 죽이자고 성연주 씨 이용한 건데, 그렇게 이용당하고도 그 사람 지켜 주겠다고요?"

"누가 누굴 이용했다는 거예요!"

"그럼 이용이 아니고 뭐예요? 성연주 씨가 유출자로 지목됐다는 거 알면서도 서재하가 이번 일에 나서 주던가요?"

"……."

"끝까지 안 된다면 어쩔 수 없지만, 나는 연주 씨한테 꼭 해 주고 싶은 말이 있어요. 내 얘기 듣고도 연주 씨 생각에 변함이 없다면, 그땐 원하는 대로 혼자 이 일을 뒤집어쓰든 말든 상관 안 할게요. 어차피 우리 두 사람, 한 번은 대화 나눠야 할 상황이잖아요."

"나랑…… 뭘 하고 싶은 거예요?"

"다음 주에, 혹시 시간 돼요?"

연주는 손을 들어 얼굴을 쓸어내렸다. 다시 시야에 드러난 얼굴은 금방이라도 모든 것을 내려놓고 싶은 것처럼 지친 기색으로 가득했다.

✳   ✳   ✳

은서가 재하를 만나기로 한 곳은 인적이 드문 한적한 공원이었다. 은서는 벤치에 앉아 재하를 기다렸고, 그는 곧 그 장소에 모습을 드러냈다.

"진범 찾았다던데, 축하해."

자신의 위로 드리워진 그림자에 은서는 고개를 들었다.

"무슨 소리야? 못 찾았어, 진범."

"그럴 리가."

"사실 성연주 씨는 진범이 아니지."

"아, 작업 지시서를 빼 온 건 맞는데, 고의적 유출이 아닌 실수로 잃어버렸다고 했나? 안 됐네, 성연주 씨도."

재하는 주변을 확인했다. 운동을 하러 공원에 나온 서너 명의 사람 외에는 인적이 드물었다.

재하는 다시 그녀에게로 시선을 돌렸다. 의심스런 눈으로 자신을 내려다보는 재하를 향해, 은서는 휴대전화를 꺼내 놓았다.

그것으로도 모자라 이 상황을 다른 이에게 알릴 만한 기계 장치 따위는 아무것도 없다는 것을 보여 줬다. 재하는 그제야 그녀의 옆에 앉았다.

"누명은 벗었을 테니 나한테 도움 요청하러 온 건 아닐 테고, 왜 불렀어?"

"물어보고 싶은 게 있어서."

"말해."

"성연주 씨랑 각별한 사이야?"

그는 웃었다.

"누가 그래? 연주가? 아님 넘겨짚은 거야?"

"직접 말했겠어? 날 아주 무슨 원수 보듯 보던데. 얘기하고 싶어도 아예 회사에는 얼굴도 안 비치더라."

"그래?"

"들어 보니까 나인에 대해서는 입도 뻥긋 안 했다고 하더라고. 혼자 다 뒤집어쓰기에는 상황이 무서울 텐데도 계속 침묵하는 걸 보니 아무래도 너랑 각별한 사이 같아서."

"그게 신경 쓰여서 부른 거야? 나한테는 미련도 없다는 듯이 굴더니, 갑자기 왜?"

"너야말로 원하지 않는 결혼한 것처럼, 나한테 미련 남은 듯이 굴더니 얘기 들어 보니 그것도 아닌 것 같아서. 아니야?"

"누가 들으면 진짜인 줄 알겠네. 그 수준으로 연인은 무슨. 우리 집에서 예전에 일했던 사람 딸이야."

"……일했던 사람 딸? 그게 전부라고?"

"뭐가 더 있어야 하는데?"

은서는 잠시 말을 멈췄다. 치밀어 오르는 화에 이가 절로 악물렸다.

"그럼 연주 씨는 앞으로 어떻게 할 거야? 그래도 널 위해 그런 짓까지 했는데."

"뭘 어떻게 해? 지가 원해서 한 일인데. 나 정말 아무것도 안 해 줬어. 그런데 좋다고 혼자 디자인 가져다 바치는 걸 나 보고 어쩌라는 거야."

"그렇게 말해도 돼? 그러다 연주 씨가 네가 시킨 짓이라고 불기라도 하면 어쩌려고?"

"차은서, 성연주는 나한테 정말 아무것도 받지 않았거든. 그냥 모든 일이 다 끝나면 너한테 가겠다, 그 말 한마디밖에 안 했어."

디자인 유출을 하는 데 필요하다며 서현에게 받은 돈은 재하가 모두 빼돌린 상황이었다. 돈 한 푼 들이지 않고 재하는 에일린의 디자인을 유출했다. 오로지 연주의 마음을 이용해서 말이다.

"걔가 나를 워낙에 좋아해서 아마 쉽게 입 열지도 않을 거야. 그러니 이번 일로 나 잡겠다는 희망은 버려."

"……."

"증거가 없어, 증거가."

은서는 그제야 연주가 이 일의 대가로 서재하에게 그 무엇도 받지 않았다는 사실을 믿게 됐다.

돈도, 자리도, 이후의 일에 대한 보장도, 그 무엇도 받지 않았다. 그저 자신에게 오겠다는 서재하의 약속 하나만을 믿은 것이다.

허벅지 위에 놓인 은서의 손에 꽉 힘이 들어갔다.

3년 전, 사람 같지도 않은 방법으로 자신을 버렸던 것처럼 서재하는 자신을 좋아하는 성연주의 마음을 이용했던 것뿐이었다.

분노로 목이 다 멨다. 잊으려 했던 3년 전 일까지 다시 떠올랐다. 하나도 변한 게 없었다. 단 하나도.

"네가 사람이야?"

"뭐?"

"사람이면 적어도 사람답게 살아야지, 서재하. 어떻게 사람을 그런 식으로 이용하고 버려? 네 성공 위해서라면 정말 무

슨 짓이든 할 수 있다는 거야? 3년 전에 나한테 한 짓만으로
도 부족해?"

"차은서, 네가 지금 성연주 동정할 때야? 그리고 네가 성연
주를 동정하면 쓰나. 다 너 때문에 벌인 일인데."

"……나 때문이라고?"

"그럼 너 때문이지, 누구 때문이겠어."

거짓말처럼 3년 전과 반복된 일이 터졌을 때도 은서는 침
착하려 애썼다. 하지만 속은 곪아 썩어 가고 있었다. 그런 일
을 두 번이나 당하고도 괜찮을 리 없었다.

3년 전에도, 지금도, 사실은 무엇 하나 괜찮지 않았다. 발
을 딛고 있는 바닥이 한없이 무너지는 기분이었다. 억눌린 감
정들이 일시에 폭발하듯 터져 나왔다.

"나 때문에? 나 하나 때문에 이런 무시무시한 일을 벌였다
고? 지금 그걸 말이라고 해? 내가 어떤 마음으로 3년을 버텼
는데. 팀원들 뒤통수치고, 돈 때문에 양심 팔고! 그따위 누명
쓰고 네가 원하는 대로 나인 나왔잖아. 그러고도 입 다물고
3년을 살았잖아! 넌 네가 원하는 결혼! 네가 원하는 명예! 자
리! 다 얻었잖아! 그거 가지고도 대체 뭐가 부족해!"

은서가 손을 들어 자신의 가슴을 주먹으로 세게 두드리며
외쳤다.

"난 내가 하고 싶은 디자인 일 하나 하겠다는데! 그거 하나
하겠다는데! 다 버리고 그거 하나만 하겠다는데! 왜 그것마저
못 하게 해!"

은서의 손이 서재하의 옷을 붙들었다. 정장 겉옷을 쥔 손에는 잔뜩 힘이 들어갔고 두 눈에는 눈물이 가득 차올랐다.

"대체 왜, 이유가 뭐야. 다른 사람 인생 망가트리면서까지 나한테 이렇게까지 하는 이유가 대체 뭐냐고!"

비명과도 같은 외침에 그는 웃었다. 그리고 자신의 옷을 붙든 은서의 손을 손쉽게 떼어 내고 구겨진 옷을 털어 냈다.

"내가 얘기 안 했나? 네가 바닥까지 떨어지는 꼴을 봐야 내 자존심 정도는 챙길 거 같다고."

"……너 정말 어쩌다 이렇게 됐니."

"네가 이렇게 만든 거지."

서재하가 은서의 어깨에 한 손을 올렸다. 그녀의 시선은 자연스레 자신의 어깨에 닿은 그의 손을 향해 움직였다.

"이번에는 운 좋게 빠져나갔는데, 다음에는 쉽게 안 끝날 거야."

"……뭐?"

"설마 내가 여기서 끝낼 거라고 생각하는 건 아니지?"

분노로 손이 떨렸다. 은서는 참지 못하고 손을 들어 올렸다. 하지만 재하는 그 손을 쉽게 잡았고, 되레 그녀의 뺨을 내려쳤다. 몸이 크게 휘청거리며 벤치에서 떨어져 바닥으로 엎어졌다.

"맞아 주는 것도 한두 번이지."

재하가 몸을 일으켜 세우고는 바닥에 주저앉은 은서의 앞에 무릎을 굽히고 앉아 그녀의 얼굴을 마주했다. 그의 손이 은서의 뺨을 툭 건드렸다.

"적당히 까불어. 다시 이런 일 겪고 싶지 않으면 네 발로
에일린 나오고 이원우 그 새끼랑도 끝내."

"서재하."

"아, 생계가 힘들어지나? 그럼 나한테 오든가. 그래도 옛정
이 있는데, 네가 매달리면 내 마음이 다시 변할지 어떻게 알
아."

다시금 볼에 닿으려는 재하의 손을 은서가 탁 쳐 냈다. 그
는 비열하게 웃으며 자리에서 일어섰다.

멀어져 가는 서재하의 모습을 바라보다 은서는 흐르는 눈
물을 닦아 내고 손을 들어 턱을 매만졌다. 욱신거리는 통증이
얼굴 전체로 퍼져 나갔다.

"나쁜 새끼."

은서는 한동안 자리에서 일어나지 못했다. 한순간 폭발하
듯 밀려든 분노와 감정이 가라앉지를 않았다.

그렇게 한참을 주저앉아 있다 몸을 추스르고 자리에서 일
어선 은서는 뒤를 돌아봤다. 멀지 않은 곳에 있는 자판기 뒤
로, 주저앉은 여자의 뒷모습이 눈에 들어왔다.

걸음을 옮겨 그녀의 앞에 섰다. 은서를 올려다보는 연주의
눈에 눈물이 그렁그렁했다.

"아직도 서재하 말을 믿어요? 이걸 다 보고도?"

"……."

"연주 씨가 혼자 다 뒤집어쓰고 그 죗값 받고 나오면, 저

나쁜 놈이 정말 연주 씨한테 갈 거 같아요?"

은서의 말에 연주는 답하지 않았다. 고여 있던 눈물이 결국은 흘러내렸고 바르르 떨리는 손은 분노를 참아 내고 있었다. 침묵이 감도는 두 사람 사이에 그 순간 휴대전화 벨소리가 울려 퍼졌다.

연주의 손에 휴대전화가 들려 있었기에 은서는 자연스레 그녀의 손을 응시했다. 하지만 휴대전화에는 그 누구의 번호도 떠 있지 않았다.

'아까 주차장에서 본 휴대전화와 다른데…….'

은서가 의아한 얼굴로 그녀를 내려다보고 있었다. 그러는 사이에도 전화는 끈질기게 울려 댔다.

의아함도 잠시, 연주가 백을 뒤적여 또 다른 휴대전화를 꺼내 들었다.

'휴대전화가 두 대야?'

서재하의 이름이 액정에 떠 있었다. 연주는 표정 없는 얼굴로 휴대전화를 내려다봤다.

은서의 눈이 커졌다. 이제야 통화 내역이 없는 이유를 알아낸 듯이.

연주는 호흡을 한 번 고르고는 은서가 보는 앞에서 전화를 받았다. 전화를 쥔 손은 여전히 떨리고 있었다.

"여보세요."

—연주야? 아까 전화했던데. 중요한 회의 들어가 있어서 못 받았네.

연주가 잠시나마 은서를 올려다보고는 다시 시선을 내렸다.

"……오빠 어떻게 지내나 걱정돼서요."

―나야 잘 지내고 있지. 너야말로 걱정이다. 힘들지? 미안해. 혹시나 일 더 커질까 봐 너 만나러 가지도 못하고. 상황이 이렇게까지 될 줄은 나도 몰랐어.

"……."

―그래도 연주야, 알고 있지? 나까지 연관되면 우리 정말 끝이라는 거. 혹시 형 받게 되도 나 너 기다릴게. 네 동생 대학 졸업할 때까지 학비도 책임지고. 아저씨, 아주머니 잘 계시는지 가끔 내려가 보고 그럴게. 그러니까 연주야.

"알아요, 무슨 말인지."

―오빠가 정말 미안해. 그래도 넌 나 믿지? 다른 사람이 뭐라고 해도 내 말 믿는 거지?

"……네."

―그래, 연주야. 고맙다. 일단 위험하니까 휴대전화도 없애는 게 좋겠어. 내 명의로 되어 있어서 조사가 안 들어간 것 같은데, 혹시 모르니까 조만간 내가 해지할게. 전화는 네가 알아서 폐기하고.

아랫입술을 꾹 깨무는 그녀의 눈에 다른 감정이 스친 것은 그때였다.

분노였다. 서재하를 감싸던 것과는 분명 다른 감정. 바들바들 떨리는 손 역시 그러한 감정을 고스란히 드러내고 있었다.

"오빠. 나 오빠 말 믿으니까, 정말 입 안 열 테니까. 마지막

"으로 한 번만 얼굴 보면 안 돼요?"

—연주야, 그건 지금 좀 위험…….

"한 번만요."

—……그래, 알았어.

통화를 마친 연주가 고개를 들어 은서의 얼굴을 마주했다. 퉁퉁 부은 한쪽 뺨이 눈에 들어왔다. 은서는 아무것도 묻지 않았다.

"연주 씨가 판단해서 결정해요."

그것이 끝이었고 연주는 결국 소리 내어 울었다.

공원에서 산책을 하던 서너 명의 사람이 연주가 주저앉은 쪽을 모두 쳐다봤을 정도로, 그녀는 비명과도 같은 울음을 터뜨렸다.

은서는 굳이 위로를 건네지 않았고, 그녀를 뒤로한 채 걸음을 옮겼다. 나머지는 연주 홀로 감당해야 할 몫이었다.

✼   ✼   ✼

휴대전화를 노려보는 원우의 표정이 무시무시했다.

좋지 않은 일로 폭풍을 맞았던 디자이너들을 격려하기 위해 잠시 시간을 내 디자인 부서를 찾았다가, 은서가 몸이 좋지 않아 결근을 했다는 말을 전해 들었다.

그뿐만이 아니었다. 어제 오후에 외근을 나간 은서가 근무 시간을 다 채우지 못하고 전화로 연락을 취해 조퇴를 했다는 사실까지 알게 됐다.

그 뒤로 몇 차례나 전화를 했지만 은서는 받지 않았다.

몸이 많이 좋지 않은 건가 하는 걱정에 속은 타들어 갔다. 오후에 잡힌 일정이 있어 찾아갈 수도 없던 원우는 일을 끝내자마자 은서의 집을 찾아갔다.

"집에도 없어?"

초인종을 눌러도 대답이 없었다. 불까지 꺼져 있었다. 대체 어디로 사라진 건가 싶어 심각한 얼굴로 다시 휴대전화를 꺼내었다. 벌써 열 번이 넘게 걸었지만 은서는 여전히 전화를 받지 않았다.

"어디 간 거야, 대체."

원우가 휴대전화를 주머니에 넣고 아랫입술을 꾹 깨물었다. 이대로 돌아가 봐야 일도 손에 안 잡히고, 아무것도 할 수 없을 것이 분명했다.

은서가 올 때까지 차에 앉아 기다려야겠다는 생각으로 운전석 문을 열려던 원우의 시선이 골목 끝에 닿았다. 천천히 이쪽을 향해 걸어오는 여자의 모습이 눈에 들어왔다.

원우는 그 사람이 은서인 것을 단번에 알아봤다. 땅을 보며 힘없이 걷고 있는 모습에 그는 걱정스러운 얼굴로 이름을 불렀다.

"차은서 씨."

그녀가 고개를 들었다. 아직 두 사람 사이는 거리가 있었지만 충분히 서로의 얼굴을 알아볼 수 있는 상태였다.

고개를 든 은서의 얼굴을 확인한 원우의 표정이 삽시간에
굳어졌다.

  "너 얼굴이 왜 그래?"

  쿨링시트를 한쪽 뺨에 붙인 은서가 놀란 얼굴로 그를 바라
보고 있었다.

chapter 9
사랑, 하고 있기에

 테이블 위에 놓인 커피는 이미 다 식어 버렸다. 원우는 그
녀가 내온 커피를 한 모금도 입에 대지 않은 상태였다.

 심각한 얼굴로 은서를 바라보다 미간을 좁힌 그는 조금 전
까지 그녀에게 들은 말을 다시 정리했다.

 "그러니까 침대에서 자다가 굴러 떨어졌는데, 침대 아래에
하필이면 단단한 물건이 놓여 있었고 그거에 얼굴을 부딪치
는 바람에 뺨이 그렇게 부었다?"

 "네."

 "그걸 지금 나보고 믿으라고?"

 얼음찜질을 계속했는데도 얼마나 세게 때린 건지 붓기가
가라앉지 않았다.

 결국 몸이 좋지 않다는 핑계로 회사를 쉬고 병원에 다녀온

뒤 쿨링시트까지 사다 붙였다. 내일이면 괜찮아질 것 같았는데 하필 이원우가 오늘 집으로 찾아와 상태를 목격하고 말았다.

은서는 원우의 시선을 슬쩍 피하며 계속해서 침대에서 떨어졌다는 주장을 내세웠다.

"그래요. 그건 그렇다 치고, 전화는요?"

"깜빡하고 두고 나갔어요."

원우는 손을 들어 이마를 짚었다. 깜빡하고 두고 나간 전화에는 자신에게 걸려 온 부재중 전화가 열 통도 넘게 찍혀 있을 것이다.

그는 짧게 한숨을 내쉬고는 곧장 몸을 일으켜 세웠다. 곁에 앉은 뒤 뺨을 향해 손을 뻗자, 당황했는지 고개를 뒤로 뺐다.

"어디 좀 봐요."

"괜찮아요."

"그건 내가 판단할 테니까 좀 봐요."

은서는 어쩔 수 없이 도망치려던 것을 멈췄고 원우는 쿨링시트를 떼어 내 뺨을 살폈다.

아무래도 누구한테 맞은 거 같은데. 작게 중얼거린 목소리에 은서가 흠칫 어깨를 굳혔다.

"설마, 누구랑 싸웠어요?"

"싸우기는요. 내가 애도 아니고. 정말 떨어져서 다쳤다니까요."

"얼음으로 찜질하는 게 더 낫지 않겠어요?"

"괜찮아요."

"그럼 쿨링시트라도 하나 더 가져와 봐요."

은서가 자리에서 일어나 쿨링시트를 가져왔다. 괜찮다고 말했지만 원우는 고집대로 그것을 뺨에 직접 붙여 주었다.

"속상하게."

쯧, 혀를 차며 은서의 뺨을 매만지는 손길은 다정했다. 어쩐지 조금 간지러운 것 같아 은서가 어깨를 움츠리며 뒤쪽으로 몸을 빼내려 하자 원우는 그녀의 허리를 잡고 자신이 있는 쪽으로 더 당겨 앉히려 했다.

은서는 몸을 뒤로 빼내려 하고 원우는 당기려 하고, 그렇게 두 사람이 실랑이를 벌이다 결국 소파 위로 동시에 엎어졌다.

"아, 난 이런 걸 의도한 건 아닌데."

하필 은서가 아래쪽에 깔렸고, 원우는 그런 그녀를 내려다보고 있었다. 원우가 웃자 은서도 따라 웃었다.

가까워지는 얼굴을 보며 그녀가 무릎을 세웠다. 원우의 중요한 부분에 그녀의 무릎이 닿았다. 그것도 조금 세게.

"아."

고통에 찬 짧은 신음을 내뱉으며 원우의 몸이 무너지는 순간, 은서는 손쉽게 그를 밀어내고 다시 자리를 잡고 앉았다. 원우는 말 못 할 고통에 한동안 무릎을 꿇은 자세를 유지하고 있었다.

"아, 아."

계속해서 신음을 내뱉으며 몸을 일으켜 세우지 못하는 원우를 보고 은서가 뒤늦게 걱정스러운 얼굴로 그를 향해 다가섰다.

"괜찮아요? 세게 안 쳤는데, 많이 아파요?"

원우는 여전히 몸을 일으키지 못했다. 은서는 그의 어깨를 붙든 채 고개를 숙였다.

"어디 봐요."

신음 소리가 멈췄다. 원우가 고개를 들었고 은서는 걱정되는 마음에 저도 모르게 건넨 말을 떠올리고는 뒤늦게 얼굴을 붉혔다.

"아니, 그게 아니라……."

"……."

"그러니까, 내가 직접 보겠다는 게 아니라……."

원우가 아픈 상태에서도 웃음을 터뜨렸다.

"어디 한번 봐 줘요, 그럼."

"미쳤어요?"

원우가 어깨까지 떨며 웃었다.

"그만 웃어요."

은서가 원우의 등을 찰싹 소리가 나게 때렸다. 한동안 그의 웃음은 멈추지 않았다.

원우는 저녁까지 먹고 집을 나서 차에 올라탔다. 그마저도 은서가 가라고 등을 떠밀지 않았다면 계속해서 버티고 있을 기세였다.

떠밀리듯 나온 원우는 잠시 차에 앉아 불이 켜진 은서의 집을 바라보며 시간을 보냈다.

은서의 방에 불이 꺼지는 것을 보고 나서야 이제 그만 돌아가야겠다는 생각을 하며 시동을 거는데, 그 순간 휴대전화가 울렸다.

"이원웁니다."

차를 출발시키려던 것을 멈추고 전화부터 받았다. 하지만 상대는 답이 없었다.

"여보세요?"

액정에 뜬 번호를 확인하고 잠시 고개를 기울인 원우가 다시 휴대전화를 귓가에 가져다 댔다.

"말씀 안 하시면 끊습니다."

─……성연줍니다, 대표님.

원우의 눈동자가 빠르게 움직였다. 이어진 것은 다시 침묵이었다. 핸들 위에 놓여 있는 그의 손가락이 초조함을 드러내듯 툭툭 그 위를 두드리고 있었다.

"말해요."

─내일 회사로 찾아가서 뵙고, 직접 말씀드리고 싶은 게 있습니다.

생각한 것보다 빠른 연락이었다. 안 그래도 조만간 나인을 찾아갈 생각이었던 원우는 자신의 예상보다 일이 수월하게 풀리는 것 같아 소리 없이 웃었다.

"편할 때 와요. 언제든지 괜찮으니까."

통화를 마친 원우는 까만 어둠이 들어찬 휴대전화를 내려다봤다. 대어를 낚을 미끼를 성연주가 제대로 가지고 와 주길 바라며 그는 시동을 걸었다. 차가 서서히 골목을 빠져나갔다.

＊　　　＊　　　＊

연주가 원우를 찾아 에일린 대표실을 방문한 것은 다음 날 오후 두 시를 넘긴 시각이었다.

그녀는 길게 시간을 끌지 않았다.

나인의 서재하 본부장과 자신이 어떤 관계인지, 또 그가 어떤 일을 지시했는지 모두 설명을 한 연주는 마지막으로 테이블 위에 두 개의 휴대전화를 내려놓았다.

"뭡니까, 이게."

"하나는 조사 받은 제 명의로 된 휴대전화이고, 하나는 나인의 서재하 본부장 명의로 되어 있는 휴대전화입니다. 서재하 본부장과 디자인 유출에 관한 연락을 할 때는, 그 사람 명의로 된 이 전화로 연락을 주고받았습니다. 작업 지시서도 사진으로 촬영해서 이 휴대전화로 보냈고요. 통화한 기록은 물론, 문자를 주고받은 기록도 전부 이 휴대전화에 있습니다. 이걸로 증거가 될 겁니다."

원우는 휴대전화를 손에 들었다.

연주의 말대로 전화에는 서재하와 주고받은 문자는 물론,

통화 기록, 거기다 작업 지시서를 보낸 사진 기록까지 전부 남아 있었다.

원우는 휴대전화를 챙겨 넣고는 며칠 사이에 부쩍 야윈 연주의 얼굴을 마주했다.

"의미 없는 질문인 것 같지만, 왜 갑자기 마음이 변했는지 물어봐도 됩니까?"

그녀는 대답 대신 한쪽에 놓아 둔 서류 봉투를 앞으로 내밀었다. 원우는 안의 내용물을 확인했다. 몇 장의 사진이 들어 있었다. 호텔로 들어가는 연주와 서재하의 사진이었다.

"마지막으로 만난 날에 찍은 사진입니다. 유출 사건 외에 불륜 문제까지 전부 터뜨려 주세요. 그 사람 다신 재기 못 하게."

"……."

"제가 바라는 건 이제 그거 하납니다."

원우는 사진을 내려놓고 잠시 생각에 잠겼다. 소파 팔걸이를 손으로 툭툭 두드리던 그가 다시 연주의 얼굴을 마주했다.

"이 일로 손실을 입게 된 부분은 나인에서 배상을 받아 낼 생각이지만, 증거를 건네줬다고 해서 디자인 유출 건에 대해 성연주 씨에게 완전한 면죄부를 줄 생각은 없습니다. 성연주 씨도 사내 규정에 따라 원칙대로 처리를 할 겁니다."

"알고 있습니다."

"그것만으로도 사실 감당하기 힘들 겁니다. 앞으로 디자이너 일도 하기 힘들 거고요. 그런데 이 사진까지 나가게 된다면 성연주 씨에게 다른 쪽으로 더 큰 여파가 갈 텐데요."

"괜찮습니다. 처벌 받아야 할 부분, 모두 달게 받겠습니다."

연주가 자리에서 일어섰다. 꾸벅 인사를 건네고 돌아서려던 그녀가 잠시 걸음을 멈추고는 다시 원우를 내려다봤다.

"뭐 더 할 말 있습니까."

"차은서 씨와 대표님, 각별한 사이인 건 맞으시죠?"

"또 그 얘깁니까."

자신 때문에 은서가 곤란한 소문에 휩싸이는 것은 사양이었다. 원우가 조금 화를 내듯 날카로운 시선으로 바라보자, 잠시 망설이던 그녀는 뜻밖의 이야기를 건네었다.

"차은서 씨가 저 때문에 곤혹스런 일을 좀 당했습니다. 사과하고 싶은데 얼굴 볼 낯이 없네요. 미안했다고 대표님이 대신 전해 주세요."

"곤혹스러운 일이라니…… 그게 뭡니까."

"제가 앞 못 보는 장님이라 차은서 씨가 대신 나서서 진실이 뭔지 보여 줬습니다. 그 과정에서 서재하한테 뺨을 맞았어요."

"서재하가…… 차은서 씨 뺨을 때렸다고요?"

"죄송합니다. 저 때문에 벌어진 일이에요."

원우의 얼굴이 딱딱하게 굳어졌다.

"침대에서 굴러 떨어져서 다쳤어요. 정말이라니까요."

웃으며 그리 말하던 은서의 얼굴이 떠올랐다. 그 말을 그대로 믿은 것은 아니었지만 설마 서재하가 뺨을 때렸으리라고는 상상도 하지 못했던 원우였다. 소파 팔걸이에 놓인 손에 힘이 들어갔다.

그가 갑작스레 자리에서 일어나 대표실 문을 벌컥 열었다.

일을 하고 있던 김 비서가 놀란 얼굴로 자리에서 일어섰고, 이야기를 건네던 연주 역시 굳어진 채 원우의 뒷모습을 멍하니 바라봤다.

흉흉한 기세로 대표실을 벗어난 그는 곧장 어딘가로 전화를 걸었다.

"에일린 대표 이원웁니다. 서재하 본부장님 지금 자리에 계십니까?"

통화를 하는 원우의 목소리가 대표실까지 희미하게 들려왔다.

자재실에서 스웨이드를 롤째로 챙겨 사무실로 돌아오던 은서가 진동을 느끼고는 롤을 잠시 옆에 내려두었다.

그녀는 한쪽 손으로 스웨이드가 쓰러지지 않게 붙잡은 채 나머지 한 손으로 간신히 휴대전화를 꺼내 들었다.

"여보세요."

―차은서, 너 대체 뭐라고 떠들었기에 이원우가 갑자기 날 찾아오겠다는 거야?

은서는 휴대전화를 귀에서 떼어 내고 액정에 뜬 번호를 확인했다. 급하게 전화를 받느라 번호조차 확인하지 못했다.

나인 대표 번호와 끝자리만 다른 걸 보니 나인에서 걸려 온 전화인 모양이었다.

"서재하?"

—널 건드린 게 진짜니 뭐니 떠들던데. 너 뺨 때린 거 고새 그 새끼가 알았나 보지?

"……그게 무슨 소리야? 대표님이 지금 널 만나러 갔어?"

—그래, 꼼짝 말고 기다리라더라. 전화만으로도 아주 살기 등등하던데.

은서가 입술을 꾹 깨물고는 빠르게 눈동자를 굴렸다. 이원우가 어떻게 알았을까.

그가 그대로 믿을 리는 없다고 생각했지만 부은 뺨을 보고도 넘어가 주기에 그 일은 더 이상 신경 쓰지 않는 줄로만 알았다.

은서는 손을 들어 이마를 짚은 채로 잠시 이를 악물었다.

—하긴. 회사는 보는 눈도 많고 CCTV도 잘 돌아가고 있는데, 몇 대 맞아 주는 걸로 그 새끼 신문에 실리게 하면 나야 이득이지. 상태 보니 눈에 뵈는 것도 없는 것 같던데.

"뭐?"

—끊는다.

"서재하!"

전화는 그대로 끊어졌다. 은서는 스웨이드를 그 자리에 둔 채 비상구로 나가 계단을 내려섰다. 건물 밖으로 나간 뒤 일단 택시에 올라타 나인 본사 건물이 있는 곳으로 향했다.

가면서 계속 전화를 걸었지만 원우는 받지 않았다. 휴대전화를 매만지는 그녀의 손은 불안감을 드러내듯 떨리고 있었다.

나인 건물 앞에 도착한 은서는 가장 먼저 본부장실을 찾았다. 익숙한 얼굴들이 그녀를 알아보고 저마다 수군거렸지만 그 사람들에게 잠시의 눈길도 주지 않았다.

"본부장님 자리 비우셨습니다."

안면이 있는 비서는 은서의 방문을 조금 의아하게 생각하면서도 서재하의 부재 상황에 대해 알려주었다.

"자리 비운 지 얼마나 되셨죠?"

"얼마 되지 않았습니다. 조금 전에 나가셨어요."

본부장실로 찾아갔지만 서재하가 자리를 비웠다는 것을 알게 된 은서는 재빨리 나인 건물의 지하 주차장으로 향했다.

잘하면 회사를 벗어나기 전에 마주칠 수도 있다는 생각에 주차장을 뛰어다니며 서재하의 차가 있는지 주변을 확인했다.

그러다 주차장 내를 울리는 둔탁한 소리에 걸음을 멈추고 소리가 들려온 방향으로 고개를 돌렸다.

"쓰레기만도 못한 새끼."

퍽, 하는 마찰음이 다시 한 번 울렸다. 은서는 곧 경악스러운 얼굴을 했다. 원우와 재하가 싸우고 있었다.

늘 깔끔하던 원우의 정장은 엉망으로 흐트러져 있었고, 입가며 손에도 상처가 있었다.

서재하의 상태는 더 심각했다. 검은 정장은 잔뜩 구겨져 있었고 얼굴도 엉망이었다. 그 지경이 될 때까지 실컷 때려 놓고도 분을 풀지 못한 이원우는 다시 한 번 서재하에게 주먹을 날렸다.

그녀는 다급하게 달려가 그의 팔을 붙들었다. 재하를 때리던 원우가 뒤늦게 은서를 발견하고는 팔에 힘을 풀었다. 성난 기세를 여전히 가라앉히지 못한 상태에서 그는 흉흉한 표정으로 은서를 바라봤다.

"어떻게 알고 왔어요? 뒤로 물러나 있어요."

"대표님, 미쳤어요? 대체 왜 이래요?"

"이 새끼가 아무래도 사람 말을 못 알아듣는 거 같아서요. 그럼 패서라도 알게 해 줘야지."

"제발 그만해요! 이래 봐야 대표님만 곤란해진다고요!"

은서가 억지로 원우를 잡아당겨 두 사람을 떼어 냈다. 바닥에 쓰러져 있던 재하는 그제야 몸을 일으키고는 손을 들어 입가를 매만졌다. 피가 묻어 나온 손을 보고는 헛웃음을 터뜨리며 원우를 노려봤다.

"너 이러고도 무사할 거 같아?"

"이 새끼가 끝까지 입만 살아서는."

은서가 말렸지만 어찌할 새도 없이 원우의 발이 재하의 복부를 걷어찼다. 악 하는 신음 소리와 몇 번의 기침을 토해 낸 재하의 몸이 다시 바닥으로 쓰러졌다.

"그만하라니까요!"

은서의 외침에 원우는 거친 숨을 몰아쉬며 재하를 내려다보다 낮게 욕을 뱉어 냈다. 엉망이 된 옷을 털어 낸 그는, 한쪽 무릎을 굽히고 앉아 재하의 멱살을 잡았다.

입안이 터진 건지 치아가 피로 붉게 물든 상태에서도, 재하는 웃으며 원우를 올려다보고 있었다.

"이래도 돼? 여기 CCTV 있어. 네가 먼저 날 개 패듯 팼으니 내가 널 때린 거야 정당방위 수준이지. 내일이면 폭행 사건으로 네 얼굴 신문에 날 거다. 동명제화 회장님 얼굴 구겨지는 거 볼만하겠네."

"내 조부님 얼굴 구겨지는 거 신경 쓰지 말고, 네 장인어른 뒷목 잡고 쓰러지지 않을지나 걱정해. 성연주가 다 불었거든. 증거까지 챙겨다 주더라."

"……뭐?"

"못 알아들어? 네가 그런 것처럼, 성연주가 네 뒤통수 쳤다고."

"……그럴 리가 없어."

"입 아프게 설명할 거 없이 내일이면 다 알게 될 거야. 그리고 너, 성연주 말고도 만나는 여자가 한둘이 아니던데. 오피스텔 해 준 여자도 있고, 차 사 준 여자도 있고, 아주 지극정성이더라. 그 돈은 다 어디서 나왔나? 아. 진서현 주머니가 있지, 참."

원우는 그를 비웃으며 안주머니에서 휴대전화를 꺼내었다.

"혹시라도 이번 일 진범 못 밝히면, 3년 전 일이라도 차은 서 누명 벗겨 주려고 내가 바쁜 와중에도 발 벗고 열심히 뛰 었거든."

원우는 휴대전화에서 파일을 하나 찾아 그의 앞에 내밀었 다. 녹음된 목소리가 휴대전화 안에서 흘러나왔다. 음성을 듣 던 재하의 표정은 사색이 되어 갔다.

지금은 문을 닫긴 했지만 전 작은 구두 회사를 운영했었습니다. 아마 3년 정도 됐을 겁니다. 회사가 어려웠던 시점에 지금 나인 본 부장 자리에 앉아 있는 서재하 씨와 나인 대표님 딸인 진서현 씨가 찾아와 큰돈을 대가로 일을 하나 시켰습니다. 디자인 유출을 지시 하고 그 디자인을 받은 것처럼, 저희 쪽에서 차은서라는 여자 계좌 에 돈을 넣어 주고 디자인 유출 누명을 씌우라는 일이었습니다. 회 사가 부도 지경에 이른 상태라 자금이 필요했고, 그 돈을 받고 지 시한 대로 일을 했습니다.

녹음한 파일을 거기까지 들려 준 원우가 곧 정지 버튼을 눌 렀다. 뒤에서 상황을 지켜보던 은서 역시 놀란 얼굴로 등을 바라봤다.

원우는 휴대전화를 재하의 눈앞에서 두어 번 흔들고는 다 시 그것을 주머니에 넣었다.

"네가 3년 전에 차은서 쫓아내려고 디자인 유출 건으로 짜 고 쳤던 구두 회사 말이야. 결국 망했거든. 찾는 데 좀 애먹긴 했는데, 그래도 못 찾을 정도는 아니어서."

뭔가를 말하고 싶은데 마치 목소리가 나오지 않는 사람처럼 서재하는 미친 듯이 고개를 가로저었다. 절대로 그럴 리가 없다는 듯이 말이다.

"조사에는 쓰지 않고 나인 대표한테만 들려 줄 거라고 했거든. 그쪽에는 피해 가지 않게 차은서 누명만 벗기는 쪽으로 이용할 거라고. 그렇게 말하고 돈 몇 푼 쥐어 주니까 술술 불던데? 돈 받고 나쁜 일한 놈들은, 언제든지 돈 받고 다른 쪽에 붙을 수 있어. 그게 쓰레기들 심리지."

원우가 몸을 일으켜 세웠다. 엉망으로 구겨진 셔츠를 두어번 털어 낸 그가 마지막으로 셔츠 소매를 매만지며 냉랭하게 말했다.

"내일 직접 나인 대표님 만날 거야. 에일린에서 손실 본 부분은 물론, 내가 받아 낼 수 있는 건 다 받아 낼 생각이야. 이거 언론에 흘리면 나인은 한 방에 훅 가거든. CCTV? 지금 내가 너 폭행한 게 대수겠어? 나인 대표님이 회사 살리는 것과 사위와 자기 딸 지키는 것, 둘 중 어느 쪽에 무게를 둘지 나도 궁금하네."

원우가 돌아섰다. 은서의 두 눈에 눈물이 그렁그렁했다.

에일린의 디자인 유출로 정신없는 와중에 자신의 누명을 벗겨 주기 위해 원우는 3년 전 일까지 조사하고 다녔다.

은서는 눈물을 참으려 아랫입술을 꾹 깨물었다. 그는 눈짓으로 서재하를 가리키며 말했다.

"기왕 여기까지 온 거, 하고 싶은 말해. 욕을 해 주든가."

"할 말 없어요."

"아님 몇 대 때릴래?"

"싫어요."

"안 억울해?"

"대표님이 몇 살인데 이런 식으로 주먹다짐을 해요."

억울한 것보다 엉망이 된 이원우의 상태를 더 걱정하는 게 얼굴에 드러나 있다. 손에 난 상처를 보고 울먹거리는 목소리에 원우는 결국 주먹 쥔 손에 힘을 풀고 웃었다.

"그러게."

원우도 자신이 이렇게 감정적으로 행동할 수 있는 사람인지 몰랐다. 서재하가 은서의 뺨을 때렸다는 말을 듣는 순간, 분노로 아무것도 생각이 나지 않았다.

원우는 은서를 마주한 채 어쩐지 조금 난감하다는 얼굴로 웃었다.

"너 때문이잖아, 차은서. 내가 나이가 몇인데 이런 일까지 하게 만들어."

망설임 없이 다가선 그는 은서의 손목을 잡고 자신의 차를 세워 둔 곳으로 향했다. 원우에게 이끌려 가던 은서가 뒤를 돌아봤다.

서재하가 무어라 소리치고 있었다. 비명과도 같은 외침은 바닥까지 떨어진 서재하의 모습을 그대로 보여 주고 있었다. 은서는 고개를 돌렸다. 더는 뒤를 돌아보지 않았다.

나인 건물을 빠져나올 때까지 두 사람 사이에 오가는 대화
는 없었다.

차를 타고 도로를 달리던 원우는 나인과 어느 정도 멀어졌
다 싶을 때쯤 갓길에 차를 세웠다. 아직까지 멍한 얼굴을 하
고 있는 은서를 향해 몸을 돌렸다.

"차은서, 누가 이렇게 업무 시간에 돌아다니랬어?"

장난스러운 말에도 은서는 웃지 못했다. 그녀는 갑작스레
차에서 내리더니 근처에 있는 약국으로 뛰어 들어갔다.

다시 차에 올라탄 은서는 소독약부터 시작해 밴드까지 전
부 쏟아 놓고 원우의 상처를 치료하기 시작했다.

"어디 봐요."

"괜찮아."

"괜찮기는요."

자꾸만 고개를 뒤로 빼내려는 원우를 붙잡고 은서가 연고
를 묻힌 면봉으로 입술 근처를 눌렀다.

"아, 살살. 살살. 아파."

"괜찮다더니, 엄살은."

"진짜 아파."

"……많이 아파요?"

원우의 말에 손에 힘을 푼 은서는 호호 바람까지 불어 줘
가며 상처를 치료했다. 원우도 그제야 좀 얌전해졌다.

"때리러 갔으면 때리기만 하지, 왜 맞아요?"

속상함이 가득 묻어나 있는 은서의 두 눈에 다시 눈물이 고

였다. 이번에는 참지 못하겠는지 눈물이 볼을 타고 흘러내렸다.

"속상해서 우는 거야, 속이 시원해서 우는 거야, 아님 나 때문에 우는 거야?"

"셋 다요."

은서는 훌쩍거리면서도 상처를 치료하는 손은 멈추지 않았다.

"차은서."

소리도 못 내고 뚝뚝 눈물을 흘리는 모습에, 원우는 웃음기를 거둬 내고 상처를 치료하던 그녀의 손을 치워 냈다.

은서의 머리카락을 헤집은 그의 손이 단단하게 그녀의 머리를 감쌌다. 그리고 얼굴을 자신 쪽으로 잡아당겼다. 곧 입술이 닿았다.

가볍게 시작된 입맞춤은 시간을 더할수록 점점 깊어졌다. 서로의 타액이 오가고 헤집듯 입안을 탐했다. 차 안이라 완전하게 은서와의 거리를 좁히지 못하는 것이 애가 탈 정도였다.

원우가 천천히 입술을 떼어 내고는 붉어진 그녀의 눈가를 매만졌다. 그가 안타까운 얼굴로 웃었다.

"그만 울어."

키스를 하는 동안 눈물 때문에 짠맛이 다 날 정도였다. 눈물샘이 폭발이라도 한 건지 은서의 얼굴은 어느새 흘러내린 눈물로 엉망진창이었다.

그녀는 손을 뻗어 매달리듯 안겼다. 원우가 잠시 놀란 얼굴을 했지만 그대로 은서를 품에 안고 등을 토닥여 주었다.

"진짜 싫었는데."

"뭐?"

"내 구두 가지고 회사 돌아다녀서 처음에 정말 대표님 싫었
는데."

그녀의 말에 원우가 허탈한 웃음을 터뜨렸다.

"이게 고백이야, 디스야? 그래서 대체 차은서는 내가 좋다
는 거야, 싫다는 거야?"

이제 정말 어쩔 수가 없었다. 누명도 밝혀 주고, 믿어 주고,
챙겨 주고, 자신 대신 화를 내 주는 이원우 때문에 단단히 세
워 둔 벽이 다 허물어졌다.

"좋아해요."

"……."

"좋아한다고요."

"알아."

은서의 말에 이원우는 웃었다. 상처가 난 입가가 아파 잠시
미간을 찌푸렸지만, 그래도 좋은 건지 입가에 그려진 그의 미
소는 사라질 줄을 몰랐다.

눈물을 그칠 때까지, 그는 몇 번이고 다정하게 등을 토닥이
며 은서를 꽉 안아 주었다.

✳   ✳   ✳

한가로운 점심시간이었다. 식사 후 커피 한 잔을 하며 인터넷 기사를 읽어 내리던 현정이, 의자에 몸을 깊게 기대고는 뒤쪽에 앉아 있는 정진을 향해 물었다.

"나인 기사 봤어? 완전 혹 가네, 혹 가."

"아침에 잠깐 봤어요. 본부장이야 당연한 거지만, 나인 대표 딸인 전무이사까지 해임됐다면서요?"

"응. 이혼 절차 밟고 있다더라. 나인 대표가 사위한테 변호사 하나 안 붙여 줬대."

"사위랑 딸 하나 때문에 회사 말아먹을 뻔했는데, 당연하죠. 재판 결과 나왔어요?"

"징역 18개월에 집행유예 2년."

"은서 씨 비롯해서 그 남자 하나 때문에 여럿 인생 말아먹을 뻔했는데, 형이 너무 가벼운 거 아니에요? 나인에서 피해 본 것도 엄청나잖아요."

"그러게."

기사를 읽어 내리던 현정이 이번 사건과 관련된 동영상 하나를 클릭했다. 조사를 받으러 나서는 서재하에게 한 여자가 날계란을 투척하는 동영상이었다.

"대체 여자가 몇이야? 남자가 완전 개자식이네."

"여자도 잘한 거 없죠, 뭐. 보니까 나쁜 짓은 둘이 같이했던데."

"쯧쯧, 계란인 걸 다행으로 알아라. 등에 칼 맞아도 할 말 없겠네."

혀를 찬 현정이 의자에 앉은 상태로 발을 움직여 정진의 자리 가까이 다가갔다.

정진은 다음 시즌 상품을 벌써 준비하는 건지 디자인 스케치를 하고 있었다. 그는 현정과 대화를 나누면서도 펜을 쥔 손을 멈추지 않았다.

"그래도 나인 대표님이 참 도덕적이시네요."

"도덕적?"

"그렇잖아요. 딸이랑 사위가 벌인 짓이라 처벌하기 어려웠을 텐데 전부 원리 원칙대로 처리했잖아요. 겨울 신상품 구두도 전부 리콜 조치한다고 하고요. 피해 보상도 대표님이 요구한 금액 전부 배상했다던데요. 뭐, 기업 이미지 때문이라도 그렇게 해야 맞는 거겠지만."

"기업 이미지 걱정한 것보다는 다른 이유 아니겠어?"

"다른 이유요?"

"대표님이 직접 만나러 갔다던데, 원리 원칙대로 안 하고 배기겠냐고."

정진의 손이 멈췄다. 그게 무슨 소리냐는 얼굴로 그녀를 바라봤다. 현정은 어깨를 으쓱였다.

"생각해 봐. 확실한 증거도 손에 쥐고 갔겠다, 대표님 성격에 웃는 얼굴로 얼마나 예의 바르게 협박을 했을 거야."

정진은 그제야 무슨 말인지 알겠다는 듯 고개를 끄덕였다.

"그나저나 은서 씨도 3년 전 일까지 누명 벗어서 다행이에요."

"그치? 우리 대표님이 확실히 디자이너를 아끼긴 해. 사실 은서 씨가 누명 쓴 건 나인에서 있던 일인데, 대표님이 직접 나서서 그때 일까지 사과 다 받아 내 주고 누명 벗겨 줬잖아. 팀장님이 그러는데, 나인 홈페이지 게시판은 물론이고 회사 로비에다 각 부서에까지 그 유출 사건에 대한 일 정정해서 사과문 형식으로 공지 게시했다고 하더라."

"말로만 사과하면 뭐해요? 3년 동안 마음고생 얼마나 심했겠어요."

"그래도 누명 벗고 보상도 받았으니까. 불명예 퇴사로 인한 정신적 피해와 명예 훼손에 대한 피해 보상까지 전부 해서 엄청 받아 냈다고 하잖아. 아무튼, 이제 은서 씨 누명 벗고 창고에서 썩어 갈 뻔한 우리 신상품도 내일부터 매장에 깔리게 됐으니 잘됐지, 뭐. 축하한다."

"감사합니다."

"고마우면 저녁 쏠래?"

"대리님 자꾸 부하 직원 지갑 털 거예요? 제 월급이 얼마나 된다고."

"인센티브 두둑이 받을 거 아니야. 내 배가 지금 초밥이 먹고 싶다고 아우성이다. 초밥, 초밥!"

"알았어요, 알았어."

초밥이 먹고 싶다며 소리치는 현정의 외침에 정진은 웃음을 터뜨리며 알겠다고 고개를 끄덕였다.

저녁 약속을 잡아 놓고 다시 자리로 돌아간 현정은 기지개를 켜며 슬쩍 은서의 빈자리를 확인했다.

"은서 씨도 같이 가자고 해야겠다."

"저녁에 약속 있나 보던데요?"

"응?"

"오늘 엄청 신경 쓰고 왔잖아요."

아침에 봤던 은서의 모습을 떠올린 현정이 고개를 기울였다.

"은서 씨, 애인 있나?"

"있지 않을까요?"

"그러고 보니까 전에 협업 패션쇼 갔을 때, 은서 씨가 선물 받은 거라고 새 구두를 신고 왔었거든. 근데 그게 엄청 비싼 구두인데……."

현정이 비밀스러운 이야기를 하듯 한껏 목소리를 낮췄다. 두 사람은 곧 얼굴도 모르는 은서의 애인에 대한 이야기를 나눴다.

폭풍이 한바탕 지나가고 팀의 분위기는 원래대로 돌아왔다. 평소와 다르지 않은 한가로운 사무실 풍경이었다.

정환과 외근을 다녀온 은서는 주차를 하고 갈 테니 먼저 올라가라는 말에 홀로 사무실로 복귀하는 중이었다.

4층에서 내려 자판기 앞에 선 그녀는 캔 음료 하나를 뽑아 사무실로 돌아서려다, 디자인 3팀에서 나오던 원우와 눈이 마주쳤다.

거리가 꽤 있었지만 그는 단번에 은서를 알아보고는 웃으며 손을 흔들었다.

'저러다 누가 보면 어쩌려고.'

은서는 급하게 주변을 살폈다. 다행스럽게도 복도에는 사람이 없었다.

계속해서 손을 흔드는 원우의 모습에 결국 웃음을 터뜨린 은서는 그에 화답하듯 손을 흔들어 주려 했다. 엘리베이터에서 정환이 내리지만 않았다면 말이다.

두 사람 사이에 갑자기 모습을 드러낸 정환은 손을 흔들고 있던 원우와 단번에 눈이 마주쳤다. 손은 잠시 멈췄고 원우의 표정 역시 굳어졌다.

하지만 그는 곧 아무렇지 않게 정환을 향해 웃으며 다시 손을 흔들었다. 돌아선 정환이 인상을 팍 구기며 한 손으로 팔을 문질렀다.

"점심에 뭘 잘못 먹었나. 저 새끼가 날 보고 왜 저리 해맑게 웃어? 소름 끼치게."

작게 중얼거렸지만 그 목소리가 들렸고, 그녀는 웃음을 참지 못했다.

자판기 옆에 서서 가늘게 어깨를 떨며 웃음을 참고 있는 은서의 모습에, 정환이 검지를 자신의 입술 위에 가져다 대며 살짝 미간을 찡그렸다.

은서가 고개를 끄덕이는 사이, 복도에 서 있는 두 사람의 모습을 발견한 현정이 급하게 뛰어 나왔다.

"팀장님, 오늘 일 끝나고 다른 일정 있으세요?"

"선약 잡힌 게 있어요. 왜요?"

"정진 씨가 초밥 산다고 해서 같이 가자고 하려 했죠."

"아쉽지만 나는 다음에."

정환이 서류를 든 한 손을 흔들어 보이고는 사무실로 먼저 모습을 감췄다.

"그럼 팀장님은 안 되겠고, 은서 씨는? 오늘 약속 있어?"

"아, 저도 오늘 선약 있는데."

"누구 만나는 거야? 은서 씨, 진짜 애인 있어?"

"네?"

"애인 있지? 그치?"

자연스럽게 원우가 서 있는 방향을 힐끗 응시했다. 원우 역시 이쪽을 주시하고 있는 게 보였다. 은서는 작게 고개를 끄덕였다.

"정말 있구나? 잘생겼어?"

"그냥……."

말끝을 흐린 그녀가 다시 원우를 바라봤다. 어느새 엘리베이터가 있는 곳까지 걸음을 옮긴 원우는 정면을 응시하고 있으면서도 어쩐지 이곳을 향해 귀를 쫑긋 세우고 있는 것 같았다.

그걸 증명하듯, 엘리베이터가 4층에 도착했지만 그는 아예 탈 생각이 없어 보였다. 그 모습에 장난기가 발동한 은서는 원래 하려던 대답 대신 고개를 가로저었다.

"잘생긴 건 아니고, 그냥 봐 줄 만해요."

"봐 줄 만해?"

"네."

"그럼 키는?"

"작지는 않은데, 키높이 구두 신는 거 같기도 하고. 잘 모르겠어요. 최근에는 구분 안 되게 잘 나오잖아요."

"……그래? 직업은? 무슨 일 하는데?"

"그냥……."

눈이 마주쳤다. 그는 원우의 눈을 마주한 채로 현정에게 답을 건네었다.

"작은 신발 가게 하나 운영해요."

"신발 가게?"

"네, 정말 작은 신발 가게."

원우의 입술 끝이 씰룩였다. 은서는 웃음을 참느라 캔을 쥔 손에 힘을 줬다. 은서의 답을 하나씩 떠올린 현정이 그녀의 어깨에 자연스럽게 팔을 두르며 사무실을 향해 함께 걸음을 옮겼다.

"은서 씨가 너무 아까운 거 아니야?"

"그렇긴 한데, 그 사람이 절 너무 좋아해서요."

"하긴, 여자는 자기 좋아해 주는 사람이 최고지."

뒤를 돌아본 은서는 원우를 향해 두어 번 손을 흔들었다. 그는 그녀의 뒷모습을 바라보다 피식, 바람 빠진 웃음소리를 내며 엘리베이터에 올라탔다.

사무실로 돌아와 오후 업무를 시작한 은서는 한참 일에 집중하다 원우에게 도착한 문자를 뒤늦게 확인했다.

〈작은 신발 가게, 오늘 일곱 시면 문 닫을 거니까 늦지 않게 나와요.〉

저녁 약속은 원우와 잡은 것이었다.

유출 사건이 해결되자마자 다음 시즌 상품 준비로 은서가 바쁘다며 일만 하자 데이트다운 데이트도 하지 못한다고 며칠을 투덜대는 원우 때문에 오늘은 함께 뮤지컬 공연을 보러 가기로 했다.

모니터 화면에 뜬 시간을 확인하고는 슬슬 업무를 정리해야겠다는 생각에 손이 빨라졌다.

일을 모두 끝내고 컴퓨터의 전원까지 끈 그녀는 마지막으로 책상 아래 놓아 둔 종이봉투를 내려다봤다. 종이봉투 안에는 구두 상자 하나가 담겨 있었다.

그녀의 얼굴에 희미하게 미소가 그려졌다.

"저 먼저 퇴근하겠습니다. 수고들 하세요."

인사를 건넨 은서가 한 손에 종이 가방을 들고 유유히 사무실을 빠져나갔다. 또각또각, 구두 소리가 멀어져 갔다.

평소보다 조금 이른 퇴근을 한 원우는 곧장 약속 장소로 향했다. 업무를 끝내고 함께 가자고 말했지만, 은서는 보는 눈도 많은데 어딜 함께 가냐며 공연 장소 앞에서 만나자는 말을 남기고 홀로 쌩하니 가 버렸다.

주차장에 차를 세워 두고 공연장 앞으로 향하는 원우의 발걸음이 빨라졌다.

은서를 만나면 한 소리 하려고 전투적으로 걸음을 옮기던 원우가 어느 순간부터 서서히 그 속도를 줄여 가더니 아예 그 자리에 멈춰 섰다.

부쩍 쌀쌀해진 날씨에 옷깃을 여미며 발을 동동 구르고 있는 은서의 모습이 눈에 들어왔다.

그는 홀린 듯 한참이나 그녀를 바라봤다. 손을 들어 입가를 매만지다 옅게 미소 짓는 그의 얼굴이 행복으로 물들었다. 뒤늦게 고개를 돌린 은서가 원우를 발견하고는 몸을 돌렸다.

웃으며 손을 흔드는 은서의 모습에 원우가 웃음을 터뜨렸다. 투덜거리려던 마음은 어느새 눈 녹듯이 다 사라져 버렸다.

크게 소리 내어 웃자 지나가던 사람들이 이상하게 쳐다봤지만 그는 개의치 않고 은서에게 달려갔다.

코트 주머니에 손을 꽂은 채로 서 있는 은서에게 다가선 원우는 그녀의 두 뺨을 손으로 감싸고는 그대로 입을 맞췄다. 은서의 두 눈이 놀란 듯 크게 떠졌다.

두 뺨을 감싼 채 입을 맞춘 원우는 볼을 잠시 매만지다 그대로 그녀를 품에 안았다. 짧았지만, 그럼에도 원우의 마음이 가장 가깝게 느껴지는 입맞춤이었다.

원우는 세상을 다 가진 기분이었다. 그녀가 파란 구두를 신고 있었다.

처음 인연을 맺게 된 구두이자, 다시는 신어 주지 않을 줄 알았던 그 파란 구두를 신고 자신을 기다리고 있었다.

붉어진 얼굴로 품에 안긴 은서는, 쑥스러운 마음에 주먹 쥔 손으로 그의 등을 한 대 때렸다.

"……뭐예요."

"뭐긴, 그걸 아직도 몰라."

웃음기 머금은 음성이 귓가를 울렸다.

"이게 뭐겠어."

낮게 속삭이는 그의 음성이 마음까지 간질였다.

"사랑이지."

원우의 말에 잠시 멍한 표정을 지었던 은서는 곧 그를 마주 안으며 웃음을 터뜨렸다.

"차은서 씨."

"네."

"혹시 이 구두 주인 몰라요?"

눈앞에 파란 구두를 대놓고 흔들어 대던 이원우의 모습이 떠올랐다.

호텔 방에서 눈을 떴을 때 옆에 잠들어 있던 원우의 모습과, 파란 구두를 들고 회사를 들쑤시듯 돌아다니던 모습, 또 그 구두를 손에 쥔 채 물벼락을 맞았던 모습까지.

그와 인연을 이루게 된 기억들이 차례로 하나씩 떠올랐다.

원치 않았던 하룻밤의 사고가 이런 인연으로 이어지리라는 건 절대로 상상하지 않았지만, 중요한 건 그녀가 지금 행복하다는 것이었다.

은서는 지금 행복했다. 정말로 행복했다.

사랑, 하고 있기에.

에필로그 1

　머리를 쥐어뜯던 은서가 힘없이 책상 위에 엎어졌다. 안 그래도 널브러져 있던 종이들이 그녀의 움직임으로 인해 이리저리 엉망으로 흩어졌고, 일부는 책상 아래로 떨어져 내렸다.

　"아, 진짜 미치겠네."

　피로감으로 물든 음성이 조용한 사무실 안에 울려 퍼졌다.

　은서는 이번 달, 디자인팀에서 할당량처럼 부여되는 석 점의 디자인을 채우지 못했다. 그 때문에 말일을 코앞에 두고 사흘째 야근을 하고 있었다.

　정진 역시 이번 달에 유독 아이디어가 떠오르지 않아 제출하는 디자인마다 퇴짜를 맞아 같은 신세였다. 사흘째 야근을 함께하고 있었지만 그는 더 이상 버티지 못하겠다며 10분 전 자리를 박차고 일어났다.

결국 은서는 쓸쓸한 사무실 안에 홀로 남겨졌다.

"한 점만 더 그리면 되는데."

그나마 추가로 그린 디자인 중 두 점이 어제 통과되었다. 그것마저 없었다면 디자인을 하며 자신의 머리카락을 다 쥐어뜯었을지도 모를 일이었다. 그녀는 책상 위에 엎어진 채로 잠시 호흡을 고르며 머리를 식혔다.

'아, 졸려.'

커피를 물처럼 마신 것 같은데도 몸이 편해지니 눈꺼풀이 무겁게 느껴졌다. 시야가 흐려지는 것 같아 정신을 차려 보려 했지만 쏟아지는 졸음을 막을 수 없었다.

차라리 조금만 자고 일어나자, 그리 생각하며 눈을 감았다.

조용한 사무실 안에는 곧 새근새근 고른 숨소리만이 울려 퍼졌다. 그렇게 얼마의 시간이 흘렀을까.

꾹, 볼을 누르는 느낌에 은서는 눈도 뜨지 못한 상태로 손을 들어 볼을 매만졌다. 손에 잡히는 건 아무것도 없었다. 다시 잠을 자려 했다.

하지만 또 한 번 볼을 꾹 누르는 느낌에 이번에는 눈을 뜨고 볼에 닿은 것의 정체를 확인했다. 손가락이었다.

"사무실에서 노숙해요?"

눈앞에 원우의 얼굴이 보였다. 화들짝 놀라며 상반신을 일으켜 세우려던 은서는 하마터면 균형을 잃고 뒤로 넘어질 뻔했다.

원우가 빠른 반사 신경을 발휘해 의자를 잡아 주지 않았다면 그대로 넘어졌을 것이 분명했다.

"집에도 없고, 전화도 안 받고. 혹시나 해서 와 봤더니, 왜 여기서 이러고 있어요?"

"언제 왔어요?"

"조금 전에요."

대답을 건네며 바닥에 떨어진 종이를 집어 들었다. 구두 스케치가 그려진 종이였다.

앞면뿐만이 아니라 뒷면에도 스케치가 있었다. 책상 위에 놓여 있는 종이 대부분이 그랬다. 그것도 엄청난 양이었다.

평소에도 은서가 디자인에 열심인 건 알고 있었지만 이건 좀 심하다 싶어 그는 헛웃음을 터뜨렸다.

"뭘 이렇게 열심히 그려요?"

"웃지 마요. 난 심각해요."

"왜요?"

"이번 달 디자인 못 채워서요. 아직 하나 남았어요."

은서의 얼굴이 시무룩해졌다. 이런 적이 처음이라 더 당황스럽고 속상한 모양이었다.

그녀는 이리저리 흩어진 종이들을 한곳에 모아 정리했고, 그중 쓸모없다고 판단한 스케치는 전부 문서세단기에 밀어 넣었다.

"밥은 먹었어요?"

"아직이요."

"늦었는데 오늘은 이만하고, 나랑 같이 퇴근해요. 가는 길

에 저녁도 먹고 들어가고. 어차피 더 있어 봐야 그 하나 남았
다는 디자인이 나올 것 같지도 않은데."

그의 말을 부정하지 못했다. 누적된 피로 때문인지 집중이
되지 않아, 오늘은 이대로 돌아가야 할 듯싶었다.

"알겠어요. 그럼 누가 볼지도 모르니까 대표님 먼저 내려가
계세요. 저도 금방 정리하고 내려갈게요."

"보긴 누가 봐요? 나 여기 올라올 때 개미 새끼 한 마리 못
봤는데."

"그래도……."

"괜찮아요. 그리고 같이 내려가도 우연히 만난 것처럼 얘기
하면 의심할 사람 아무도 없어요."

결국 자리를 정리한 뒤 두 사람은 함께 사무실을 나섰다.

원우의 말처럼 시간이 늦은 탓인지 회사에 남은 사람은 볼
수 없었고 은서는 마음 편히 그의 차에 올라타 회사를 벗어났
다.

두 사람이 선택한 저녁 메뉴는 우동이었다. 시간이 늦어 웬
만한 식당은 문을 닫은 상태였고, 은서가 가볍게 먹는 것이
좋겠다며 우동 집으로 그를 끌고 들어갔다.

"주문하신 우동 정식 나왔습니다. 맛있게 드세요."

우동 정식이 담긴 쟁반 두 개가 테이블 위에 놓였다. 은서
는 꽤 배가 고팠던 건지 대화 없이 식사에 열중했다.

대화는커녕 얼굴을 쳐다보지도 않았다. 원우는 손에 들었

던 젓가락을 내려놓고 은서를 물끄러미 바라보고 있었다.

우동을 얼마나 열심히 먹는 건지 콧등에 송골송골 땀까지 맺혀 있었다.

한 그릇 가득 담겨 있던 우동을 거의 비워 낸 은서가 연신 입을 오물거리다 그의 시선을 느끼고는 뒤늦게 고개를 들었다.

"왜 안 먹어요?"

주문한 우동이 나온 뒤 처음 건넨 말이었다. 이제야 자신을 신경 써 주는 건가 싶어 원우가 웃음을 터뜨렸다.

"차은서."

갑작스런 반말에 잠시 멈칫한 그녀가 입안에 남아 있는 음식을 삼키고는 천천히 고개를 끄덕였다.

그가 깍지 낀 두 손을 테이블 위로 올려 그 위에 턱을 괸 채 몸을 살짝 숙였다. 두 사람의 거리가 조금 더 가까워졌다.

"우리 며칠 만에 보는 건지 알아요?"

"그게…… 대표님이 출장 간 게 지난 주 목요일이니까 오늘 이…….."

"일주일."

은서가 머릿속으로 날짜를 가늠했지만 대답은 그의 입을 통해 흘러 나왔다.

"맞아요. 그 정도 된 거 같아요."

"난 일주일간 출장 가 있었고, 차은서는 차은서대로 바빠서 그간 전화 통화도 잘 못 해, 얼굴도 못 봐……. 뭐, 어쩌겠어요. 목마른 사람이 우물 파는 거지. 보고 싶은 마음에 서울로 돌아오자마자 집에도 못 가고 차은서부터 찾았는데. 그런 나를 차은서가 홀대하네요."

반쯤 입을 벌린 채 이야기를 듣고 있던 은서가 그의 말을 부정하려 했다.

"홀대라니, 무슨⋯⋯."

"홀대지. 아무리 봐도 내가 우동 한 그릇보다 못한 것 같은데."

원우는 턱을 괸 채 눈짓으로 거의 다 비워 낸 우동 그릇을 가리켰다. 은서가 우동 그릇을 한 번 내려다보고 다시 그의 얼굴을 마주했다.

아랫입술을 살짝 깨물며 망설이다 작은 목소리로 변명하듯 말을 건넸다.

"⋯⋯나도 보고는 싶었는데요."

"보고 싶다는 사람이 전화 한 번을 먼저 안 해요?"

"놀러 간 것도 아니고, 일하는 데 방해될까 봐 그랬죠. 저도 디자인 제출 때문에 정신없었고요."

원우가 믿지 않는 눈치를 보이자 진짠데, 하고 덧붙이며 배시시 웃어 보였다. 은서 나름의 애교에 그는 결국 언제 그랬냐는 듯이 웃음을 터뜨렸다.

"알았으니까 어서 마저 먹어요."

"다 먹었어요."

"부족한 거 같은데."

원우가 창을 통해 식당 밖의 풍경을 빠르게 눈으로 훑어 내

417

고는 물을 한 잔 건네며 물었다.

"여기 옆에 붕어빵 팔던 거 같은데, 그거 먹을래요?"

은서는 어쩐지 조금 신 난 얼굴로 고개를 끄덕였다.

"붕어빵 완전 좋아해요."

짐을 챙겨 들고 자리에서 일어선 두 사람은 식당을 벗어나 근처에서 판매하고 있는 붕어빵을 한 봉지 사서 먹었다.

우동도 참 열심히 먹는다 싶었는데, 그 많은 게 어디로 들어가는 건지 은서는 붕어빵을 먹는 동안에도 대화 없이 열심히 입을 오물거렸다.

"한 봉지 더 살 걸 그랬네요."

"이거면 됐어요."

봉투 안에 남은 마지막 붕어빵을 꺼내었다. 그녀는 잠시 붕어빵을 내려다보다가 그것을 내밀었다. 뭔가 아쉬움이 가득한 눈을 보고 원우가 웃음을 터뜨렸다.

"차은서가 날 좋아하긴 하나 보네. 마지막 식량을 나한테 다 양보하고."

"먹어요, 얼른."

코트 주머니에 양손을 찔러 넣은 원우는 붕어빵을 손으로 받지 않고 허리를 숙여 입에 물었다. 순식간에 절반을 베어 물더니 또 한 번 허리를 숙여 붕어빵을 입에 물었다.

이미 절반가량 없어진 붕어빵의 남은 부분을 베어 무는 과정에서 원우의 입술이 은서의 손가락에 닿았다.

의도적인 행동이라는 걸 알아채고는 은서가 그를 흘겨보며 검지로 입술을 힘주어 눌렀다.

"내 손은 먹는 거 아니고요."

남은 붕어빵을 순식간에 입안으로 삼킨 원우는 조금 전까지 붕어빵을 쥐고 있던 그녀의 손을 깍지 낀 채로 잡아 자신의 코트 안으로 끌어당겼다.

"알아요. 이렇게 잡는 거지."

주변에 주차할 곳이 없어 식당과 조금 떨어진 곳에 차를 주차해 놓은 곳까지 두 사람은 손을 맞잡고 보폭을 맞춰 함께 걸었다.

주차장 건물이 보이기 시작할 때쯤, 원우가 갑작스레 걸음을 멈췄다. 은서는 의아한 얼굴로 원우를 올려다보다 그의 시선이 닿은 곳을 확인했다. 문구점 앞에 놓인 펀치머신을 내려다보고 있었다.

"펀치머신은 왜요?"

"이거 해 봤어요?"

"아니요."

"해 볼래요?"

고개를 가로저었다. 며칠째 이어진 야근에 몸은 녹초인 상태였고, 기계에 쏟아부을 힘은 남아 있지 않았다.

"왜요, 해 보고 가요. 그냥 하면 재미없으니까 내기할까요? 이긴 사람 소원 들어주기 하죠."

"여자인 제가 불리하죠."

"난 왼손으로 할게요."

코트 주머니에 넣고 있던 손을 빼내어 왼손을 가리키자 은서는 잠시 고민하다 고개를 끄덕였다.

원우가 문구점 안으로 들어가 지폐를 교환하고는 그중 한 장을 기계에 밀어 넣고 자리에서 일어섰다.

"먼저 해요."

돈을 넣자 펀치머신에 현란한 불빛이 들어왔다. 처음에는 흥미 없어 보이던 은서도 내기가 걸리자 의욕이 상승한 모양이었다.

주변을 둘러보고 사람이 없다는 것을 확인한 그녀는 아예 구두까지 벗었다. 하이힐을 신고 하면 기계까지 뛰어가다 삐끗할 수도 있고, 그 때문에 정확하게 조준하지 못하고 비껴칠 위험이 있다고 판단해서였다.

구두까지 벗어 던진 모습에 원우는 짧게 웃음을 터뜨렸다.

"나한테 원하는 거 있었나 봐요? 안 했으면 큰일 날 뻔했네."

"저 해요."

조금 거리를 두고 서 있던 은서가 펀치머신 쪽으로 빠르게 달려가 퍽 소리를 내며 기계를 내려쳤다.

빨간 숫자가 빠르게 변하기 시작하더니 최종적으로 '545'라는 숫자가 나타났다. 생각보다 높은 숫자에 원우는 놀란 기색을 보였다.

"꽤 나왔네요."

"아, 더 세게 칠 수 있었는데."

은서가 아쉬워하며 손을 털어 냈다. 이번에는 원우가 펀치머신에서 몇 발자국 물러섰다.

주먹 쥔 손을 몇 차례 매만지며 타이밍을 잡는가 싶더니 순식간에 거리를 좁혀 펀치머신을 내려쳤다. 최종적으로 나온 붉은 숫자를 확인한 은서의 입이 쩍 벌어졌다.

"팔백……십……사? 말도 안 돼!"

경악한 은서와 다르게 그는 당연히 예상했던 결과를 받아들이는 것처럼 태연했다. 원우가 다시 은서의 손을 잡아 자신의 코트 주머니에 찔러 넣으며 말했다.

"킵."

"네?"

"소원 킵해 둔다고요. 나중에 원하는 거 생기면 말할게요."

그는 펀치머신에 더 이상의 볼일은 없다는 듯 미련 없이 걸음을 옮겼다. 손을 붙잡힌 은서는 끌려가듯 걸음을 옮기면서도 펀치머신에서 시선을 떼어 내지 못했다.

"왼손으로 쳤는데 어떻게 저런 숫자가 나와요? 저 기계 잘못된 거 아니에요?"

"뭐, 그럼 내가 운이 좋았나 보죠. 아무튼, 내기는 내가 이긴 거예요."

원우가 무슨 소원을 말할지 몰라 조금 불안하긴 했지만, 어찌 됐든 내기는 내기였다. 결과에 승복해야 할 것 같아 알았다며 고개를 끄덕이고는 다시 원우의 손을 맞잡았다.

약속이라도 한 것처럼 두 사람의 걸음이 조금씩 느려졌다.

디자인은 다 끝내지도 못했고, 며칠째 이어진 야근 때문에 은서는 꽤 지쳐 있는 상태였다.

그런데 함께 식사를 하고, 얼굴을 보고, 대화를 나눈 것만으로도 오늘 하루가 나쁘지 않은 하루가 된 것 같았다. 그것이 신기해 은서는 원우의 얼굴을 바라보며 소리 없이 차분하게 미소 지었다.

"놀러 가고 싶지 않아요?"

뜬금없는 원우의 여행 타령에 은서는 잠시 멍한 표정을 지었다. 그리고 이내 곤란하다는 듯 웃었다.

"상황이 이런데 어딜 가요. 바빠 죽겠는데."

"죽이 되든 밥이 되든 디자인은 어차피 말일까지 끝내야 하잖아요."

"그건 그런데. 아마 다음 달도 바쁠걸요?"

대화를 나누다 보니 어느덧 주차장에 도착했다. 원우가 보조석 쪽의 문을 열어 주며 혼잣말을 하듯 작게 중얼거렸다.

"나는 차은서랑 놀러 가고 싶은데. 그럼 정당하게 놀 방법을 찾아야 하나."

"정당하게요? 어떻게?"

그는 대답 없이 입가에 짙은 미소를 그려 냈다.

"타요, 얼른."

원우는 좌석의 열선과 히터를 틀어 주고는 그대로 차를 출발시켰다. 그녀는 좌석에 몸을 편히 기댔고 라디오에서 흘러나오는 노래를 흥얼거렸다. 놀러 가고 싶다는 원우의 말은 어느새 까맣게 잊어버린 상태였다.

디자인 최종 제출 기간을 하루 앞두고 아슬아슬하게 세 개의 디자인을 모두 통과시킨 은서는 다음 달 제출 디자인 작업을 평소보다 조금 이르게 시작했다.

이번에는 일이 수월하게 풀릴 모양인지 작업 속도가 무척이나 빨랐다. 이미 두 개의 디자인을 완성시켜 놓았기에 커피나 한잔할까 싶어 기지개를 켜며 자리에서 일어섰다.

"아, 손이 엉망이네."

커피를 타기 전에 스케치를 하느라 엉망이 된 손부터 씻어야 할 것 같아 화장실로 가기 위해 방향을 틀었다.

사무실 입구에 거의 다다른 순간, 문을 열고 팀장 정환이 들어섰다. 흉흉한 기세를 풍기면서 말이다. 정환은 사무실을 나서려던 은서를 발견했지만 그대로 문을 닫아 버렸다.

"전달 사항 있으니까 은서 씨도 잠깐 얘기 듣고 가요."

어정쩡하게 입구에 멈춰 선 은서가 한 걸음 뒤로 물러섰다.

그는 똑똑 소리가 나게 문을 두드렸다. 노크라기보다는 주먹질에 가까운 힘이었다. 그 소리는 무척이나 커서 팀원들의 시선이 일제히 입구 쪽을 향해 움직였다.

"전달 사항 있으니 다들 주목하세요. 일주일 뒤에 에일린 디자인 부서 전체 단합을 위한 워크숍이 잡혔습니다. 자세한 공문은 게시판에 붙여 뒀으니 참고하시고, 한 사람도 빠짐없이 참석하라는 대표님 지시가 떨어졌으니 모두 시간 비워 두

길 바랍니다."

마치 교과서에 써진 내용을 읽는 것처럼 신속 정확하게 전달 사항을 이야기한 정환은 돌아서서 문을 열며 혼잣말로 중얼거렸다. 지척에 서 있던 은서에게만 들릴 만큼 작은 목소리로 말이다.

"미친놈. 바빠 죽겠는데, 이 와중에 팀워크 타령은."

정말 격분한 얼굴이었다. 사무실을 벗어난 정환이 빠른 걸음으로 사라졌고 은서는 그제야 손을 씻기 위해 화장실로 갈 수 있었다.

사무실로 돌아온 그녀는 커피 한 잔을 타서 팀원들이 모여 있는 회의 테이블로 다가섰다. 팀원들은 갑작스럽게 결정된 디자인 부서 워크숍에 대해 이야기하고 있었다.

"팀원들이야 놀러 가서 신 나긴 한데, 갑자기 무슨 일이래?"

"모르죠. 대표님 변덕이 한두 번 있는 일도 아니고."

"아무튼 좋다. 최근에 바쁘게 일만 하긴 했잖아? 대표님이 디자인팀 아끼는 거야 하루 이틀 일도 아니고 휴가 주는 거라고 생각하지, 뭐."

다들 동의한다는 얼굴로 고개를 끄덕였다. 일정과 장소를 알아보기 위해 1팀 대표로 게시판 공문을 확인하러 갔던 정진이 사무실로 돌아왔다.

급하게 회의 테이블로 다가선 그는 자리에 앉지도 않은 채 흥분을 감추지 못한 목소리로 말했다.

"빅뉴스."

"빅뉴스?"

"방금 게시판 공고 보다가 대표실 김 비서님 만났는데 이번 워크숍, 대표님도 참석한대요."

"정말?"

"네."

팀원들의 시선이 저마다 빠르게 움직였다. 그리고 현정의 입에서 이번 워크숍에 대한 최종적인 결론이 도출되었다.

"재밌겠다."

팀원들은 대표 이원우가 함께하는 워크숍에 대해 상당히 기대를 모으고 있었고, 은서는 조용히 표정을 감추며 종이컵 끝을 입에 물었다.

"그럼 정당하게 놀 방법을 찾아야 하나."

심각하게 새겨듣지 않았던 말을 다시 떠올린 그녀는 저도 모르게 피식 웃음을 터뜨렸다.

'정당하게라니.'

그녀는 다시 한 번 실감했다. 자신의 연인은, 하고 싶은 일 은 꼭 해야 하는 성격이라는 것을.

디자인 1팀 팀원들이 한자리에 모였다. 둥글게 서서 어깨동

무까지 하고 서로의 얼굴을 바라보고 있었다.

"이건 우리 팀의 명예가 걸린 일이야."

단호하다 못해 비장하기까지 한 현정의 말에 정진이 미간을 좁혔다.

"무슨 피구 하나에 팀의 명예까지 걸어요."

"아까 2팀 정 대리가 나 약 올리고 가는 거 못 봤어? 그리고 다들 들었지? 뭔지 모르겠지만 엄청난 상품이 있다고 하잖아. 열심히 해서 꼭 이기자고."

워크숍에 온 디자인 부서 팀원들은 짐을 풀고 난 뒤 모두 활동하기 좋은 복장으로 갈아입었다.

원우가 마련한 상품을 걸고 몇 개의 게임을 하기로 했는데, 그중 첫 번째 게임으로 선택한 것이 피구 경기였다.

3팀은 부전승으로 결승에 올라가게 되었고 1팀과 2팀이 맞붙게 되었는데, 서로 은근한 신경전을 벌이며 승부욕을 불태우고 있었다.

"난 참여 못 해서 아쉽네요."

정환이 팀원들 사이에서 붕대를 감은 왼손을 내려다보고는 어색하게 미소 지었다. 워크숍에 오기 이틀 전, 하필이면 손을 다쳤다.

"사람 수가 안 맞으니까 2팀에 얘기해서 인원 맞추라고……."

"그러지 말고 내가 윤 팀장 대신 참여하는 걸로 하죠."

갑작스레 끼어든 목소리에 1팀 직원들의 시선이 일제히 소리가 들려온 방향으로 움직였다. 원우는 조금 놀란 얼굴로 자신을 바라보는 1팀 직원들과의 거리를 좁히며 가까이 다가섰다.

"윤 팀장이 참여를 못 하니까 내가 1팀에 들어가서 경기하겠다고요."

정진이 눈치를 봤다. 2팀 팀원들한테도 그 소리가 들린 건지 웅성거리는 목소리가 커졌다.

"저희가 대표님한테 어떻게 공을 던지겠어요."

"팀장, 과장, 대리, 직급별로 다 참가하는데 다른 팀의 상사한테 공 던지는 건 안 어렵고요? 어차피 똑같죠."

"그거야……."

"그냥 게임인데 뭘 그런 걸 신경 써요. 나 뒤끝 없어요. 얼마든지 던져도 괜찮아요."

결국 팀원들의 동의하에 정환 대신 원우가 1팀 소속으로 경기에 참가하기로 했다.

뒤늦게 옷을 갈아입고 온 2팀 팀장 남규가 반대편 경기장에 들어선 원우를 보고 의아한 얼굴을 했다.

곧 그가 정환 대신 경기에 참여한다는 사실을 안 그는 경악하며 반대를 했다. 정환은 그 모습에 웃음을 터뜨렸다.

"불리하지 않습니까?"

"뭐가요?"

"뭐가라니, 정말 몰라서 물으세요? 대표님, 양손잡이잖아요."

427

남규의 외침에 직원들이 놀란 얼굴을 했다.

남자와 여자가 뒤섞여 함께 게임을 하는 것이기 때문에 남자는 왼손만 사용, 여자는 양손을 모두 사용할 수 있는 것으로 경기의 룰을 정했다. 하지만 원우가 양손잡이라면 그런 제약을 두는 의미가 없었다.

"대표님이 양손잡이였어요?"

"평소에는 오른손을 쓰긴 하는데, 왼손도 써요. 양손 다 힘이 얼마나 센데요."

남규의 이어진 설명에 뒤에 서 있던 은서는 조용히 원우의 뒤통수를 노려봤다. 펀치머신 내기는 처음부터 사기였다는 것을 그제야 눈치챘기 때문이었다.

"대표님, 이건 좀 불리해요."

디자인 2팀 직원 하나가 불만을 토해 내자 원우가 알겠다며 고개를 끄덕이고는 정환에게로 걸음을 옮겼다. 뭐라 이야기를 하더니 어디선가 넥타이를 하나 구해 와 절충안을 제안했다.

"그럼 나는 한 손 묶고 하는 걸로 하죠."

원우가 갑작스레 몸을 돌려 걸어오더니 그녀를 붙들었다. 순식간에 원우의 오른손과 은서의 왼손이 하나의 끈으로 묶였다.

"내가 공에 맞으면 나만 아웃이고, 차은서 씨가 공에 맞으면 함께 아웃인 걸로 하죠. 이 정도 핸디캡이면 되겠습니까."

졸지에 붙잡힌 은서는 경악했지만 2팀 팀원들은 그 정도면

428

되겠다며 고개를 끄덕였다.

당황스러운 건 은서뿐이었고 다른 팀원들은 모두 납득한 상황이라 경기는 곧 시작되었다.

한 손이 묶여 있어 은서는 움직일 때마다 원우에게 기대거나 바짝 몸을 붙여 공을 피해야 했다.

원우는 상당히 민첩한 편이었고 날아오는 공을 피하면서도 은서를 보호했다.

"조심."

공을 피하다 넘어질 뻔한 은서를 붙잡으며 그가 짙게 미소를 그려 냈다. 은서는 그의 팔을 살짝 꼬집으며 작게 속삭였다.

"사기꾼."

"내가? 왜요?"

"펀치머신 기억 안 나요? 양손잡이라니. 처음부터 내가 불리한 게임이었잖아요."

대화를 나누던 두 사람은 공이 자신들을 향해 날아오는 것을 보지 못했다.

빠른 속도로 날아온 공이 하필 원우가 아닌 은서의 얼굴에 맞았다. 엄청난 소리와 함께 고개가 뒤로 꺾였다가 다시 제자리를 찾았다.

은서는 그대로 자리에 주저앉아 버렸다.

"아야……."

통증이 느껴지는 얼굴을 만지고 싶어도 한 손이 묶여 있어

나머지 손만 움직이는 것이 가능했다.

은서는 한동안 얼굴을 들지 못했다. 곁에 있던 원우도, 공을 던진 남규도 엄청 놀란 얼굴이었다.

원우를 목표로 죽을힘을 다해 던졌는데 그 공이 은서의 얼굴에 맞자 남규는 사색이 되어 빠르게 달려왔다.

"괜찮아요, 차은서 씨?"

은서가 손을 내리고 고개를 들었다. 아프긴 했지만 경기를 하다가 벌어진 일이니 괜찮다고 말하려 했는데 팀원들의 얼굴이 모두 굳어져 있는 걸 보고 말문이 막혔다.

"어떡해. 은서 씨, 코피 나!"

현정의 외침에 은서가 뒤늦게 손을 내려다봤다. 손에 묻은 것이 피라는 것을 자각한 찰나 누군가의 손이 코에 닿았다.

원우가 한 손으로 머리를 지탱해 살짝 아래쪽으로 숙이게 하고는 엄지와 검지를 이용하여 코를 잡아 꾹 눌러 주었다.

"괜찮아요?"

"……네, 괜찮아요."

머뭇거리다 답을 건네고는 천천히 자리에서 일어섰다.

"일단 경기 재개해요."

원우가 은서를 부축해 경기장을 벗어났다. 코피가 멈출 때까지 그는 옆에서 은서의 상태를 살폈다. 어느 정도 안정을 되찾자 경기에 마저 참가하라며 그의 등을 떠밀고는 화장실로 향했다.

손과 옷에 묻은 피를 대충 씻어 내고는 거울을 보며 얼굴을

살폈다. 머리가 좀 아프고 공에 맞은 부분이 붉었지만 오래가
지는 않을 것 같았다.

뒤처리를 다 하고 밖으로 나선 은서는 편의점에서 생수 하
나를 구입해 팀원들이 있는 곳으로 돌아갔다. 원우는 다시 경
기에 참여하고 있었다.

은서가 공에 맞았기에 처음 약속한 대로 동반 아웃 처리가
되어 밖으로 나갔고 다른 직원과 함께 한 손을 묶은 채 밖에
서 공격을 하고 있었다.

은서는 근처에 놓여 있는 의자에 앉아 그 모습을 지켜봤다.
생수를 마시며 경기를 지켜보고 있던 그녀가 뭔가 이상하다
는 것을 느낀 것은 조금 더 시간이 지난 후였다.

밖으로 나간 원우는 공을 잡을 때마다 남규에게 던졌다. 한
번에 아웃시켜 주지도 않았다.

땅볼로만 던져 남규는 계속해서 바닥에 튕긴 공에 몸을 맞
아야 했다. 그것도 엄청난 힘으로 던진 공에 말이다. 원우 나
름의 복수였다.

난 한 놈만 팬다, 라는 영화 대사까지 생각나는 장면에 은
서가 웃음을 터뜨렸다.

2팀과의 경기에서 이긴 팀은 1팀이었다. 1팀은 결승에 올라
가 3팀과 붙었고 피구 경기는 1팀의 승리로 끝이 났다.

이어진 농구에서는 2팀이, 마지막 계주에서는 1팀이 승리
했다. 결국 최종 승리는 1팀이 거머쥐었다.

1팀 팀장 정환이 꽤 두툼한 봉투를 손에 들었다. 우승 선물

431

은 현금이었다. 우승팀뿐만이 아니라 1등, 2등, 3등으로 나눠 금액만 달리해서 부서 전체에 지급을 했다.

"우리 그냥 이거 다 모아서 쓰죠."

2팀 정 대리의 의견을 시작으로 디자인 부서 팀원들은 똘똘 뭉쳐 그 돈을 모두 모아 술과 안주를 샀다.

팀워크와 단합, 그리고 끈끈한 친분과 동료애. 이걸 키우는 데는 결국 술이 최고가 아니겠냐는 대다수의 의견 때문이었다.

결국 술판이 벌어졌다. 입이 떡 벌어질 정도로 엄청난 술이 바닥에 깔렸다. 처음 집중포화를 받은 건 팀의 책임자인 팀장들이었다. 은서는 눈치를 보다 현정의 옷깃을 슬쩍 잡아당겼다.

"대리님, 저 몸이 좀 안 좋아서 쉴게요."

"괜찮아? 아까 공 맞은 거 때문에 그러지? 2팀 팀장님이 너무 세게 던졌어."

옆에 있던 정진도 거들었다.

"그러게요. 진짜 퍽 소리가 나던데. 몸 안 좋으면 그냥 내일까지 푹 쉬어요. 어차피 다들 이거 마시고 시체처럼 잘 거 같은데."

"네, 그럼 저 먼저 방으로 갈게요."

공에 맞은 후유증이 생각보다 커서 은서는 양해를 구하고 홀로 방으로 돌아갔다. 부은 곳은 가라앉았지만 머리가 좀 어지러운 것 같아 두통약이라도 사려고 건물 밖으로 걸음을 옮겼다.

어느덧 해가 지기 시작한지라 주변은 어둑어둑했다. 약국 간판이 보이자 걸음을 좀 더 빨리하려는데 누군가가 그녀의 손을 낚아챘다.

화들짝 놀라 뒤를 돌아본 은서의 시야에 곧 원우의 모습이 담겼다. 손을 뻗어 은서의 이마를 짚었다가 이내 양 뺨을 감쌌다.

지척에서 그녀의 얼굴을 유심히 살피던 그가 불만을 토해내듯 작게 중얼거렸다.

"많이 아파요?"

여태껏 본 이원우의 표정 중 지금이 가장 심각한 것 같아 은서는 저도 모르게 웃음을 터뜨렸다.

"괜찮아요. 머리가 좀 아프긴 한데, 술 먹으면 심해질 거 같아서 눈치껏 빠져나온 거예요. 두통약 하나 사 먹으려고 약국 가던 길이고요. 근데 대표님은 어떻게 빠져나왔어요?"

"원샷."

"네?"

"팀장들이 넣을 수 있는 건 다 넣어서 만든 폭탄주를 원샷하는 대가로 나왔어요."

작은 컵도 아니었다. 어디서 구해 왔는지 커다란 그릇을 하나 내려 두고 그 안에 이것저것 넣을 수 있는 건 다 넣기 시작하더니 그것을 원우에게 건네었다.

몇 분 전 원샷한 그 정체 모를 액체가 떠올라 그는 설핏 미간을 구겼다. 대체 뭘 섞으면 그런 맛이 나오는 거야, 하고 작게 덧붙이는 목소리에도 불만이 가득했다.

"술 냄새가 조금 나긴 하네요."

의식하고 보니 가까이 선 원우에게서 약간의 술 냄새가 났다. 그는 뺨을 감싼 손을 떼어 내며 한 걸음 뒤로 물러섰다.

"약보다는 산책이 낫지 않겠어요?"

약국이 아닌 그 옆으로 난 길을 눈짓으로 가리키며 물었다. 산책로가 있는 모양이었다.

은서는 잠시 망설이다 고개를 끄덕였다. 직원들은 지금부터 술을 마시느라 몇 시간은 나오지 않을 것이 분명했다. 아니, 대부분의 인원들이 밤늦게까지 술을 마시다 아예 그대로 시체처럼 뻗어 잘 것이다.

원우와 은서는 마음 편히 두 사람만의 시간을 가졌다.

손을 잡은 채 산책로를 따라 느릿하게 걷는 두 사람의 모습은 평화로워 보였다. 가는 길에 카페 하나가 보여 따뜻한 밀크티를 한 잔씩 손에 들었다.

은서는 고요한 산책길을 걸으며 희미하게 미소 지었다.

"그동안 너무 일만 했나 봐요. 그냥 이렇게 산책하는 것만으로도 좋네요."

"차은서가 뭘 모르네. 그냥 산책이 아니라 나랑 같이해서 그렇죠."

그녀가 작게 웃음을 터뜨렸다.

"맞아요."

부정하지 않고 고개까지 끄덕이며 건넨 답에 원우가 잠시 놀란 기색을 드러냈다.

무슨 소리냐, 혹은 그런 거 아니라며 쑥스러워할 줄 알았는데 은서는 홍조 띤 얼굴로 계속해서 말을 이었다.

"출장 때문에 일주일간 얼굴 못 본 날 있었잖아요. 야근을 며칠이나 하고, 디자인은 안 풀리고, 힘들고, 정말 지쳐 있었는데 대표님이 그날 딱 돌아온 거예요. 유명한 맛집을 간 것도 아닌데 평소 지겹게 먹던 우동도 엄청 맛있고, 혼자 먹으면 맛없던 붕어빵도 둘이 먹으니까 맛있더라고요. 흥미가 없어서 한 번도 안 해 본 펀치머신도 대표님이랑 내기 걸고 하니까 구두도 벗어 던지고 해 볼 만큼 재미있었고. 하루 종일 힘들었는데, 함께 있던 그 몇 시간 때문에 그날 하루가 괜찮은 하루가 되더라고요."

그녀는 정면을 바라보며 이야기하고 있었다. 가로등 불빛을 받은 얼굴이 행복으로 물들었다.

"정말 좋아하는 사람이랑 있으면 작은 일을 함께해도 기쁘다더니, 아무래도 대표님이 저한테 그런 사람이 됐나 봐요."

맞잡은 그의 손에 살짝 힘이 들어갔다. 원우가 가만히 은서를 바라보다 한 방 맞은 듯한 얼굴로 웃음을 터뜨렸다.

"술은 내가 먹었는데, 차은서가 솔직해졌네."

손을 들어 입가를 매만지는 얼굴은 조금 쑥스러워하는 것도 같았고 기뻐 보이기도 했다.

원우가 갑자기 방향을 틀었다. 손이 잡혀 있던 상태라 은서도 그를 따라 몸을 돌릴 수밖에 없었다.

"어디 가요?"

"숙소요."

"벌써요?"

"급해져서."

한 시간 가까이 산책로를 걷고 나서야 두 사람은 숙소로 돌아왔다. 원우가 잡은 방과 은서가 잡은 방은 건물 자체가 달랐다. 두 사람은 입구에서 잠시 걸음을 멈췄다.

한 시간이나 휴식을 취하고 오니 두통은 사라졌다. 하지만 이제 와서 술자리에 끼고 싶은 기분은 들지 않아 은서는 그만 방으로 돌아가려 했다.

그러나 원우가 손을 놓아주지 않았다. 되레 반대 방향으로 가려는 그녀를 잡아당기며 태연하게 물었다.

"왜 그리로 가요?"

"제가 묵을 숙소는 이쪽인데."

"방에서 각자 푹 쉬자고 내가 서둘러 돌아왔겠어요?"

"네?"

걸음이 좀 더 빨라졌다. 그는 손을 꽉 붙잡은 채 앞서 걸으며 낮게 중얼거렸다.

"다들 술 취해서 차은서 하나 없다 해도, 아무도 모를 테니까."

주머니 안에서 카드 키를 빼내어 방문을 연 원우는 그대로 은서를 끌어당겼다. 쾅 소리를 내며 문이 닫혔다. 불조차 켜지 않은 채로, 닫힌 문에 은서의 몸을 몰아붙였다.

그녀의 입술 위로 그의 입술이 내려앉았다. 혀와 혀가 얽히고 서로의 타액이 섞이며 질척이는 소리를 냈다.

혀로 입천장을 쓸어내리듯 문지르자 참지 못한 신음이 입안에서 울렸다. 호흡이 가빠질 정도로 긴 입맞춤이었다. 원우가 은서의 입술을 엄지로 쓸어내렸다.

"차은서는 어떤지 모르겠는데, 나는 끊긴 필름이 계속 마음에 걸리더라고요. 어떻게 둘 다 까맣게 잊을 수가 있어."

"그걸 계속 신경 쓰고 있었어요?"

"그날이 차은서랑 처음이었는데, 그 기억이 통째로 사라지니까 내 거 뺏긴 기분이잖아요."

근데 어떻게 신경을 안 써. 덧붙이며 작게 중얼거린 목소리가 귓가에 속삭이듯 닿았다.

원우의 입술이 이번에는 은서의 귓가를 맴돌았다. 스치듯 닿았다가 귓불을 잘근, 아프지 않게 깨물었다. 은서가 간지러운지 어깨를 움츠리며 원우를 살짝 밀어냈다.

"안 돌아가면 이상하게 생각할 거예요."

그녀는 현정과 같은 방을 배정받았다. 이미 그 사실을 알고 있는 원우는 은서를 방으로 돌려보내지 않아도 문제가 되지 않을 것이라 판단했다. 방 배정마저 하늘이 자신을 도왔다 생각하고 있었다.

"내가 장담하는데, 1팀 주 대리 오늘 방에 안 돌아가요. 주당만 모인 1팀에서도 제일이거든. 만에 하나 방에 돌아간다

해도 차은서 안 돌아온 거 기억 못 한다에 한 표."

어쩐지 그의 말을 부정할 수가 없어 은서는 살짝 곤란한 얼굴을 했다.

"킵해 둔 소원 지금 쓸게요."

"누구 마음대로요? 그거 반칙 승이잖아요."

"이긴 건 이긴 거지. 윤정환이 나보고 그러더라고요. 사업 외의 모든 것에 페어플레이를 모르는 놈이라고."

너무 당당한 그의 말에 은서는 그게 뭐냐 불평하면서도, 어깨를 밀어내던 손에 완전히 힘을 풀고는 작게 웃음을 터뜨렸다.

원우는 그것을 허락의 신호로 받아들였다. 그녀를 번쩍 안아 들어 침대 위에 눕히고 작은 스탠드 조명을 켰다. 그가 몸을 숙였고 다시 두 사람의 입술이 포개졌다.

원우의 입술이 은서의 입술에서 귓불로, 다시 입술로, 그리고 목으로 움직였다. 상처 하나 없는 깨끗한 피부 위에 깊게 입술을 누른 그가 어느덧 은서의 티셔츠 안으로 손을 밀어 넣었다.

브래지어 후크를 요령 좋게 풀어낸 그는 봉긋하게 올라선 은서의 가슴을 한 손에 잡았다. 은서의 입에서 나직한 신음이 흘러 나왔다. 유륜을 따라 엄지로 둥근 원을 그리며 쓸어내리자 금세 빳빳해진 유두가 그의 손가락에 닿았다.

은서가 입고 있던 티셔츠와 브래지어를 완전하게 벗겨 낸 그는 잠시 모든 행동을 멈추고 그녀의 모습만을 눈에 담았다.

부끄러운 건지 고개를 옆으로 돌리려 하자 손을 뻗어 다시 자신을 보게 만들었다.

"이번에는 하나라도 잊으면 안 되니까, 나 봐야죠."

원우는 팔을 엑스 자로 교차해 단번에 상의를 벗어 냈다.

다시 몸을 숙인 그는 봉긋 솟아오른 은서의 가슴을 느릿하게 주물렀다. 가느다란 신음이 새어 나왔다.

원우의 입술이 목에서 가슴으로, 가슴에서 배꼽으로 움직였다. 그의 입술이 닿는 곳마다 붉은 흔적이 열꽃처럼 피어났다.

처음 잠자리를 가졌을 때처럼 그녀의 몸 곳곳에 자신의 흔적을 남겼다. 어느덧 그녀의 바지와 하나 남은 속옷마저 벗겨 냈고, 두 다리를 잡아 벌리고는 그 사이로 고개를 숙였다. 뜨거운 숨이 스치고, 축축한 혀가 닿았다.

"응, 아앗……. 하아."

참을 수 없는 신음이 입에서 터져 나왔다. 은서는 그의 어깨를 붙든 채 가쁜 숨을 내쉬었다.

스치듯 닿는 것 같다가도 어느덧 거칠게 움직이는 그의 혀에 허리가 절로 비틀렸다. 어찌할 바를 모르겠다는 얼굴로 그녀는 계속해서 신음을 내며 가쁜 숨을 몰아쉬었다.

그가 천천히 몸을 일으켰다.

"차은서."

뺨을 스치듯 매만지는 손끝에도, 그녀의 이름을 부르는 낮은 목소리에도 열기가 묻어 있는 듯했다. 은서의 가슴이 빠르게 오르락내리락했다.

그사이, 옷이 바닥에 떨어지는 소리가 들렸다. 원우 역시 이제는 아무것도 입고 있지 않았다.

침대 협탁으로 손을 뻗어 콘돔을 하나 꺼내었다. 포장지를 이로 찢어 자신의 것에 씌우고는 은서를 내려다봤다.

"긴장하지 말고. 우리 처음도 아닌데."

쌕쌕 가쁜 숨을 내쉬면서도 은서가 희미하게 웃었다.

"기억도 못 하면서 허세는."

"그러게."

그리 대답하며 허벅지 안쪽의 부드러운 살결에 입 맞춘 그는 그녀의 다리 사이에 자리 잡았다. 원우가 천천히 그녀의 안으로 들어서기 시작했다.

혹여 다칠까, 아플까, 조심스럽게 그녀의 안으로 들어선 원우는 자신의 것을 감싸는 뜨거운 내벽에 잠시 멈춰 서서 숨을 토해 냈다. 그리고 이내 그의 것이 완전하게 그녀의 안으로 들어섰다.

"으응, 앗."

원우가 느릿하게 허리를 움직이자 그녀의 입에서 신음이 터져 나왔다.

처음에는 느리게, 그리고 점차 속도를 더해 가며 빨라지는 움직임을 따라 그녀의 몸도 흔들리며 위아래로 움직였다. 원우는 은서의 엉덩이를 양손으로 붙잡고는 더욱 강하게 움직였다.

"차은서."

열기 띤 그의 목소리에 그녀가 반응했다.

"은서야……."

다시금 그와 그녀의 입술이 서로를 찾아들었다. 원우의 움직임이 조금 더 빨라졌다. 은서는 그의 어깨를 세게 끌어안았고, 이내 절정에 오른 그가 움직임을 멈췄다.

"하아, 하아!"

거친 숨소리를 내며 서너 번 더 허리를 느릿하게 움직인 그가 자신의 것을 그녀의 몸에서 빼내고는 이마에 입을 맞췄다.

"나도 그래."

그녀의 귓가에 닿는 그의 목소리가 다정했다. 땀에 젖은 머리카락을 쓸어 넘기고 은서를 품에 꼭 안아 주었다.

"차은서랑 같이 있으면 작은 일을 하더라도 함께라서 기쁘고, 뭘 해도 자꾸 차은서 생각만 나더라고."

그의 심장 박동 소리가 은서의 귓가에 전해졌다. 집 앞에서 마음을 전하던 그때와 조금도 다르지 않은 울림이었다.

그때도, 지금도, 나는 널 사랑하고 있다고 말해 주는 것만 같은 그 울림에 귀를 기울이며 은서는 천천히 눈을 감았다.

어둠이 걷히고 새벽이 밝아오는 건지, 창을 통해 들어서는 희미한 빛이 침대 위로 쏟아지고 있었다. 시트에 푹 파묻힌 채로 눈을 뜬 은서는 작은 숨소리를 내며 미동 없이 누워 있다가 몇 차례 눈을 깜빡였다.

원우가 옆으로 누워 손으로 머리를 받친 채 자신을 바라보

441

고 있었다. 은서가 화들짝 놀라며 상반신을 일으켰다.

"지금 몇 시예요?"

"새벽 5시 조금 넘었어요."

"일어났으면 깨워 주죠. 저 숙소로 돌아가야 하는데."

"어차피 다들 꿈나라라 앞으로 서너 시간은 일어나지도 못해요. 내가 말했잖아요. 차은서가 방에 왔는지, 안 왔는지조차 모를 거라고."

급하게 일어서려고 하는 은서를 붙잡아 침대에 앉힌 원우가 그녀의 허벅지를 베고 누웠다.

다시 몸을 일으키려 해 봤지만 머리에 힘을 주고 버티는 바람에 침대에서 벗어날 수가 없었다. 움직임이 멎자 원우는 그제야 힘을 풀었다.

"어떻게 뒤도 안 돌아보고 가려고 해. 차은서가 나를 먹고, 튀고, 도망간 게 불과 몇 개월 전 일이고, 난 아직 그날의 일이 마음의 상처로 남아 있다고."

기억도 못 하는 그때의 일이 마음의 상처로 남아 있다고 우기는 원우의 말에 작게 웃음을 터뜨렸다.

"이러다가 혹시라도 누가 알면 어떻게 해요."

"그럼 딱 한 시간만 더 있다가 가."

아직 날이 완전하게 밝은 것은 아니니 조금 더 이대로 있어도 괜찮겠다는 생각이 들었다.

손을 뻗어 원우의 머리카락을 살짝 매만지는데 갑자기 무슨 생각을 한 건지 그가 입가에 짙은 미소를 그려 냈다.

"차은서, 이제 진짜 빼도 박도 못해."

"왜요?"

"왜긴, 내 거라고 온몸에 새겨 놨는데."

은서가 고개를 숙여 자신의 몸을 내려다봤다. 물고 빨다 못해 깨문 흔적들이 몸 곳곳에 남겨져 있었다. 처음 잠자리를 가졌던 날과 하나도 다르지 않은 모습에 울상을 지었다.

"이게 뭐예요."

"차은서 내 거라고 이름 쓸 수는 없으니까."

"대표님 거 훔쳐 갈 간 큰 놈, 아무도 없다고 했죠?"

이불 속에 감춰진 한쪽 팔을 빼내었다. 팔목 안쪽의 피부는 하얀 편이라 원우가 물고 깨문 흔적들이 유독 심하게 도드라져 보였다.

"이거 꽤 오래간단 말이에요."

"걱정 마."

"뭐 다른 방법이라도 있어요?"

"아니."

"그럼요?"

의아한 얼굴로 자신을 내려다보고 있는 그녀를 향해 원우는 기함할 말을 내뱉었다.

"앞으로는 지워질 날이 없을 거거든."

은서의 입이 반쯤 벌어졌다. 잔소리를 하려 했지만 자신을 올려다보는 원우의 얼굴이 어쩐지 행복해 보여 아무런 말을 할 수 없었다.

"왜 그렇게 봐요?"

뚫어져라 자신을 바라보는 원우의 시선에 은서의 얼굴에는 약간 홍조가 돌았다.

"좋아서."

스치듯 들려온 작은 목소리와 함께, 손끝에 자신의 것과는 조금 다른 체온이 느껴졌다. 어느새 그의 손이 은서를 꽉 붙잡고 있었다.

"뭐가 그렇게 좋은데요?"

"다."

"다?"

"늘 혼자 눈을 떴는데, 오늘은 옆에 차은서가 누워 있는 거야. 그것도 세상에 둘도 없는 행복한 얼굴로 내 품 안에 잠들어 있었어. 나 한 시간 동안 차은서 얼굴만 쳐다본 거 알아?"

그의 목소리가 간질이듯 귓가에 닿았다. 평소와 다르지 않은 표정과 말투에도 이상하게 가슴이 두근거렸다.

"매일 아침마다 이렇게 눈떴으면 좋겠다 싶었어."

원우의 손이 은서의 뒤통수에 닿았다. 천천히 그녀를 끌어당겨 짧게 입을 맞췄고, 두 사람은 한 뼘도 되지 않는 거리를 둔 채 서로를 바라보고 있었다.

"너만 좋으면 그게 언제가 됐든, 나랑 그렇게 살자. 차은서."

평소와 하나도 다르지 않은 것 같았지만, 은서는 지금 그가 긴장하고 있다는 것을 느낄 수 있었다.

소중하게 안아 주던 두 팔도, 자신과 다르지 않은 심장 박동 소리도, 손끝에 닿은 체온도. 그 모든 것이 자신은 사랑 받고 있다고 말해 주고 있는 것만 같았다.

그 사실에 어쩐지 왈칵 눈물이 쏟아져 나올 것 같았다.

"왜 울려고 그래?"

"좋아서요."

"뭐가 그렇게 좋은데?"

"이원우가."

눈에 한가득 눈물을 담고 미소 지은 은서가 그를 향해 고개를 숙였다.

"좋아요."

"무르기 없어, 차은서."

은서가 고개를 끄덕였고 두 사람의 입술이 다시금 서로에게 닿았다.

창을 통해 들어선 따스한 빛이 침대 위를 물들였다.

두 사람에게는 그 어느 때보다 행복한 아침이 밝아 오고 있었다.

에필로그 2

좁은 골목에 차량 한 대가 서행하며 들어섰다. 시동을 끄고 차에서 내린 원우는 망설임 없이 대문 앞으로 걸음을 옮겨 초 인종을 눌렀다. 하지만 돌아오는 답이 없었다.

의아한 시선으로 불 꺼진 창을 잠시 바라보다 휴대전화를 꺼내어 은서에게 전화를 걸었지만 역시 받지 않았다. 그는 액 정에 뜬 시간을 확인했다.

"11시 17분."

늦은 시간이었다. 혹시 몰라 집으로 찾아오기 전, 원우는 회사로도 전화를 해 은서가 사무실에 남아 있는지 확인을 했 다. 모두 퇴근을 했는지 1팀 사무실에서는 누구도 전화를 받 지 않았다.

당연히 집에 있겠거니 싶어 찾아온 것이었는데 정작 집은 비어 있었다. 원우의 표정이 조금 심각해졌다.

"어딜 간 거야."

코트 주머니에 손을 꽂은 채 담벼락에 기대어 섰다. 손끝에 작은 상자가 잡히자 그는 희미하게 웃으며 고개를 들었다.

숨을 내쉴 때마다 하얀 입김이 허공에 나타났다가 사라지는 것을 반복했다.

겨울의 끝자락에 다다른 시기였지만, 최근 일주일은 살인적인 추위가 이어졌다. 그나마 오늘은 다른 날에 비해서 조금 포근하다고 볼 수 있는 날씨였지만 말이다.

'이런 날은 꼭 눈 오던데.'

까만 밤하늘을 올려다봤다. 올해는 눈이 많이 내리지 않았다. 고작 두어 번 내린 것이 전부였는데 두 번 모두 일이 바빠 볼 수가 없었다.

문득 은서와 함께 눈이 내리는 풍경을 본 적이 없다는 것을 깨달았다.

다시 고개를 숙인 원우는 아무도 없는 빈 골목을 물끄러미 응시했다. 은서의 모습이 한시라도 빨리 보이길 바라면서 말이다.

하지만 30분을 넘게 기다려 봐도 은서는 모습을 드러내지 않았다. 휴대전화도 잠잠했다.

〈차은서, 연락 요망.〉

결국 문자를 하나 남기고 돌아서 차에 올라탔다. 집으로 돌아온 그는 샤워를 한 뒤 욕실을 나서자마자 휴대전화부터 확인했다. 여전히 그녀에게서 온 연락은 없었다.

"대체 어떻게 된 거야."

침대에 걸터앉은 채 액정 위를 엄지로 가만히 쓸어내렸다.

일 때문에 나흘간 자리를 비웠던 원우는 서울에 도착해 급하게 마무리해야 할 일정을 모두 마치고 은서부터 찾아갔었다.

마지막으로 연락을 주고받았던 것이 이틀 전이었다. 그때까지만 해도 평범하게 통화를 했고 이상한 낌새도 느끼지 못했다.

"벌써 열두 시가 넘었는데."

자정을 넘긴 시간이었다. 다시 전화를 걸었지만 이번에도 받지 않으려는지 익숙한 노래만이 흘러나왔다. 아무래도 안 되겠다 싶어 다시 자리에서 일어선 순간이었다.

—여보세요.

상대방이 전화를 받았다. 하지만 은서가 아닌 다른 여자의 목소리였다.

그는 잠시 침묵을 유지한 채 상황을 가늠했다. 전화를 받은 사람이 은서와 같은 팀에서 일하는 팀원들 중 하나일 가능성을 배제할 수 없었기 때문이었다.

그냥 끊어야 하나, 고민하고 있던 찰나였다.

—저, 은서 친구 한보라라고 하는데요.

조심스럽게 자신을 소개하는 목소리에 그제야 마음을 놓

왔다.

보라에 대해서라면 이미 몇 차례 이야기를 들은 적이 있었다. 가장 친한 친구였고, 두 사람의 관계에 대해서도 알고 있는 사람이었다.

"안녕하세요. 안 그래도 말씀 많이 들었습니다. 이원웁니다."

―네, 안녕하세요. 저도 말씀 많이 들었습니다.

"근데 은서는 어디 가고 보라 씨가 전화를……."

―아, 그게…….

말끝을 흐리는 그녀의 음성에 곤란함이 묻어났다.

보라의 목소리가 사라지자 원우는 통화음을 좀 더 키우고 수화기 너머에서 들려오는 소리에 집중했다. 익숙한 목소리가 희미하게 전해지고 있었다.

―이원우, 이 나~아쁜 놈.

차은서의 목소리였다.

"거기 어딥니까."

그는 보라에게 대답을 듣기도 전에 이미 코트와 차키를 챙겨 들고 집을 나서고 있었다.

"은서야, 너 진짜 괜찮아?"

"응, 멀쩡해."

은서가 고개까지 끄덕이며 대답을 했다. 얼굴색만 조금 변했을 뿐, 표정이나 말투만 봐서는 술을 먹었나 싶을 정도로 멀쩡한 모습이었다. 하지만 보라는 알 수 있었다.

"너 취했어."

이게 은서의 취한 모습이라는 것을 말이다.

"은서야, 지금 이원우 씨 온다고 하니까……."

"이원우는 지금 출장 중이야."

"오늘 왔대."

"응?"

"지금 여기로 온대. 너 데리러."

테이블 위에 기대려던 은서가 고개를 들어 보라의 얼굴을 물끄러미 바라보다 술잔에 남은 술을 한 번에 비워 냈다. 그리고 갑작스럽게 주변을 정리하기 시작했다.

백을 챙겨 든 그녀는 카운터로 가서 카드까지 내밀고 계산을 했다. 비틀거리다 한 번 넘어질 뻔했지만 금세 균형을 잡고 가게 밖으로 나섰다.

다급하게 따라 나선 보라의 눈에, 가게 앞을 조금도 벗어나지 못한 채로 낑낑거리고 있는 그녀의 모습이 보였다. 회색 코트를 멋지게 차려입은 남자에게 손목을 붙잡힌 채로.

"처음 뵙겠습니다. 이원웁니다."

"네, 안녕하세요. 한보랍니다."

어쩐지 조금 흥흥한 기세로 웃으며 은서의 손목을 잡고 있는 원우를 올려다봤다. 젖어 있는 머리가 살짝 얼어 있는 것이 보였다.

아무래도 머리카락조차 말리지 못한 상태로 달려온 모양이었다.

"어쩌죠. 은서가 많이 취해서……."

"제가 집에 잘 데려다 주겠습니다. 이 시간까지 은서 데리고 있느라 고생하셨겠네요. 택시 잡아 드릴게요."

"아니에요. 어머니 카페가 이 근처라 걸어가도 괜찮습니다."

대답을 건네면서도 보라는 틈틈이 은서의 상태를 살폈다. 손목이 잡힌 그녀는 여기서 붙잡힌 것이 억울해 죽겠다는 얼굴이었다.

보라는 그녀가 오늘 술을 먹게 된 이유에 대해 떠올렸다. 하지만 아무래도 오해 같았다.

전화 한 통에, 그것도 이 늦은 시간에 머리조차 말리지 못한 채 이렇게 허겁지겁 달려 나올 정도의 남자가, 사귀고 있는 애인을 두고 그런 이중적인 짓을 할 리가 없었다.

아무래도 연인 사이의 문제는 당사자들이 대화로 해결하는 것이 나을 것 같아 보라는 그만 돌아가기로 마음먹었다.

"그럼 가 볼게요. 은서 좀 잘 부탁합니다. 얘가 겉으로는 멀쩡해 보이는데 사실 그게 취한 상태거든요."

"네, 알겠습니다. 처음 인사를 이런 식으로 하게 되어 죄송하네요. 나중에 같이 식사라도 한번 하시죠."

"네. 그럼 조심해서 가세요."

꾸벅 고개를 숙인 보라가 돌아서서 멀어져 갔다. 원우는 잡힌 손목을 빼내기 위해 아까부터 버둥거리는 은서를 내려다봤다.

"내가 왜 나쁜 놈이야?"

움직임이 멈췄다. 원우를 올려다보는 은서의 두 눈에 담긴 것은 원망이었다. 대체 왜? 그는 의문을 가질 수밖에 없었다. 그리고 그 순간.

"악!"

원우의 몸이 무너졌다. 은서가 구둣발로 정강이를 걷어찼고, 그는 통증을 참지 못한 채 다리를 손으로 감싸며 자리에 주저앉았다.

"차은서!"

구두까지 벗어 던지고 도망을 치는 모습에 원우는 일단 자리에서 일어나 그녀를 잡아 왔다.

"이거 놔요. 나 집에 갈 거야."

"가만있어, 이 주정뱅이야."

차 문을 열고 구두를 보조석 바닥에 던지듯 내려놓은 그는 반항하는 은서를 일단 차에 태웠다. 도망치지 못하게 안전벨트까지 매 준 뒤 운전석에 올라타 차 문을 잠갔다.

걷어차인 정강이가 아직까지 아팠다. 거기다 뜀박질을 했더니 이 추운 날에 땀까지 났다.

일단 한숨 돌린 상태로 그는 은서를 마주했다. 마주한 눈에 눈물이 그렁그렁했다. 울지 않으려 아랫입술을 꾹 깨문 모습에 그는 되레 당황했다.

"……왜 울어?"

화를 내려던 것도 잊었다. 은서는 이제 아예 눈물을 뚝뚝 흘리고 있었다.

"이거 봐. 잘생긴 남자는 얼굴값 한다고 했는데."

"뭐?"

"너도 똑같아."

"대체 무슨 소리야?"

"맞선 보잖아요, 끅."

생각지도 못한 말에 미간을 좁혔다.

"뭘 봐?"

"맞선."

"누가 대체 맞선을······."

그는 말끝을 흐렸다. 그제야 머릿속을 스치고 지나가는 기억 한 조각이 있었다.

"원우 너, 대체 언제까지 일만 할 거냐. 아직 만나는 사람 없으면 맞선 봐라."

출장을 가기 전, 할아버지와 잠시 나눴던 대화의 내용이었다.

맞선을 볼 생각은 없었고 조만간 은서에 대해 할아버지에게도 말씀을 드릴 생각이었기에 그 일에 대해 별다르게 신경 쓰지 않았다. 근데 그걸 어떻게 차은서가 알고 있단 말인가.

잠시 생각에 잠겼던 그는 곧 어렵지 않게 답을 찾아냈다.

"윤정환, 이 새끼가."

원우가 이를 악물었다. 할아버지와 자신을 제외하면 그 자리에 함께 있던 사람은 윤정환뿐이었다.

"회사에 소문 다 났는데, 꼭! 서연모직 막내딸이랑 맞선 본다고요."

맞선 이야기가 오간 상대방 집안까지도 정확히 알고 있었다. 참 디테일하게도 소문이 났다.

"차은서."

자신을 부르는 목소리에 그녀가 고개를 들었다. 울고 있는 얼굴이 예뻐 보여 하마터면 상황도 잊고 입을 맞출 뻔했다. 그는 핸들에 기댄 채 턱을 괴고 은서를 바라봤다.

"그래서 술 먹었어?"

"네."

"몰랐는데 차은서가 아무래도 날 어마무시하게 좋아하는 모양이야."

"응."

은서는 고개까지 끄덕이며 대답을 했다. 웃음을 터뜨린 원우가 손을 뻗어 뺨을 타고 흘러내린 눈물을 닦아 주었다.

"안 봐."

"……거짓말."

"안 본다니까. 차은서 두고 내가 누구랑 맞선을 봐."

이미 그녀에게는 사랑했던 연인이 더 좋은 집안의 여자와 결혼을 하기 위해 자신을 버린 트라우마가 있었다.

놀랐을 법도 했다. 배신감도 느꼈겠지.

거기까지 생각이 미치자 어쩐지 마음이 좋지 않았다.

"이제 집에 가자."

원우는 시동을 걸고 히터의 온도를 높인 뒤 차를 출발시켰다. 안정을 찾은 건지 은서는 어느새 새근새근 고른 숨소리를 내며 잠들어 있었다.

집 앞에 도착했지만 깨우고 싶지 않아 백에서 직접 열쇠를 찾아내어 문을 열었다.

은서를 방 안 침대에 눕힌 원우는 엉망이 된 그녀의 발바닥을 보고는 수건을 하나 적셔 와 발을 닦아 주었다.

"이런 것조차도 좋으니, 아무래도 차은서한테 조련당하는 느낌인데."

작게 중얼거리는 사이에도 피식, 실없는 웃음이 입가를 비집고 새어 나왔다. 젖은 수건을 물에 한 번 헹궈 낸 뒤 세탁통에 넣어 둔 원우는 잠시 집 안을 둘러봤다.

그대로 돌아갈까 하다가 생각을 바꾼 그는, 일 때문에 집에 돌아가지 못할 것 같다는 연락을 해 두고 소파에 누웠다.

"차은서가 아무래도 날 어마무시하게 좋아하는 모양이야."

"응."

바닥까지 쳐졌던 기분이 몇 시간 사이에 다시 하늘까지 올라선 기분이었다. 입가에 짙은 미소를 그려 낸 그는 닫힌 방문을 응시하다 곧 잠이 들었다.

창을 통해 들어선 밝은 햇살에 얼굴을 찌푸린 은서가 제대로 눈을 뜨지도 못한 채로 주변을 더듬었다.

휴대전화를 찾는 것이었지만 손끝에 걸리는 것이 아무것도 없어 결국 몸을 일으켜 세웠다.

"아, 머리야. 대체 몇 시간을 잔 거야."

아무래도 한낮인 것 같았다. 두통이 느껴져 관자놀이를 꾹 누른 은서는 이불을 걷어내고 침대 아래로 두 발을 내렸다.

기지개를 켜며 방문 앞으로 걸음을 내딛었지만 곧 그 자리에 얼음이라도 된 것마냥 굳어졌다.

"좋은 아침, 차은서."

한쪽 손에 정체 모를 봉투 하나를 들고 상쾌한 얼굴로 인사를 건네는 이원우의 모습에 그녀는 경악한 얼굴을 했다.

"왜 여기에……."

말끝을 흐린 은서는 그제야 어제의 일에 대해 기억해 내려 애썼다.

이원우가 서연모직 막내딸과 맞선을 본다는 소문이 사내에 퍼졌다. 처음에는 믿지 않았지만 그 소문이 정환의 입을 통해 흘러나온 걸 알게 되자 크게 상심했다.

친구인 정환의 입에서 나온 말이라면 거의 확실한 것이 아닌가.

배신감마저 느낀 그녀는 결국 보라를 불러 내 술을 마셨다. 그리고…….

'어떻게 집에 왔지? 이원우는 왜 여기 있고?'

많은 의문이 머릿속을 스치고 지나갔다. 하지만 이후의 일이 하나도 기억나지 않았다.

은서는 슬쩍 뒷걸음질을 쳤다. 그리고 조심스레 문을 닫았다. 그녀의 행동에 원우는 픽 웃으며 닫힌 문을 향해 성큼성큼 걸어갔다.

"차은서."

똑똑, 문을 두드리는 소리와 함께 이름을 부르는 목소리가 들려왔다. 은서는 일단 두 귀를 막았다.

하지만 문을 두드리는 소리는 이제 쾅쾅이라는 단어가 더 어울릴 정도로 그 강도가 변해 있었다. 손에 힘이 실려 있어 금방이라도 문을 부술 기세였다. 은서는 할 수 없이 문을 열었다.

"밥 먹어요."

한 손에 들린 봉지를 흔들며 그는 말했다. 멍하니 서 있자 원우가 손을 잡고 그녀를 식탁으로 안내했다. 포장해 온 해장국을 식탁 위에 내려놓은 그는 맞은편 자리에 앉았다.

"어서 먹어요."

은서는 조용히 눈동자를 굴리다 숟가락을 들었다. 해장국이 코로 들어가는지, 입으로 들어가는지도 모를 정도의 혼란이 머릿속을 강타하고 있었다.

해장국을 반쯤 비워 낸 그녀는 숟가락을 내려놓았다. 원우는 기다렸다는 듯이 물을 한 잔 건네었다.

"어제 일, 기억나요?"

컵을 입술 위로 기울이던 행동이 멈췄다. 차가운 물이 한 모금 목구멍을 타고 넘어갔다. 컵을 내려놓은 그녀는 고개를 가로저었다.

"상습범이네요. 술 먹고 잊어버리는 거."

"매번 그런 건 아닌데. 이번이 두 번째예요."

"그럼 어제 나보고 나쁜 놈이라고 욕하고, 구둣발로 때리고, 도망친 것도 기억 안 나요?"

"네?"

"화내려니까 날 어마무시하게 좋아한다고 고백해서 화도 못 내게 만든 건?"

은서의 얼굴이 붉어졌다.

"무슨!"

"진짜예요. 거짓말 아니고."

그는 하늘을 우러러 한 점 부끄럼 없다는 얼굴을 하고 있었다. 거짓말이 아닌 모양이었다.

은서는 어쩔 줄을 몰라 했다. 그리고 어제 자신이 술을 마신 원인에 대해 떠올리게 되었다.

이내 얼굴에 그늘이 드리워지자 그걸 알아챈 원우는 식탁 위를 손으로 똑똑 두어 번 두드렸다. 자연스레 두 사람의 시선이 맞닿았다.

"회사에 소문이 어떻게 돌았는지는 모르겠는데, 할아버지가 맞선 얘기 꺼내신 건 맞아요."

"그럼…… 그 소문이 진짜예요?"

"반만 맞아요. 당연히 거절할 생각이었어요. 그 자리에서 확실히 말하지 못한 건, 나 말고도 듣는 귀가 하나 더 있었거든요."

우리 집 불청객. 덧붙이는 목소리가 음산했다.

"당연히 거절이지. 차은서가 있는데 맞선은 무슨."

그리 말하며 손을 뻗어 은서의 볼을 살짝 꼬집었다.

"……미안해요. 오해해서."

그녀의 얼굴에 그제야 생기가 돌았다. 안도한 것이 확 드러나는 그 표정에 원우의 입가에 그려진 미소도 짙어졌다.

"뭐, 날 어마무시하게 좋아한다는데 내가 차은서 책임져야지. 어쩌겠어."

"……."

"응? 어마무시하게 말이야."

특히 어마무시에서 한 글자, 한 글자 힘주어 발음하는 그의 말투 때문에 은서가 작게 웃음을 터뜨렸다.

"어? 눈 오네요."

원우의 말에 은서의 시선도 창밖을 향해 움직였다. 어느새 하나둘씩 눈송이가 떨어져 내리고 있었다. 이번 겨울의 마지막 눈이었다.

가만히 내리는 눈을 바라보고 있는데 손끝에 다른 이의 체온이 닿았다. 그는 은서의 손을 한참이나 매만지다 놓아주었다.

시야에 드러난 은서의 약지에는 조금 전까지 없던 반지가 끼워져 있었다.

"선물."

내 거라고 이름 쓰는 대신 주는 거야. 작게 덧붙이는 목소리가 달콤했다. 시선을 마주한 채로 잠시 그의 얼굴을 물끄러미 바라보던 그녀가 두 눈을 살포시 접으며 미소 지었다.

곧 자리에서 일어나 그를 향해 허리를 살짝 숙이며 손짓했다. 자신에게 가까이 오라는 신호 같아 원우가 앉은 자세로 몸을 숙였다.

식탁 위를 두 손으로 짚은 그녀가 고개를 좀 더 숙여 그의 입에 쪽, 입을 맞췄다.

"고마워요."

그 작은 행동 하나에도 그의 얼굴은 금세 행복으로 물들었다. 시선을 맞춘 두 사람은 약속이라도 한 것처럼 동시에 웃음을 터뜨렸다.

추운 겨울의 끝자락. 사랑과 행복으로 물든 두 사람의 모습은 겨울이라는 것을 잊을 정도로 달콤한 온기로 가득했다.

❊　　❊　　❊

원우는 꽤 어린 시절부터 시간이 날 때면 할아버지와 바둑을 두었다. 일상에서의 상념을 없애기에 바둑만큼 좋은 것이 없었고, 집중력을 기르기에도 좋았다.

오늘은 오랜만에 할아버지와 단둘이 마주 앉아 바둑을 두고 있었다. 손에 든 백돌을 어디에 놓을지 고민하던 원우가 마음을 정하고 왼쪽으로 손을 움직인 순간이었다.

"원우 너, 맞선은 생각해 본 게야?"

잊고 있던 화제가 다시 떠올랐다. 그는 잠시 시선을 들었다가 백돌을 제 위치에 가져다 놓았다.

돌아오는 답이 없자 조부는 흑돌을 손에 들며 탐탁지 않은 얼굴을 했다.

"어서 너도 안정적으로 가정을 꾸려야 할 게 아니냐. 내가 여태 말은 안 했지만, 언제까지 일에만 매달릴 게야."

"끝나고 말씀드리겠습니다."

대답과 동시에 흑돌이 바둑판 위에 놓였다. 그 뒤로는 오가는 대화 없이 조용한 분위기 속에 돌을 놓는 소리만 들렸다. 바둑은 원우의 승리로 끝이 났다.

"할아버지."

"그래, 이제 말해 봐라. 어쩔 생각인 게야."

"저, 만나는 사람 있습니다. 결혼까지 생각하고 있는 사람입니다."

생각지도 못한 답에 조부는 놀란 얼굴을 했다. 티를 내지 않으려 했지만 주름진 얼굴에는 이내 기쁜 기색이 묻어났다.

"그런 사람이 있어?"

"네."

"그럼 진작 말을 할 것이지, 왜 이리 뜸을 들였어."

"재능 있는 사람이고, 하고 싶은 일에 대해 확고한 꿈도 있는 사람이라 당장에 결혼할 생각은 없어 말씀드리지 않았습니다."

그의 얼굴은 그 어느 때보다 진지했다. 평소의 장난기나 가벼운 모습은 찾아볼 수 없었다.

"저 좋은 집안과 맺어 주시려고 여기저기 혼처 알아보신 거압니다. 서연모직처럼 재벌도 아니고, 이름만 대면 알 만한 집안의 여식도 아닙니다."

잠시 말을 멈춘 원우를 보며 조부가 고개를 끄덕였다.

"계속해라."

"저처럼 부모님이 안 계십니다. 저야 할아버지가 계셔서 어려운 거 힘든 거 모르고 컸지만, 혼자라서 상황이 어려웠을 텐데도 참 곧게 잘 자란 아가씨입니다. 자기 일 열심히 하고, 노력할 줄 아는 평범한 아가씨입니다."

고아라는 이유로, 집안이 차이가 난다는 이유로, 혹시라도 은서가 상처 받는 일이 없기를 바랐다.

고개를 숙인 채로 말을 잇던 원우가 이내 조부의 얼굴을 마주했다.

"동명제화 나가 에일린 차리려고 했을 때도 할아버지가 탐탁지 않게 생각하신 거 압니다. 그래도 믿어 주시고 투자해 주신 것도 압니다. 그래서 더 보란 듯이 성공해 보이고 싶었습니다."

"……."

"이번에도 믿어 주셨으면 합니다. 제가 선택한 사람입니다.

행복하게 잘살 수 있습니다."

긴장한 듯 허벅지 위에 올려둔 그의 손에 힘이 들어가 있었다.

'저 녀석이 평생 안 하던 긴장을 다 하고.'

그 모습에 조부의 입가에 희미한 미소가 그려졌다.

워낙 어린 시절부터 원우를 키웠던 조부는 아직까지도 그가 아이처럼 느껴질 때가 많았다.

처음 보는 손주의 모습이 신기했고, 이제 정말 다 컸구나 하는 생각도 들었다.

"내가 언제 원우 네 녀석이 하는 일에 반대한 적 있었냐. 반대한다 해도 네가 안 할 놈이야?"

"……."

"언제 한번 데려와 봐라. 아무리 당장은 결혼 생각이 없어도 네놈을 여태 키워 줬는데 나한테 인사는 시켜야 할 게 아니야. 식사라도 한번 하자꾸나."

"네, 할아버지."

"맞선 이야기 오간 건 없던 일로 할 테니, 할 말 다 했으면 그만 나가 봐라. 쉬어야 내일 또 출근하지."

"그럼 올라가 보겠습니다."

자리에서 몸을 일으킨 원우가 방을 나서 2층으로 올라가는 계단을 밟았다. 방에 들어선 그는 침대 위에 그대로 풀썩 누워 버렸다. 거짓말처럼 긴장이 탁 풀렸다.

띠링—

얼마 지나지 않아 조용한 방 안에 문자 메시지 알림 음이 울렸다. 손을 뻗어 휴대전화를 손에 든 그의 입가에 어느새 미소가 자리 잡았다.

〈새로 개봉한 영화가 보고 싶어요. 근데 이원우도 보고 싶으니 덤으로 와 주셨으면 해요.〉

그는 망설일 것도 없이 몸을 일으켰다. 코트를 챙겨 입고 방문을 나서며 문자를 다시 확인했다.

"덤이라니."

실소에 가까운 웃음을 터뜨리면서도 혹여나 은서가 기다릴까 싶어 걸음은 점차 빨라졌다.

"역시 조련당하는 것 같은데."

작게 중얼거리는 그의 목소리에 행복이 물씬 묻어나 있었다.

—fin

작가 후기

　일 년에 두 작품씩은 꾸준히 쓸 수 있었으면 좋겠다고 생각했는데 2014년의 끝자락에 이렇게 새로운 이야기로 인사를 드리게 되었습니다.

　늘 그렇듯 작업을 하는 동안은 힘들지만, 열심히 다듬고 매만진 이야기가 새 옷을 입고 세상에 나올 때가 되면 힘들었던 만큼 기쁨도 배로 찾아오는 것 같습니다.

　파란 구두로 시작해 파란 구두로 끝을 맺은 원우와 은서의 이야기가 읽으시는 분들에게 작은 즐거움을 드리길 바랍니다.

　부족한 사람이라 많은 분들의 도움을 받고 있습니다.

　늘 곁에서 아낌없는 조언해 주는 지원 언니, 부족한 저를 항상 응원해 주시는 카페 분들, 그리고 제 글이 이렇게 멋진 옷을 입고 세상에 나올 수 있게 도움 주신 봄 미디어 출판사 분들께 감사 인사드립니다.

　이제 완연한 겨울이 찾아오려는 모양인지 날이 상당히 춥습니다. 건강 유의하시고, 늘 행복한 일만 가득하시길 바랍니다. 감사합니다.

2014년 끝자락에 이노 드림.

Hidden track I
그날 밤 그들에겐 무슨 일이 있었는가

그날은 아침부터 기분이 좋지 않았다.

출근 전 잠시 들를 수 있으면 들르라는 보라의 연락을 받고 오픈도 하지 않은 카페로 향했던 은서의 기분은, 보라에게 작은 봉투 하나를 건네어 받은 순간부터 저기압으로 변했다.

"서재하, 귀국한 모양이더라. 너 이사하고 연락처까지 바뀌어서 우리 엄마 카페로 찾아온 거 같은데, 너한테 이거 전해 주라고 하면서 두고 갔대."

봉투를 쥔 은서의 손에 힘이 들어갔다. 하얀 봉투가 그녀의 손안에서 잔뜩 구겨졌다.

"안 받으려고 했는데, 무작정 두고 갔나 봐. 내가 그냥 버릴까 하다가 그래도 너한테 말은 해 줘야 할 것 같아서 불렀어."

그녀는 보라의 앞에서 봉투 안의 내용물을 꺼내어 보지 않았다.

이런 일로 귀찮게 만든 것 같아 미안하다는 말을 남기고 카페를 벗어나 에일린으로 향했다. 출근하자마자 백만 내려놓고 곧장 화장실로 향한 은서는 그제야 봉투를 열어 보았다.

"……추천서?"

봉투 안에 담긴 내용물을 확인한 은서는 뭔가로 머리를 세게 맞은 것처럼 한동안 정신을 차리지 못했다. 뒤이은 것은 분노였다.

디자인 유출이란 누명을 씌워 가며 나인에서 내쫓고, 3년간 디자인 일을 하지 못하도록 만들었던 서재하가 직접 써 준 추천서를 마주한 은서는, 끓어오르는 분노에 뒷목이 당기는 느낌이 들었다.

손을 들어 몇 차례 뒷목을 주무른 은서가 봉투를 구기듯 주머니 안에 밀어 넣었다.

"미친놈. 이제 아주 본격적으로 미친 짓을 하네."

구두 판매원 일을 하며 그 긴 시간을 버텼다. 서재하는 아무래도 자신의 능력을 얕잡아 본 모양이었다.

스스로 재기에 성공하리라고는 예상하지 못한 건지, 3년 만에 한국으로 들어오자마자 이따위 추천서를 보냈다.

"내가 무슨 버림받은 비련의 여주인공처럼 일도 못 하고 슬픔에 잠겨 사는 줄 알았나 보지?"

혼잣말을 중얼거리며 은서는 아득 이를 갈았다. 서재하는 자신이 공모전을 통해 에일린에 입사했으리라고는 상상도 하지 못할 것이다.

같은 업계이니 언젠가 서재하의 얼굴을 한 번쯤 보게 될 수도 있었다. 잔뜩 일그러질 그의 얼굴을 떠올리니 그나마 마음이 좀 풀리는 것 같았다.

문을 열고 밖으로 나선 은서는 출근 시간이 다 되었다는 것을 확인하고는 서둘러 사무실로 걸음을 옮겼다.

주머니 안에 넣어 둔 추천서에 대한 것은 어느새 완전하게 잊은 채였다.

"은서 씨, 오늘 디자인 부서 전체 회식 있는 거 알지?"

"네."

서류를 들고 복사기 쪽으로 걸음을 옮기던 은서의 곁으로 현정이 다가섰다. 공모전을 통해 이번에 에일린에 입사한 신입 디자이너는 은서를 포함해 총 네 명이었다.

첫 출근 후 지금까지는 업무를 익히느라 정신없이 바빴다. 그러다 보름 만에 신입 사원 환영회를 겸한 회식이 잡혔는데, 그게 바로 오늘이었다.

"숙취 해소제라도 미리 사 둬. 디자인부, 다들 주당이야. 그중에서도 특히 우리 팀이 최고고."

현정의 말에 은서가 웃음으로 대답을 대신했다. 은서는 주량이 약한 편이 아니었기에 저녁에 잡힌 회식 자리에 대해 크게 걱정하지 않았다.

하지만 몇 시간 뒤, 그녀는 그것이 자신의 착각이라는 것을 깨달았다. 생각했던 것보다 회식에서 그녀가 마셔야 할 술의 양은 엄청났다.

'아, 너무 많이 마셨는데.'

디자인부는 총 세 개의 팀으로 이루어져 있었고 에일린 내에서도 가장 많은 인원이 배정된 부서였다.

다른 부서에서 몇 명이 얼굴을 비치고 갔지만 인원이 하도 많아 누가 왔다 갔는지 모를 정도로 회식 자리는 정신없었다.

이곳에 오기 전, 현정에게 팀별 회식은 자주 할 수 있지만 전체 회식은 자주 하지 않는다는 설명을 들은 은서는 그 이유를 충분히 납득할 수 있을 것 같았다.

현정이 채워 준 잔을 한 번 더 비워 낸 은서가 홍조 띤 자신의 볼을 매만졌다. 손등에 닿은 볼의 뜨거움으로 열이 올라 있는 걸 확연하게 알 수 있었다.

은서는 대체 이 회식이 언제 끝나는 건가 싶어 주변을 둘러봤다.

전체 회식의 가장 큰 피해자는 역시 신입 사원이었다. 팀원들이 주는 술을 마시고, 상사가 주는 술을 마시고, 같은 팀뿐만 아니라 다른 팀의 입사 선배들이 주는 술까지 마시고 또 마셨다.

은서야 주량이 센 편이라 지금까지 버텼다지만 신입 디자이너 중 주량이 약한 두 명은 이미 시체처럼 구석에 몸을 웅크린 채로 쓰러져 있었다.

"은서 씨~"

콧소리를 내며 현정이 은서에게 매달렸다. 어깨를 붙잡은 채 몸을 흔들자 현정의 움직임을 따라 은서의 몸도 속절없이 흔들렸다.

이미 취기가 오를 대로 오른 상태였다. 머리가 어지럽고 속이 메슥거려 구역질이 나올 것 같아 은서는 급하게 자리에서 일어섰다.

"은서 씨, 어디 가?"

"화, 화장실 좀 다녀올게요."

간신히 대답을 건네고는 손을 들어 입을 막은 채 급하게 화장실로 향했다. 술잔이 닿는 소리와 웃으며 떠드는 목소리들이 점차 멀어졌다.

화장실 안으로 들어서자 귓가를 울리던 소음이 대부분 사라졌다.

차가운 물에 손을 씻고 몇 차례 호흡을 가다듬자 어지럼증이 조금 나아지고 메슥거렸던 속도 가라앉았다.

"바로 옆에 편의점 있었던 것 같은데."

현정의 말대로 숙취 해소제를 미리 사 뒀어야 했다는 후회가 물밀듯이 밀려들었다.

화장실을 나와 자리로 돌아가려던 은서는 지금이라도 하나 사서 마셔 둘까 싶어 방향을 틀고 건물 밖으로 나섰다.

점심에 커피를 사 먹고 남은 지폐 몇 장을 주머니에 넣어 둔 것이 기억나 바지 주머니 안으로 손을 밀어 넣었다. 역시 손끝에 지폐가 걸렸다.

은서는 주머니 안으로 손을 더 깊이 집어넣고 손끝에 걸리는 지폐를 전부 끄집어냈다.

툭, 하는 둔탁한 소리와 함께 바닥에 무언가가 떨어졌다. 은서의 손에는 천 원짜리 지폐 두 장과 오천 원짜리 지폐 한 장이 쥐어져 있었다.

돈을 꺼내었지만 은서는 마치 시간이 멈춘 것마냥 가만히 인도 위를 내려 봤다.

"너한테 이거 전해 주라고 하면서 두고 갔대."

아, 잊고 있었는데.

은서의 손에 들린 지폐가 힘없이 구겨졌다. 짧게 한숨을 내쉰 그녀는 천천히 그 자리에 무릎을 굽히고 앉아 바닥에 떨어진 봉투를 주워 들었다. 엉망으로 구겨진 봉투가 다시 손에 쥐어졌다.

그리고 고개를 든 순간, 도로 건너편에 세워진 건물의 전광판에 하필이면 나인 광고가 떡하니 모습을 드러냈다.

'타이밍도 기가 막히지.'

은서는 쓴웃음을 지었다. 정말 다 잃었다고 생각했지만 그녀는 악착같이 3년이라는 긴 시간을 잘 버텨 냈다.

그뿐인가. 착실하게 준비해 공모전에서 대상을 받아 에일린에 입사까지 해냈다. 그럼에도 마음에 커다란 구멍이 난 듯, 이렇게 한없이 무너지는 느낌이 들 때가 있었다.

작년 이맘때쯤에도 한 번 크게 눈물을 쏟아 낸 적이 있었는데, 그날도 오늘처럼 술에 취한 상태였다.

보라 앞에서 창피한 줄도 모르고 엉엉 소리 내어 눈물을 쏟았다. 아무래도 술이 사람을 약하게 만드는 모양이었다.

"차은서 씨 집과 동일한 아이피에, 디자인 도안을 메일로 발송한 기록에, 거기다 통장으로 입금된 돈까지. 이래도 잡아뗄 거예요? 사람이 돈에 이런 식으로 양심을 팔고 말이야. 돈 때문에 몇 년을 같이 일한 팀원들 뒤통수까지 치다니, 부끄러운 줄 알아요."

3년이 지나도 잊을 수 없는 그 말이 귓가에 맴도는 듯했다. 은서가 이를 악물었다가 이내 헛웃음을 터뜨렸다.

"뒤통수는 내가 아니라 서재하가 쳤지. 그것도 아주 세게."

혼잣말로 작게 중얼거리고는 자리에서 몸을 일으켜 세웠다. 손에 쥐고 있던 지폐는 모두 주머니 안으로 다시 구겨 넣었다.

숙취 해소제도 사지 않고 다시 걸음을 돌린 은서는 가게 안의 휴지통에 추천서가 담긴 봉투를 버렸다.

제대로 휴지통에 들어가지 못한 봉투가 밖으로 흘러내려 바닥에 떨어진 것을 보지 못한 채 그녀는 자신의 자리로 돌아갔다.

그것을 팀장 정환이 보고 며칠 후 다시 그녀에게 가져다주리라고는 상상도 못 한 채로 말이다.

"와~ 대표님 최고!"

자리에 앉으려던 은서는 큰 함성과 박수 소리에 소리가 들려온 방향으로 고개를 돌렸다.

'대표? 에일린 사장?'

안 그래도 나갈 때보다 조금 더 소란스럽다고 생각했는데 자리를 비운 새에 에일린 대표 이원우가 참석한 모양이었다.

사람들 사이로 스치듯 그의 얼굴이 보였다. 입사하고 보름간 가장 많이 들은 말이 에일린 대표 이원우에 관한 소문이라 그런지, 얼굴을 처음 보는 것임에도 불구하고 멀리 앉은 저 남자가 친근하게까지 느껴졌다.

'그중에서도 가장 많이 들은 말이 괴짜, 그리고 미남이었지.'

은서는 다시 이원우에게 힐끗 시선을 주었다. 사람들 틈에 섞여 얼굴이 잘 보이지 않았지만 스치듯 본 것만으로도 알 수 있었다. 잘생기긴 했다.

"대표님, 또 걸리셨네요. 자, 폭탄주 갑니다."

팀장을 포함한 디자인 부서 몇 명이 이원우와 게임을 하고 있었다. 다들 짜고 치는 게 눈에 확 보였고 게임을 할 때마다 벌칙자로 걸리는 사람은 이원우였다.

듣기에 디자인 부서 팀장 두 명이 에일린 대표의 죽마고우라고 했는데, 오늘이 기회다 싶어 술을 엄청 먹인 모양인지 이원우의 앞에는 벌써 빈 술병들이 즐비했다.

그럼에도 사람들 사이로 보이는 이원우의 모습은 멀쩡했다. 마치 술 한 모금도 입에 대지 않은 것처럼.

하지만 그녀는 곧 그것이 자신의 착각이라는 걸 알았다.

얼굴과 말투에서는 하나도 티가 나지 않는 것에 비해 그는 실수로 잔을 쓰러트리거나 간혹 몸의 균형을 제대로 잡지 못했다.

은서와 비슷했다. 술에 취해도 표정이나 말투만으로는 술에 취한 것인지 아닌지 잘 구분이 되지 않는 사람이었다.

은서는 그에게 짧게 시선을 줬다가 다시 관심을 거둬 냈다. 우울해진 마음은 이상하게 회복되지를 않았다.

한번 우울해지기 시작하니 정말 끝이 없었다. 팀원들이 떠들고 웃는 모습은 마치 자신과는 상관없는 타인의 일 같았다.

그녀는 홀로 술잔을 기울이고 또 기울였다. 주량이 센 편이라지만 은서 생에 그렇게 많은 술을 마셔 본 것은 처음 있는 일이었다.

하나둘씩 자리를 뜨기 시작하는 팀원들의 모습에 은서도 눈치를 보다 조용히 자리에서 일어섰다. 표정에는 드러나지 않았지만 이미 그녀는 만취한 상태였다.

가게를 벗어나자 여름밤의 후텁지근한 공기가 피부에 닿았다.

은서는 비틀거리며 걸음을 옮겼고, 가게에서 어느 정도 멀어졌다 싶을 때쯤 택시를 잡기 위해 도로 쪽으로 움직였다.

그러다 손에 쥐고 있던 백을 떨어트리고 말았다. 백 안에 들어 있던 물건들이 바닥에 와르르 쏟아졌다.

"아이씨, 이건 또 왜 쏟아지고 그래애."

속상함이 그대로 드러난 얼굴로 은서는 무릎을 굽히고 자리에 앉았다. 땅이 자꾸만 움직였다. 엎어지지 않기 위해 바닥을 손으로 짚었다.

그 상태로 이리저리 흩어진 물건들을 하나씩 백에 주워 담던 그녀가 마지막으로 손에 쥔 것은 에일린 로고가 새겨진 사원증이었다.

"어라?"

은서가 힘주어 사원증을 당겼다. 하지만 사원증은 백 안에 들어가질 않았다.

다시 한 번 확 잡아당겨 봐도 사원증은 스프링처럼 은서가 있는 쪽을 향해 당겨졌다가 다시 제자리로 돌아갔다.

은서가 두 눈에 힘을 줬다.

사원증 끝을 다른 누군가가 쥐고 있는 것을 알게 된 그녀는 천천히 고개를 들어 자신 앞에 마주 앉은 남자의 얼굴을 바라봤다.

시야가 흐려진 탓에 남자의 얼굴이 잘 보이지 않았다. 은서는 제 앞에 앉은 남자가 에일린 대표 이원우인 것을 알아보지 못했다.

"이거 제 거예요."

"내 건데."

"무슨 소리예요? 내 거라니까."

이원우가 사원증을 잡지 않은 다른 손으로 에일린 로고를 당당하게 가리켰다.

"에일린은 내 거라니까."

어린 시절에는 자신의 모든 물건에 이름을 써 놨을 정도로 자기 물건에 강한 집착을 가지고 있는 원우였다. 그런 그가 만취한 상태로 밖으로 나와 보니, 땅바닥에 에일린 로고가 그려진 사원증이 떨어져 있었다.

술에 취한 원우의 눈에는 은서의 사진보다 에일린 로고가 더 선명하게 들어왔다. 그것만이 뇌리에 박혔다.

에일린은 자신이 세운 회사였고 자신의 것이었다. 고로 에일린 로고가 새겨진 이것은 자신의 것이었다. 그게 술에 취한 이원우의 논리였다.

"좋은 말로 할 때 놔. 내 거 건드린 사람치고 멀쩡한 사람이 없었어."

"이거 내 거라니까요."

은서는 사원증을 쥔 손에 힘을 주었다. 하지만 원우 역시 손에 힘을 풀지 않았다.

겉으로 보기에는 두 사람 모두 술에 취한 모습이라고는 생각할 수 없을 정도로 멀쩡해서 주변을 지나가는 사람들은 그저 사소한 말다툼을 하는 것으로 생각하고는 잠시 시선을 줬다가 다시 거둬 냈다.

'뭐 이런 자식이 다 있어?'

은서가 젖 먹던 힘을 다해 사원증을 뺏으려 했다. 그때 원우가 사원증을 놓쳤고 은서는 그로 인해 뒤로 넘어져 엉덩방아를 찧었다.

퍽 소리가 났다. 문제는 그게 은서한테서 난 소리가 아니라 원우한테서 난 소리였다는 점이다.

균형을 잃은 은서가 넘어지지 않기 위해 중심을 잡으려 허공에 팔을 휘둘렀는데, 하필 그 손이 이원우의 머리를 때렸다.

제법 큰 소리와 함께 원우의 고개가 돌아갔다. 그는 조금 전까지 사원증을 잡고 있던 손을 들어 맞은 머리를 매만졌다.

"……지금 나 쳤어?"

"아니요."

은서는 1초의 망설임도 없이 태연하게 고개를 가로저으며 대답했다. 너무 뻔뻔한 오리발에 원우가 헛웃음을 터뜨렸다.

은서가 자리에서 벌떡 일어섰다. 돌아서서 도망치려 했다. 하지만 원우가 그녀의 어깨를 잡아 돌려 세웠다. 마주 본 상태에서 은서는 발버둥을 쳤다.

"어딜 가."

"이거 놔요."

"그거 주고 가."

"내 거라니까!"

금방이라도 넘어질 듯, 구두를 신은 채 위태롭게 비틀거리며 발버둥 치던 은서가 갑작스레 움직임을 멈췄다.

속이 메슥거렸다. 가라앉은 줄 알았던 토기가 다시 치밀었고 잠시 숨을 멈췄다.

원우는 발버둥 치던 은서가 갑자기 왜 이러나 싶어 긴장했다. 그리고 불안한 느낌에 손을 떼어 내려는 순간…….

"우웩."

경쾌한 소리와 함께 옷 위가 축축해졌다. 원우는 믿을 수 없다는 얼굴로 아래를 내려다봤다. 상황 판단을 할 시간도 없이 은서가 웩, 다시 한 번 소리를 냈다.

두 사람은 근처 호텔로 들어섰다. 도망치려는 은서를 붙잡은 원우가 여기까지 데려온 것이었다.

이원우의 자기 물건에 대한 애착은 지나칠 정도로 대단했고, 사원증에 대한 권리 주장이 끝나지 않았기 때문에 그녀를 이대로 돌려보낼 생각이 없었다.

"너, 여기 꼼짝 말고 있어."

지은 죄가 있는 은서가 힘없이 고개를 끄덕였다.

"도망가기만 해."

그가 다시 한 번 엄포를 놓았다. 은서가 재차 고개를 끄덕였지만 그녀의 얼굴에는 너 욕실 들어가면 난 도망갈 거야, 라는 의지가 드러나 있었다.

원우는 주변을 둘러보다 멀리 갈 것도 없이 자신의 목에 감긴 넥타이를 풀어냈다.

쭈그려 앉아 있는 은서의 한쪽 손을 들더니 그것으로 손목을 묶었다. 술에 취한 탓에 몇 차례 손이 엇나가 생각만큼 잘 묶이지 않았다.

그래도 풀리지 않을 정도가 되었다 싶을 때쯤 나머지 한쪽을 침대 헤드 쪽의 긴 장식에 묶어 두었다.

은서가 미간을 좁혔지만 그는 개의치 않고 엉망이 된 셔츠를 털어 내며 욕실 안으로 들어갔다.

침대 옆 바닥에 주저앉은 은서는 주변을 둘러봤다. 도망갈까?

묶인 손을 풀려 했지만 쉽지 않았다. 억지로 당겨도 넥타이는 팽팽해질 뿐, 손목을 더욱 압박해 아프기만 했다.

몇 차례 그러고 나니 더는 움직일 힘이 없었다. 일단 좀 쉬어야 할 것 같아 그녀는 도망가는 것도 포기하고 엉금엉금 기어가 물을 하나 꺼내 마시려 했다.

하지만 그마저도 손이 닿지 않았다. 그녀는 원우가 나오면 꺼내 달라고 할 생각으로 얌전히 그를 기다렸다.

물소리가 나는 욕실 문을 한참이나 바라보던 은서가 바닥에 떨어져 있는 사원증을 발견했다. 그녀는 억울하다는 듯 울먹였다.

"이거 진짜 내 건데."

손에 꼭 쥔 사원증을 서둘러 백 안으로 감추려던 그녀는 갑작스레 사원증을 바닥에 내려놓고는 가방 안에서 드로잉북을 꺼내어 들었다.

　그사이 욕실에서 들려오던 물소리가 사라졌다.

　은서는 드로잉북을 한 장씩 넘겨 보다 그걸 아예 바닥에 내려놓고 그 위에 두 발을 딛고 섰다. 마치 드로잉북 안의 구두를 신어 보는 것처럼.

　한 장을 넘기고 그 위에 올라서고, 또 한 장을 넘기고 그 위에 올라서는 행동을 반복했다. 그러다 계속 움직이기는 힘든 건지 자리에 주저앉아 종이를 넘기며 얌전히 디자인을 보았다.

　"그거 네가 그린 거야?"

　침묵을 깬 음성에 은서가 고개를 들었다. 은서는 깨닫지 못했지만 원우가 욕실로 모습을 감춘 뒤 벌써 시간이 꽤 흘러 있었다.

　물에 젖은 셔츠가 그의 손에 들려 있었다.

　바지는 더러워진 부분만 물로 살짝 닦아 내고, 상태가 심각했던 셔츠는 아예 벗어서 헹궈 낸 상태라 그는 지금 위에 아무것도 입지 않고 있었다.

　물기를 제대로 짜내지 않아 셔츠에서는 물이 뚝뚝 흘러내렸다.

　상반신을 그대로 드러낸 모습으로 욕실을 나선 원우는 팔짱을 낀 채로 은서가 하는 행동을 가만히 지켜보고 있었다.

　"네가 그린 거냐고."

　은서에게서 대답이 없자 원우가 바닥에 놓인 드로잉북을

빼앗으려 했다. 은서가 드로잉북을 잡은 손에 힘을 주며 소리쳤다.

"내 디자인이에요!"

사원증으로도 모자라 이것도 뺏어 가려나 싶어 은서가 다급하게 소리쳤다. 그녀의 답에 원우는 젖은 셔츠를 아무렇게나 내려 두고 그 앞에 주저앉았다.

"어디 좀 봐."

"싫어."

"싫어?"

원우가 물에 젖은 셔츠를 다시 손에 들었다. 그리고 은서가 보는 앞에서 그 셔츠를 있는 힘껏 짜냈다. 주르륵, 셔츠에서 떨어진 물이 바닥을 흥건하게 적셨다.

"미안하지?"

은서는 고개를 가로저었다.

"안 미안해?"

"……조금 미안한 것도 같고."

"잠깐만 볼게. 보고 주면 되잖아."

"그럼……."

은서가 뭔가를 말하려다 머뭇거렸다. 원우를 힐끗 쳐다보더니 눈치를 보며 말했다.

"열중쉬어 하고."

"뭐?"

"이렇게 열중쉬어 하고 봐요. 손대지 말고."

은서가 손을 등 뒤로 대며 직접 시범까지 보여 줬다.

원우가 어이없다는 표정을 했지만 그래도 디자인은 보고 싶은지 곧 그녀를 따라 열중쉬어 자세를 취했다. 은서는 그제야 원우의 앞에 드로잉북을 내려놓았다.

그녀는 불안한 건지 모서리를 잡은 채 예의 주시하고 있었고, 원우는 말없이 한참이나 디자인을 내려 보았다.

술에 취한 탓에 시야가 흐린 건지, 고개를 세차게 가로저었다가 다시 뚫어져라 내려다보는 행동을 반복했다. 그러다 그는 그녀를 향해 드로잉북을 눈짓으로 가리켰다.

"다음 장."

은서가 그의 말대로 종이를 다음 장으로 넘겼다. 한동안 그 행동이 반복되었다. 그렇게 마지막 장까지 확인한 원우가 아쉽다는 얼굴을 했다.

"이게 다야?"

"집에 더 많아요."

"너 실력 있네."

원우의 말에 은서가 경계를 풀고 웃었다. 아주 해맑게 말이다.

"그럼요. 내가 얼마나 많이 그렸는데."

하지만 그녀는 곧 우울한 얼굴을 했다. 오늘 만취할 정도로 술을 마시게 된 이유이자, 우울함의 원인인 서재하의 추천서를 떠올렸기 때문이었다.

"진짜 많이 그렸는데. 종이로 희생된 나무한테 미안해야 할 정도로 정말 많이 그렸는데. 그렇게 노력했는데."

"……."

"나쁜 놈. 어떻게 나한테 이럴 수가 있어. 흑, 개자식."

갑작스레 복받친 감정에 눈물이 뚝뚝 흘러내렸다. 떨어진 은서의 눈물이 종이를 적셨다. 억울하고 분하고, 외롭고 슬픈 감정이 한꺼번에 복받쳤다.

괜찮다고, 이런 일쯤은 아무것도 아니라고 스스로 세뇌하듯 자신을 다독였지만 사람에게 배신당한 마음은 쉽게 아물지 않았다.

한참을 울던 은서는 코끝을 훌쩍이며 이원우를 바라봤다. 원우는 평소에도 여자의 눈물에 약한 편이었다.

술에 취하니 우는 은서가 그렇게 안쓰러울 수 없었다. 사원증을 두고 싸우다 여기까지 온 것은 어느새 다 잊은 얼굴이었다.

원우가 손을 들어 은서의 볼에 흐른 눈물을 닦아 주었다.

은서의 얼굴이 작은 건지, 원우의 손이 큰 건지, 슥슥 두어 차례 닦아 줬을 뿐인데 볼에 있던 눈물 자국이 다 지워졌다.

"목."

"뭐?"

"끅, 말라요."

은서가 원우의 팔을 잡고 애처롭게 말했다.

"목말라요, 흑. 저 물 좀 주세요."

꼭 살려 주세요, 하고 말하는 것 같아 원우는 순간 자신이 나쁜 짓을 한 듯한 기분이 들었다. 순순히 자리에서 일어나 생수병 하나를 꺼내어 은서에게 건네주었다.

하지만 제대로 뚜껑을 열지 못해 은서가 또 울먹였다. 돌려야 할 방향이 아닌 반대로 뚜껑을 돌리고 있었다. 원우가 생수병을 빼앗아 뚜껑을 열어 주었다.

"자, 마셔."

"감사합다."

은서는 예의 바르게 고개를 꾸벅 숙여 인사를 하고는 생수병을 건네받았다. 그제야 그의 눈에 묶여 있는 팔이 보였다.

그 모습에 원우가 피식 웃음을 터뜨리고는 한쪽 손목을 묶었던 넥타이를 풀어 주었다. 손이 자꾸 엇나가 한참이 걸렸다.

넥타이를 다 풀어내고 나서야 물을 잔뜩 흘리고 먹는 은서를 발견한 그는 생수 병을 직접 손으로 들어 입술 위로 기울여 주기까지 했다.

물을 마시니 살 것 같다는 얼굴을 한 은서는 생수병을 한쪽에 내려놓고 다시 드로잉북을 내려다봤다. 갈증이 해소되니 또 감정이 복받쳤다. 두 눈에 눈물이 가득 고였다.

은서는 눈에 수도꼭지라도 틀어놓은 것마냥 계속해서 울었다. 끅끅거리다 소리를 참고 눈물만 뚝뚝 흘렸다.

원우는 그런 은서가 안쓰럽다가도, 신기한 건지 아예 턱을 괸 채 그녀의 얼굴을 감상하듯 바라봤다.

'그러고 보니, 닮았나?'

울고 있는 은서의 모습을 바라보며 그는 어린 시절 죽은 자신의 누나를 떠올렸다.

원우에게는 아홉 살 차이 나는 누나가 있었다. 사고는 원우가 아홉 살, 그리고 그의 누나인 연우가 열여덟일 때 일어났다.

나이 차이가 많이 났지만 연우는 항상 원우와 함께 놀아 주었고 누구보다 상냥한 누나였다.

원우는 그런 연우가 우는 것을 손에 꼽을 수 있을 정도로만 봤는데, 그때마다 연우는 꼭 은서처럼 울었다.

속상한 일이 있을 때면 홀로 방 안에 숨어 바닥에 주저앉아, 소리도 잘 못 내고 끅끅거리며 눈물을 흘렸다.

'우는데 예쁘네.'

선명하게 보였다가 흐릿하게 보이는 은서의 얼굴을 자세히 보기 위해 원우가 눈에 힘을 줬다. 은서가 뒤늦게 그것을 알아채고는 울면서 바닥에 떨어진 사원증을 향해 손을 뻗었다.

"끅, 이거 진짜 제 거예요. 흑."

혹여 이원우가 훔쳐 가기라도 할까 싶은 건지 품 안에 그것을 꼭 쥐고 말하면서도 은서는 계속 울었다.

그 모습이 귀엽게 느껴져 원우는 헛웃음을 터뜨리며 은서를 좀 더 자세히 보기 위해 고개를 살짝 숙이고 물었다.

"왜 또 울어?"

원우가 안쓰러운 마음에 손을 뻗어 눈물을 닦아 주었다. 얼굴에 닿은 손을 힐끗 내려다본 그녀가 그 손의 주인을 가만히 바라봤다. 눈물이 맺힌 커다란 눈이 빠르게 깜빡였다.

"근데…… 그쪽 어디서 많이 봤는데."

은서가 울다 말고 사원증을 내려놓고는 손을 뻗어 이원우의 양 뺨을 감쌌다.

지척까지 얼굴을 들이미는 은서의 행동에 원우가 흠칫 놀라며 그녀의 뺨에 닿아 있던 손을 떼어 냈다.

"분명 어디서 봤는데."

바로 코앞에서 은서가 까만 눈망울로 원우를 바라보고 있었다.

"어디서 봤지?"

눈물로 촉촉이 젖은 눈가가 반짝거리는 것도 같았다.

"되게 잘생겼네."

울다 말고 은서가 배시시 웃었다.

"그만 울어."

분명 웃었는데 눈물이 흘러내린 모양이었다. 원우의 손이 다시금 은서의 눈가를 닦아 냈다. 스치듯 닿는 손길이 따뜻했고 그녀의 훌쩍임은 더 커졌다.

잊으려 했던 3년 전의 일이 다시금 은서를 옭아맸다. 마음에 커다란 구멍이 뚫린 기분이었다.

사랑했던 사람에게 배신당했고, 잘못된 일이라는 걸 알면서 그 누구도 자신을 위해 나서 주지 않았다. 세상에 홀로 남은 그때의 기분을 다신 느끼고 싶지 않았다. 그래서 마음의 문을 닫았다.

누구와도 다신 연애 따원 안 할 거라고, 사랑 따위 하지 않으리라고, 난 혼자라도 괜찮다고, 이제는 자신이 좋아하는 일에만 매달릴 거라고, 그리 생각했었다.

하지만 은서는 지금 외롭고 쓸쓸했다. 외롭다. 자신이 누군가를 사랑해 준 만큼, 자신도 온전하게 사랑 받고 싶었다. 눈물이 툭, 그의 손등 위로 떨어져 내렸다.

"……나도."

"……너도? 뭐?"

"……나도 사랑 받고 싶어."

원우의 뺨을 감싼 채 은서가 눈물을 뚝뚝 흘리며 그리 말했다. 바로 눈앞에서 물기 머금은 동그란 눈동자가 깜빡였다.

원우는 홀린 듯 은서에게 손을 뻗었다. 뒤통수를 감싼 손에 힘이 들어갔고, 멀어지려던 은서의 얼굴이 다시 원우를 향해 가까워졌다. 입술이 닿았다.

조금 가쁜 숨을 내쉬며 정신을 차렸을 때는 어느새 원우가 위에, 은서가 바닥에 깔린 상태로 서로를 바라보고 있었다. 그리고 다시 입술이 닿았다.

처음처럼 그저 입술만 닿는 수준이 아니었다. 파고든 혀가 은서의 입안을 애무했다. 입술을 빨아들이다 혀와 혀가 얽히고, 서로의 타액이 섞이며 질척이는 소리를 냈다.

다시 입술이 떨어졌을 때, 은서는 여전히 훌쩍이며 원우를 올려다보고 있었다.

"그만 울랬지."

울어서 눈가는 빨갛고, 입술 위에는 원우의 것과 뒤섞인 타액이 번들거렸다.

"……왜."

은서는 그리 물었다. 원우 역시 이유를 알 수 없었다.

'반한 건가? 그럴지도. 아, 그런 거 같아.'

이럴 수도 있는 건가 싶어 그는 픽 웃었다.

"너, 사랑 받고 싶다며."

은서의 손이 움찔 떨렸다. 그녀는 눈물이 잔뜩 고인 눈으로 그를 올려다보고 있었다.

"내가 줄게."

다시 입을 맞추며 원우가 은서의 셔츠 위에 손을 가져다 댔다. 이걸 풀면 진짜 멈추지 못할 것이다. 되돌릴 수 없다. 그럼에도 멈추고 싶지 않았다.

원우는 하고 싶은 일에, 그리고 자신이 결정한 일에 대해서는 망설임을 두지 않았다. 지금도 그랬다. 예뻐 보이니 만지고 싶었고, 만지고 싶으니 닿고 싶었다.

그럼 내뱉은 말에 책임지면 되는 거지. 그래, 책임지면 되는 거다. 그게 원우의 결론이었다.

"책임질게."

"……."

"반한 거 같으니까."

그가 천천히 은서의 눈가에 입을 맞췄다. 그 와중에도 은서는 계속 울었다. 원우의 목소리가 귓가에 간질거리듯 닿았다.

"반한 것 같다고."

은서가 두 눈을 깜빡이다 눈물 가득 고인 눈으로 웃었다.

"사기꾼. 아깐 내 사원증이 네 거라더니. 너 내 이름이나 알아?"

코앞에서 웃는 은서의 얼굴에 원우의 얼굴에는 반대로 웃음이 사라졌다. 커다란 손이 그녀의 뺨을 감쌌고 다시 입술이 닿았다. 원우는 소중한 걸 다루듯 은서에게 키스했다.

허락을 구하듯 몇 번이나 입을 맞췄다. 목소리는 사라졌고 질척이는 소리만이 그 공간에 울려 퍼졌다.

타인의 체온이 몸에 닿는 것이 얼마 만의 일인지 은서는 알 수 없었다. 따뜻했다. 소중한 것을 대하듯 조심스러운 손길에 그녀는 다시 눈물을 흘렸다.

피부에 닿는 손길에, 다정한 입맞춤에, 모든 걸 기대고 싶었다. 그녀는 정말 자신은 외로웠구나, 라는 것을 새삼 깨달았다. 누군가에게 사랑 받고 싶었던 것이다.

'하루쯤은 괜찮지 않을까. 누군가에게 사랑 받아도.'

은서가 원우의 목에 팔을 감았다. 그것이 신호가 된 것처럼 그도 더는 망설이지 않았다. 셔츠 안으로 원우의 손이 파고든 것은 그와 동시였다.

은서를 품에 안은 원우는 그녀를 침대 위에 내려놓았다. 곧장 입술이 내려앉았다. 맞닿은 입술 사이에서 질척이는 소리가 울렸다.

벗겨진 옷들은 바닥에 아무렇게나 흩어져 있었고 그녀는 애무를 받으며 계속해서 울었다. 원우가 은서의 눈가를 혀로 한 번 핥아 내고는 팔목의 연약한 피부 쪽을 깨물었다.

"흑, 그만 깨물어."

은서가 울며 소리쳤다. 원우는 은서의 몸 곳곳에, 빨고 깨문 흔적을 남겼다. 울긋불긋한 흔적들이 열상처럼 몸 곳곳에 남아 있었다.

그는 은서의 안에서 허리 짓을 빨리했다. 이미 한 차례 사정을 했지만 그는 멈추지 않았다. 은서의 몸이 속절없이 흔들렸다. 그렇게 원우가 절정에 올랐을 때, 그를 껴안았던 은서의 몸이 축 늘어졌다.

하지만 그게 끝이 아닌지 원우의 입술이 은서의 턱에 닿았다. 턱을 살짝 깨물고 목을 지나 다시 가슴으로 내려갔다.

도망가려는 은서의 한쪽 발목을 그가 붙잡았다. 은서가 뭐라 덧붙이려 하자 입술에 깊게 키스했다. 그리고 발목을 잡은 손에 힘을 주어 은서의 다리를 위로 밀어 올렸다.

한쪽 다리가 한껏 위로 접혀져 올라간 상태에서 원우는 좀 더 쉽게 그녀의 안으로 들어가 다시 허리를 움직였다.

눈이 마주쳤다. 이원우는 기분 좋은 얼굴을 하고 있었다. 너무 울어 붉어진 은서의 눈가를 다시 한 번 혀로 핥았다.

"하아. 너, 이름이 뭐라고?"

원우가 허리를 깊게 쳐 올리며 물었다. 은서가 대답을 하려다 말고 울었다. 가쁜 신음만 내뱉을 뿐 도저히 대답을 할 수가 없었다.

그는 은서의 손을 깍지 낀 채로 잡으며 벌어진 입술 사이로 다시 혀를 밀어 넣었다.

숨 쉴 틈도 주지 않고 그녀의 성감대를 건드리듯 입안을 탐하던 그가 입술을 떼어 내려 하자, 이번에는 반대로 은서가 원우의 혀끝을 찾았다.

닿을 듯 닿지 않아 애가 탄 듯 그녀가 손을 뻗어 원우의 머리를 끌어안아 자신을 향해 당겼다. 그 작은 행동에 원우의 움직임이 더 빨라졌다.

그녀를 품에 안은 채 빠르게 허리를 움직이던 그가 다시 한 번 절정에 올랐을 때, 그녀는 결국 의식을 잃었다.

원우 역시 은서의 옆으로 축 늘어진 채 쓰러졌다. 쓰러진 상태에서도 원우는 은서의 손을 놓지 않았다.

침대 위에 쓰러지듯 누운 원우의 눈에 색색 숨소리를 내며 잠든 은서의 얼굴이 박히듯 새겨졌다. 그는 웃으며 손을 뻗어 그녀의 눈가를 매만졌다.

"그래서."

시야가 흐려졌다.

"대체 네 이름이 뭔데."

그는 그대로 잠에 빠져 들었다. 결국 두 사람 모두 끝까지 서로의 이름은 듣지 못했다.

베개에 얼굴을 묻은 은서가 고개를 몇 번 움직이다 깨질 듯한 두통에 눈을 떴다. 그녀는 두 눈을 느릿하게 깜빡이다 손을 들어 이마를 짚었다.

"으, 머리야."

두통도 두통이지만 몸이 누군가에게 두들겨 맞은 것처럼 아팠다. 목소리도 다 갈라져 있었다.

은서는 제대로 눈도 뜨지 못한 채 주변을 더듬거리다 뭔가 낯선 온기가 손끝에 닿는 걸 느끼고는 그 정체를 확인하려 고개를 들었다.

판판한 누군가의 가슴팍이 눈앞에 있었다. 벗은 남자의 상반신이었다. 은서는 고개를 좀 더 들었다.

비명이 터져 나오려는 걸 간신히 참아 냈지만 그녀는 곧, 더욱더 경악스러운 감정을 얼굴에 담아냈다.

'……거짓말.'

뒤늦게 회식에 참석했던 에일린 대표 이원우가 옆에 누워 있었다. 그것도 실오라기 하나 걸치지 않은 채로.

놀란 그녀는 침대 아래로 추락하듯 떨어졌고, 몸에 감싸여 있던 이불도 함께 떨어져 내렸다.

그 덕분에 무엇 하나 걸치지 않은 원우의 몸이 그대로 은서의 시야에 노출되었다. 두 눈을 질끈 감았지만 이미 본 게 안 본 것이 될 수는 없었다.

잔뜩 붉어진 얼굴을 매만지다 원우가 깼는지 살폈다.

그는 깊이 잠든 건지 조금 뒤척이다 다시 고른 숨을 내쉬었다.

은서는 서둘러 이불을 손에 들었고 그것을 그의 몸 위에 덮어 주었다. 무척이나 조심스럽게 말이다.

마른침을 꿀꺽 삼킨 그녀는 빠르게 주변을 확인하고는 서둘러 옷을 찾아 입었다.

'미쳤어, 차은서. 이게 대체 무슨 짓이야.'

옷을 입자마자 그녀는 서둘러 한쪽에 떨어져 있는 드로잉북과 사원증을 백 안에 밀어 넣었다.

물밀듯이 밀려드는 혼란으로 손끝이 다 떨렸다. 짐을 챙기는 중에도 어제 일에 대해서는 조금도 기억이 나지 않아 더 초조했다.

일단 기척을 죽이고 조심스레 룸 밖으로 나서려는데, 침대 위에 누워 있던 이원우가 짧은 신음을 내며 움직이는 소리가 들렸다.

'안 돼!'

등골이 다 서늘해졌다. 은서는 다급한 마음에 구두를 손에 쥐고 호텔 실내화를 신은 채 룸을 빠져나왔다. 뒤도 돌아보지 않고 달렸다.

곧장 택시에 올라타 호텔에서 어느 정도 멀어지고 나서야 안도의 한숨을 내쉰 그녀는, 그러나 곧 망연자실한 얼굴을 했다. 그제야 중요한 사실을 깨달은 것이다.

"……내 구두."

손에 쥔 파란 구두가 하나뿐이라는 것을.

은서가 호텔을 빠져나간 후 두 시간이 더 지나고 나서야 눈을 뜬 원우는 잠시 멍한 얼굴로 허공을 바라보고 있었다.

눈을 뜬 곳이 어디인지 가늠하듯 눈동자를 굴리던 그는 곧 몸을 일으켜 세우고는 밀려드는 갈증에 물부터 마셨다.

"아, 왜 호텔에서 잤지."

그는 손을 들어 이마를 짚었다. 몸은 개운한 것 같은데 이상하게 두통이 심해 미간이 절로 구겨졌다.

"이것들이 대체 술을 얼마나 먹인 거야."

필름이 완전 끊겼다. 어제 일을 떠올려 보려 했지만, 식당을 어떻게 빠져나온 건지도 기억이 나지 않아 곧 포기하고 욕실로 들어섰다.

샤워를 마치고 밖으로 나온 그는 자신이 벗어 둔 옷을 찾았다. 잔뜩 구겨진 셔츠가 눈에 들어왔다. 그것도 조금 덜 마른 상태였다.

"혼자 물놀이라도 했나."

일단 대충 입고 집으로 가자는 생각에 옷을 껴입었다.

짐을 챙기고 마지막으로 흘린 물건이 더 없는지 주변을 확인하던 그는, 스치듯 시야에 담긴 무언가를 발견하고는 그 자리에 걸음을 멈췄다. 바닥에 떨어져 있는 콘돔 포장지가 눈에 들어왔다.

"뭐야, 이게."

그는 콘돔 포장지를 손에 들었다. 포장지가 뜯겨 있었다.

원우는 미간을 좁힌 채로 주변을 다시 둘러보다 사용한 흔적이 있는 콘돔을 발견했다.

그것뿐만이 아니었다. 거슬리는 물건 하나를 추가로 발견한 원우는 망설임 없이 걸음을 옮겨 그것을 손에 들었다.

"구두?"

원우의 검지에 파란 구두 하나가 딸려 올라왔다. 그의 눈동자가 빠르게 좌우로 한 번 움직였다.

"이거 제 거예요."

누구의 것인지 알 수 없는 목소리가 기억났다. 그는 미간을 좁힌 채 좀 더 기억을 더듬었다. 하지만 기억해 낸 것은 그게 전부였다.

"……사원증."

에일린 로고가 그려진 사원증 하나. 그는 다시 뒤를 돌아봤다.

유난히 흐트러진 침대 시트, 바닥에 흩어져 있던 옷들, 사용한 흔적이 있는 콘돔, 그리고 여자가 신었을 것이 분명한 파란 하이힐까지.

많은 의문들이 머릿속을 스쳐 지나갔다. 그리고 가장 중요한 결과를 도출해 냈다.

"……도망갔어?"

원우는 구두를 다시 내려다봤다. 누군가와 동침을 한 것이 분명했다. 그런데 자신은 홀로 호텔에 남겨졌다.

그는 구두를 한 손에 쥔 채 주변을 둘러보다 호텔을 나섰다. 구두를 허공으로 던졌다 다시 손에 쥐는 그의 얼굴이 점차 심각해졌다.

호텔을 완전하게 벗어났을 때, 그는 손에 쥔 구두를 다시 한 번 내려다보고는 픽 웃었다.

"도망갔다 이거지."

구두 주인을 꼭 찾으리라는 집념이 그의 얼굴에 드러나 있었다.

Hidden track 2
두 남자의 비밀

정환이 심각한 얼굴로 눈앞의 서류를 내려다봤다. 벌써 한 시간째, 미동조차 없이 무언가에 대해 고민하고 있었다. 하지만 아무리 생각해도 답이 나오지 않았고, 그의 근심은 더욱 깊어져만 갔다.

"팀장님."

고개를 들어 목소리가 들려온 방향으로 시선을 돌렸다. 정환과 함께 마지막까지 사무실에 남아 있던 은서가 이제 그만 퇴근을 하려는 모양인지 숄더백을 고쳐 메며 그에게로 다가섰다.

"일이 많으신가 봐요."

"아, 그건 아닌데. 대표님이 아주 어려운 문제 하나를 내주셔서요."

497

근심 가득했던 표정을 지워 내고는 시간을 확인했다. 대부분의 사원들이 퇴근을 하고도 남을 시간이었다.

"시간이 너무 늦었네요. 조심해서 들어가요, 은서 씨."

"네. 팀장님도 얼른 마무리하시고 들어가세요. 내일 뵙겠습니다."

꾸벅 고개를 숙인 은서가 사무실을 벗어나면서 몇 번이나 힐끗 뒤를 돌아봤다. 지친 정환의 얼굴이 마음에 걸렸기 때문이었다.

홀로 남게 된 정환은 눈앞에 놓여 있던 서류를 저 멀리 밀어 버렸다.

"다시 해 와."

원우의 목소리가 생생하게 귓가에 전해지는 것만 같은 착각이 들었다.

뭐가 문제인지 이유도 얘기해 주지 않은 채 다시 해 오라는 똑같은 말만 벌써 다섯 번을 들었다.

생각만으로도 피로가 몰려드는 것 같아 고개를 뒤로 젖힌 그는 손을 들어 감은 두 눈 위를 지그시 눌렀다.

"대체 뭐가 문제야?"

짜증스런 음성이 조용한 사무실 안에 유독 크게 울려 퍼졌다.

다시 눈을 뜬 그는 책상 끝에 자리 잡은 계획안을 물끄러미 바라보며 에일린이 설립되기 전의 기억을 떠올렸다.

동명제화에 소속되어 있던 당시, 원우는 별다른 설명도 없이 에일린의 사업 계획서를 앞에 내밀었다. 이게 뭐냐고 묻는 말에 그는 그제야 간단한 설명을 덧붙였다.

회사를 따로 차릴 예정이다, 디자인 팀을 네가 맡아 줬으면 좋겠다. 그 두 가지의 설명이 전부였다.

정환은 관심 없다는 얼굴로 사업 계획서를 들여다보지도 않았다. 굳이 다른 곳으로 옮길 필요를 느끼지 못했기 때문이었다.

동명제화에서 이미 자리를 잡은 상태였고, 받는 대우도 좋았기에 따로 모험을 할 필요가 없었다. 그런 정환에게 원우는 뿌리칠 수 없는 떡밥 하나를 던졌다.

"회사가 자리 잡히면 본사에 있는 팀과는 별개로, 디자인팀으로만 이루어진 지사를 하나 내줄게."

"뭐?"

"오로지 디자인만 할 수 있는 환경으로. 이거면 너한테도 나쁘지 않은 조건일 텐데."

원우는 디자이너에 대한 투자를 아낄 생각이 없었기에 그와 같은 조건을 정환에게 내밀었다.

정환 역시 재능 있는 디자이너를 키우는 일에 대해 무척이나 열정적이었고, 본사와 독립된 디자인팀은 늘 바라 왔던 것이었다.

결국 그 약속 하나만을 믿고 동명제화를 걷어차고 에일린으로 들어왔다. 그리고 정말 열심히 일했다.

그렇게 3년이 넘는 시간이 흘렀고, 이제 회사도 어느 정도 자리를 잡은 것 같아 정환은 원우가 자신에게 약속했던 것을 받아 내려 했다.

하지만 원우는 계속 그의 계획안을 퇴짜 놓았다. 지금 정환의 시선 끝에 닿아 있는 저 계획안을 말이다.

'약속을 안 지키지는 않을 텐데.'

조금 특이한 면이 있긴 해도 약속한 걸 안 지키는 사람은 아니었다. 분명 계획안에 문제가 있는 것이다.

'그게 뭘까. 대체 뭐가 문제야.'

검지로 책상 위를 툭툭 두드리며 한참을 고민해 봤지만 답이 나오지 않았다. 계획안을 수정하고, 또 수정했지만 이미 다섯 차례나 퇴짜를 맞았다. 여기서 뭘 더 수정할 수 있단 말인가.

그는 두통까지 오는 것 같아 관자놀이를 꾹 눌렀고 다시 계획안을 가져와 꼼꼼하게 검토하기 시작했다. 하지만 아무리 봐도 자신의 눈에는 문제점이 보이지 않았다.

30분간 더 고민해 봤지만, 결국 수정할 수 있는 것은 아무것도 없었다.

"아, 모르겠다. 일단 집에 가자."

더 고민했다간 머리가 터질 것 같아 자리에서 일어나 컴퓨터의 전원을 껐다. 퇴짜 맞은 계획안은 더 보기도 싫어 문서 세단기에 밀어 넣었다.

사무실에 가장 마지막까지 남아 있던 그는 불을 모두 끈 뒤 보안키로 문을 잠그고 복도로 나서 걸음을 옮겼다.

퇴근길이 마치 가시밭길처럼 느껴졌다. 옮기는 걸음도, 마음도, 머릿속도 무거웠다.

계획안이 퇴짜 맞을 때마다 뭐가 문제냐고 원우에게 재차 물었다.

하지만 그는 정환이 계획안의 문제점을 모르는 게 문제라고 했다. 그건 결국 네가 알아서 찾아내 수정하라는 말이었다.

"이원우 이 자식, 집이려나."

이 정도면 할 만큼 했다는 생각에 정면 돌파를 하기로 했다.

원우의 집으로 찾아가 대답을 들을 때까지 버텨야겠다는 생각으로 휴대전화를 꺼내는 순간이었다.

정환의 걸음이 갑작스레 우뚝 멈춰 섰다. 비상계단으로 통하는 문에 그의 시선이 닿았다. 정확히는 알 수 없어도 누군가 대화를 하고 있는 목소리가 그 안에서 들려오고 있었다.

'이 시간에 누구야?'

이미 대부분의 직원들이 퇴근했을 늦은 시간이었다. 자신이 잘못 들은 것이 아니라면 비상계단에 누군가 있는 것이 분명했다.

디자인 유출 사건이 한 차례 있었던지라 그의 신경이 곤두섰다. 기척을 죽인 채 비상계단의 문을 조심스레 열었다. 고개만 슥 내밀어 주변을 살피는데 계단 아래쪽에 누군가의 뒷모습이 보였다.

'……차은서 씨?'

정환보다 30분 정도 일찍 사무실을 나선 은서가 그곳에 있었다.

왜 아직 돌아가지 않은 건가 싶어 말을 걸려던 정환은, 그녀의 앞에 서 있는 남자의 얼굴을 뒤늦게 확인하고는 입을 꾹 다물었다.

'이원우?'

이해할 수 없는 풍경에 미간을 좁혔다. 이 시간에 두 사람이 왜 같이 있는가. 그것도 이런 비밀스러운 공간에.

이유를 알 수 없는 불안감이 엄습했고 정환은 그 자리에 굳어진 채 서 있었다.

말을 걸어야 하나 말아야 하나 고민하며 망설이고 있는 사이, 은서가 원우의 옷깃을 붙잡고는 다그치듯 물었다.

"사실대로 말해요. 팀장님 또 이유 없이 괴롭히는 거 아니죠?"

"무슨."

"지난번에 나 계속 야근시켰다고 팀장님 괴롭혔잖아요. 내가 모를 줄 알아요?"

"계획안을 이상하게 올려서 퇴짜 놓은 것뿐인데."

"계획안이요?"

"계획안에 자꾸 안 써야 할 걸 써 넣어서 퇴짜 놨어요."

정환의 표정이 굳어졌다. 눈동자가 빠르게 좌우로 움직였다.

'안 써야 할 걸 써 넣어서 계획안에 퇴짜를 놓았다고? 아니, 그것보다 지금 차은서 씨 야근시켰다고 날 괴롭힌 거라고 했어? 왜?'

많은 의문이 그의 머릿속을 스치고 지나간 순간이었다.

'아.'

머릿속에 떠돌던 생각들이 순식간에 사라졌다. 답을 얻어서가 아니었다. 머릿속이 새하얘졌기 때문이었다.

원우가 은서의 손목을 잡아당겨 입술에 가볍게 입을 맞췄다. 은서가 미쳤냐며 원우의 등을 두어 번 때렸지만 아무리 봐도 싫지 않은 눈치였다.

계단 위에 누가 있는 줄도 모르고 두 사람은 서로만의 세상에 빠져 있었다.

'그러니까 이원우랑 차은서 씨가……'

뒤늦게 정신을 차렸다. 아무래도 의도치 않은 지뢰를 밟은 것 같아 몰래 뒷걸음질 치려는 순간, 기척을 느낀 원우가 고개를 들었다.

피할 새도 없이 두 사람의 시선이 마주쳤다. 원우의 입가에 잠시 미소가 사라졌다. 잘못한 일이 없음에도 정환은 그 순간 등골이 다 서늘해지는 느낌이었다.

"왜 그래요?"

원우의 표정에서 뭔가를 읽어 낸 은서가 뒤를 돌아보려 했다. 하지만 그는 재빨리 그녀를 껴안았다. 뒤를 돌아보지 못하도록 말이다.

"이러다가 진짜 누가 보면 어쩌려고 그래요?"

"아직까지 회사에 남아 있는 사람이 있겠어요?"

"저 나올 때 팀장님 사무실에 계셨어요."

"아마 한 시간은 더 있다 갈 거예요. 계획안 수정하느라."

원우가 그리 말하고는 소리 없이 웃었다.

'조용히.'

검지로 입술을.

'나가.'

눈짓으로 문을 가리켰다.

그게 무얼 뜻하는 건지 충분히 알아들은 정환은 조용히 뒷걸음질 치며 밖으로 나가 조심스레 문을 닫았다.

복도로 나선 뒤에도 한참이나 그 자리에서 움직이지 못했다.

비상계단에서 들려오던 소리가 완전하게 사라지고, 시간이 좀 더 지나고 나서야 그는 걸음을 옮길 수 있었다.

집이 아닌 사무실로 돌아갔다. 책상 앞에 앉은 그의 얼굴은 심각했다.

"설마."

어색하게 웃으며 고개를 가로저었다. 하지만 지금 다시 생

504

각해 보니 이상한 점이 한둘이 아니었다.

디자인 유출 사건이 터지기 전, 은서가 나인을 퇴사한 이유와 누명을 쓴 일에 대해 정환에게 설명을 해 준 사람은 다름 아닌 원우였다.

평소에도 워낙 디자이너에게 신경 쓰는 일이 많아 그 당시에는 그러려니 하고 이상하게 생각하지 않았다.

"에이, 설마."

다시 한 번 아닐 거라며 고개를 가로저었다. 하지만 표정은 점차 심각해졌다.

"계획안에 자꾸 안 써야 할 걸 써 넣어서 퇴짜 났어요."

골똘히 홀로 생각에 잠겨 있던 정환은 곧 컴퓨터의 전원을 켰다. 암호를 누르고 저장해 둔 계획안 파일을 열었다.

계획안은 다섯 번째 퇴짜 맞은 상태 그대로였다.

하나도 고치지 않은 계획안에서 딱 세 글자만 지워 냈다. 차은서의 이름 석 자, 딱 그것만. 그것 외에는 토씨 하나 고치지 않았다.

그는 검토할 것도 없는 계획안을 내려다보며 어색한 미소를 지었다.

"설마. 아니겠지. 그럼, 아닐 거야."

차라리 이 계획안이 퇴짜를 맞았으면 했다. 그는 진심으로 자신이 생각한 것이 틀린 답이길 바랐다.

다음 날, 회사에 출근하자마자 어디를 수정했는지도 모를 그 계획안을 들고 대표실을 찾아갔다.

느긋하게 계획안을 검토한 원우는 펜을 들며 정환의 얼굴을 잠시 올려다봤다.

동명제화에서 정환을 데리고 나올 때 그에게 약속한 것을, 원우는 반드시 지킬 생각이었다.

문제는 독립되는 디자인팀의 지사를 부산에 세우려는 것이었고, 시범적으로 데려가는 디자이너 추천자 중에 차은서가 포함되어 있다는 점이었다.

그리고 지금 수정된 계획안에는 은서의 이름이 없었다. 계획안을 내려다보며 원우가 소리 없이 미소 지었다.

유려한 사인이 결재란에 모습을 남겼다. 정환의 눈에는 그 모든 행동이 마치 슬로우 모션처럼 보였다.

"수고했어요, 윤 팀장. 이대로 진행하세요."

여섯 번의 시도 만에 계획안이 통과됐고 모든 문제가 해결됐지만 정환은 웃을 수 없었다. 얼음이 된 듯 그 자리에서 움직이지 못했다.

"안 나갑니까?"

"문제가 고작 그거였습니까?"

"네."

"그 세 글자요?"

그는 태연하게 고개를 끄덕이고는 의자에 몸을 깊게 기대며 웃어 보였다.

"윤 팀장도 알잖아요."

차라리 모르고 싶다. 정환은 정말 모르고 싶었다.

"나, 내 것에 집착 엄청난 거요. 근데 그걸 채 가려고 하면 쓰나."

부산이라니, 말도 안 되지. 혼잣말로 덧붙이는 목소리가 정환의 귀에는 음산하게까지 느껴졌다.

자리에서 일어선 원우가 앞으로 걸어 나오더니 책상에 기대어 선 채로 정환의 어깨에 손을 올렸다.

"이번 일은 윤 팀장과 나만 아는 비밀이니, 차은서 씨는 몰랐으면 합니다. 정확하게는 차은서뿐만이 아니라 아무도 몰랐으면 하는 게 맞겠지만."

어깨를 툭툭 털어 내는 손에 힘이 들어가 있었다.

"오해할까 봐 말해 두는데, 이건 부탁입니다."

'협박이겠지.'

눈가에 파르르 경련이 일어났다. 이원우와 공유한 비밀이라니. 끔찍했다.

계획안을 퇴짜 놓은 이유에 대해 알게 됐지만, 유능한 팀원을 데려갈 수 없게 된 정환은 그의 결정에 대해 불만을 갖지 않을 수 없었다.

"가십은 많아도 그중 여자 문제는 하나도 없더니, 최근에는 아주 파란만장하십니다. 파란 구두 사건 있은 지 얼마나 됐다고, 그 여자 분은 어쩌고 차은서 씨랑……."

"아, 그걸 얘기 안 했네."

"······뭘 말입니까."

"디자인 부서 전체 회식 있던 날 말입니다."

느긋하게 웃어 보이는 얼굴에 정환의 표정은 반대로 딱딱하게 굳어져만 갔다.

"차은서 씨가 파란 구두를 신고 출근했더라고요."

"······네?"

"뭐, 그렇다고요."

정환의 입이 반쯤 벌어졌다. 그는 원우가 파란 구두의 주인을 찾는 걸 포기한 게 아님을 그제야 깨달았다. 포기한 게 아니라 찾은 것이다. 구두 주인이 차은서였다.

"······저 그만 나가 보겠습니다."

"그래요. 바쁠 텐데 가서 일 봐요."

여기 계속 있다가는 더욱 기함할 이야기를 전해 들을 것 같아 서둘러 책상 위에 놓인 서류철을 손에 들었다.

꾸벅 고개를 숙이고 돌아선 정환은 도망치듯 대표실을 벗어나, 속도를 늦추지 않고 오직 앞만 보며 걸었다.

엘리베이터에 올라타 4층 버튼을 누르고 곧장 닫힘 버튼을 연이어 누르는 행동이 무척이나 신속했다.

문이 완전하게 닫힌 뒤에야 긴 한숨을 토해 내며 벽에 기대어 선 그는 손을 들어 얼굴을 쓸어내렸다.

"아, 저 또라이."

일이 해결됐음에도 불구하고, 어쩐지 두통이 더 심해진 느낌에 손을 들어 관자놀이를 꾹 누르는 순간이었다.

4층으로 내려선 엘리베이터의 문이 열렸고 때마침 3층 마케팅 부서로 가기 위해 기다리고 있던 남규와 마주쳤다. 사색이 된 정환을 보며 남규는 쯧, 하고 혀를 찼다.

"뭐야, 윤 팀장. 세상 다 산 얼굴이네. 계획안 또 퇴짜야?"

"아니, 결재 받았어. 넌 어디 가?"

"최 팀장한테 전달할 서류가 있어서."

그는 한 손에 들린 서류 봉투를 허공에 흔들며 답했다.

"그럼 내려간 김에 최 팀장한테 돈 준비하라 그래."

"무슨 돈? 너 현우한테 돈 빌려 줬냐?"

"내기 이겼어."

"어?"

"파란 구두 주인 찾는 거 두고 내기한 거, 우리가 이겼다고."

원우가 파란 구두의 주인을 찾는 걸 포기했다고 생각한 두 사람은 내기의 승자인 현우에게 그 대가를 이미 지불한 상태였다. 생각지도 못한 희소식에 남규는 신 난 얼굴이었다.

"진짜? 찾았대? 포기했다며."

"찾았대."

엘리베이터에서 내리며 간략하게 결론만 말했다. 남규는 궁금한 게 많은 건지 방향을 틀어 그의 뒤를 따라가며 물었다.

"그럼 그렇지. 이원우 그 자식이 그렇게 쉽게 포기할 리가 없지. 그놈이 어떤 놈인데. 너 기억 나냐? 중학생 때 이원우 자전거 훔쳐 갔던 옆 학교 놈. 다들 못 찾는다고 포기하라고 했는데, 결국 찾았잖아."

기억하고 있었다. 석 달에 걸쳐 자전거를 훔친 용의자를 찾아냈지만, 당연하게도 그쪽에서는 오리발을 내밀었다.

똑같은 자전거가 한둘이냐며 이게 어떻게 네 거냐고 묻는 말에 이원우는 당당하게 증거를 보여 주었다.

안장 바로 아래쪽에 이름이 쓰여 있었다. 안장 때문에 자세히 보지 않으면 잘 보이지 않는 위치에 말이다.

그게 무엇이 됐든 자신의 물건에 이름을 쓰는 이원우의 습관은 고등학교를 졸업한 이후에나 사라졌다.

"근데 그 구두 주인, 누구래?"

질문과 동시에 정환의 걸음이 우뚝 멈췄다. 반대편에서 은서가 걸어오고 있었다.

"응? 누구야?"

뒤에서 재차 묻는 목소리가 들려왔다.

생각할수록 어처구니없는 상황에 헛웃음을 터뜨린 정환이 고개를 가로저었다.

'대나무 숲이라도 찾아야 하나. 이거야 원, 임금님 귀는 당나귀 귀에 나오는 이발사도 아니고.'

차은서의 인생도 참 고달프겠다는 생각이 들었다. 나인 본부장에 이은 새로운 연인이 이원우라니. 픽 웃으며 농담처럼 중얼거렸다.

"전생에 나라라도 팔아먹은 건가."

"뭐?"

서류철로 남규의 머리를 툭 건드리고는 눈짓으로 엘리베이터가 있는 방향을 가리켰다.

"내려가서 최현우한테 돈이나 받아. 와이프 선물 사 준다며."

"야, 말해 주고 가라니까!"

남규의 외침이 등 뒤에서 들려왔지만 그는 돌아보지 않은 채 손만 흔들었다.

점점 거리를 좁혀 오고 있는 은서가 정환을 발견하고는 꾸벅 고개를 숙였다.

"은서 씨, 어디 가요?"

"시장 조사하러 외근 좀 다녀오려고요."

정환은 마치 아무 일도 없었던 것처럼 평소의 모습으로 돌아와 있었다. 상냥하게 웃는 얼굴로 그녀를 대했다.

"그래요. 수고해요, 은서 씨."

뚜벅 걸음을 옮긴 그는 복도 끝에 위치한 사무실 입구에 서서 다시 뒤를 돌아봤다. 남규와 함께 엘리베이터에 올라타는 은서의 모습이 보였다.

"이번 일은 윤 팀장과 나만 아는 비밀이니, 차은서 씨는 몰랐으면 합니다. 정확하게는 차은서뿐만이 아니라 아무도 몰랐으면 하는 게 맞겠지만."

짧게 한숨을 내쉰 그는 대나무 숲을 찾는 건 포기하기로 했다. 이건 아무래도 평생 둘이 가지고 가야 할 비밀이었다. 자신의 안위와 평화를 위해서.